枣庄学院博士基金项目（编号：01/1020712）

痴狂叙事与现代中国小说

裴争　　著

中国社会科学出版社

图书在版编目(CIP)数据

痴狂叙事与现代中国小说/裴争著. —北京：中国社会科学出版社，2020. 8

ISBN 978 - 7 - 5203 - 6891 - 9

Ⅰ. ①痴… Ⅱ. ①裴… Ⅲ. ①小说研究—中国—现代 Ⅳ. ①I207. 42

中国版本图书馆 CIP 数据核字(2020)第 132480 号

出 版 人 赵剑英
责任编辑 陈肖静
责任校对 刘 娟
责任印制 戴 宽

出 版 中国社会科学出版社
社 址 北京鼓楼西大街甲 158 号
邮 编 100720
网 址 http://www.csspw.cn
发 行 部 010 - 84083685
门 市 部 010 - 84029450
经 销 新华书店及其他书店

印 刷 北京明恒达印务有限公司
装 订 廊坊市广阳区广增装订厂
版 次 2020 年 8 月第 1 版
印 次 2020 年 8 月第 1 次印刷

开 本 710 × 1000 1/16
印 张 23. 25
插 页 2
字 数 312 千字
定 价 118. 00 元

凡购买中国社会科学出版社图书，如有质量问题请与本社营销中心联系调换
电话：010 - 84083683

目　录

序

我曾下过决心不为学生的著作写序，因为写序非我所愿非我所长更非我所能胜任。但当裴争把她准备出版的博士论文成稿《痴狂叙事与现代中国小说》寄给我并再三要我写序时，我却有些犹豫了。论辈分，裴争从硕士研究生到博士研究生都算是我的学生，我亲眼看见了她治学走过的艰辛历程，也分享过她成功的喜悦。我的感受是：裴争真不容易，也着实让人钦佩。裴争毕业后，我即不再招收博士研究生，她是我的关门弟子。于情于理，我确实应当为裴争和她的著作写几句话。于是就破例答应了。

裴争选择考研是在世纪之交。那时的山东师大中国现当代文学学科正处于历史的全盛时期，高手云集，引来的考生十分众多，竞争有些残酷。我作为一名初出茅庐的青年教师，除了精神的鼓励，并不能给她多少实质性的指导和帮助。第一年，裴争落榜了。这时我才知道，裴争大学毕业后就职的一家公司已经破产多年，她是名副其实的“下岗职工”，身边还有个孩子。在这个人生的困难时期，裴争没有沉沦，也不随波逐流，而是选择了从小就心向往之的文学，选择了自己热爱的学术事业。她靠着父母的一点微薄助力全身心攻读考研，不舍昼夜，也不顾冬寒暑酷。但黄天作弄执迷客，第二年，她又在边缘上落榜了。听到这个消息，我很愤愤不平又无可奈何，怕她想不开，便婉转地劝导她：人

生的道路千万条，不一定非得选择治学。裴争没有辩解，但从她那含着泪珠却十分坚毅的目光里，我知道她非要走到底不可。

整整又一年，没有一点裴争的消息。但当再揭榜时，电话里传来的是甜亮喜悦的声音：“老师，我过录取线了！”接着就哽咽了。

在治学的道路上，裴争的第一步是异常艰难，但又是十分坚实的。她以优异的成绩硕士研究生毕业后直接成为大学教师并很快解决了高级职称。但她毫不满足，又选择了求学读博。这期间，她从未间断过思考和写作。裴争有较好的艺术悟性，最初在影视文学和文化的研究上充分体现出来，第一本专著《文化传播视阈下的文学与影视》曾受到学界的关注和好评。读博后她又酷爱鲁迅。我曾明确地告诉她，作为中国现当代文学的博士生，对鲁迅一定要学习了解，但不一定要作为博士论文选题，因为鲁迅是高山，鲁迅研究是显学，不容易出研究成果。而她却盯住不放，固执地追求与努力着。读博期间写过的几篇论文，粗则粗矣，但也着实让我眼前一亮。例如，人们习以为常的鲁迅的“自序文”，她发现了其“文体互文性”的文体价值和“自序传”意义，特别是在系统梳理鲁迅自序文之后，看到了鲁迅为情感所阈的情感自传（《鲁迅自序文的文体功能》）。她也发现，隐秘在鲁迅的《风筝》最深处的，是鲁迅的自虐心态（《从忏悔到自救》）。最可贵的是，她借鉴巴赫金的理论，发现了鲁迅《故事新编》的民间化、狂欢化和复调性艺术特质，进而又解读了《狂人日记》的复调叙事如何在多重声音、复杂观念下完成“痴狂”的情感冲突（《“余本文”的叙事功能与结构意义》）。

也正是在这过程中，裴争找到了解读鲁迅作品和某类现代中国小说的一把钥匙，也就是被其定义为“痴狂叙事”的新概念。其博士论文《痴狂叙事与现代中国小说》就是以此为基础生发开的。在现代中国小说的人物画廊里，疯狂癫痴者的形象比比皆是，虽然学界对此不乏关注，但却缺少系统梳理，更缺少从叙事学的角度出发，给这一重要的文学史现象以“本体”的认知和解读，研究者多以思想史、社会学的问题意识为旨归，展开疯癫阐释下的文明诉求和历史批判。裴争博士论文的独创性就正在这里：回归文学，在以“痴狂叙事”为支点统观现代中国小说叙事的转型及变革的基础上，对鲁迅、郁达夫、施蛰存、阿城、残雪、莫言、王小波、韩少功、苏童以及“新感觉派”、“寻根文学”、“新潮小说”、“新历史主义小说”等现代中国有影响的作家及流派痴狂叙事的形态、类型及深层的文学和文化内涵展开了全面的梳理和辨析，中肯地说明，作为一种文学艺术，痴狂叙事实现了现代中国小说从内容到形式两个层面的变革，其叙述痴狂者、痴狂者叙述、狂欢化叙事三种叙事方式所展开的小说叙事伦理及精神症候所蕴藏的深层的反封建理性意识的阐释，都新意迭出，开拓了现代中国文学研究的视域，颇具学术价值。

裴争还很年轻，应该把这部书的出版作为新的学术起点，扬帆远航。

是为序。

姜振昌

2019 年 5 月 21 日于青岛大学

绪　论

第一节　小说作为叙事文类之一种

20 世纪的中国文学中，不同艺术形式文学作品取得的成就高下或许难以做精确的衡量比较，但说到何种文学类型受到最多关注，那么无疑是小说这一文学类型。小说被关注的原因当然是多方面的，比如文体自由随意、篇幅可长可短、内容驳杂多样……但其中不容忽视的一个重要原因是小说能够非常便捷地讲述各种故事，也即叙事。叙事作为人类的生存方式之一，是人类文明发展的标志之一，人类漫长的发展史就是以各种方式在叙事，可以说，人类的历史就是一部叙事的历史。不同的社会历史时期有不同叙事的方式，不同的叙事方式产生了不同的叙事类型，比如古代神话、民间传说、哲理寓言、民族史诗、英雄传奇、话本拟话本、现代小说，等等，林林总总，不胜枚举。显然，上古时代岩洞篝火旁长者讲述的神话传说不同于中古时期市井瓦栏说唱艺人杜撰的话本演义；科举制度催生的落魄文人笔下形态各异的传奇故事也迥异于近现代身世背景千差万别的作家苦心营构的小说著述……因此，某种程度上可以说社会历史的变迁影响着叙述人的文化心理，也决定着叙事方式的变迁。

一　叙事学理论在西方及中国的发展

从叙事学的视角来研究文学，尤其是小说，已经兴盛了近半个世纪，但整体看来这一理论视角仍然处于方兴未艾阶段，继续发展下去的趋势几乎是确定无疑。之所以会出现这种情形一个很大的原因就是：作为文学艺术形式一支的小说永远摆脱不了“讲故事”的命运，而说到“讲故事”，必然涉及“谁在讲故事”、“以什么样的状态在讲故事”、“讲了怎样的故事”、“故事以怎样的状态呈现”等一系列问题，而所有这些问题均可以从叙事学的视角来研究。从叙事学的视角来研究小说可以避开长期以来纠结于小说研究界的“讲什么”和“如何讲”孰轻孰重的问题，也即内容和形式哪个更重要的问题，因为叙事学理论是把这二者有机结合起来的最好方式。

美国学者华莱士·马丁在他1986年出版的《当代叙事理论》（*Recent Theories of Narrative*）一书中开门见山地指出：“在过去15年间，叙事理论已经取代小说理论而成为文学研究所主要关心的一个论题。”①叙事学理论的发展源于20世纪文学理论对文本自身的关注，从俄国形式主义到法国结构主义，其核心理论都着眼于文本批评，期望借助语言学实现对小说文本的精细分析，这一理论潮流影响了整个20世纪西方小说评论界。叙事学理论最初关注的焦点主要集中于文本本身，“它在对意义构成单位进行切分的基础上，探讨叙事文本内在的构成机制，以及各部分之间的相互关系，及其内在的关联，从而寻求叙事文本区别于其他类型作品的独特规律。”② 尽管早期受到来自语言学、符号学、结构主义等相关学科的较大影响，但叙事学作为一门学科理论的真正形成

① ［美］华莱士·马丁：《当代叙事学》，伍晓明译，北京大学出版社2005年版，第1页。

② 谭君强：《叙事学导论——从经典叙事学到后经典叙事学》，高等教育出版社2008年版，第2页。

仍然只能追溯到20世纪60年代后期。这其中做出突出贡献的几位文艺理论家均出自法国，1966年巴黎的《交流》杂志发表了以“符号学：叙事作品结构分析”为题的专集，其中包括罗兰·巴特的《叙事作品结构分析导论》和克洛德·布雷蒙的《叙述可能之逻辑》等，最早涉及一些叙事理论的重要原则；叙事学作为一门学科最早出自另一位法国文艺理论家托多罗夫之口，1969年他发表《〈十日谈〉语法》一书，书中明确提出“这部著作属于一门尚未存在的科学，我们暂时将这门科学取名为叙述学，即关于叙事作品的科学”。[①] 由此，叙事学作为一门学科的名称得以确立；1972年，热拉尔·热奈特发表他的叙事学经典名篇著《叙事话语》，书中提出书面叙事作品中存在的三分法，即“故事”“叙述话语”“叙述行为”，并由此建构了一套可以对叙事作品进行系统分析的理论体系，为叙事理论的建立添加上一块重要的基石。20世纪70年代，叙事学理论研究的中心转向美国，1978年美国叙事学家西摩·查特曼完成他的叙事学著作《故事和话语：小说和电影的叙事结构》，他借鉴前人理论再次强调提出的“故事”与“话语”的概念，他认为：“每个叙事都由两个组成部分：一是故事（story，histoire），即内容或事件（行动、事故）的链条，外加所谓实存（人物、背景的各组件）；二是话语（discourse，discours），也就是表达，是内容被传达所经由的方式。通俗地说，故事即被描述的叙事中的是什么（what），而话语是其中的如何（how）。”[②] “故事”与“话语”遂成为经典叙事学最重要的两个概念，这两个概念不仅能很好地区分叙事作品的表达对象和表达形式，而且能够清晰地说明不同叙事作品的区别所在。西摩·查特曼虽然被认为是结构主义叙事学或经典叙事学的杰出代表，但由于他是最早将电影作为叙事文类来分析的批评家之一，因此他

① ［法］托多罗夫：《〈十日谈〉语法》，海牙穆通出版社1969年版，第10页，转引自张寅德编选《叙述学研究》，中国社会科学出版社1989年版，第1—2页。

② ［美］西摩·查特曼：《故事与话语：小说和电影的叙事结构》，徐强译，中国人民大学出版社2013年版，第5—6页。

也可以被认为是最早的后经典叙事学理论家。而后经典叙事学的真正发展则是在十几年之后的90年代。进入90年代，叙事学发生了一次重大的转向，由经典叙事学转向后经典叙事学，也即将叙事学的研究与女性主义、精神分析学、修辞学、认知科学、电影理论等其他学科结合起来，具体地说产生了女性主义叙事学、修辞性叙事学、认知叙事学等各种跨学科流派的叙事学理论，这些统称为“后经典叙事学”。后经典叙事学的诞生与90年代席卷世界的文化研究热潮有着直接的关联。很明显，相比较于经典叙事学的囿于文本内部的各个要素，后经典叙事学把关注的视野重新投入文化、历史、社会等外部因素，正如罗斯·钱伯斯所说：“叙事之所以成为叙事，依赖于一种隐含的社会契约关系。这种契约关系使得叙事作品与社会之间具有一种交换关系。”① 后经典叙事学的贡献主要在于它力图扩大自己研究的范围，力图超越纯粹的文本范畴，而将文本与文本存在的语境结合在一起加以考察，毕竟任何叙事文本都产生于一定的社会文化语境之中，既是在一定历史环境中产生的，又是在一定历史时期产生的，叙事终究无法摆脱一定社会文化历史的制约。

尽管经典叙事学理论在80年代就被译介到中国②，但叙事学理论在中国的繁荣却是90年代中后期才真正开始的，因此，叙事学理论在中国的传播和后经典叙事学的繁荣几乎是同时发生的，而中国作家基因中强大的入世情结让中国的文艺评论家对后经典叙事学理论有着天然的亲和力，杨义的《中国叙事学》导言就冠以“叙事理论与文化战略”，该书出版于1997年，而北京大学出版的系统介绍西方后经典叙事学理论的丛书“新叙事理论译丛”一套五本则出版于2002年，因此，杨义从文化的视角来书写具有中国特色的叙事学理论时并未受

---

① 转引自王丽亚《分歧与对话——后结构主义批评下的叙事学研究》，原载《外国文学评论》1999年第4期。

② 美国文艺理论家W. C. 布斯的《小说修辞学》应该是最早译介到中国的涉及叙事学理论的书籍，出版于1987年10月，由华明、胡晓苏、周宪翻译，北京大学出版社出版。

到西方后经典叙事学理论的影响，却在内质上暗合了后经典叙事学理论，这种不期而遇不仅仅源自中国作家骨子里挥之不去的历史文化情结，更源于叙事学理论所为之服务的叙事作品本身无法摆脱的历史文化话语语境。另一方面，后经典叙事学并非完全抛弃经典叙事学的理论成果，而是在一个全新的视野下重新审视和利用经典叙事学惯用的基本概念，比如：叙述人、受叙者、话语、隐含作者、不可靠叙述，等等，事实上，正是这种融会贯通才使得叙事学理论在 21 世纪里得以重新繁荣发展。

二　小说作为叙事文学的独特性

作为叙事文类家族中较年轻的家庭成员，真正现代意义上的小说存在的历史并不长，但小说史家却习惯于把小说的历史追溯到更久远的人类文明发展的神话传说时期，西方小说史多从希腊神话说起，中国小说史也习惯把源头追溯到上古神话。神话的确可以算作小说的源头，但二者的区别也不容忽视。鲁迅较早注意到了它们之间的差别，他虽然在《中国小说史略》目录中标注："小说之渊源：神话。"但又在正文中特别指出："神话不特为宗教之萌芽，美术所由起，且实为文章之渊源。惟神话虽生文章，而诗人则为神话之仇敌，盖当歌颂记叙之际，每不免有所粉饰，失其本来，是以神话虽托诗歌以光大，以存留，然亦因之而改易，而消歇也。"[①] 在这里，鲁迅指出诗人之所以是神话之仇敌，是因为诗人喜欢粉饰神话，让神话失去了本来的面目。而恰恰是这被粉饰后的神话成为小说的源头，因此，"诗人"虽为神话之仇敌却是小说之朋友，并最终发展成为小说的主人。神话就像一个母体，她不仅是小说的源头，亦是历史的源头，历史和小说就像一母同胞的兄弟，神话是他们共同的母亲，没有被"粉饰"的神话成

---

① 鲁迅：《中国小说史略》，齐鲁书社 1997 年版，第 21 页。

为史学家的养分，而被诗人“粉饰”过的神话则成为现代小说的主臬，因此，诗人的“粉饰”是小说最原初的基因，也是现代小说不可或缺的基因。同样是大禹治水的神话在司马迁那里是历史，在鲁迅这里则演绎为小说，读者阅读司马迁的《史记·夏本纪》中的大禹治水的故事所获得的信息跟阅读鲁迅的《故事新编·理水》的大禹治水的故事并不一样。之所以会发生如此变化，主要原因是叙事话语的改变，鲁迅曾经说《故事新编》的“叙事有时也有一点旧书上的根据，有时却不过是信口开河”。[①] 同样的故事正因为有了“信口开河”的叙事话语才让神话变成了小说，这也是鲁迅在《中国小说史略》中提到的成为神话仇敌的诗人之“粉饰”，这里的“信口开河”和“粉饰”也就是现代叙事理论者所说的“话语”。由此可见，在现代小说中，叙述话语占有相当重要的位置，从话语中我们能够分辨出讲故事人的身份、视角、语气和状态等信息，这些信息对小说研究都是至关重要的。“话语”或者“粉饰”，这一小说的遥远基因最终发展成为现代小说灵魂得以托付的肉体。刘小枫曾经推测现代小说的兴起之谜，最终得出的这样结论：“也许，所谓小说’存在的唯一理由’就是个体偶在的喃喃叙事，就是小说叙事本身，在没有最高道德法官的生存处境，小说围绕某个个人的生命经历的呢喃与人生悖论的模糊性和相对性厮守在一起，陪伴和支撑每一个在自己身体上撞见悖论的个人捱过被撕裂的人生伤痛时刻。”[②] 由此可见，对小说叙事话语的研究是小说叙事研究必不可少的重要一环。

作为叙事文学家族较为年轻的成员，小说是其中比较独特的一个。其叙事最突出的特征体现在两个方面：一是叙事的虚构性，二是叙事的个体性。虚构的叙事让它区别于以真实性为天职的历史，真实性被历史作为自己血统高贵的象征，这一特色曾经让小说羡慕不已，甚至一度极

① 鲁迅：《故事新编·序言》，《鲁迅全集 2》，人民文学出版社 2005 年版，第 354 页。

② 刘小枫：《沉重的肉身》，华夏出版社 2012 年版，第 154—155 页。

力证明自己体内也存在这一基因。唐传奇和《聊斋志异》的结尾处往往会交代一下作品人物现居何处、生活怎样等类似的叙述，这些叙述的目的是期望借助真实性来抬高自己的身份，但事与愿违，随着时间的推移，小说终因其骨子里的虚构基因越来越强大而和历史分道扬镳、各自为伍。虽然也有历史小说试图传承两方面的基因，但毕竟无法完全摆脱小说家族虚构的基因图谱，跟传统的历史终究大相径庭。小说的另一个特色——个体性又让它在神话、传说、话本这些同宗兄弟间显得特立独行，小说的个体性总能让我们在其中找到那个确定无疑的唯一作者。神话源远流长，时间的久远最终磨蚀了它的作者的清晰面目，使其成为某个民族的共同话语而沉淀下来，它的作者不仅不是一个人，有时甚至不是一代人；传说源于民间的“街谈巷语”，作者的真面目也变得模糊不清；话本在不同的说话人那里呈现出不同的样子，也无从分辨真正的作者。有些话本，像《三国志》《大宋宣和遗事》《大唐三藏法师取经记》，一旦被某一个确定的个体所加工，也即当罗贯中、施耐庵、吴承恩的个体意志被灌注到话本中时，它们也就同时具备了个人叙事的功能，不再是原来的话本而成了小说《三国演义》《水浒传》《西游记》了。因此，个体的叙事性是小说不可或缺的特征之一。尽管小说的叙事有独特的一面，但它作为叙事家族中的一员也仍然需要遵循叙事的一般功能，叙事作为一种交流手段，它预设了两个参与者，也即信息的发送者和接收者。就小说而言，这个发送者包含三个角色：真实作者、隐含作者和叙述者（文本内的讲述者），就接收者一方来说，也同样包含三个角色：真实受众（即真实读者）、隐含受众（作者所期望的读者）、与受叙者（文本内的听众）。这种细致的区分对我们解读现代小说将大有裨益，它让我们揭开作者在小说叙事中戴着的叙述人的面纱，探清作者的真实意图和隐秘心理。

第二节 痴狂叙事的定义及其三种类型

一 何谓痴狂叙事

现代小说作为一种偏重叙事性的文类，作者面对的最大麻烦是如何处理文本内叙述人的问题，他既不能像神话传说一样完全模糊叙述人的面目，又不能像古典小说那样总是停留在说书人的角色上，像川剧变脸一样不断变换面具，选择以不同身份的叙述人来叙事是现代小说的叙事策略之一。现代小说的作者就热衷于伪装成各种角色来叙事，他时而是风花雪月的才子佳人，时而是愚昧而贫穷的农民，时而是孤独彷徨的知识分子，时而是挣扎于城市边缘的小市民，时而又是投身社会革命洪流的参与者或者是远离世俗尘嚣的旁观者……面具后作者的心态是矛盾的，他一方面尽量伪装成身份不同的各色人等，以期不让读者识破他现代文人的真面目；另一方面他又刻意留下些许蛛丝马迹，期望有人能够理解他叙事背后的真实心态和意图。

在现代小说作者所伪装的各类角色中，有一类最为独特，也最令人费解，这类人游离于正常人群之外，有着常人没有的行为和思维方式，他们有时疯狂，却有着常人不具备的洞察力；有时痴傻，却有着超乎常人的感受力和生命力；有时又患有轻重不等的各类精神疾病，终日囿于心灵围筑起来的小宇宙中不能自拔；更有时被自觉不自觉地置于一个时空错乱的狂欢空间，扮演着另外一个自己……总之，他们是一群“非常人”，处于一种“非常态”，笔者把现代文学中的这类书写称为痴狂叙事，如果给痴狂叙事下一个不太准确的定义，可以如下表达：所谓痴狂叙事，就是小说文本通过讲述痴狂者的故事，或者以话语模拟痴狂者的状态，或者设置一个狂欢化的世界，以此来展现一种非理性、不正常、超常态的人生或世界状态。痴狂叙事是对常规和理性见长的客观描

摹写作方式的冲击和颠覆，更强调感验式的写作倾向和状态，其深层的叙事心理预期是以叙事方式的变革实现文学及文化思潮的革新，最终达到反常规、反理性、反传统、反道统的目的。

二 痴狂叙事的三种类型

给痴狂叙事分类是一件颇为费力而不讨好的事，因为给叙事分类既要考虑叙事的方式，又要考虑叙事的状态，而具体文本的叙事可能很难将这二者完全分离开来。叙事是对发生于一定时间和空间的事件的讲述，因此，任何叙事都可以从时间和空间两个层面来进行分类，痴狂叙事也可以以此为标准分为：偏重时间的痴狂叙事和偏重空间的痴狂叙事。但是偏重时间的痴狂叙事又可以分为两类，一是对过去痴狂者故事的讲述，二是模拟痴狂者的身份进行现场讲述。偏重空间的痴狂叙事则侧重设置一种痴狂化、狂欢化的叙事空间。综合各方面的因素，笔者简单地把痴狂叙事分为三种不同类型，即叙述痴狂者、痴狂者叙事和狂欢化叙事。但具体的小说文本很难如此清晰地遵循不同的痴狂叙事类型，更可能综合两种甚至三种不同的痴狂叙事类型。

下面对三种类型做一个更为详尽的阐释，先来看偏重时间的痴狂叙事。经典叙事学理论有两个基本概念：故事和话语，偏重时间的痴狂叙事可以从这两个基本概念来理解，一是故事层面的痴狂叙事，即一个正常的叙述人讲述的关于某个痴狂者的故事，即叙述痴狂者。杰拉德·普林斯认为“任何叙事中都至少有一个叙述者，这个叙述者可以明确用‘我’直呼，也可以不那么称呼。在很多不直呼为‘我’的叙事中，‘我’可能被不留任何痕迹地抹掉了，只剩下叙事本身”。[1] 因此，如果小说文本中不直接出现这个叙述人，说明“他”被作者成功地隐形了。

---

① ［美］杰拉德·普林斯：《叙事学：叙事的形式与功能》，徐强译，中国人民大学出版社2013年版，第8页。

叙述人讲述的痴狂者的故事通常发生在事后，因此，故事层面的痴狂叙事一般是过去时态，虽然有时候叙述人并不刻意点名具体的时间。比如，韩少功的《爸爸爸》讲了一个痴傻儿丙崽的故事，虽然我们在小说中找不到具体的讲述人，但我们知道的确存在这样一个讲述人，只是这个讲述者被作者成功地隐形了。虽然作者故意忽略了故事发生的具体时间，但小说中却有大段的对丙崽生活的鸡头寨的历史渊源的叙述，小说结尾村民们喝了毒药唱着“简”走进深山的结局也表明这是一个已经发生过了的故事。因此，《爸爸爸》的文本不论写得如何神秘离奇，这仍然是一个叙述痴狂者的类型。二是话语层面的痴狂叙事，即从话语层面能看出叙述人是一个精神并不完全正常的痴狂者，这个痴狂者以一种非理性或非正常的状态来叙事，文本的话语层面就呈现出一种混乱无序的非理性形式，不论这个叙述者以第一人称或者第三人称来叙述，也不论他是真的痴狂或者佯装的痴狂，文本的话语层面都呈现出痴狂叙事的样式，即痴狂者叙事。痴狂者叙事通常是现在进行时，实时模拟一个非常态的人处于非理性状态的样子。最为典型的痴狂者叙事文本是残雪的作品，无论是《公牛》《山上的小屋》还是《苍老的浮云》，残雪小说文本的叙述话语呈现出一种梦魇叙事的痴狂状态，在她的作品中能够轻易看到类似梦魇般的叙事，比如“我”正在吃饭，而一只牛角突然穿透板壁伸进来（《公牛》）；父亲晚上会变成狼围着房子嚎叫《山上的小屋》……作为最外一层的叙述人——作者在书写文本时似乎仍然没有从梦中醒来，或者写作时模拟进入了一种精神分裂状态。残雪甚至并不讳言她“属于那种精神有分裂倾向的人”，而她对自己小说文本的界定也颇为复杂：“它有点像诗，却又不是诗，它比诗离世俗还要近；它有点像哲理，却又不是哲理，因为它出自人的直觉，是一种排除了理性意识的写作；它表面上没有结构，不合逻辑，内部却有隐藏很深的结构与逻辑，读者必须运用创造力去‘闯入’才能发现它。”① 因此，在某

① 残雪：《黑暗灵魂的舞蹈·残雪散文》，浙江文艺出版社2000年版，第11页。

种程度上可以说残雪是“以梦的状态”在写作，而非梦醒后以正常人的身份“写梦的状态”。虽然类似残雪这种写作状态并不常见，但是以现在时态模拟痴狂的作品并不在少数，这种类型的痴狂叙事都可以称为痴狂者叙事。事实上，大部分痴狂叙事的文本设置了不止一个叙述人，这就导致叙述痴狂者和痴狂者叙事很难截然分开，也就是故事层面的痴狂叙事和话语层面的痴狂叙事常常是交织在一起进行的。现代文学史早期的两部重要小说《狂人日记》和《沉沦》都属于此类。《狂人日记》中有两个叙述人，一个是正常的叙述人“余”讲述自己的同窗好友曾经疯癫故事；另一个是处于疯癫状态的“我”以日记的形式模拟狂人的真实行为和心灵。从时间上来看，“余”的讲述是过去时，而“我”的讲述则是现在时。《沉沦》的情形有所不同，尽管《沉沦》始终是以“他”的视角在叙事，但仔细阅读能够发现这个“他”其实是处于精神分裂状态的两个叙述人：一个是放纵自己肉体沉沦的青年忧郁病患者，整日沉溺于性幻想不能自拔的“他”；另一个是面对自我的沉沦不断自责反省的“他”，这是一个“睁眼看世界”的忧国忧民的现代知识分子，因故国的贫弱而痛心疾首，却又无能为力的一个爱国的理性的热血青年。

另外一种痴狂叙事偏重从空间领域设置情节，笔者把这种痴狂叙事定名为狂欢化叙事，在此借用了巴赫金的狂欢化理论来强调说明空间形式的痴狂叙事是怎么回事。巴赫金在其专著《拉伯雷的创作以及中世纪和文艺复兴的民间文化》中，借助对拉伯雷的《巨人传》的解读开创了狂欢化诗学的理论。在书中，巴赫金借用欧洲狂欢节文化的宣泄性、颠覆性、大众性等特征重新阐释《巨人传》产生的文化根源，肯定了包括《巨人传》在内的欧洲中世纪出现的讽刺性闹剧、笑剧、诙谐剧等长期被忽视的喜剧性文本。这一文艺理论主张从狂欢化的视角来考察文学创作体裁和人物性格的发展变化，强调戏拟性、戏谑性文本的艺术价值，提倡平等对待一切文学体裁和艺术风格，反对传统诗学理论

中重“雅”轻“俗”的美学立场。在哲学意义上，狂欢化诗学打破了逻各斯中心主义，以非理性思维来颠覆理性化的思维结构。在笔者看来，这类文本在叙事学上的意义在于文本内部所搭建的一个狂欢化、痴狂化的空间，正是在这样一个空间里一切原有的秩序、规矩、法则、等级等神圣的东西都被彻底颠覆，而这种狂欢化空间之所以能够搭建起来就是借助于痴狂叙事来实现的，可以说是痴狂叙事搭建了这样一个狂欢化的平台。狂欢化叙事文本的作者在小说文本中设置了一个“非常态”的、超越现实的独特的空间。这个空间是一个时空混乱的空间，一个被颠覆了的空间，一个痴狂化的空间。在这个空间里，小说中的主要人物或者几乎所有的人物都处于一种不正常的状态，他们往往呈现出一种荒谬、怪诞、夸张的狂乱状态，这种状态在人物自身是不自觉的，可以说，这是一种空间背景的痴狂叙事。

狂欢化叙事颠覆了理性化的思维结构，反对永恒不变的绝对精神，主张价值观的相对性和可变性，把人们的思想从现实的压抑中解放出来，以狂欢的思维重新审视世界。在现代小说中，最早构筑这样一个“非常态”的狂欢化叙事文本的是鲁迅的《故事新编》，从《奔月》中的后羿和嫦娥吃厌了的“乌鸦炸酱面”到《理水》中满口“古貌林!”“好杜有图”的文化山上的学者；从墨子遇见的“募捐救国队”到被庄子死而复生的商纣王时期的糊涂汉子……所有这些都是以痴狂叙事搭建的狂欢化空间里必不可少的材料。《故事新编》常被看作鲁迅小说甚至现代中国小说史上的一个异数，原因就在于它用痴狂叙事营构了一个狂欢化的空间，从而颠覆了我们已经形成的诸多正统观念，甚至也包括刚刚形成的现代小说观念。值得一提的是，这种借助小说文本搭建狂欢化空间的狂欢化叙事在当代文学中被变相地继承下来，表现最为突出的就是王小波的小说。王小波在小说中构建了不同的痴狂化历史时空，并且赋予其文本叙述人极大的自由，他能够自由地往来穿梭于不同的时空之间和文本内外。王小波以独特的艺术手法在自己的作品中搭建了一个狂欢化的空间，无论是他的《黄金时代》中对“文革”时期“我”和陈清扬“搞破鞋”事件的叙述，还是《白银时代》中“我”在未来时代中不断书写的《师生恋》，抑或是《青铜时代》中那个丧失记忆的叙述人“我”在不同时空的穿梭往来……所有这些都借助狂欢化叙事搭建了一个狂欢化的叙述空间。只是王小波的小说跟《故事新编》不同的是，《故事新编》在很大程度上有对民间艺术形式的戏拟，带有强烈的民间性，而王小波的小说较少戏拟民间文学，而更多带有知识分子自嘲式的戏谑性，这种自嘲式戏谑彻底打破了精英式文学叙事格调，是现代小说个性化叙事的切实体现。

第三节　痴狂叙事产生的原因及背景

痴狂叙事产生于20世纪的中国不是空穴来风和凭空产生的，它的出现及发展既有理论的基础和人性深处的根源，又跟中国现实环境有着密不可分的关联，虽不乏中国传统文化深处神秘主义间接影响，但坦率地说，痴狂叙事得以产生更直接和直观的原因却是西方现代哲学一个世纪以来对中国的深刻影响。

一　理性时代的痴狂叙事

帕斯卡说：“人类必然会疯癫到这种地步，即不疯癫也只是另一种形式的疯癫。”如果不疯癫真的可以理解为另一种形式的疯癫，那么我们似乎可以合乎逻辑地推导出人类的历史即是一部人类的疯癫史，人类历史上诸多疯狂事件和行为的发生似乎也验证了这句话的真理性。但自从“疯癫”一词成为病理学上的一个疾病的名称以来，自负的人类并不愿意承认自己的历史跟疯癫有关，而更习惯称之为“文明史”，但文明和疯癫并不完全矛盾，福柯的《疯癫与文明》冠之以副标题“理性

时代的疯癫史”，他指出：

> 自中世纪以来，欧洲人与他们不加区分地称之为疯癫、痴呆或精神错乱的东西有某种关系。也许，正是由于这种模糊不清的存在，西方的理性才达到了一定的深度。正如“张狂”的威胁在某种程度上促成了苏格拉底式理性者的“明智”。总之，理性—疯癫关系构成了西方文化的一个独特向度。①

“理性时代”的到来并不意味着疯癫的终结，而是凸显了疯癫、痴狂等非理性的存在。事实上，对疯癫和痴狂的讲述从来没有终结过，甚至在某种程度上可以说这种讲述从 17 世纪才真正开始。理性与痴狂始终是相伴相随的，理性的极致会埋下痴狂的种子，对理性而言痴狂是附骨之疽，即使在高度理性的躯体内也隐含着某种非理性的痴狂因素，存在着反理性的风险。人性中的痴愚和疯狂并不因社会文明的发展而消失，只是变幻成多种不同的表现形式：人民群众的单纯狂热、知识分子的深思多疑、政治领袖的自负豪迈都有可能发展成不同形式的愚蠢和疯狂，而且这种痴狂和文明之间的差异甚微，有时候只是一念之差。记录这微妙的难以把握的一念之差，记录人性中瞬息万变的复杂性是文学的责任。

二　历史转折时代的疯癫讲述者

痴狂叙事的经典作品《狂人日记》成为中国文学史上第一篇具有现代意义的白话小说或许有偶然的成分，但中国作家选择痴狂叙事却有着必然的原因。如果把现代中国历史看作一部小说，那么这部小说的叙述人即是现代中国文人，必须承认这个叙述人面对的是一个难以讲述的

---

① ［法］米歇尔·福柯：《疯癫与文明》（修订译本），刘北成、杨远婴译，生活·读书·新知三联书店 1999 年版，第 3 页。

疯狂而混乱的时代。

20 世纪初，中国作家面临的世界已经是一个人类必须重新认识自己的时代，哥白尼的日心说和达尔文的进化论不仅让人类认识到地球不是宇宙的中心，而且也不得不承认人类不是上帝的宠儿和万物的灵长，人，仅仅只是动物进化的结果，人与所有动物有着同一个祖先；弗洛伊德对人潜意识层面的分析更是让人清醒地意识到人类不是一种纯粹理性的生物，人的非理性一面要远大于理性的一面。对中国作家来说，也许情形更为复杂。在他们看来，这是一个时空错乱的时期，20 世纪的中国经历了波澜壮阔的时代大变动，社会制度的急剧变化、朝代政权的轮番更迭、政治运动的频繁出现……这一个世纪里，中国人几乎经历了欧洲近千年的社会历史变迁，而从文学的视角看中国的历史更是波谲变幻、翻云覆雨，用“癫狂”“痴迷”“狂乱”等看似极端的词语来形容这一时空，似乎并不为过，在某种意义上甚至可以说是恰当的。进入 20 世纪以来，中国现代文人越来越深刻地认识到中华民族的衰颓、落后以及民众思想普遍存在的僵化顽固的现状，他们自觉地以一个清醒的智者身份参与到中国社会变革的巨大洪流中去，期望能以不同的方式实现国家的繁盛和民族的复兴，当然也包括文学的繁荣和现代化。这样中国作家所面临的任务和西方科学、哲学发展的状态形成了某种程度错位，现代性的现实国情和后现代的世界背景让中国作家面临挑战，中国作家作为这个时代自觉的记录者，其意识深处的写实意识和复杂的伦理倾向更是让其面临进退维谷的艰难抉择。曾经稳固的传统伦理思想业已解体，知识分子惯常的位置已经失去，在这种情形下，痴狂叙事的选择既具有以文学艺术的领先性实现中国走向世界的战略意义，又具有以文学方式干预社会变革的现实意义，是中国作家面临复杂的国内形势和国际形势作出的策略性选择，是 20 世纪中国文学迈进世界文学殿堂的坚实一步。

20 世纪的中国作家时常面临现实与理想的表述悖论，无论是“五

四”时期民主科学理念下的人性解放思潮，还是30年代上海殖民背景下的过度发展的城市化进程，抑或是80年代中后期的启蒙主义与存在主义的并存，以及21世纪以来狂欢化的资讯爆炸和媒体传播，每个历史发展的转折点都在客观上促使中国作家选择痴狂叙事成为一种必然。而背负着书写现实和表达内心双重责任的现代作家也在历史机缘的促使下做出了策略性选择，我们看到在现代文学发展的每一个重要时期都有作家选择痴狂叙事来表达自己内心处于错综复杂时期的紊乱心态。“五四”时期是痴狂叙事的重要开创期，除了《狂人日记》和《沉沦》，选择痴狂叙事甚至成为一种创作时尚，以至于连热衷于以“问题小说”来参与社会改革的冰心也曾经作过《疯人笔记》，完全游离于《超人》中的母爱，把母亲比作“乱丝”，发出这样的疯狂的慨叹：“上帝呵！母亲呵！——你们原都纠在乱丝里——我不知再说些什么好了；我只求你们使乌鸦晚点来，不要在我眼睛飞到半空的时候，看见我自己的肉体被吞啄，因为我的身体原是五十万年前的。”[①] 30年代，被称为新感觉小说代表性作家的施蛰存也以痴狂叙事的笔法描述城市背景下人的心灵变异；新时期以来，选择痴狂叙事的作家作品更是不胜枚举，韩少功的《爸爸爸》中那个永远长不大的侏儒丙崽，阿来的《尘埃落定》通篇以傻子二少爷的视角来讲述西藏土司家的衰亡史，新历史主义小说中苏童的“枫杨树家族”中比比皆是的疯癫者形象，以及王小波、莫言小说以独具的话语搭建的狂欢的平台……痴狂叙事几乎成为当代作家最为热衷的艺术选择，只是由于他们灌注到疯癫者中的意图不同，给读者留下的阅读期待视野也有所不同。

三　西方非理性哲学的影响

除了理论和现实的原因，文化上的大背景也是不容忽视的。尽管中

① 冰心：《疯人笔记》，《小说月报》1922年第13卷第4号，后收入小说散文集《超人》。

国传统文化中亦有不可知论和宗教的神秘主义等非理性思想，但20世纪的现代中国文人选择痴狂叙事来进行文学的描述，更为直接的原因却并非传统文化中的非理性因子，而是西方文化中的非理性哲学和新兴的语言学的影响。兴起于20世纪初的西方非理性哲学，包括叔本华的唯意志论、尼采的超人哲学、弗洛伊德、荣格的潜意识、无意识精神分析学，克罗齐、伯格森的直觉主义，等等。这些理论尽管视角不同、领域各异，但都从不同侧面对传统理性主义提出了挑战，都是对人的本质力量中非理性精神的发现与张扬。另外，语言学、叙事学理论的兴起使得西方哲学由认识论转到语言论，表现在文艺理论中兴起了俄国形式主义、布拉格学派、结构主义、解构主义，并由此催生了福柯的“疯癫史”研究、巴赫金的叙事理论和“狂欢节文化”研究等。痴狂叙事正是利用了西方文艺理论的研究成果来反观一个世纪中国文学革命的结果，换句话说，这也是中国文学走向世界文学的过程中移植西方的非理性之树栽培到20世纪中国文学园林长出的一棵奇异之树。在此过程中，中国传统文化和少数民族文化中的神秘主义和宗教氛围形成的精神土壤又为其成长成熟提供了丰富的“有机肥”，使得现代中国小说的痴狂叙事得以在20世纪的不同时期都有所表现，成为中国文学走向并融入世界文学的成果，也成功地实践并完成了20世纪80年代当代学者提出的中国文学的总任务：“中国文学走向并汇入世界文学总体格局的进程”①，同时，这也是20世纪中国小说艺术发展和成熟的重要表征。

第四节　痴狂叙事的精神特征

作为一种文学艺术表现方式，痴狂叙事具有三个基本精神特征：分别是理性与非理性的统一、现实主义精神与现代主义精神的统一、个人化写作与社会化写作的统一。

---

① 黄子平、陈平原、钱理群：《论“二十世纪中国文学”》，《文学评论》1985年第5期。

一　理性与非理性的统一

痴狂叙事中理性与非理性的统一是基于现代中国文学对“人”的全面理解而产生的。“人的文学”是现代中国文学的理论先导，现代文学中的“人”并不是一个抽象的概念，而是一个集兽性与理性于一身的复杂的“人”。周作人是最早提出现代文学中“人”的复杂性的理论家，他指出：

> 我们要说人的文学，须得先将这个“人”字，略加说明。我们所说的人，不是世间所谓“天地之性最贵”，或“圆颅方趾”的人。乃是说，“从动物进化的人类”。其中有两个要点，一“从动物”进化的，二从动物“进化”的。……这两个要点，换一句话说，便是人的灵肉二重的生活。古人的思想，以为人性有灵肉二元，同时并存，永相冲突。肉的一面，是兽性的遗传；灵的一面，是神性的发端。①

周作人既认识到人作为动物有生物本能的一面，又强调人是经过进化的动物，有“灵”的一面。也就是说，文学中的人应该是一个完整的人，既有理性的一面，又有非理性的一面。这样，对文学中人的复杂多面性的认识表现在作品中就是一个现代文学的叙事悖论，一方面是对人的理性精神的追求，另一方面是对人的非理性状态的描述。周作人的这一理论倡导在鲁迅的小说创作中得以实践。《狂人日记》本身就包含着这个叙事的悖论，它一方面期望借助一个疯子之口来批判封建宗法礼教和家族传统，但由于这个叙述人“狂人”的身份，使得他的话语具有不可信性，而把文本的主要叙述人设定为狂人，也从另一个侧面暗示

① 周作人：《人的文学》，《新青年》1918 年第 5 卷第 6 号。

了作者对理性启蒙的怀疑。另一方面，文言段落设置了狂人的故事又是一个接受了现代文明的启蒙者讲述的关于“狂人”的故事，狂人的日记是经过清醒的叙述人“余”整理和编辑的，启蒙的意识又被加强了。因此，关于狂人的故事并不在于狂人是个怎样的形象，而在于作者用狂人形象来完成这一叙事主题，由此开启了现代小说的痴狂叙事悖论。另外，痴狂叙事相对于《狂人日记》也具有了更独特的意义：追求理性的同时也在反理性，建构启蒙大厦的同时也在拆解启蒙大厦，换句话说，《狂人日记》在拆解理性的同时也在建构另一种理性——一种非理性的理性。一方面，无论是《狂人日记》中的狂人、《长明灯》中的疯子富中风，还是《白光》中的精神失常的陈士成，甚至《孤独者》中在外人看来也属疯狂的魏连殳……鲁迅的小说给我们展示了人性深处无处不在的疯癫和痴狂；但另一方面，鲁迅又始终在标榜他创作的目的是启蒙主义：“说到为什么做小说吧，我仍抱着十多年前的‘启蒙主义’，以为必须是‘为人生’，而且要改良这人生。”[①] 现代中国小说中的痴狂叙事一方面记录着人性中的非理性的一面，另一方面又经常以理性为标尺来衡量其文学价值，痴狂叙事就是以这种非理性的方式实现对现代文学的理性阐释。

二　现实主义与现代主义的统一

痴狂叙事无疑具有现实主义的基础，20 世纪中国社会的波谲变迁和传统价值观的崩塌无疑给痴狂叙事提供了充足的现实基础。还以《狂人日记》为例，小说中的狂人是有现实原型的，鲁迅在写作《狂人日记》前曾一度陪伴过自己患有精神病的一个表兄，不仅如此，狂人甚至还有精神原型，具体地说是鲁迅的老师章太炎，章太炎不仅被人称

① 鲁迅：《南腔北调集·我怎么做起小说来》，《鲁迅全集》第 4 卷，人民文学出版社 2005 年版，第 508 页。

为“疯子”而且还自称为“疯子”。事实上，不仅章太炎，当时很多接受西学的文人都被称为“疯子”，因此，“疯子”“狂人”成为那个时代一部分知识者的集体称谓。《沉沦》也有充足的现实基础，《沉沦》被作为自叙传小说的代表，其中“他”身上有作者郁达夫的真实生活轨迹和心灵历程。因此，无论《狂人日记》还是《沉沦》，都是基于中国社会和个人的现实基础创作出来的，揭露中国现实环境的黑暗和腐朽无疑是其创作原动力，但是如果仅仅用“现实主义”来框定它们，无疑是不恰当的，甚至可以说根本没有真正读懂此类作品。《狂人日记》是现代文学史上第一篇具有现代意识的小说，也可以说是一篇现代主义小说，其“对整个社会生活、人生意义的合理性都提出了质疑，这种彻底性正是西方现代主义小说的先锋性的重要特征之一”。[①] 作品中所表现的绝望、颓废的悲观思想和世纪末情调无疑具有浓厚的现代主义的色彩。现代主义是盛行于20世纪之初的西方文艺思潮，无论是鲁迅还是郁达夫都提到自己走上文学道路跟大量阅读外国文学有关系，鲁迅曾经说自己走上文学创作道路全靠此前阅读的几百篇外国文学作品，郁达夫也曾提及自己在日本求学时大量阅读西方文学的事实：“在高等学校里住了四年，共计所读的俄德英日法的小说，总共一千部内外，后来进了东京的帝大，这读小说之癖，也终于改不过来。”[②] 尽管他们所接触的西方文学并非都是现代主义的文学，但西方正在流行的现代主义文艺思潮必定对睁眼看世界的第一代中国作家产生较大的影响。世纪末思潮和对上帝的怀疑是导致西方现代主义产生的主要精神原因，而对于20世纪的中国作家来说，这种精神幻灭更多是基于对具体社会现实的失望和怀疑，虽然二者的现代主义根源并不一样，但作品中无疑都具有现代主义的文学精神。中国自19世纪中期以来被西方列强瓜分的屈辱感和中

① 陈思和：《中国现代文学名篇十五讲》，北京大学出版社2003年版，第64页。

② 郁达夫：《五六年来创作生活的回顾——〈过去集〉代序》，王自立、陈子善编《郁达夫研究资料》，知识产权出版社2010年版，第166页。

华帝国中心论观念破灭后所产生的幻灭感是导致中国第一代现代知识分子精神危机的直接原因，也是中国文学借鉴西方现代主义的深层原因。不论是狂人的精神绝望还是《沉沦》中“他”的颓废沉沦都离不开这一深层原因，事实上，这种精神状态普遍存在于当时几乎所有有识之士身上，因此，痴狂叙事的选择是揭露中国黑暗现实的现实主义和借鉴西方正在流行的现代主义的统一。而新时期以来的文学发展又呈现另一种情形，一方面，改革开放以来长期被禁锢的思想意识得以全面解放，西方的各类现代意识被重新引进中国，不仅让中国知识界认识到自己的落后，产生一种自卑心理，从而全面开启对西方现代思潮的模拟和借鉴的历程。另一方面，中国知识分子特有的自负心态让新一代的作家对传统文化重新审视，希冀从中搜寻到传统文化中优于西方文化的基因，以此来增强民族自信心和优越感，这种自卑又自负的心理是新时期文学选择痴狂叙事的心理动因，也是寻根文学最先利用痴狂叙事的艺术策略。

三　个人化叙事与社会化叙事的统一

痴狂叙事是中国现代文人的个人化叙事与社会化叙事的统一。现代小说的第一代作家基本都是学贯中西的学者，他们既有深厚的传统文学修养，又有游历国外的经历，在没有进行文学创作前均已阅读了大量的东西方文学作品，对他们来说，文学创作包含两方面的心理预期，他们既想通过小说内容与形式的变革融入世界文学之林，又无法完全割舍复杂多变的中国社会现实，对他们来说，想要表现个体内心意念的兴趣与长期文学传统形成的“学而优则仕”社会责任感是统一的。因此，20 世纪初的现代中国小说急需寻找一种全新的叙事方式，这一叙事方式必须能够把中国的社会现实以一种不同于以往的方式讲述出来，这一叙事方式虽不会完全脱离社会现实的潜隐思潮但它却不再以道德教化为目的，而更热衷于叙述个体的真实感受和个人内心情绪的无拘宣泄，痴狂叙事

即是这一寻找的结果。对痴狂叙事的选择是基于这样两方面的逻辑：一是叙述者的叙事目的不是讲故事给别人听，而是基于创作个体诉说的内在需求为目的，因此，看似疯狂的无所顾忌地叙述是最符合这一目的的艺术形式，从这个角度看，痴狂叙事是最具个人化的叙事；二是无论是疯癫者还是痴傻者皆源于社会环境的压迫和束缚，在中国即表现为来自外界的各种形式的规矩、制度、伦理、文化、环境等一切有违个体意愿的东西的制约。因此，痴狂叙事的选择离不开社会话语的大环境、大背景，仍然是一种社会化叙事。

中国古代小说大多是一种群体叙事，群体叙事在现代小说史中也时有出现，但真正具有现代意义的现代小说必定是纯粹个人化的叙事。“五四”以来的中国文学，尤其是小说，存在一个明显的断层，传统的史传化叙事被现代的片断化叙事所取代，叙述人也由面目模糊的说书人变成了个性鲜明的个体，群体叙事变成了个体叙事。痴狂叙事是最具个人气质的叙述方式，它并不仅仅是一种叙事手法或艺术技巧，更多是一种话语，一种语言，一种崭新的看待世界的视角，更重要的，它是一种人类现状的书写，是人类普遍存在的一种生活方式，痴狂是现代人的象征符号。痴狂叙事意味着对个体生存状态的关注，对欲望化的个体的关注，它关注的是最具独特性的个人内心的精神状态，是最具个人化的叙事。文学是从个体来看社会，这个个体愈独特，则文学性愈强。痴狂叙事不以讲故事为主，不以情节叙事见长，它关注的是个人内心真实的隐秘的状态。因此，相对于“讲什么”，痴狂叙事更关注“谁在讲”的问题，而比关注“谁在讲”更深层的问题是“以什么样的状态在讲”，对叙述人和叙述状态的关注是痴狂叙小说的突出特色。

另一方面，痴狂叙事的叙述者又是现代中国小说独特的叙述人，是中国现代知识分子的代表，在进行个人化叙事的同时又离不开社会化叙事。几乎所有的痴狂叙事都有其社会化的原因。仍以《狂人日记》和《沉沦》为例，《狂人日记》中的“我”和《沉沦》中的“他”代表了

现代知识分子的两个方向，狂人的疯狂是基于他对社会某种不合理现状的发现，在他看来这是一个“吃人”的社会，而当他发现每个人，包括他自己在内都参与了“吃人”时，则对整个社会制度产生了质疑；而《沉沦》中的“他”首先感受到的是自己性格中非理性的一面，他越来越孤僻孤独，对外界的所有人都采取敌视态度，他无法融入这个社会，原因就在于他更关注自己的内心，“他”是一个自恋狂。“自恋是疯癫的第一个症状。其原因在于，人依恋自身，以致以谬误为真理，以谎言为真实，以暴力和丑陋为正义和美。”① 当他以自我为中心来衡量这个社会的时候，他发现正是社会的非理性造成了自己内在的非理性，于是他也把批判的矛头指向不合理的社会。无论从哪个方向出发，痴狂叙事最终的落脚点都是对社会、制度、文化、风俗等文明的批判，因此，痴狂叙事既是最具个人化的叙事也是最具社会化的叙事。

第五节 文献综述与思路方法

一 相关文献综述

实事求是地讲“痴狂叙事”这个概念虽不免带有一定片面性，但也具有较大的独创性，直接使用这一概念来搜索相关文献几乎毫无结果，因此，对该论题相关文献的综述不得不把这个概念拆分为“叙事”和“痴狂”这两个概念才能进行下去。事实上，促使笔者选择这一课题的主要原因也的确是来源于对“叙事”和“痴狂”这两个概念的分别理解，只是在把这两个概念组合为“痴狂叙事”这一个概念时，看到的却是 1 + 1 > 2 的效果。

① ［法］米歇尔·福柯：《疯癫与文明》（修订译本），刘北成、杨远婴译，生活·读书·新知三联书店 1999 年版，第 27 页。

（一）“叙事”概念的相关文献

叙事已经成为一门普遍认可的学科，即叙事学。不必讳言，叙事学理论源自西方，中国当代叙事学是在西方叙事学的影响下发展起来的。这一理论在西方有自己的发展轨迹，即从经典叙事学（亦称结构主义叙事学）发展到后经典叙事学（亦称新叙事学）。但叙事学在中国的发展轨迹却跟西方不尽相同。有必要先说一下经典叙事学跟后经典叙事学的区别，经典叙事学主要是以文本为中心，将叙事作品看作一个完全独立的体系，完全割断作品与社会、历史、文化环境等外在因素的联系；而后经典叙事学则将叙事作品视为文化语境中的产物，更多关注作品与其创作语境和接受语境的关联。西方经典叙事学发展的全盛期是 20 世纪 60—80 年代，后经典叙事学则崛起于 90 年代以后，中国对西方叙事学的全方位引进也是在 90 年代以后。在此，笔者不想过多涉及叙事学在西方的发展，而是把关注的焦点主要放在叙事学在中国的译介和发展上。

较早介绍到中国的叙事学专著是热拉尔·热奈特的《叙事话语 新叙事话语》，1990 年由中国社会科学出版社出版，同年，华莱士·马丁的《当代叙事学》也由北京大学出版社出版，施洛米丝·里蒙-凯南的《叙事虚构作品：当代诗学》1991 年由厦门大学出版社出版，米克·巴尔的《叙述学：叙事理论导论》则由中国社会科学出版社出版于 1995 年，这几部专著都是经典叙事学的代表性作品。当中国研究界正在大张旗鼓地翻译经典叙事学专著时，后经典叙事学却在西方文艺理论界悄然兴起。但中国文艺理论界慢半拍的形势并没有持续太久，改革开放的形势不仅为中国各行各业打开了方便之门，也给中国学文艺理论界一个跳跃式迎头赶上了西方叙事学理论前沿的机会，北京大学 2002 年出版的一套“新叙事理论译丛”就是一个很好的例子。这是一套五本的系统介绍后经典叙事学的理论丛书，其中包括詹姆斯·费伦写于 1996 年的《作为修辞的叙事》和写于 1998 年的希利斯·米勒的《解读叙事》与马克·柯里的《后现代叙事理论》，以及戴卫赫尔曼写于 1999

年的《新叙事学》。相比较经典叙事学的理论著作都是在出版二三十年后才被翻译到中国，后经典叙事学的著作在出版三五年后就被译介到中国，因此，可以说后经典叙事学是在方兴未艾之时就被迅速、实时地传入中国。中国的文艺理论家有时候会忽略经典与非经典之说，把经典叙事学著作和后经典叙事学著作同时引进中国，比如，杰拉德·普林斯的《叙事学：叙事的形式与功能》和西摩·查特曼的《故事与话语：小说和电影的叙事结构》都是在2013年由中国人民大学出版社出版，而前者是经典叙事学的著作，后者因涉及电影叙事学应该属于后经典叙事学的著作，因此，某种程度上可以说中国学者几乎是在同时遭遇了经典叙事学和后经典叙事学。这也从另一个侧面说明，叙事学理论在中国是不分经典和后经典的，如果非要区分，相比较而言，中国学者似乎对后经典叙事学更感兴趣。本土学者所写的叙事学著作在理念层面更倾向于后经典叙事学，比如杨义的《中国叙事学》是最早的中国学者独立完成的叙事学理论专著，这本本土的叙事学专著丝毫不掩饰自己的文化学视角，其导言的题目即为“叙事理论与文化战略”，其在具体阐释中国的文学作品时，从没有离开文化的视野，无论是对古典文学作品的阐释还是对现代文学作品的解读都是如此。尤其应该指出的是，《中国叙事学》突出了中国文化因素对中国叙事文学传统的影响，这一点认识是高屋建瓴的，任何试图对中国叙事文学作品说点什么的人，都不应容忽视这一中国文学成长的大环境。之所以中国的评论家更热衷于后经典叙事学理论，笔者认为一个关键的原因就是中国作家在自己的作品中习惯于更多灌注现实、社会、文化、政治等外在的因素，这与中国文人经世致用的入世品格是分不开的。就本文论题来说，尽管利用了经典叙事学的诸多概念，但整体框架依然是从历史、社会、文化、思潮等诸多因素来解读现代中国小说的叙事变化，并力图解释造成这一变化的内在原因，应该说整体上属于后经典叙事学的范畴，虽然对具体文本的解读也借鉴了经典叙事学的理论方法。

另外还有两本涉及叙事学方面的专著因对本论文具有极其重要的借鉴价值，因此有必要专门提及一下。一本是《巴赫金全集》，另外一本是陈平原的《中国小说叙事模式的转变》。巴赫金的文艺理论博大精深、卷帙浩繁，本文当然无法完全加以利用，笔者感兴趣的部分主要集中于他所提出的复调叙事、狂欢化理论和长篇小说的话语等几个相关的叙事学理论，这部分理论分别集中于河北教育出版社 2009 年出版的《巴赫金全集》第三、五、六卷。其中的第六卷中的长篇论文《弗朗索瓦拉伯雷的创作与中世纪和文艺复兴时期的民间文化》提出的狂欢化诗学给予笔者的启示最为深刻，这一理论不仅直接促成了痴狂叙事中的狂欢化叙事类型的提出，而且由于其狂欢化诗学所秉持的开放性态度以及对逻各斯主义的颠覆，也成为整篇论文立论的理论基础，正是这一理念让笔者对福柯的疯癫史中强调的非理性因素感兴趣，并由此确定了这个选题。相对于巴赫金的理论启示，陈平原的《中国小说叙事模式的转变》的价值在于开拓了本人对中国现代文学史深入研究的视野。《中国小说叙事模式的转变》是陈平原借助叙事学理论对现代小说研究的成功一例，这部论著在“中国小说的现代化”这一大课题下来考察中国小说叙事模式转变的“拐点”，也就是过渡期。陈平原不仅确切地给出了自己研究文本的上下限 1898 年至 1927 年，而且最终得出结论：“1922 年至 1927 年的小说创作中有大约百分之七十九的作品突破了传统小说叙事模式，这无疑是中国小说已经基本完成叙事模式转变的最明显标志。”[①] 这给学界留下了继续深入研究的巨大空间。对这个课题感兴趣的学人不禁要问：“拐点”之后呢？如果接续陈平原教授的研究课题，仍然在“中国小说的现代化”这一大课题下考察中国小说的叙事艺术，就应该研究一下现代中国小说叙事模式的发展与成熟，什么样的叙事才是真正成熟的叙事模式？如果笼统地来回答这一问题必然涉及一个相当宏大的研究课题，最终，笔者选择了其中一个分支，即非理性叙事的那一支，认为从

① 陈平原：《中国小说叙事模式的转变》，北京大学出版社 2003 年版，第 13 页。

这一分支里能够考察出“中国小说现代化”的途径和成果，甚至在某种程度上可以说这一途径更能折射出现代中国小说叙事模式成熟的一面。

(二)“痴狂”概念的相关文献

“痴狂叙事”这一概念的提出源于福柯的《疯癫与文明》。《疯癫与文明》首句引用了帕斯卡的一句话：“人类必然会疯癫到这种地步，即不疯癫只是另一种形式的疯癫。”必须承认，这句话对其以后的几个世纪的人类历史、哲学史和文艺史做了精准概括。福柯在专著中又用自己的话语重新诠释了这一句话，那就是《疯癫与文明》这本书的副标题——理性时代的疯癫史。笔者所阅读的生活·读书·新知三联书店出版的1999年5月版的这本书的封面并没有这个副标题，但书中的页眉处都加上了这个副标题。无疑，这个副标题不应被省略，因为它是对书中内容的高度提炼和概括。该书中福柯用他自己发明的知识考古的方法给我们详尽地展示了欧洲几个世纪以来用理性的方式驱赶、压制、隔离、疏远非理性即疯癫的历史。在这本书中，福柯把真实的疯子和文学作品中的疯子置于同一个层面来描述，这给了笔者一个灵感，文学家跟哲学家一样，是徘徊于正常人与疯子、理性与非理性之间的一类人，他们最有可能窥探到那个隐秘的非理性世界的一隅，福柯考察了几个世纪以来西方世界的疯癫史，这促使本人产生了一个大胆的想法，可不可以理一理中国现代文学的痴狂叙事史？这一梳理能否给我们一个观察中国新文学的全新视角？中国现代文学史上的第一个经典形象就是一个“狂人”，而其后整整一个世纪里，中国小说史中不乏形形色色的疯子、傻子、狂人、痴呆者等非正常人形象；另外，中国现代小说的叙述人也从世纪初的理性启蒙者逐渐演变为世纪末的痴狂的叙述者，鲁迅《狂人日记》中那个关心同窗疯癫的原因、整理同窗写下的“狂人日记”、希望引起疗救者注意的“余”，在世纪末却变成了彷徨无地、焦灼苦闷、只对女人乳房感兴趣的上官金童（莫言的《丰乳肥臀》），是什么原因导致这一现象的发生？这一文学典型的变迁有着怎样复杂而深刻的学理方面的

意义和价值？福柯对疯癫历史的考察带给笔者一种全新的考察现代文学史的视角，带着这样一种启示，笔者选择了这个论文题目。

另外，还必须提及学科范畴内对笔者影响比较大的相关论文和论著，其中有些论文的影响甚至是整体性和结构性的，包括黄子平、陈平原、钱理群的《论“二十世纪中国文学”》、姜振昌的《〈呐喊〉〈彷徨〉：中国小说叙事方式的深层嬗变》《〈故事新编〉与中国新历史小说》、南帆的《双重的解读——八九十年代中国文学的一种描述》，以及张清华的《中国当代先锋文学思潮论》。先说《论“二十世纪中国文学”》，虽然三十多年的时间过去了，但这篇文章所提到的“二十世纪中国文学”内含的四个方面至少有三个没有改变，即世界文学中的中国文学、改造民族灵魂的总主题、艺术思维的现代化，笔者认为，唯一有所改变的是“悲凉的美感特征”，这一美学特征在21世纪文学中有所改变，但这也恰恰印证了“二十世纪文学”作为一个整体概念的准确性和预见性。21世纪里悲凉的美感特征逐渐演变为戏谑、狂欢的美感特征，这一论题也将在本书中有所展现。另外，南帆的《双重的解读——八九十年代中国文学的一种描述》用自己的话语论述了八九十年代的中国当代文坛存在的内容与形式的矛盾关系，用南帆的话说就是与“现代化”的宏大主题不和谐的美感内容，这篇文章让笔者能够迅速把握八九十年代的当代文学的整体面貌。而姜振昌先生的《〈呐喊〉〈彷徨〉：中国小说叙事方式的深层嬗变》对笔者来说则具有两方面的意义，一是在内容上的意义，加深理解鲁迅的《呐喊》《彷徨》在叙事方法上的贡献，二在方法论的意义，既然永远无法绕开鲁迅来谈论中国现代小说，所以也无法回避《呐喊》《彷徨》对中国小说叙事模式的建构意义。另外，姜振昌先生的《〈故事新编〉与中国新历史小说》对笔者也具有极大的指导性作用，正是在他的这篇论文的指引下，笔者才从鲁迅的《故事新编》中解读到超越新历史主义小说的内涵，也正是这篇论文启示笔者跳出《故事新编》中的某一篇小说，从而看到鲁迅通过《故事新编》搭建的一个狂欢的平台。张清华的专著《中国当代先锋文学思潮论》尽管书名冠名为“先锋文学”思潮论，但由于作者眼里的先锋文学是个涵盖极广的概念，几乎涵盖了新时期以来到20世纪末所有重要的文学思潮，且对每个思潮的文化、文学和社会背景分析较为深刻，对重要的作家作品的解读既能做到具体详尽又能纳入中国当代哲学和文学发展的宏观体系范畴之中，因此，这本书对笔者具有不可多得的“向导”性意义，循此可以对新时期浩如烟海的小说创作做出必要的筛选，它可以指引笔者避开大量的无关紧要的作品的干扰，直接逼近所需要的重要的小说作品。

（三）相关论题的硕博论文

关于近年来涉及本论题的专业论文，有这样一些数据和论文需要提及，80年代中期以前涉及叙事学方面的论文比较少，80年代中期以后，由于西方语言学、形式主义思潮的引进，尤其是结构主义、叙事学理论在中国的广泛传播，对小说艺术形式的研究逐渐多了起来，在中国知网，期刊类搜索“叙事”词条并含“中国文学”，（搜索时间截至2015年5月）能够得到988篇文献，其中857条是关于“中国文学”学科领域的，而这其中又有大约有60%是中国现当代文学领域的。而在硕博类论文做同样的搜索，得到的结果是654条，其中218条是博士论文，而其中中国现当代文学领域的能够占到50%—60%，由此可见，叙事学研究在中国现代文学领域所占的分量是比较重的。但这其中与“痴狂叙事”相关的论文并不多，甚至几乎没有，只好从中选择有较大相关度的几篇论文。博士论文有苏州大学的南志刚2005年的博士学位论文，题目是《叙述的狂欢与审美的变异——叙事学与中国当代先锋小说》，从题目即可看出，他论述的重点集中在80年代中后期，而且集中于先锋小说一支；同样是苏州大学的张晓玥的《复调与中国当代小说》，虽然也使用的巴赫金的理论，但侧重点跟笔者的论题有较大不同，她更侧重从心灵诗学的视角研究小说的复调艺术；另外上海大学的

陈佳翼的博士学位论文《中国文学动物叙事的生发和建构》亦把视角集中于新时期文学，且仅限动物叙事；还有华东师范大学的王黎君的《二十世纪中国文学中的儿童视角研究》，从儿童的视角研究20世纪文学，研究的历史跨度近一个世纪；另有山东大学的徐彦利的《先锋叙事探新》，苏州大学陈黎明的《魔幻现实主义与20世纪后期中国小说》，辽宁师范大学王琮的《九十年代以来先锋小说创作的转型》等，都在进行相关的叙事学研究；同是东北师范大学的王东的《传奇叙事与中国现代小说》和张文东的《传奇叙事与中国当代小说》显然可以放在一起来阅读，结合在一起就是“传奇叙事与中国现当代小说”，虽然他们使用了“叙事”这一词语，但显然并非沿用西方叙事学的概念，笔者觉得把他们的论文换成“模式”更为恰当，事实上他们俩使用的英文词也是“pattern”，而非“narratology”，正如他们论文中所说“传奇”乃是中国古典小说的一种结构框架，虽然同样使用了“叙事”一词，但显然跟笔者的论题并非在同一个理论范畴。这些论文都从不同视角涉及笔者所谓的“痴狂”叙事，但都把视线集中于一隅或者一个较短的历史时期，大部分把视线集中于80年代之后的新时期文学，较少纵深的挖掘和概念的升华。值得一提的是，华中师范大学胡俊飞2007年的硕士学位论文，题目是《中国20世纪90年代长篇小说疯癫叙事历史意识探讨》，尽管他也注意到疯癫者不同于常人的言语、思维特征和情感体验方式，但视野较为狭窄，没有提炼出“非理性”这一本质特色，考察的范围也仅囿于90年代的长篇小说，难以得出一般性的结论。

二　思路方法与文章大体结构内容

任何概念的提出都是总结大量理论实践的结果，痴狂叙事这一概念的提出也不例外，为了验证这一概念的合理性和适用性，笔者将对新文学史的部分重要作家及作品进行重新分析解读，因此，痴狂叙事的研究是基于对不同历史时期的流派和众多不同作家作品具体分析的基础上实现的。在方法上，笔者选择了纵横交织、突出重点的方法。尽管也以小说发表的先后为暗线，但史学方法不是主要线索，所依托的基石是创作流派的特色和作家作品的艺术创新，而选择的标准则是其作品中对痴狂叙事的创新点。重点分析几个具有代表性的文学流派，比如，新感觉派、寻根小说、先锋小说、新历史主义小说等，对代表作家的选择也不以通常意义上的作家在文学史上地位高低为标准，主要考察其对痴狂叙事的表现，把流派和作家交叉论述，兼顾作品分析和思潮概括。

本书的大体结构是这样安排的：全书共分绪论、结论和另外七章共九大部分。绪论是全书的总论，提出痴狂叙事这一概念并从整体上论述痴狂叙事对现代中国小说的意义。绪论共分五小节，完成了以下几个方面的议题：首先介绍叙事学理论的整体发展状况和小说作为叙事文本的独特性，其次归纳出痴狂叙事的定义并以时间和空间为标准划分出三种不同类型的痴狂叙事，从人性本质和时代特色来论述痴狂叙事产生的原因和背景并归纳出痴狂叙事的三个精神特征，分别是理性与非理性的统一、现实主义与现代主义的统一、个人化与社会化的统一，最后一节是对相关论题的文献综述和本书的整体思路结构的介绍。

另外七章分别论述不同作家作品和文学流派的痴狂叙事创作实践和价值意义。第一章论述鲁迅小说对痴狂叙事的贡献，鲁迅的小说几乎践行了痴狂叙事的三种不同类型。《狂人日记》既是现代文学的痴狂叙事开篇之作，又是痴狂叙事代表性的文本，其主体部分是痴狂者叙事的典型，而其文言部分则是一个小型的叙述痴狂者的文本，因此，《狂人日记》是一个复调叙事的小说。除了《狂人日记》，鲁迅还用《长明灯》和《白光》两篇小说来叙述两个不同的疯狂者的遭遇，一个是被禁闭的狂人，一个是自我禁闭的疯子，对这两个疯狂者讲述的目的是对造成他们疯狂的外在文化制度的批判。鲁迅对痴狂叙事最为独到的贡献是利用《故事新编》开创了狂欢化叙事的小说文本，实现了对历史小说和

痴狂叙事模式的创新。第二章以《沉沦》为例来论证郁达夫小说中时空错乱的叙事模式，小说《沉沦》中表现出叙事与抒情、小说与诗词、中文与外文的混搭，造成这种状况的主要原因是郁达夫由诗人变为小说家，由传统文人转化为现代文人，这一身份的变迁并非郁达夫的主动追求，它一方面来源于历代文人的家国意识，另一方面也是基于社会转型期普通人的生存需要。但正是《沉沦》这种散文和诗词、中文和西文的杂糅造就了一篇“不伦不类”的现代小说，从而开创了现代中国小说浪漫抒情的一支。

第三章首先关注的是新感觉派小说产生的城市空间背景，上海独特的殖民文化为新感觉派小说的产生提供了契机，也为刘呐鸥等人的城市书写提供了素材。但不论新感觉派小说家眼里的上海是地狱还是天堂，他们笔下的城市空间都是疯狂变形的，旋转的舞厅、扭曲的人际关系、变异的亲情伦理、色情狂般的摩登女性等，都是他们笔下最常见的都市风景。新感觉派小说中取得成就最高的是施蛰存，他擅长书写城市威压下心灵空间的变迁，他笔下的心灵空间从宁静到疯狂，越接近上海越变得失衡而失控，终致入了魔道的疯狂。

第四章从痴狂叙事的视角对新时期文学进行重新梳理，关注的重点是新时期文学中三个取得较大艺术成就的小说流派，分别是寻根小说、新潮小说和新历史主义小说，主要集中于这几个小说流派的叙事变革。

第五章具体论述寻根小说的代表作《棋王》和《爸爸爸》中两类不同的痴呆，王一生尽管思维敏捷、棋艺出神入化却被称为“棋呆子”；丙崽生来就痴傻弱智却能避开历次灾难生存下来，这二者都具有某种文化象征意义。把这两篇小说放在一起讨论既是一种对比也是对老庄文化和楚文化某一侧面的展示。

第六章从家族的视角来论述新历史主义小说中的痴狂叙事，新历史主义小说热衷书写家族史，但新历史主义小说中的家族却充满了疯狂和混乱。以苏童笔下的“枫杨树”家族为例，尽管小说中写了不止一个家庭，但几乎每个家庭中都有失去理性的疯癫者，家人之间的亲情和关爱荡然无存，有的只是淫乱、妒忌、暴力、杀戮等仇恨和罪恶。小说中的叙述者跟家族的关系呈现一种渐行渐远的状态，家族史完全成为一种虚构的历史。

第七章重点介绍了三个当代作家不同的痴狂叙事创作，分别是残雪、王小波和莫言。这其中，残雪的梦魇叙事是最为神秘也最令人费解的。残雪不仅叙述可怕而怪诞的噩梦，更以一种梦魇状态来叙事，这就使她的小说不仅内容变得晦涩难懂，而且使她的写作状态变得扑朔迷离。王小波小说的独特之处在于其中的叙述人，这是一个游走于真实与虚构、历史与现实之间的叙述人，也是一个自由穿梭于文本内外的叙述人。他小说中戏谑化的叙述语言使他成为继鲁迅之后另一个尝试狂欢化叙事的作家。莫言是痴狂叙事的集大成者，他的小说不仅拥有众多的疯癫痴狂者，而且也汇集了多种样式的痴狂叙事文本，既有对疯癫者故事的讲述，也有疯癫者讲述的故事，同时他也继承并发展了鲁迅开创的狂欢化叙事，他的《檀香刑》《丰乳肥臀》等小说模拟搭建狂欢节舞台，以此来诠释巴赫金的狂欢化文学理念。在某种程度上可以说莫言获得诺贝尔文学奖得益于他小说中的痴狂叙事成分。

本书的结论总结了论文创新性、应用价值和存在问题，简单地说，痴狂叙事这一概念的提出是论文的一大创新。把痴狂叙事应用到对现代中国小说的重新诠释和解读是论文最重要的应用价值。同时还应看到，论文并没有充分涵盖所有形态的痴狂叙事的现代中国小说，这一论题还存在很多问题有待进一步论证，不少作家的创作具有痴狂叙事的不同形态，但限于篇幅并没有去涉及，诸如此类的问题表明这一论题尚有充足空间可做进一步的探讨和挖掘。

总之，痴狂叙事概念的提出和从痴狂叙事的视角重新审视中国现代小说是一个崭新的课题，有较大的研究潜力和挖掘空间，由此对 20 世纪中国文学进行管窥，不仅能够看到现代小说研究中长期被研究者忽视

的一个侧面，由此深入人性深处最复杂黑暗却难以掩饰的非理性的一面，更为重要的是，从痴狂叙事这样一个新的概念入手可以重新审视中国新文学在叙事学方面所做的艺术尝试，由此重新评估现代中国文学所取得的文化和文学成就。

第一章　从疯癫到狂欢：开启痴狂叙事的鲁迅小说

1918 年 4 月发表的《狂人日记》和 1935 年 12 月发表的《起死》分别是鲁迅小说创作的开篇之作和收官之作，尽管这中间相隔了十八年之久，但当我们把鲁迅的小说放在一起阅读时，却能发现鲁迅小说存在的某种独具的内在素质。抛开《起死》历史小说（整部《故事新编》集是否为历史小说依然是现代文学争论的焦点之一）的外衣，两部作品中的主人公都是处于非正常状态的人物，《狂人日记》中的“我”是个言语疯癫的狂人，而起死中的庄子则像个行事呆傻的痴汉，在常人的眼里他们似乎已经失去了正常的理性和智性，颇有些疯癫和痴傻。纵观鲁迅十八年的小说创作，一直存在这样两类比较独特的人物：一类是疯癫者，一类是痴傻者。疯癫者形象除了《狂人日记》中的狂人，还是《长明灯》中的疯子和《白光》中的陈士成，尽管篇幅不多但却是独特的一群。鲁迅笔下的痴傻者形象大多出自《故事新编》，除了刚才提到的庄子外，还有百无聊赖到捏泥人自娱的女娲、搜寻不到大的猎物只好整日吃乌鸦炸酱面的后羿、被老婆骂作“杀千刀的”大禹、止楚伐宋后却被募捐救国队募去了包袱的墨子……其实整部《故事新编》中的人都有些怪异，这源于《故事新编》设置的一个狂欢的平台，因此其中的人物都处于一种狂欢的状态。无论是疯癫者还是痴狂者都能够折射

出鲁迅小说所具备的一种独特的叙事维度，而恰恰是这种痴狂化的叙事维度使得鲁迅的小说具备了某种现代性的标识。笔者把这种标识称为痴狂叙事，也即叙事人（不论是第一人称还是第三人称）以一种疯癫、痴傻、狂欢等非理性、非常规的方式来构筑小说文本，不论叙事人在文本中呈现的状态是一种写真的痴狂或是一种佯装的痴狂，这种叙事方式都可以称为痴狂叙事。鲁迅小说中的痴狂叙事不仅是对常规和理性叙事的颠覆和反拨，而且开创了一种崭新的叙事形式，也开启了现代中国小说的大门。

第一节　《狂人日记》与痴狂叙事的缘起

一　叩开现代中国小说“大门”的狂人

《狂人日记》发表已经近一个世纪了，一个世纪以来文学评论界对它的关注从未停止过，这当然离不开它在文学史上引人注目的地位。尽管措辞有些微的差异，但几乎所有的现代文学史①提到《狂人日记》时都少不了“第一篇”“现代”“白话”“短篇小说”这样几个关键词，它因“表现的深切和格式的特别”② 牢牢占据了中国现代小说第一的位置；它还是成熟的现代小说的典范，“中国现代小说在鲁迅手中开始，又在鲁迅手中成熟，这在历史上是一种并不多见的现象。”③ 《狂人日记》的发表一下子就把小说提到文学大家庭中最重要的地位，试比较

① 参考两部文学史：钱理群、温儒敏、吴福辉《中国现代文学三十年》（修订版）这样说：“这（指《狂人日记》）是中国现代文学史上第一篇用现代体式创作的白话短篇小说。”北京大学出版社 1998 年版，第 30 页；朱栋霖、丁帆、朱晓进主编《中国现代文学史》这样说：“《狂人日记》是中国现代文学史上第一篇现代型短篇白话小说。”高等教育出版社 1999 年版，第 34 页。

② 鲁迅：《且介亭杂文二集·〈中国新文学大系〉小说二集序》，《鲁迅全集 6》，人民文学出版社 2005 年版，第 243 页。

③ 严家炎：《〈呐喊〉〈彷徨〉的历史地位》，《世纪的定音》，作家出版社 1996 年版，第 64 页。

一下白话新诗和现代话剧的开篇在文学史上的不成熟性，我们就更能理解《狂人日记》在艺术上的成熟以及对现代中国小说的开创性意义。

尽管文学史和评论界对《狂人日记》的评价很高，但在回答为什么时却是众声喧哗，没有定论。按照文学常识评价一部文学作品艺术高下不外乎内容和形式两个方面。早期对《狂人日记》的评价更多关注内容方面，尤其关注其在思想内容上的深刻性。作品发表不久，吴虞就以《吃人与礼教》为题对其反封建礼教的思想意义做出评价，这一与时俱进的评价得到时人的广泛认可，甚至连鲁迅本人也颇受影响，在后来提到《狂人日记》的写作目的时也说其“意在暴露家族制度和礼教的弊害”①，直到20世纪70年代末严家炎仍然延续这一思路，表达了这样的思想：“这篇小说的矛头不仅指向封建礼教，而且要求推翻整个封建制度的根基。”② 然而，作为现代文学史上的第一篇白话小说，《狂人日记》的开创性不仅仅表现在内容上，其在形式上的创新价值在某种程度上甚至大于内容上的意义。对家族、礼教、制度方面的批判完全可以在非文学的层面得以完成。事实上，新文化运动前反对专制礼教的宣传已经深入人心了，孙中山的“天下为公”的理念即是对家族专制思想的全面否定。近年来，有研究表明：“实际上，在辛亥革命之前就有一场启蒙，而且这场启蒙已经把民主、共和，在所谓‘天下为公’和反对‘家天下’的名义下，搞得几乎人人皆知了。”③ 小说从来不是意识形态批评上的主力军，小说的价值应该回到小说这种独特的艺术形式本身来考察。

当文学史以“第一篇现代白话小说”来标识《狂人日记》时，我们该如何理解“现代”和“白话”这两个定语呢？刘纳曾经质疑中国现代文学中的“现代”一词，认为无论是从时间上还是性质上用“现

---

① 鲁迅：《且介亭杂文二集·〈中国新文学大系〉小说二集序》，《鲁迅全集6》，人民文学出版社2005年版，第244页。

② 严家炎：《〈呐喊〉〈彷徨〉的历史地位》，《文学评论》1981年第5期。

③ 秦晖等：《重估新文化运动的价值》，《探索与争鸣》2015年第7期。

代”一词来界定20世纪初以来的中国文学都是不恰当的，她主张恢复使用“新文学”这一术语，而且她所界定的新文学之“新”更多体现在语言上，但她以“新”标准界定的第一篇“新小说”依然是《狂人日记》，也就是说她更看重《狂人日记》在语言上的创新意义，她指出：“而小说《狂人日记》则体现了鲁迅与现实世界建立的审美联系，这种审美联系之所以具有文学史界标意义，首先因为它出之以新式白话。”[①] 陈思和亦非常重视从语言视角来界定《狂人日记》的先锋性，他认为：“鲁迅的《狂人日记》开创了一个新的语言空间。这个语言空间，如果用一个词来概括它，那不是白话，而是‘欧化’。”[②] 无论是刘纳的“新式白话”还是陈思和的“欧化语言”都提醒我们不能忽视《狂人日记》在语言上创新与变异。然而，当我们承认《狂人日记》在语言上的创新意义的同时，应该继续追问为什么会有这种语言上的断裂？刘纳在上文中还做了一个颇具意味的假设，她假设鲁迅不是写了一篇小说，而是把“吃人”写进“随感录”之中，是否也会起到振聋发聩的作用，她的回答是“也能的”。但在笔者看来，尽管“吃人”这一命题可以用各种艺术方式来提出，但其影响力却无法跟叙事文学作品相媲美。刘纳大概忽略了这样一个事实：“吃人”主题写入随感录并非一个假设，对于“吃人”话题，鲁迅后来的确用杂文形式式写过几乎同样的题材，只是发表得比《狂人日记》晚一些而已。试读这段话：“于是大小无数的人肉的筵宴，即从有文明以来一直排到现在，人们就在这会场中吃人，被吃，以凶人的愚妄的欢呼，将悲惨的弱者的呼号遮掩，更不消说女人和小儿。”[③] 在笔者看来，这篇出自鲁迅杂感《灯下漫笔》的文章跟《狂人日记》是互文的，它对中国“吃人”历史揭露的深刻程度并不亚于《狂人日记》，但很明显，它的影响力远比不上《狂人日

① 刘呐：《新文学何以为“新”——兼谈新文学的开端》，《中国现代文学研究丛刊》2012年第5期。

② 陈思和：《中国现当代文学名篇十五讲》，北京大学出版社2003年版，第65页。

③ 鲁迅：《坟·灯下漫笔》，《鲁迅全集1》，人民文学出版社2005年版，第229页。

记》，为什么会如此呢？要回答这个问题必须从现代小说独具的叙事伦理说起。

那么什么是“现代小说”？要回答这个问题必须先回答什么是“小说”，文学理论教科书中这样定义“小说”：“一种侧重刻画人物形象、叙述故事情节的文学样式”①，有了“小说”的定义，“现代小说”是否就等同于小说之前加上“现代”二字就万事大吉了呢？事实并非如此简单，无论在欧洲还是在中国都很难说存在一个跟“现代小说”相对应的“古代小说”，就侧重叙事的文学体裁来说，在古代欧洲，叙事文学是以史诗和戏剧的形式出现的；而在古代中国，叙事文学作品则有自己专门的名称，被称为神话、寓言、传奇、志怪、平话、话本等，尽管“小说”一词在中国早已存在，但我们必须承认真正意义上的现代小说起源于欧洲文艺复兴之时。我们现在对小说的称谓是20世纪以来小说史对其追认，甚至这种追认亦是先从外国人开始的。鲁迅在《中国小说史略》中说：“中国之小说自来无史；有之，则先见于外国人所作之中国文学史中，而后中国人所作者中亦有之，然其量皆不及全说之什一，故于小说仍不详。”② 因此，无论在欧洲还是在中国，小说都兴起于晚近的现代社会，而且小说的兴起在某种程度上可以作为“现代化”的标志。刘小枫认为现代小说兴起必须满足这样几个层层递进的方面，首先，现代小说是对现代哲学和科学建构的理性世界的反拨，它更关注的是个人的具体生活。

> 小说询问什么是个人的奇遇，探究心灵的内在事件，揭示隐秘而又说不清楚的情感，解除社会的历史禁锢，触摸鲜为人知的日常生活角落的泥土，捕捉无法捕捉的过去时刻或现在时刻缠绵于生活

---

① 童庆炳：《文学理论教程》，高等教育出版社1998年版，第171页。

② 鲁迅：《中国小说史略》，齐鲁书社1997年版，第5页。

中的非理性情状，等等。①

20世纪初，当中国试图进入现代社会时，小说在中国文坛的地位才刚从“婢女”升为“主妇”。此时，中国文坛出现了大量各种类型的小说，从谴责小说到鸳鸯蝴蝶小说再到黑幕小说，以及梁启超所倡导的以“改良群治”和“新民”为目标的政治小说，但按照刘小枫的说法，这部分小说距离真正的现代小说仍有一定的距离，现代小说尚需满足另外一个条件，它不对人的善恶和德行做出评价，也即小说不应该说教。按照这个标准，中国古代的大部分小说必然不符合现代小说的标准，因为说教恰恰是中国古代小说存在的最大理由。在排除了群体、理性和道德后，刘小枫认为小说“存在的唯一理由”，“就是个体偶在的喃喃叙事，就是小说叙事本身，在没有最高道德法官的生存处境，小说围绕某个个人的生命经历的呢喃与人生悖论的模糊性和相对性厮守在一起，陪伴和支撑每一个在自己身体上撞见悖论的个人捱过被撕裂的人生伤痛时刻。”② 如果遵循这一现代小说存在的唯一理由，那么《狂人日记》作为第一个现代意义的小说来说，它就是一个狂人在疯狂时的疯言痴语，一个疯子内心的真实记录，它在叙事学上的真正意义就是提供了一个痴狂叙事的现代摹本。《狂人日记》之所以不断被重提、被阐释，被解读不是因为它书写了一个多么深刻的主题，而是因为它叙述了一个狂人的故事。但奇怪的是无论评论者还是一般的读者很少有人把狂人作为一个真正的疯子来看待，而更多是把他看作一个理性的启蒙者。事实上，狂人身上既承载了理性的光芒，又内蕴着非理性的疯癫病态，既有启蒙的思索，又有反启蒙的反思。更重要的是《狂人日记》以狂人的口吻来书写了一个狂人的故事，因此，它在形式上最先抛弃了理性常规的叙事模式，选择一种非理性的、痴狂的叙事模式，这是对中国传统的教化小

① 刘小枫：《沉重的肉身》，华夏出版社2012年版，第150—151页。

② 同上书，第155页。

说和近代鸳蝴小说及黑幕小说等功利主义小说理念的反叛。因此，作为第一个现代白话小说的《狂人日记》开启了痴狂叙事模式。

二　《狂人日记》的复调叙事模式

《狂人日记》形式上的创新毋庸置疑，但痴狂叙事并非其唯一的叙事模式，其最鲜明的“格式的特别”仍然表现在其叙事上，其叙事隐含着两套不同的叙事模式，也就是说，《狂人日记》叙事模式是复调的。严家炎较早注意到鲁迅小说中的复调现象，他在论文《复调小说：鲁迅的突出贡献》提出了这一观点：“鲁迅小说里常常回响着两种或两种以上不同的声音。而且这两种声音，并非来自两个不同的对立着的人物（如果是这样，那就不稀奇了，因为小说人物总有各自不同的性格和行动逻辑），竟是包含在作品的基调或总体倾向之中的。”① 这的确是一个比较独到的发现，但比较可惜的是，他在用《狂人日记》来论证鲁迅复调小说时所做的阐释却不够恰当，且他所谓的复调跟巴赫金的复调本义存在理解上的偏差。当然，任何文学概念都是在阐释中产生并发展的，不同的评论者会在同一概念中找到不同的理论生长点，但如果打算使用概念的本义，却因对概念的理解不够透彻而出现阐释上的偏差，则有必要重新回归原典，并以原典中概念的本义对文章进行深入的探索和发掘。笔者在此仅论证《狂人日记》如何体现了巴赫金所界定的复调概念，希望能对严先生的观点进行些许的补充。

严先生在用《狂人日记》来论证鲁迅小说的复调特色时做了这样的阐释：

> 以《狂人日记》为例，同一个主人公的日记，就既是疯子的

① 严家炎：《论鲁迅的复调小说》（增订版），北京大学出版社2011年版，第62页。原文题目为《复调小说：鲁迅的突出贡献》，原载《中国现代文学研究丛刊》2001年第3期。

> 千真万确的病态思维和胡言乱语，又能清醒深刻、振聋发聩地揭示出封建社会历史的某种真相；当然这还只是表层的。在深层内容上，同样也响着两种声音：主人公一方面在激昂地愤怒地控诉礼教和家族制度吃人的罪行，另一方面，又在沉痛地发人深思地反省自身无意中也参与了“吃人”的悲剧，惭愧到了觉得“难见真的人”。战斗感与赎罪感同时并存。①

按照严先生的理解，《狂人日记》中主人公的两种声音：一是表层的疯子和反封建战士发出的两种声音；二是在深层上控诉礼教和家族制度的战斗感和反省自身的赎罪感并存，总之，是狂人一人的不同声音，这便是《狂人日记》复调的表现。严先生或许可以如此来理解《狂人日记》的复调特色，但巴赫金的复调本意却并非如此。

复调是巴赫金在研究陀思妥耶夫斯基的小说时提出的概念，集中体现在他的论著《陀思妥耶夫斯基诗学问题》，在文中他并没有对这个概念做具体定义，但却详细说明了陀思妥耶夫斯基作品中复调的体现：“众多独立而互不融合的声音和意识纷呈，由许多各有充分价值的不同声音（声部）组成真正的复调——这确实是陀思妥耶夫斯基长篇小说的一个基本特点。”② 这段话点明了陀思妥耶夫斯基复调小说中最重要的特色是：存在不同的声音，正是这不同的声音组成了复调。很多人据此认为只要作品中的主人公发出不同的声音，也即小说主人公性格复杂，作品主题多元，便属于巴赫金所谓的复调小说。上文中严先生在阐释《狂人日记》的复调时也用了狂人的“两种声音”，便是从这个角度来理解巴赫金的复调概念的。但实际上，巴赫金用“复调”一词只是一种隐喻，它并非指作品中某个角色的声音，而是指作品的结构方

---

① 严家炎：《论鲁迅的复调小说》（增订版），北京大学出版社2011年版，第62页。原文题目为《复调小说：鲁迅的突出贡献》，原载《中国现代文学研究丛刊》2001年第3期。

② ［俄］M. 巴赫金：《巴赫金文论选》，佟景韩译，中国社会科学出版社1996年版，第3页。

式，“在陀思妥耶夫斯基的作品中，小说结构的所有成分都是极其独特的；所有这些成分都取决于一个新的艺术课题：建立一个复调世界和打破既定的、基本是独白型（主调）的欧洲小说形式。”① 这一特殊结构体现出作者给予主人公的一种态度和立场，使主人公能够保持独立性和内心自由。巴赫金的复调小说的确强调不同的声音，但这不同的声音不是指作品主人公表现出的思想意识，而是指作品主人公和作者之间建立各自独立的话语体系，形成一种对话关系，生成不同的意义空间。作者并不试图整合这些人物之间的分歧，而是任其自由地表现，充分展现主人公的独立和自由。因此，复调不可能发生在同一个主人公身上。复调是一种艺术方法，它不是表现在作品主题上，而是表现在话语和结构上，相比于结构一体的独白型小说，复调小说指的是一种结构形式上的变革，因此，如果想要从《狂人日记》中找出类似陀思妥耶夫斯基的艺术课题，必须从结构上着手。严先生上文所举《狂人日记》的例子主要说明狂人内含的复杂性，更多体现在作品的思想内容层面。可见，严先生笔下鲁迅小说的复调跟巴赫金笔下陀思妥耶夫斯基的复调并非一回事，严先生所谓的复调是指小说主题的多元性，而巴赫金所说的复调则是指叙事结构，是属于叙事学范畴的术语，用叙事学的术语来说明巴赫金的复调就是：复调小说中存在多套不同的叙事话语分别属于作者和不同的小说主人公，这多套叙事是平行的，由此体现出作者对主人公的平等态度，这样整个文本才会形成一种对话关系和“多声部”现象。因此，考察一部小说是否为复调小说必须从文本的叙事入手。

从叙事学的角度考察，《狂人日记》首先是一个复合叙述文本。所谓复合叙述是指：“当一个叙事中有两个以上叙述者时，就有可能在他们之间建立起一个等级顺序，最终介绍全部叙事（包括作为其组成部分的所有最小叙事）的那一个是主要叙述者。其他的是第二叙述者，

① ［俄］M. 巴赫金：《巴赫金文论选》，佟景韩译，中国社会科学出版社1996年版，第5页。

或第三叙述者，等。”[①] 根据这一概念，《狂人日记》的主要叙述人是文章第一段中出现的“余”，是“余”的叙事引出了“我”的叙事，尽管“余”叙述的部分要远少于“我”的叙述，但“余”的重要性却不容忽视，他的存在具有结构性意义，正是他的讲述引出狂人的故事。“叙事的真正主题，是特定事件的表现而不是事件本身；真正的主人公是叙述者，而不是他的任何一个人物。”[②] 从这个意义上说，《狂人日记》至少存在两个主人公，一个是“余”，一个是“我”，从叙事角度来看，这两个主人公的价值是对等的，他们既互相渗透又互相间离。因此，《狂人日记》至少存在两套叙事，这样才会有对话，才有可能形成复调，没有“余”的叙事，《狂人日记》的复调就无从谈起。但严先生却没有给予“余”的叙事以足够的重视，他认为：“文言‘小序’的作用，仅在于交代日记的来历，告诉读者它由一个‘迫害狂’患者所记，以增强作品的真实感和可信性，并无其他更玄奥的含义。我们不必穿凿附会，求之过深。”[③] 事实上，恰恰相反，没有“余”叙事，《狂人日记》根本不可能形成复调。复调所形成的“多声部”对话就来自叙事结构的设置。

詹姆斯·费伦这样定义“叙事”：“某人在某个场合出于某种目的对某人讲一个故事。”[④] 如果依据这个定义，《狂人日记》实际上是由两个不同的叙事文本组成的：一个是“余”讲述的自己的朋友患上“迫害狂”病又痊愈的故事文本；另一个是“我”以日记形式记述的自己在“迫害狂”精神疾病状态下的一段心灵历程的文本，对《狂人日记》的复调叙事的研究必须首先从厘清这两个不同的叙事文本之间的关系着手。为方便起见，笔者将“余”讲述的部分称为“余文本”，而将

---

① ［美］杰拉德·普林斯：《叙事学：叙事的形式与功能》，徐强译，中国人民大学出版社2013年版，第17页。

② 同上书，第14页。

③ 严家炎：《论鲁迅的复调小说》（增订版），北京大学出版社2011年版，第68页。

④ ［美］詹姆斯·费伦：《作为修辞的叙事：技巧、读者、伦理、意识形态》，陈永国译，北京大学出版社2002年版，第14页。

“我”记叙的部分称为“我文本”。在此没有采用通常称“余文本”为小序，“我文本”为正文的做法，因为，笔者认为“余文本”是《狂人日记》不可分割的部分，而且是在叙事结构中起重要作用的部分，不应该作为文章的序文来对待。长期以来，对《狂人日记》的关注主要集中在“狂人的日记”，即上文所谓“我文本”上，而忽视了对“余文本”的研究，这种做法回避了一个问题，即作者为何要用文言写一个“狂人日记”的来历？在那个倡导白话文的“文学革命”时期，既然“狂人的日记”是用白话写成的，那么用文言形式的“余文本”来解释“狂人日记”的来历是否有画蛇添足之嫌呢？仅仅用“增强作品的真实感和可信性”来解释未免低估作者的良苦用心，笔者认为这其中有更深层的原因。

通读《狂人日记》我们发现一个非常奇特的现象，小说文本中只有在题目《狂人日记》中出现过“狂人”二字，而在文本的其他地方和其他人的言语中从来没有出现过“狂人”的称谓，而把狂人的日记称为“狂人日记”同时自认为“狂人”的正是狂人自己，“余”也只是沿用了这一称谓。因此，“狂人”的称谓是自封的，在别人眼里，甚至在其兄长眼里狂人也只是“疯子”而已。

事实上，在《狂人日记》的叙事中存在三个不同的“狂人日记”文本。一个是作者鲁迅所写的那个载入现代文学史的具有开创意义的小说《狂人日记》，这是一个已经成型的文本，是一个可供阅读的言语实体；另一个存在于《狂人日记》的叙述者“余”的讲述中，“余”在返乡途中去拜访得病的昔日校友，但没有见到这个人，却得到了此人在病中写的两册日记，“余”通过阅读昔日朋友的日记得知他患有“迫害狂”病的事实，尽管“余”用这种讲述来证明这两册日记是真实存在的，但我们并没有看到狂人写的这两本日记的真实文本，虽然在“余”的叙述中它似乎是真实存在的，但它仍然是虚拟文本，这是第二个“狂人日记”文本；第三个“狂人日记”文本是“余”对狂人的二册日

记做了整理后得到的“狂人日记”文本，也即笔者上文所谓“我文本”的“狂人日记”，它是由 13 个小节组成的白话文形式的言语实体，也是小说《狂人日记》的主体部分，它虽然是一个自称“狂人”的人所写，但却是经过“余”编辑整理过的。因此，很难说这个“狂人日记”文本的书写人只是狂人，只能说它是“余”和狂人共同加工完成的一个文本。相对于不同的“狂人日记”文本，“余”的身份是复杂多面的，对于真实的《狂人日记》文本，他是一个叙述者——人物，“无论叙述者是否被称为‘我’，他总是或多或少地具有介入性，也就是说，他作为一个叙述的自我（narrating self）或多或少地被性格化。”①“余”不仅仅是《狂人日记》的叙述者，还是其中一个重要的人物，正是他发现了狂人的二册日记，并据此整理出了另一个版本的“狂人日记”。“余”讲述的只是“狂人日记”的来历，而不是《狂人日记》的来历，他只是《狂人日记》中的一个人物，不能把他等同于作者；在“余文本”中他是叙事主人公，从他的叙述中我们知道他曾经跟这兄弟二人在同一所中学校里读书，接受过新式教育；他能从“狂人的日记”中看出他得的是“迫害狂”病，说明他接受过专业的西方医学知识；更重要的是他没有对昔日同窗患“迫害狂”持旁观态度，他整理狂人的日记，希望能引起更多人的关注。对于第三个版本的“狂人日记”，“余”是编撰者和参与者，是幕后英雄，这本“狂人日记”中的一切思想也是“余”认可和推崇的。尽管在“余”的叙事中和患“迫害狂”的昔日良友并没有见面，但他们通过“狂人日记”形成交流对话。从叙事功能上来看，“余”是狂人的发现者，狂人的故事是“余”讲述出来的，“我文本”的“狂人日记”是“余”和狂人共同编写的。

“余”在这里不仅讲述了两个“狂人日记”的来源，更讲述了两个启蒙的故事，如果说“我”是被禁闭的狂人，那么“余”就是被驱逐

① ［美］杰拉德·普林斯：《叙事学：叙事的形式与功能》，徐强译，中国人民大学出版社 2013 年版，第 10 页。

的启蒙者。这样《狂人日记》文本内就存在两套叙事模式，讲述了两个启蒙的故事，一个是“余”讲述的启蒙故事，一个是狂人讲述的启蒙故事；一个是在理性的状态下用文言文讲述的，一个是在疯癫的状态下用白话文讲述的。“余文本”作为一个独立的启蒙故事，主人公“余”操持着一口流利的文言，用传统的叙事手法，讲述的是一个曾经发生过的启蒙故事；而“我”则用不太流畅的欧式白话，用痴狂叙事手法，讲述一个正在进行的启蒙故事。如果说白话文的使用和痴狂叙事手法在那时被认为是一种“革新”的表现，那么，从“余”使用的语言和传统的叙事方式可以推知他略带保守的态度和他本人对启蒙结果的怀疑。尽管如此，“余”仍然对新的启蒙者不遗余力地支持，编辑整理“狂人的日记”，希望能够引起更多的人关注支持启蒙。因此，无论是从使用的语言还是叙事的方式上看，“余”都占据话语的一极，也就是说，他是《狂人日记》中不可忽视的一种声音，如果说《狂人日记》是复调小说，那么“余”的声音就不是可有可无的，而是必不可少的。

如果说《狂人日记》是复调小说，“余”的声音是常规的、理性的，那么，作为狂人“我”的声音则是疯癫的、痴狂的。但“我”的痴狂叙事背后却暗含着真理的声音。

阅读《狂人日记》的“我文本”，几乎一眼就能看出叙述人“我”的不正常，这种不正常来源于其话语的表层内涵不符合基本常识，起首一句话就是：“今天晚上，很好的月光。我不见他，已经三十多年；今天见了，精神分外爽快。才知道以前的三十多年，全是发昏；然而须十分小心。不然，那赵家的狗，何以看我两眼呢？我怕得有理。”① “我”的这段叙述有违两方面的常识，其一，有违客观知觉常识。作为正常的成人生活，不可能三十多年没有看见过月光。其二，有违主观的感觉常识，明明是他看见狗感觉害怕，却说成狗看了他两眼。随后这种有违常规的叙述在文本中越来越多，比如：

---

① 鲁迅：《狂人日记》，《呐喊·鲁迅全集1》，人民文学出版社2005年版，第444页。

> “他们会吃人，就未必不会吃我。”……“吃人的是我的哥哥！我是吃人的人的兄弟！我自己被人吃了，可仍然是吃人的人的兄弟！”……“我未必无意之中，不吃了我妹子的几片肉，现在也轮到我自己，……有了四千年吃人履历的我，当初虽然不知道，现在明白，难见真的人！”①

如果不打算把《狂人日记》作为一篇恐怖小说来阅读的话，那就必须为其叙事找到一个合适的词来界定。笔者把“我文本”的“狂人日记”的叙事模式界定为痴狂叙事。这种叙事模式最大的特点就是叙述人以一种看似疯癫或痴傻的状态来介入叙事，以一种非理性、非正常的眼光来看待外界，但这种经过狂人非理性眼光过滤的自我意识却因具备新的理性而更具真理价值。进入文学视域的痴狂已经不仅是一种心理学和精神病学现象，而更像是一种社会学和文化现象，它暗示了两种价值观尖锐对峙的矛盾结构，也催生了对方的存在，正如福柯所说：“也许，正是由于这种模糊不清的存在，西方理性才达到了一定的深度。正如‘张狂’的威胁在某种程度上促成了苏格拉底式理性者的‘明智’。”② 正是痴狂叙事让《狂人日记》具有最鲜明的复调性质，痴狂叙事所形成的看似非理性的声音跟常规而理性的声音交织在一起，形成《狂人日记》独具特色的复调叙事。

巴赫金在讨论复调小说中的主人公跟独白型小说中的主人公的差别时提出：“构成主人公形象的因素，不是现实——主人公本身及其生活环境——的特征，而是这些特征在他本身和他的自我意识中的意义。”③ 这一点在狂人身上表现得尤其明显。狂人最突出的特色是他的异质性，而这种异质性的形成不是因为他跟周围环境的格格不入，而是因为外界

---

① 鲁迅：《狂人日记》，《呐喊·鲁迅全集1》，人民文学出版社2005年版，第446—454页。

② ［法］米歇尔·福柯：《疯癫与文明》（修订译本），刘北成、杨远婴译，生活·读书·新知三联书店2012年版，第3页。

③ ［俄］M. 巴赫金：《巴赫金文论选》，佟景韩译，中国社会科学出版社1996年版，第58页。

环境通过狂人自我意识的折射而形成一个“新环境”，正是这个“新环境”让人感觉到陌生和怪诞，三十年未见的月光，会窥视人的狗，交头接耳的邻人，大哥的“吃人”以及写满“吃人”的历史……所有熟悉的东西之所以变得陌生，就因为经过狂人自我意识的过滤。为什么会这样？笔者认为原因就在于狂人的外来文化素质。狂人是西方文化的象征，尤其是西方文化中个体意识、独立精神的象征。个体意识起源于古希腊社会私有制的确立和公民身份的认可，表现在文化心理上就是对个性特色和独立意识的看重；而中国古代社会因为从来就没有形成真正的私有制，王权制的过早确立让“普天之下，莫非王土”的思想根深蒂固，同时，家庭被捆缚于氏族宗法制之上，而个体又是从属于家庭的，因此，中国传统文化向来缺少独立意识和个性文化。当接受了西方个体意识的狂人生活在以集体意识为特色的传统社会环境中时，产生陌生感、孤独感、恐惧感是不可避免的。因此，当狂人质疑中国历史时，他质疑的就不仅仅是家族制度和礼教，而是以集体意识为特色的整个中国文明史以及生活于其中的每个人，包括狂人本人。这样，使用中国传统的叙事方式和文言来表达狂人的个体意识显然不相符合，于是痴狂叙事和欧式白话便应运而生，因为“叙事远非仅仅是可以塞入不同内容（无论这种内容是实在的还是虚构的）的话语形式，实际上，内容在言谈中被现实化之前，叙事已经具有了某种内容”。[①] 作为一种叙事方式，痴狂叙事因此具有形式和内容两方面的意义。

如果“我”仅仅是独异的个体，还不会成为狂人，“我”还是中国现代知识分子的代表。中国传统文化和文学中并不乏独异的个体和狂放的文人，比如屈原、嵇康、阮籍、李白等，他们跟狂人最本质的区别在于：虽然狂放不羁，但他们仍然是传统知识分子，跟自己的生存环境并不构成本质的冲突，他们的狂放、不满、怨天尤人恰恰是因为自己不被

① ［美］海登·怀特：《形式的内容：叙事话语与历史再现》，董力河译，文津出版社2005年版，第3页。

重用，无法更好服务于他们所从属的制度体系。而“现代知识分子与他所生活的现实世界就是一种不相容性，批判是他们与现实唯一的联系点，他们的基本任务就是不断揭示现实人生，社会现存思想文化的困境，以打破有关此岸世界的一切神话”。[①] 外来文化的本质注定狂人天生就已经游离于传统文化体系之外，失去了皇权的庇佑，使他命中注定成为被围观、被禁闭、被放逐的人。作为现代知识分子，质疑传统和现行体制成为他最锋利和最具杀伤力的武器。同时，他把启迪民智作为自己的职责所系，然而这种一厢情愿的启蒙却时常被看作发疯而被围观，他的启蒙和反抗几乎没有取得任何实际效果，换来的只是被包括亲人在内的人称为“疯子”。被称为“疯子”和自称为“狂人”其意义是迥然不同的，一个是庸众对体制外的行为怪诞者的蔑视，一个是启蒙者以自傲的姿态对个人价值的肯定。

外来的个体意识和现代知识分子的批判精神造成了狂人的孤独和疯狂。借助痴狂叙事我们看到的不是狂人是怎样的一个人，而是狂人眼里的外界是怎样的，考察的对象已经不是主人公的现实存在，而是主人公对这一现实存在的认识活动。这样，《狂人日记》中痴狂的声音才成为独具特色的自由旋律。

三 《狂人日记》复调叙事产生的根源

现代叙事类文艺作品发展的一大趋势是作者不断试图掩盖自己的声音，然而人类天性中创作的冲动又让作者充溢着大声喊出自己声音的欲望，复调小说作者的声音就在这种既要掩盖又想大声喊出的矛盾中被保留下来。复调小说作者的意识被贯彻于创作过程的始终，既是构思的组成部分，又是必要的组织因素被保留在完成的小说形式之中。《狂人日

① 钱理群、温儒敏、吴福辉：《中国现代文学三十年》（修订本），北京大学出版社 1998 年版，第 292 页。

记》中作者的声音就以对话的形式体现在小说的构思和结构之中。

就鲁迅本人来说，复调叙事的产生有另外的原因。《狂人日记》发表前，鲁迅经过近十年的沉默期，钱理群认为鲁迅在这个沉默期完成了两方面的思想飞跃："找到了作为'中间物'存在于现代中国思想文化界的历史定位，正是这样的彻底的批判、怀疑精神使鲁迅必然地走向五四；……在魏晋和浙东文化中，寻到了自己的根，并获得了对生命本体的黑暗体验。这又是五四时期大多数人所没有的。"① 作为十年积累的总爆发，这两点在《狂人日记》中都从叙事结构和叙事话语上得到了体现。

对于五四新文化运动，鲁迅的态度是复杂的，他既以一个现代知识分子的身份对封建礼教，以及延续五千年的中国文明持批判态度，但又对取自西方文化的现代文明持怀疑态度。陈思和把《狂人日记》中这种精神境界称为双刃剑："一方面，他是站在五四新文学立场上揭露这个吃人的社会、吃人的历史及礼教下的中国人心之黑暗；但反过来，他对五四时期知识分子所张扬的人道主义、人性至上、现代文明，也表示了深刻的怀疑。"② 通过《狂人日记》的结构可以看出作者对启蒙态度的复杂：他既支持启蒙又对启蒙能否成功深表怀疑。否则，他也不会一面预设"余"看似失败的启蒙故事，一面又设计"我"以近乎疯狂的决绝态度来践行启蒙精神。对照鲁迅后来回忆创作《狂人日记》的缘由可以印证这一点："我虽然自有我的确信，然而说到希望，却是不能抹杀的，因为希望在于将来，决不能以我之必无的证明，来折服他之所谓可有，于是我终于答应他也做文章了，这便是最初一篇《狂人日记》。"③ 鲁迅在写作《狂人日记》前并没有积极参与到新文化运动中去，不仅如此，他那时甚至对五四新文化运动持怀疑和观望的态度，"然而我那时对于文学革命，其实并没有怎样的热情。见过辛亥革命，

---

① 钱理群：《十年沉默的鲁迅》，《浙江社会科学》2003 年第 1 期。

② 陈思和：《现代知识分子觉醒期的呐喊：〈狂人日记〉》，《杭州师范学院学报》（社会科学版）2003 年第 4 期。

③ 鲁迅：《呐喊 · 〈呐喊〉自序》，《鲁迅全集 1》，人民文学出版社 2005 年版，第 441 页。

见过二次革命，见过袁世凯称帝，张勋复辟，看来看去，就看得怀疑起来，于是失望，颓唐得很了。"[①] 鲁迅曾经有过学西医的救亡之梦，也有过以文艺改变人的精神面貌的文艺梦，这些梦最终都归于破灭，屡次的失败让他曾经陷入巨大的虚无与绝望之中，但对绝望的怀疑又让他最终走上行动之路，正如他自己所说："不过我却又怀疑了自己的失望，因为我所见过的人们，事件，是有限得很的，这想头，就给了我提笔的力量。'绝望之为虚妄，正与希望相同'。"[②] 汪晖称鲁迅的文学为"反抗绝望的文学"是非常准确的，他说："所谓反抗绝望，也就是对绝望的否定，但这否定并不直接表述为希望，而是在困顿的处境中保存希望，因此，鲁迅并不是从绝望出发，而是从反抗绝望出发的。"[③] 对鲁迅来说重要的是去行动，因为只有行动才是连接人的意愿与外部世界的唯一环节。但因对新文化运动以及启蒙的怀疑，写作《狂人日记》时的鲁迅并不是坚决的"革命派"，因此"余文本"是用文言文写成，且使用了传统小说的线性叙事方式来暗示一个失败的启蒙者的故事，就这点来说，"余"身上有鲁迅的影子。狂人身上亦有鲁迅的反省精神和彻底的批判态度，但痴狂叙事方式又让狂人具有更多的独立意识，尤其是西方文化中的个性精神，使之成为具有充分自由的话语载体，因此，狂人才具有更大的自我意识，可以彻底展开自己的内在逻辑和独立性。《狂人日记》的这种结构方式显示出作者构思《狂人日记》时的理性精神和反抗绝望参与践行新文化的态度。

因此，《狂人日记》显示出双重的复调叙事，就叙事话语来看，"余文本"的常规叙事所表现出的对启蒙的怀疑、对传统的留恋与"我文本"的痴狂叙事所表现出的对个性的推崇、对文明的批判形成显在的对话关系；而就作品的整体结构来看，作者的构思所显示出来的以践

---

① 鲁迅：《南腔北调集·〈自选集〉自序》，《鲁迅全集4》，人民文学出版社2005年版，第452页。

② 同上。

③ 汪晖：《鲁迅文学的诞生——读〈呐喊〉自序》，《现代中文学刊》2012年第6期。

行精神为五四新文化运动助阵呐喊的理性意识与作品整体上的文白混杂、“余”“我”同文所呈现的狂乱状态亦形成隐性的对话关系，正是这种结构形式共同构筑起《狂人日记》的复调叙事模式，而这种复调叙事所呈现出的艺术魅力则对现代小说艺术发展形成一种潜在的召唤。

第二节　被禁闭的与自我禁闭的疯癫者

《狂人日记》所开启的叙事模式并非痴狂叙事的唯一形式，从叙述人的视角来看，痴狂叙事存在两种不同的叙述模式，一是叙述人以疯癫、痴傻的面目出现在文本中，并以非理性、非正常的眼光开看待世界，这样，经过痴狂者内心折射的世界变得荒诞而怪异。而其背后所隐含的创作目的在于说明：这个世界是荒诞的，狂人之所以成为狂人，是因为“世人皆醉我独醒”。《狂人日记》就是以这种反讽的方式揭露这个尚是“食人社会”的荒诞世界。另一种痴狂叙事的方式是被叙述人是痴狂的，而叙述人是正常的理智的，并以第一人称或者第三人称方式来讲述一个痴狂者的故事，而这种讲述之所以能成立往往在文本中预先设置了一个致其疯癫或痴傻的外因 。《狂人日记》由于其独特的复调叙事，可以说占据了这两种痴狂叙事模式，从“我”的叙事视角来看，它属于第一种狂人自己讲述的痴狂叙事模式，而从“余”的叙事视角来看，它又属于第二种，即正常人讲述一个狂人的疯癫故事，这种兼具两种的复调叙事文本在鲁迅的小说创作中也并不常见，常见的痴狂叙事模式通常是仅仅以第二种方式来讲述的。就鲁迅的创作来看另有两篇也是属于第二种情况，分别是《长明灯》和《白光》。而这两篇小说中分别写了两类人：一个是精神不太正常的疯子，因为行为乖张跟环境格格不入的偏执狂，被村民和族人禁闭在神庙里的富中风；另一个是因科举落榜的强烈刺激患上躁狂性精神疾病，自我封闭在狭隘的精神世界里无法自拔，最终失足落水死去的陈士成。这两个人，一个想要改变自我生

存的环境而不能，最终被关在颇具精神象征意味的神庙中，另一个是沉溺于被科举制度固化的精神等级世界里无法自拔，在幻觉的世界里沉沦溺水。这两个所谓的疯子一个是被禁闭的，另一个是自我禁闭的，他们恰恰是20世纪初两代不同的知识分子所处的真实而无奈的人生处境。

一　被禁闭的狂人：富中风

《长明灯》可以看作《狂人日记》的副本，在某种程度上《长明灯》和《狂人日记》具有互文性的意义，可以相互补充，相互说明。《狂人日记》侧重写狂人的内心，更多表现了狂人对外界和他人的看法，而较少表现他所处的外界环境，外界和他人对狂人是什么看法更是较少表现；《狂人日记》狂人的去向由于是在“余文本”中交代的，因此最终狂人的结局如何经常引起评论界的争论，而在《长明灯》中以全知叙述的视角交代了疯子的结局，可以作为叙述人对狂人结局的补充说明。如果说“狂人”作为20世纪初期一个时代的代表性人物的话，叙述人对狂人的这两方面的叙述恰好在《长明灯》中得到了充分表现。由于叙述的侧重点不同，因此，无论是叙述方式上，还是叙述内容上二者都有较大的差别。《狂人日记》虽然有一个“余文本”来叙述狂人的事，但其主体依然是“我文本”中狂人作为叙述人讲述自己处于“迫害狂病”中的事，更多展示的是狂人的内心意识，外界的人和事都经过了狂人的心理过滤；但在《长明灯》中，被称为疯子的人差不多始终处于一个被叙述的地位，这个被动的地位也意味着他被剥夺了话语权。由于《狂人日记》的世界是经过狂人的内心折射出来的，有一种荒诞、怪异的感觉，人们在交头接耳地议论，甚至连狗的眼神都是怪异的；但《长明灯》的外在环境却似乎是“祥和”的，恰恰是疯子的出现打破了这个祥和的外在环境，疯子的出现就像投进平静湖面的一块石头，激起一片涟漪，引起一阵波动，而当疯子被禁闭后，一个异类被剥

夺了话语权和自由，外界环境又复归平静，似乎什么都没有发生过。下面从文本结构来具体分析一下《长明灯》叙事模式。

鲁迅擅长把戏剧的结构移植到小说中来，《长明灯》的整体结构就像一个四幕剧，小说以片段的形式展现了四个场景。第一幕的场景是灰五婶家的茶馆，如同《药》中华老栓家的茶馆一样，这是个三教九流各类人等的聚集地。在吉光屯这样一个极少有新鲜事件发生的闭塞乡村，村里出现一个疯子必定是个极大的谈资，因此，茶馆里客人的话题必然集中在这个人身上。鲁迅的短篇小说中很少有涉及多个人物的，但《长明灯》中有名有姓有过发言的人物就有八九个，在第一幕中，大部分人都以或隐或显的方式出现了，中心人物虽然没有到场，却是谈论的焦点。吉光屯是20世纪初一个典型的看似温馨和谐、秩序井然的乡村社会，在众人的话语中呈现出来的是一个标准的中国乡村意识形态模板。第二幕的场景是在神庙的门前，众人跟要熄灭长明灯的人有一个正面的交锋，出人意料的是，被称为疯子的富中风仅靠一个人的力量就战胜了一群人，而他之所以能胜利并非依靠理性的说服，居然是一句“我放火”的威胁就吓退了众人，而富中风“放火”言论威胁到吉光屯的安稳既表明疯子被逼迫得强烈，又暗示其理性正在丧失，而其内心正在被某种疯癫的情绪所占据。第三幕的场景是在疯子的伯父家，也是在这一幕中我们能够更全面了解疯子的身世。首先，了解到疯子是有名字的。他的名字叫富中风，从“风”与“疯”的谐音来看，这个名字似乎有着某种象征性的意义，他的祖父曾经是地方官员，他的父亲已经接受了科学的理念，是个不信神佛的人，父亲的思想传给了他。也是在这一幕中我们看到富中风怎样被他伯父所代表的乡绅剥夺了自由和财产，并将要被禁闭到神庙里。第四幕把前几幕出现的作为陪衬的一群孩子推到了前台，联想到《狂人日记》最后狂人“救救孩子”的呼吁并没有收效，孩子们跟大人一样对疯子持打击排斥的态度，孩子们依然猜着古老的谜语，唱着古老的歌谣，疯子已经被禁闭，一切照旧。很明显，在

三、四幕之间有一段针对富中风的行动被叙述者省略了，也就是这个思想前卫、行动怪异、话语激进的人被完全禁闭到一个神庙里，吉光屯又恢复了往日的平静，连孩子也没有丝毫的改变。富中风对乡绅宗法秩序的威胁不存在了，投进湖水的石头沉了下去，连涟漪也消失得无影无踪，一切都像没有发生过一样，死一般的沉静。

《长明灯》的意义在于通过几个场景向我们展示了一个被称为疯子的改革派是如何在乡村中国被禁闭而失败的。它向读者展现了保守势力的强大和顽固，改革者被冠以“疯子”的名目遭到禁闭，他虽然有勇气却孤立无援，无法改变死寂的中国乡村社会，最终陷入宗法制度和乡绅社会私设的牢笼。《长明灯》跟《狂人日记》遥相呼应，却比《狂人日记》更具现实性，因而也更能切实表现隐含作者那时不再幼稚到以为呐喊几句就能唤醒沉睡的人们，而更多的是绝望、孤独的彷徨情绪。作者已经不再留下模糊的小说结尾，而是把代表社会变革的疯子被禁闭必然失败的命运直接展现出来。因此，《彷徨》中的《长明灯》是最具彷徨气质的作品，充分表现了鲁迅对启蒙的怀疑和反省。

二　自我禁闭的精神病患者：陈士成

《白光》也是《呐喊》中不太容易被关注到的一篇，就其题材来说并不新鲜，抨击科举考试的弊端，跟《孔乙己》的题材是一致的，而其叙事形式又远不如《孔乙己》的新颖独特。那么，《白光》在《呐喊》甚至在鲁迅小说中存在的意义是什么呢？杨义曾经把孔乙己和《白光》中的陈士成作为同一类知识分子评价：“他们还奴从于占统治地位的封建文化意识，但封建取士制度把他们视若渣滓而失信寡情地唾弃了。”[1] 我们的确可以把《孔乙己》和《白光》放在一起阅读，事实上，如果我们把《白光》和《孔乙己》结合起来阅读就能更好地理解

---

① 杨义：《中国现代小说史》（上），《杨义文存·第二卷》，人民出版社1998年版，第184页。

《白光》存在的意义。如果说《孔乙己》是从外在视角“看”一个旧式知识分子如何被科举制度摧残的，那么，《白光》就是从内在视角看同样一个旧式知识分子如何被科举制度毁灭的。《白光》虽然是第三人称叙述，但基本是以限制叙述的方式来讲述一个因受到巨大失望的打击而疯狂的人内心真实的感受。如果说《孔乙己》远距离展现了一个已经没有能力再参加科举考试的穷困潦倒的读书人如何在众人的嘲笑中死去的，《白光》则近距离描摹了一个刚刚经历科举考试失败的读书人如何被失败的绝望摧残到发疯的地步。我们甚至可以设想孔乙己当初经历科举考试失败时的心情跟陈士成应该的一样的，只是他没有因失败而发疯致死。科举考试的失败就像一把利刃，一刀就要了陈士成的命，而对孔乙己却是一刀刀凌迟处死的。如果说科举制度对孔乙己的“凌迟”是在小伙计“我”和众人的围观下表现的，那么对陈士成的“处死”则是通过其临死前的心理状态展现的。《白光》的近距离展现让我们就有机会更真切地看到封建科举取士制度如何先摧残了这群过时的士子的心灵，而后又吞噬了他们羸弱的肉体，最终把他们从精神到肉体毫不怜惜地全都抛弃掉。

《白光》的意义还在于，它向读者提供了一个精神失常者的真实表现。如果说对《狂人日记》中的狂人是否真疯的问题上还存在争议，因为狂人对封建礼教和家族制度的抨击让其疯癫行为具有一定的象征意义，而其“迫害狂”也因此具有某种隐喻性；而《白光》中的陈士成则不存在这个问题，因为陈士成的确是真的精神失常了，也就是说他患上了被现代医学称为“精神分裂症”的精神疾病，做出这个判断源于两点根据，一是他出现了幻听和幻视，二是他有紧张综合征症状的躁狂发作（参阅简明精神病评定量表及倍克——拉范森躁狂量表）。文中不止一次描写陈士成的幻听、幻视现象，比如：

“这回又完了！”

> 他大吃一惊，直跳起来，分明就在耳朵边的话，回过头去却并没有什么人，仿佛又听得嗡的敲了一声磬。
>
> ……
>
> 白光如一柄白团扇，摇摇摆摆的闪起在他房里。
>
> “也终于在这里！”
>
> 他说着，狮子似的赶快走进那房里去，但跨进里面的时候，便不见了白光的影踪，只有莽苍苍的一间旧房，和几个破书桌都没在昏暗里。他爽然的站着，慢慢的再定睛，然而白光却分明的又大起来了，这回更广大，比硫黄火更白净，比朝雾更霏微，而且便在靠东墙的一张书桌下。①

除了幻听幻视，判断陈士成患上精神分裂症的还有他的躁狂行为。为了发掘意外之财，他夜半之时在屋内刨地，情形令人恐怖。小说中这样描述：“他移开桌子，用锄头一气掘起四块大方砖，蹲身一看，照例是黄澄澄的细沙，揎了袖爬开细沙，便露出下面的黑土来。他极小心的，幽静的，一锄一锄往下掘，然而深夜究竟太寂静了，尖铁触土的声音，总是钝重的不肯瞒人的发响。”②

试想一下，当深夜里，一个神情亢奋的人用锄头在自家的屋子里一下下地挖掘着，“哐哐”的声音被深夜的寂静衬托得愈加响亮刺耳，这似乎是一个只有在恐怖电影里才会有的镜头。从行为表现来看，这个人已经是一个彻头彻尾的疯子了。而他本人却浑然不自知，完全沉浸在自己幻想的世界里，在一句“这里没有……到山里去……”幻听的诱惑下和更浩大闪烁的幻视的白光指引下跑出城去，并终于淹死在湖水里。《白光》以纯写实的笔法来写一个精神失常者，逼真地写出了一个真正的疯子发疯时的精神状态和行为动作。不同于庸众对孔乙己冷漠和嘲

① 鲁迅：《白光》，《呐喊 · 鲁迅全集 1》，人民文学出版社 2005 年版，第 571—573 页。

② 同上书，第 573 页。

笑，陈士成让读者感到的是这个社会失控和失常后不寒而栗的恐怖。联系孔乙己科举失败后的迂腐和无能，以及范进中举后的疯癫和痴狂，可以断言，这个延续一千多年的科举取士的制度真的已经走到了它的尽头，这个制度只能制造些真正的疯子和无用的白痴，意识到这个社会的思想意识形态只能被这类人所掌控时，我们不得不说这个社会也已经疯狂了，这个结论居然跟《狂人日记》中狂人所设定的“世人皆醉我独醒”的社会背景取得了一致。

从叙事学的视角来考察《长明灯》和《白光》，这两篇小说都属于叙述痴狂者的痴狂叙事类型，也即在偏重时间的痴狂叙事中讲述已经过去的痴狂者的故事。那么，鲁迅为什么会选择这一类型的痴狂叙事来表现富中风和陈士成的疯狂？就《长明灯》来说，富中风作为跟《狂人日记》中的狂人处于同样地位的叛逆者，从第三者的视角来表现一个他人眼中的疯子很好地弥补了《狂人日记》中表现不太充分的旁观者，把那个时代疯子、狂人所处的社会环境更全面地展现出来，而富中风的结局也更好地阐释鲁迅小说中常见的万难破毁的“铁屋子”意象，是鲁迅绝望心态的展示。而《白光》叙事视角的选择则有另外的理由，《白光》虽然是从陈士成的视角来叙事，但却没有选择叙事主人公的第一人称，甚至没有像《在酒楼上》或者《孤独者》一样有一个观察者“我”在场，笔者认为，隐含作者鲁迅之所以选择这样一种叙事视角大概与其所处时代和个人经历密不可分。按照杨义对鲁迅笔下知识分子的分类，陈士成属于第一代知识分子，而鲁迅本人属于第二代知识分子，这两代知识分子有一个天然的分界线，那就是科举考试，是否依靠科举考试安身立命是区分这两代知识分子的标尺。作为现代知识分子的鲁迅已经彻底断绝了对科举考试的向往和追求，因此，他对其抨击和批判只能是以一个“医生”的视角，即便是叙述痴狂者类型的痴狂叙事也不愿使用“我”的视角，宁愿用第三人称的他者的视角来推测性体验，这是处于两个时代的知识分子理念不同造成的巨大隔膜的一种体现。但

尽管鲁迅无法亲身体验这种因科举失败而造成的绝望的疯癫，但鲁迅显然意识到这种已持续一千多年的科举制度完全有这种能力造成这种疯癫。结合《孔乙己》的他者视角，尽管不是被科举制度残害的一代，依然能全方位地对科举制度予以批判。

从《长明灯》中被禁闭起来的疯子富中风，到《白光》中的躁狂的精神病患者陈士成，可以看出鲁迅小说中叙述痴狂者类型的痴狂叙事小说关注的重点在于疯狂者所处的外界环境。无论是禁闭了疯子的典型乡村吉光屯，还是造成陈士成疯癫的科举制度，鲁迅小说中这一类型的痴狂叙事更多是对痴狂者所处外界环境进行批判，这类痴狂叙事最后把批判的矛头总是指向造成疯狂者疯狂的人为环境，而其终极目的则是社会批判。《长明灯》中吉光屯的长明灯象征着封闭的乡绅文化，《白光》中诱惑陈士成的白光则暗示着落后的科举制度，不论制度还是文化都是人类文明发展的产物，尽管这些制度和文化都曾经在人类历史的长河中起到一定的进步作用，但却最终成为束缚人类精神自由的无形枷锁，如果无法打碎这些无形的枷锁，人类最终只能就像那个整日埋头吐丝的独头茧，用自己吐出的丝困死自己，而选择痴狂叙事的鲁迅就像一个抽丝剥茧的人一样，用这样的小说文本给人类文化以反省的力量，希望人类能够最终挣脱一切束缚破茧成蝶，真正成为翱翔宇宙空间的自由的精灵。

第三节　狂欢化叙事:《故事新编》的叙事模式创新

一　狂欢化叙事模式的体现

长期以来对《故事新编》的研究主要局限于对其文本类型的争论上，争论的焦点集中在是历史小说还是现代小说的问题上。产生这种争议的主要原因在于其史料来源的正统性与其叙述方式非正统的戏谑性同时存在于文本中，用鲁迅本人的话说就是“油滑”，这种“油滑”性使

《故事新编》脱离了传统历史小说的窠臼，形成了一种新的小说文本。对于鲁迅所开创的这种新历史小说的性质、意义已有相当多的专家学者做了深刻的研究，但我认为其中仍有没有廓清的地方，一个最重要的方面就是我们忽略了《故事新编》文本所存在的叙事独特性和这种叙事独特性的意义所在。《故事新编》不同于《呐喊》和《彷徨》，具体说来，《呐喊》和《彷徨》是精英知识分子的文学代表作，其叙事体系来源于精英知识分子对国家民族命运的深入思考，而《故事新编》则不同，它体现了一种民间的精神意识，充满了对国家权力意识和知识分子的精英意识的反拨和解构。为达到这个目的，《故事新编》使用了一种新的叙事方式，即狂欢化叙事。狂欢化叙事是痴狂叙事之一种，借助狂欢化叙事，《故事新编》给我们呈现出一种全新的面貌，整个文本都以一种狂欢的状态和狂欢的语言表达出来，这是中国现代文学的一种全新的文学形式，一种狂欢化性质的文学。为了进一步探讨《故事新编》的狂欢化文学性质特征和来源，达到对《故事新编》深层意蕴的揭示，我们有必要对《故事新编》进行细读重析。

“狂欢”一词作为一种文艺理论概念，源自苏俄文艺理论家巴赫金，是巴赫金狂欢化诗学的重要组成部分。巴赫金在解读拉伯雷的《巨人传》时提出了“狂欢化”这一概念的，他认为拉伯雷的《巨人传》中有一种特殊的“非官方性”，一种源自民间的新的艺术素质，这一新的艺术理念反对教条主义和权威意识，极具民间性和平等意识，包含一种“狂欢化”素质。狂欢化的渊源是狂欢节本身，狂欢节是西方文化史上的一个特殊的民俗文化现象，最早可以追溯到古希腊罗马时期，甚至更早，它来源于古代神话传说和仪式，是一种以酒神崇拜为核心的不断演变的欧洲文化现象。在狂欢节期间，人们可以戴上面具，穿上奇装异服，在大街上游行，纵情欢乐，尽情释放自己的原始本能，而不必顾忌正常状态下人与人之间的等级、身份、年龄、性别等方面的差别。在巴赫金这里，“狂欢”一词具有更深刻的含义，它一方面包含了

形成于古希腊古罗马，盛行于中世纪和文艺复兴时期的民间狂欢节的因素；另一方面，它又被赋予它更广泛的含义，即泛指西方古代一切狂欢节类型的民间节庆、仪式和游艺形式。在更本质的意义上巴赫金是在借用狂欢节这一民间节庆形式来提出一种反抗权威和教条的理念。他认为狂欢节跟官方庆典存在“原则性的区别，它们显示了看待世界、人和人的关系的另一种角度，绝对非官方、非教会和非国家的角度；可以说，它们在整个官方世界的彼岸建立了第二世界和第二生活”。① 从叙事学的视角可以把这种新的叙事方式称为狂欢化叙事。法国学者朱·米什莱比巴赫金更早注意到拉伯雷的《巨人传》在叙述方式上具备的独特性，他说：“拉伯雷从古老的方言、俚语、格言、谚语、学生开玩笑的习惯语等民间习俗中，从傻瓜和小丑的嘴里收集智慧。一个时代的天才及其先知般的力量，通过这种打趣逗乐的折射，得到淋漓尽致的展示。”② 巴赫金用“狂欢”一词来界定拉伯雷的《巨人传》中这种独特的叙述方式。他研究了自古以来直到狂欢节形成为止的各种民间节庆形式，从中概括出一种观察世界的特殊角度，他称之为诙谐角度或世界的诙谐方面，以此为基础的一种人生体验的特殊感觉，他称之为狂欢节式的世界感受。巴赫金把拉伯雷的《巨人传》放到一个广阔的文化历史背景中来考察，他发现：“从千百年来的民间文化发展来看，倒是这四百年的文学发展很可能显得有点特殊和同什么都不相似，而拉伯雷的那些形象则像是如鱼得水。”③ 受到巴赫金研究《巨人传》的影响，笔者认为，对《故事新编》的研究也必须有更开阔的艺术视野，不应仅仅囿于学者文学，必须超越新文学的启蒙话语和精英文学的狭小空间，只有把其置于一个更广阔的民间文化背景之下才能看到《故事新编》在文学叙事上开创的新格局，也才能看到其与拉伯雷的《巨人传》之间

---

① ［俄］M. 巴赫金：《巴赫金文论选》，佟景韩译，中国社会科学出版社 1996 年版，第 100 页。

② ［法］朱·米什莱：《法国史》第 10 卷，第 355 页。转引自注释①第 95 页。

③ ［俄］M. 巴赫金：《巴赫金文论选》，佟景韩译，中国社会科学出版社 1996 年版，第 97 页。

存在的异曲同工之妙。

相信鲁迅在创作《故事新编》时，并没有刻意模仿《巨人传》，更没有接触过巴赫金对《巨人传》的解读，但仔细阅读《故事新编》就会发现《故事新编》像《巨人传》一样，也集中地体现了狂欢化文学的诸种特性，尤其是在叙事方式上，《故事新编》的文本叙事方式所呈现出的大众性、诙谐性、颠覆性等诸多方面都具有一种狂欢化叙事的特性。之所以存在这种巧合，一个根本的原因就是《故事新编》跟《巨人传》一样，其艺术根源源自民间文化，而非知识分子的以启蒙为目的的精英文化。某种程度上可以说，鲁迅借助《故事新编》搭建了一个狂欢的平台，让曾经的神仙、圣人、先贤在这一平台上做了充分的表演，借助这个平台，神仙圣贤们被拉下神坛，展现出一种平民化素质，而借助这种狂欢化叙事方式也折射出鲁迅本人的平民意识和对精英文学的颠覆。“《故事新编》表现了鲁迅的创作立场从启蒙到民间的转变，体现了鲁迅的民间价值立场，是精英知识分子走向民间的一个见证。”①

二　狂欢节平台的搭建

《故事新编》非常引人注目的一个特点就是，作者在重新书写中国古代历史文本的同时加进了大量的现代的词汇，也就是鲁迅本人所称的“油滑”，对于这种“油滑”长期以来论述颇多，但大多是从两个方面来立论的，一种是从现实性上来看，“油滑”显示了鲁迅对现实的干预和批判，使作品具有杂文般的战斗精神；另一种是从历史性上来看，“油滑”显示了鲁迅的一种独特的历史观，使历史成为一种生动的活的历史。《故事新编》的这种古今杂糅的写作方式的确给了我们一个看待历史小说的全新的方式，但如果我们抛开这种“油滑”的历史与现实

① 裴争：《从启蒙到民间——论〈故事新编〉的内在发展线索》，《鲁迅研究月刊》2010 年第 6 期。

作用不论，从整个文本的语境来考虑这种古今杂糅性，就会发现这种叙事方式其实最重要的是营造了一种氛围，一种打破历史时空的全民狂欢的氛围。《故事新编》搭建的狂欢平台具有以下几个特点。

（一）众生参与的平等世界

利用这种狂欢化的叙事方式，《故事新编》给我们创造了另外一个世界，一个狂欢的世界，一个众生平等的世界。在这个世界里，每个人都平等地参与其中，所有人都融入生活中，没有袖手旁观者，也没有被排除在外者，这一点其实正是狂欢节的大众性，这个世界正是一种狂欢节般的世界，正如巴赫金所说："在狂欢节上大家一律平等。在这里——在狂欢节广场上，支配一切的是人们之间不拘形迹地自由接触的特殊形式。"①

我们来具体看一下《故事新编》中是怎样营造了这样一个人人参与的狂欢的世界。先来看一下《故事新编》的开篇之作《补天》。《补天》起首一句话就是"女娲忽然醒来了"②，这句话非常重要，它不仅奠定了整个《补天》叙事基调，而且也决定了《故事新编》的整体叙事格调。日本学者片山智行认为："《补天》所处的位置相当于《狂人日记》之于《呐喊》，可以说是象征着《故事新编》的整体性格的作品。"③ 正是这句话使整个《故事新编》的狂欢节性质在《补天》中就已经初露端倪，率先实现了狂欢节的大众性这一特点。如果我们说《故事新编》为我们搭建了一个狂欢节的平台，那么首先来到这个狂欢节现场的是一个颇具代表性的人物，她是中国古代神话传说中人类的始祖——女娲。"女娲忽然醒来了" 这句话暗示了女娲将要从一种存在状态进入另外一种存在状态。女娲从一个传说中的长生不老的女神进入大众的视野中来，从故纸堆里进入现实生活中来，这种状态的改变也意味

---

① ［俄］M. 巴赫金：《巴赫金文论选》，佟景韩译，中国社会科学出版社 1996 年版，第 105 页。

② 鲁迅：《补天·故事新编》，《鲁迅全集 2》，人民文学出版社 2005 年版，第 357 页。

③ ［日］片山智行：《〈故事新编〉论》，《鲁迅研究月刊》2000 年第 8 期。

着女娲来到了狂欢节中。在某种程度上女娲的苏醒也可以象征性地理解为“狂欢节开始了”，这句话也相当于敲响了狂欢节开始的钟声。《故事新编》首先书写女娲具有非同一般的意义，它似乎在给我们一个暗示，人类的始祖已经光临狂欢节的现场了，那么其他任何人（在这里人精神世界的产物神仙鬼怪之类的也被称为“人”的一种）也必须到场了，不必再忌讳什么，也不必故作矜持了。如果说《故事新编》搭建了一个狂欢的平台，《补天》文本就是专门为女娲搭建的舞台，是为女娲设计书写的一幕剧。随后，在《故事新编》的其他篇章中我们陆续看到了各色人等的到来：射日英雄后羿、治水能手大禹、复仇侠士眉间尺，以及中国历史上的各类圣贤的代表人物伯夷、叔齐、老子、孔子、墨子、庄子等，甚至死去五百年的鬼魂也被重新激活。当然《故事新编》中更多的还是最普通的平民大众，他们充斥在《故事新编》所搭建的“狂欢的平台”的角角落落，毫不逊色地跟神仙、英雄、圣贤们唱着对手戏。我们看到在狂欢的人群中，跟人类始母“伴舞”的是头顶长方板的古衣冠的小丈夫，他站在女娲的两腿间甚至敢于指责女娲“裸裎淫逸，失德蔑礼败度，禽兽行”①；跟后羿同台“表演”的除了传说中他自私的妻子嫦娥和不成器的徒弟逄蒙以外，还有不明是非，不辨真伪的爱贪小便宜的寻常老太婆；大禹登场时遭遇到的人群更为复杂些，除了“黑瘦的乞丐似的”他的同事们外，更有满嘴“古貌林”“好杜有图”“OK”的文化山上的学者和满天飞的视察大员；墨子的遭遇更有戏剧性，他在完成了止楚伐宋的“表演”后，不但被搜了身，还被“募捐救国队”募去了仅有的破包袱。当然，狂欢节上还有比他更倒霉的，擅长起死回生“游戏”的庄子救活了一个五百年前的鬼魂，却被他纠缠不清，不得脱身……在这里，我们看到每个人都在以自己的方式表演着，生活着。“是生活本身在狂欢节上表演，而表演又暂时变

① 鲁迅：《补天·故事新编》，《鲁迅全集2》，人民文学出版社2005年版，第364页。

成了生活本身。”① 正是这种独特的叙事方式成就了《故事新编》的狂欢化文本的特殊本质。在这里每个人都是平等的，都在同一个舞台上，都生活在同一个世界中，都具有同样的话语权利，这种狂欢化的叙事方式彻底打破了长期以来被“大人物”垄断的世界历史，给我们展示了一个有着各类人物的狂欢的世界，这是一个真正平等的世界，所有的人都是在同一个平台上交流，真正打破了传统的权威观念和官方世界。鲁迅正是以这种狂欢化的叙事方式解构了传统的历史文本和权威的历史世界，彰显了他本人的民主平等思想的同时也给了我们一种全新的文学体验。

（二）正反同体的幽默诙谐

如果说大众化是《故事新编》狂欢化叙事的外在表现形式，那么诙谐性则是其内在表现方式。狂欢化叙事的诙谐性包括两方面的含义，其一，它是全方位的，是包罗万象的，既有对占统治地位的真理和权力的嘲笑，也有对自身的嘲笑。在它看来，整个世界都以可笑的姿态出现，都被从其诙谐方面，从其可笑的相对性方面来看待和接受。其二，这种诙谐性是正反同体的，它既有冷嘲热讽的一面，又有欢欣鼓舞的一面，它既肯定又否定，既埋葬又再生。其实质是一种节庆化的诙谐，是狂欢化叙事所独具的。长期以来，评论界对《故事新编》的诙谐性存在错误的理解，这种错误表现在，人们武断地把这种诙谐现代化，把它说成纯否定性或者纯讽刺性的诙谐，误以为这种诙谐是纯消遣性的，没有任何世界观性质的深度和力度，这种理解使其丧失了最重要的正反同体性。事实上，《故事新编》的诙谐性既有批判讽刺的否定的一面，同时又具有欣赏赞美的肯定的一面，正是这种正反同体的诙谐性使《故事新编》超越了一般的历史小说，成为独具内涵的新型叙事文体。

狂欢化叙事文学的诙谐性是通过小丑和傻瓜这种诙谐文化的典型人物表现出来的。作为狂欢节中一种独具的角色，小丑和傻瓜体现着一种

① ［俄］M. 巴赫金：《巴赫金文论选》，佟景韩译，中国社会科学出版社 1996 年版，第 103 页。

特殊的生活形式，一种既具现实性又具理想性的生活形式。在《故事新编》中，有一类人物扮演了狂欢节中小丑和傻瓜的角色，他们是作品中的小人物，如《补天》中身着古衣冠的小丈夫，《采薇》中那个首阳村的第一等高人小丙君，《起死》中被庄子复活却对庄子纠缠不休的汉子……他们类似中国传统戏剧中的丑角，正是他们的存在使《故事新编》中的诙谐气氛无处不在。他们的存在显示了他们看待世界、人和人的关系的另一种角度，一种非官方非正统的角度。可以说，他们在整个官方世界的彼岸建立了另一类世界，是作为对日常生活、亦即非狂欢节生活的戏仿而建立的具有民间文化性质的第二世界。这类人物目光所及的世界是一个充斥着琐屑微小的物质生活的世界，这种生活在同台演出的神仙圣贤、帝王将相眼里是那么世俗和微不足道，但这几乎就是乡村生活的全部，是这些乡下人的全部世界，是一种真实、质朴和自然的生活，相形之下，那些颇有资格著之竹帛、传之正史的所谓“大事”反而显得虚幻甚至虚伪了。在《故事新编》中，不但小人物们都纠缠于这些琐屑的物质生活，甚至于在人们看来有身份有地位的圣贤们也被有意地拖入了这样的物质世界的泥淖中不能自拔。《出关》中老子超然世外的理论被用几个饽饽的价值来衡量，《奔月》中后羿也几乎因为一只鸡而不得脱身，《起死》中庄子与汉子的对话颇有代表性：

> 庄子——那么，（想了一想）我且问你：你先前活着的时候，村子里出了什么故事？
>
> 汉子——故事吗？有的。昨天，阿二嫂就和七太婆吵嘴。①

这里显示了两种世界观的对照，庄子是所代表的是士大夫精英的世界观，汉子所代表的是乡下人的世界观，跟传统正史不同的是鲁迅在这里凸显了乡下人的世界。在乡民眼里，士大夫们所构建的历史框架是不

---

① 鲁迅：《起死·故事新编》，《鲁迅全集2》，人民文学出版社2005年版，第488页。

存在的，两者甚至连时间尺度也是毫不相同。在汉子看来“阿二嫂和七太婆吵嘴”就是大事，而士大夫们所看重的“大事”在他的世界中并不存在，他的思维和眼光完全凝固在自身周边的俗事和琐事中，对于士大夫们关心的遥远宏大的历史图景毫不关心，也无法理解。除此之外，物质还经常成为《故事新编》中的度量衡，在《采薇》中，伯夷判断政治时局——而且是武王灭商这样一个在中国历史上占重要地位的政治事件的依据居然是烙饼的大小和质量，不仅如此，烙饼还可以成为度量时间的尺度，“约有烙三百五十二张大饼的功夫……大约过了烙好一百零三张大饼的工夫”① 等类似的度量时间的话语在《故事新编》中比比皆是。这种乡间独有的时间观不同于正统的时间观，而时间观的不同也表明它们有着不同的世界观和历史观，后者反映的是以当权者的政治行为为中心与尺度建立起来的历史叙述框架与规则，而前者则是以乡民身边的日常、俗世的生活为中心与尺度，这意味着对于官方历史叙述规则的一种调侃和消解。在这里，在看似愚昧的乡下人眼里，在实实在在的物质生活面前，向来掌握历史叙述权力的知识精英们感到一种权力被漠视的无奈，他们被无情地脱去了长期以来权力意识加在他们头上的桂冠，他们被“脱冕”了。小人物在《故事新编》中占据了舞台的中心，鲁迅将狂欢节文化诙谐性中的小丑和傻瓜主题发挥得淋漓尽致，傻瓜小丑们巨大的消解性在此得到了充分的展示。在这里，以小丑和傻瓜为代表的小人物的形象具有双重性，在尽展自身滑稽可笑的一面的同时，又使得官方的世界观和正统的历史叙述受到了放肆的嘲弄，形成一股可以与官方正统意识形态及其护卫者相抗衡的巨大的力量。对于启蒙知识分子来说，小丑和傻瓜的消解性力量也同样强大，尽管现代的启蒙者不同于传统的经过科举选拔进入体制内的御用文人，但在某种程度上，现代知识分子仍然是和官方一体的，他们始终以历史的引领者自居，他们自认为自己站在思想的制高点，尤其是在他们掌握了

① 鲁迅：《采薇·故事新编》，《鲁迅全集2》，人民文学出版社2005年版，第411—412页。

一定程度的西方文化后，更是以此来鄙视民间文化传统，但在《故事新编》中，以精英文化自居的启蒙者也始终处于被嘲嘲讽的位置，《理水》中文化山上的学者不仅有考证出禹是一条虫的考据癖的中国文人，也有满口“古貌林”“好杜有图”的西方学者，正是这一点体现了狂欢节诙谐性的正反同体性。

（三）全面颠覆的现实世界

在《故事新编·序言》中鲁迅就明确指出《故事新编》“叙事有时也有一点旧书上的根据，有时却不过信口开河”[①]，正是这种所谓的“信口开河”使我们领略到了鲁迅对历史和历史文本颠覆，也正是这一点向我们显示了鲁迅一贯的怀疑风格和创新精神。

上文中我们提到神仙和圣贤被置于和平凡的小人物在同一个平台上表演，这本身就是对圣贤们身份地位的一个颠覆。在《故事新编》中，我们看不到这些先贤们包括神仙们在以往正史中高大显贵的影子，他们有着跟凡人一样的烦恼和不幸。创世补天的女娲像一个单身女人一样会时常感到无聊、倦怠和烦躁，而且正是因为这无处发泄的精力使她“玩”起捏泥人的游戏，由此她造人补天行为的神圣性便被彻底消解和颠覆，那不过是女娲打发无聊时光的一种下意识的行为，不过是她玩的一个“游戏”而已；射日的英雄后羿也失掉了往日的辉煌，不仅一身精湛的射技无处发挥，还为整日让老婆吃乌鸦炸酱面而羞愧，并且最终被奔月的老婆无情地抛弃，而其最后射月不成功的举动也难免让人悲叹雄风不再的英雄末路；治水英雄大禹表面上看来似乎很成功，不仅成功地治理了洪水，而且还受到舜爷的接见，但是《故事新编》的创新之处就在于鲁迅不但“信口开河”地给我们渲染了大禹治水的过程，而且武断地加入了这么一个细节，当禹的老婆被卫兵拦在衙门外时，她恶意地咒骂：“这杀千刀的！奔什么丧！走过自家的门口，看也不进来看一下，就奔你的丧！做官做官，做官有什么好处，仔

---

① 鲁迅：《故事新编·序言》，《鲁迅全集2》，人民文学出版社2005年版，第354页。

细像你的老子，做到充军，还掉在池子里变大王八！这没良心的杀千刀！……”① 大禹老婆的凶悍使人不禁怀疑大禹三次过家门而不入的真正原因，是忙于治水无暇回家呢，还是为了躲避泼妇老婆的唠叨故意不回家呢？而关于大禹“过家门而不入”的典故却又是堂而皇之地记载于中国著名的史书《孟子》和《史记》中的，这就显示了鲁迅对中国历史的怀疑。类似这样的对神仙圣贤的调侃、颠覆在《故事新编》俯拾皆是。按照狂欢节文学性质的理解，这正是对权威的“废黜”“脱冕”。与此同时，另外一些名不见经传的小人物却因机缘巧合被抬高了身份，甚至被“加冕”为王。《铸剑》中优柔寡断的平凡少年眉间尺和侠士宴之敖者因复仇成功而享受和王一样的祭祀，这正是狂欢节文化的颠覆性，狂欢节的诞生就是为了庆祝暂时摆脱占统治地位的现有制度，庆祝暂时取消一切等级、特权、规范和禁令。这种颠覆性具有特殊的重要的意义，它宣布制度内对人的异化的暂时消失。“人回到了自身，每个人都在众人中感觉到自己是人，这是真正的人性之间的关系，不只是想象或抽象思考的对象，而是现实实现的，在活生生的感性物质接触中体验到的人际关系。乌托邦的理想同现实通过这种绝无仅有的狂欢节世界感受，暂时融为一体了。”②

三　狂欢化叙事的根源

从前文的分析我们看到《故事新编》的确具有狂欢化文学的诸种性质，由于巴赫金的狂欢化理论的产生跟鲁迅的《故事新编》的创作几乎没有相交叉的时间，也没有资料表明鲁迅在生前对巴赫金的文艺理论有所涉猎，那么是什么使《故事新编》暗合了巴赫金的狂欢化文艺理论呢？我们知道狂欢化理论是巴赫金在分析拉伯雷的《巨人传》时

① 鲁迅：《理水·故事新编》，《鲁迅全集2》，人民文学出版社2005年版，第395页。

② ［俄］M. 巴赫金：《巴赫金文论选》，佟景韩译，中国社会科学出版社1996年版，第106页。

提出的，我们是否能够从拉伯雷跟鲁迅在文学追求中某些相似的精神素质中寻找到鲁迅写作《故事新编》的内在精神源流呢？巴赫金曾经提道："拉伯雷不仅在决定法国文学和法国文学语言的命运上，而且在决定世界文学的命运上都起了重大作用。同样无可怀疑的是，在近代文学的这些开拓者们之中，他是最民主的一个。但对我们来说，最主要的是，他同民间源头的联系比其他人更紧密、更本质，而这些民间源头也是独具特色的；这些源头决定了他的整个形象体系和他的艺术世界观。"① 这一点给了我们重要的启示，让我们把目光也集中到鲁迅和民间的关系上。

近几年现代文学界对民间性的研究颇为兴盛，陈思和曾在不同的文本中分析了五六十年代和 90 年代知识分子为对抗权力意识形态和商品经济所表现出来的民间精神，但现代文学民间性的源头在哪里呢？笔者认为正是鲁迅的《故事新编》集中体现了 20 世纪二三十年代知识分子的民间精神素质，也开启了现代文学的民间性的源头，体现了精英知识分子对民间传统的皈依。一直以来鲁迅是作为精英文化的代表出现在现代文学中的，他用他的如椽之笔对中国两千多年的封建传统文化作了深入而持久的批判，但正如钱理群所言："鲁迅确是一个通体矛盾的人物，在他那错综复杂的精神世界里，任何一个正题的背后都几乎可以找到一个反题。"② 所以我们不应简单地看待鲁迅对传统文化的批判，而当这一课题涉及中国民间文化时，我们更应该区别对待，因为比起主流文化、精英文化或大传统来，民间文化一直处于相对边缘的位置，它深厚悠久、神秘广袤，却又藏污纳垢、变幻莫测。而鲁迅对待民间文化的态度也是弘扬大于批判，尊崇多于鄙睨的。近年，理论界对鲁迅与民间文化联系愈益重视，如陈正平的《简论鲁迅的民间文艺观》，阐述鲁迅民间文艺观的来源和发展；江卫社的《鲁迅乡土小说的民间文化情

---

① ［俄］M. 巴赫金：《巴赫金文论选》，佟景韩译，中国社会科学出版社 1996 年版，第 96 页。
② 钱理群：《鲁迅对"现代化"诸问题的回应》，《文艺研究》1996 年第 6 期。

结》，范家进的《民间的迷妄与“狂欢”》，集中分析了鲁迅乡土小说中的民间精神。但以上诸文在分析鲁迅与民间的关系时往往把目光集中在他的散文集《朝花夕拾》和《呐喊》《彷徨》中的部分乡土小说中，却忽视了集中体现他的民间意识的小说集《故事新编》。

由于“民间”一词的内涵丰富，我们有必要对其作一下简单的界定，在这里笔者想借用陈思和对民间含义的概括，“它是指一种非权力形态也非知识分子的精英文化形态的文化视界和空间，渗透在作家的写作立场、价值取向、审美风格等方面。”① 巴赫金提道：“由于这种民间性，拉伯雷的作品才有那样独特的‘非文学性’，拉伯雷的形象固有一种特殊的、原则性的和根深蒂固的‘非官方性’。”② 无独有偶，鲁迅也曾这样表达过《故事新编》：“不足称为‘文学概论’之所谓小说”③，断然否决了它跟正统文学作品的一脉相承的关系。切断了跟正统文学的这一层表面的联系，那么《故事新编》更接近什么呢？我们先来看一下它的形成方式，用鲁迅自己的话说就是：“只取一点因由，随意点染，铺成一篇”④，这种方式正是民间文学的形成方式，民间传说、民间故事大都是就一点事由发挥想象，在情节上添枝加叶，随意铺排而成的，正是这种不拘成法，没有规矩的叙事方法使民间文学具有旺盛的生命力。鲁迅正是看中了民间文学的这种叙事方法并把它大胆地应用到《故事新编》的创作中。这种叙事方法也成就了《故事新编》的痴狂化叙事。

鲁迅不仅借鉴了民间文学的叙事方式，更重要的是他在《故事新编》中营造了一种民间的氛围，这种民间化的氛围集中表现在广场化的场景和广场化的语言。《故事新编》设置了一个最具民间化的环境——广场，也即一个狂欢的平台。在这里，无论是神仙、圣贤，还是平凡人都被置

① 陈思和：《中国当代文学史教程》，复旦大学出版社 1999 年版，第 363 页。
② ［俄］M. 巴赫金：《巴赫金文论选》，佟景韩译，中国社会科学出版社 1996 年版，第 96 页。
③ 鲁迅：《故事新编·序言》，《鲁迅全集 2》，人民文学出版社 2005 年版，第 354 页。
④ 同上。

于同一个平台上，彼此之间没有贵贱尊卑之分。广场是最具民间性的一个场景，它不是把凡人拔高到庙堂去接受教导，而是让圣贤回到凡人的世界去体验生活。这些中国神话传说和历史中的英雄和圣贤，在《故事新编》中都失去了往日神圣的光辉，他们走下了神坛，走进了民间，走出了庙堂，走进了广场，鲁迅让他们一个个都经历了人间的生活和凡人的烦恼，这种特性愈到后面几篇作品中就愈益明显，如果说《补天》中的女娲还多少带有些孤傲神情的话，那么《奔月》中的后羿则世俗无奈得多了。及至《非攻》中的墨子，就完全脱去了圣贤的外衣，彻底地民间化了，无论是他吃的辣椒酱和大饼，穿的借来的衣服和用的破包袱，都让他跟历史文献中的墨圣相去甚远，倒是更像一个刚刚赶集归来的农夫。而且在他止楚伐宋后，不但没有受到英雄凯旋般的欢迎，甚至遭到了卫兵和天气的双重挤兑。但唯其如此才使墨子成为《故事新编》中最平凡但却最可爱的一个人物。这种广场化的氛围在作品人物的语言中表现得更明显。《故事新编》中有一个细节往往容易被忽视，相比较《呐喊》和《彷徨》中细密的心理分析和内心独白，在《故事新编》中有大量的人物语言对白的直接描写，而且这种对话常常发生在两类人之间，一类是处于社会上层人物，如神仙、圣贤、知识者等，另一类是下层百姓，如老太婆、农夫、丫头、乡下汉子等，有意思的是，跟现实的状况不同的是，在《故事新编》中话语权似乎掌握在后一类人群中，原本在社会权力意识形态中掌握话语权的上层人士，在作品中的话语交锋中却屡屡失败，而在现实社会中毫无发言权的乡民却在语言上时时占据了上风。他们的词汇虽然简单，粗糙，有时甚至有些粗俗，但却是丰富多彩、幽默风趣，充满了原始话语的活力和张力。而原本掌握话语权的上层人士面对浩瀚的民间话语却往往显得理屈词穷、张口结舌，最终落败。这表明了民间话语对庙堂话语或官方话语的一种解构。有几个对话场景特别引人注目，《奔月》中后羿射杀了老太婆的一只鸡，经过一番争执，被老太婆抢白一顿后不得不拿出十个炊饼作为抵

押才得以脱身；《理水》中学者跟一个乡下人辩论禹的有无，虽引经据典也并没有说服仅相信眼前事实的乡下人；《起死》中的庄子，本来是最善于辩论的，却被自己救活的乡下汉子纠缠不清，最后不得不借助武力才落荒而逃；更甚者是《采薇》中的伯夷和叔齐，竟然被丫头阿金的一句话："普天之下，莫非王土，你们在吃的薇，难道不是我们圣上的吗！"① 给说得崩塌了精神支柱而死。"普天之下，莫非王土"原本是圣贤之言，但却被乡野之民拿来"说"死了圣贤，这真是对圣贤之言和圣贤之士的莫大的讽刺。在《故事新编》中真正掌握话语权的不是上层权威阶层，却是下层民间的普通百姓，这样的描写一方面符合广场氛围的真实环境，另一方面也表现了鲁迅对以圣贤为代表的精英知识分子回归民间的期望，同时也暗示出自己对二三十年代自上而下的启蒙的质疑和反拨。启蒙是五四文学革命的主题和主要任务，也是鲁迅走上文学创作道路的精神动力，但经过十几年的自上而下的思想启蒙，鲁迅并没有看到他热切期望的国民精神的改变，和在此基础上的国家的富强，这不能不让鲁迅开始怀疑自己从事启蒙文学的必要性和正确性，虽然他并没有就此全面放弃文学启蒙，但却有意识地扩大了自己文学创作的题材和思路，民间性应该是他要寻找的除启蒙文学以外的另一种文学精神。鲁迅在自己生命的后期始终致力于《故事新编》的创作与他对文学启蒙的怀疑和对民间精神的皈依不无关系。

由此可见，《故事新编》中的狂欢化文学性质主要来源于鲁迅的民间意识，这种民间意识体现了一个真正伟大的知识分子的精神世界的民主平等性和错综复杂的矛盾统一性，同时也为我们进一步挖掘现代文学中的民间性留下了广阔的艺术空间。

---

① 鲁迅：《采薇·故事新编》，《鲁迅全集 2》，人民文学出版社 2005 年版，第 424 页。

第二章　时空错乱的痴狂叙事：《沉沦》再解读

1921年10月，上海泰东图书局出版了一册薄薄的小说集，书名为《沉沦》，集中除了同名小说《沉沦》外，尚有另外两篇《南迁》和《银灰色的死》，因为《银灰色的死》数月前曾在《时事新报》的“学灯”栏发表过，被放在附录上，因此，小说集《沉沦》中首次发表的小说有两篇：《沉沦》和《南迁》。此时尽管距离鲁迅发表第一篇现代白话小说《狂人日记》已经三年多，但《沉沦》却是新文学运动以来的第一部小说集，而让文学史真正记住《沉沦》的却并非仅仅因为它是中国现代文学史上第一部小说集，正如当时成仿吾所评说：“他不仅出世的年月上是第一，他那种惊人的取材与大胆的描写，就是一年后的今天，也还不能不说是第一。”① 现在看来，成仿吾的这个评述仍然稍嫌保守，仅就单篇小说《沉沦》来看，岂止是一年后，一个世纪后的今天来看，它仍然称得上是一篇“石破天惊”的小说，不仅中国古代文学中不曾有过这样的小说，甚至在其产生后的近一个世纪里，文学史中也几乎再没有出现过类似的小说。但对《沉沦》在哪方面非同寻常，观点并不一致，大多数评论者关注《沉沦》都如成仿吾一样是看到其“惊人的取材与大胆的描写”碰触了严肃文学中少有人敢碰触的性禁

① 成仿吾：《〈沉沦〉的评论》，选自《创造》季刊1923年第1卷第4期。

区，但时隔近一个世纪以后，当文学中性的描写已经不再是一个新鲜的题材时，当我们不仅关注内容，更多关注内容的表现时，再来重新阅读《沉沦》，就会发现其更有价值的一面，也即其在叙事上的独特性。

第一节　生存于两个时空里的叙事主人公

一　传统与现代夹缝中的叙述人

20 世纪前，小说在文学史上的地位并不高，甚至新文学之初的“五四”时期也只是中国现代小说的成长期，这时期的小说，包括部分文学史上的经典小说都留下了不少青涩的印记。处于青春期的现代小说的一大特征就是试图模仿和借鉴其他文类，但也正是这些青涩的印记让我们看到现代小说成长的过程。这一时期小说借鉴最多就是诗歌，这首先源于中国是个诗歌的王国，第一代新文学作家大多是在古典诗词的熏染下成长起来的；其次，这一代作家对诗歌不只是熟稔于心，有些作家本身就是诗人，郁达夫就是其中之一。郁达夫的古体诗写得相当漂亮，他在 1921 年发表第一篇小说《银灰色的死》之前已经有上百篇诗词发表。但是在新文学史上，像郁达夫这样的诗人兼小说家并不热衷于白话新诗创作，但却对古典诗词终生热爱，这种来自传统文化深层的基因让其即使在小说创作中仍不忘表现诗歌的意境，甚至有时候直接让小说主人公在文中作诗，以此来过足诗人瘾。这就使得郁达夫的早期小说同时具备小说和诗歌两种文体的特色。别林斯基曾经说过：“艺术越接近它的某一界限，就会渐次地失掉它的一些本质，而获得界限那边的东西的本质，因此，代替界限，却出现了一片融合双方面的领域。”① 早期的现代小说还没有形成太多的文体规矩和固定的模式，很容易就模糊了那条艺术的“界限”，形成一种“四不像”的文体，但正是这种“四不

① ［苏］别林斯基：《别林斯基选集》第二卷，上海译文出版社 1980 年版，第 44 页。

像”文体却在某种程度上见证了艺术变革和过渡的过程，客观上形成一种艺术创新的形式。对于早期的现代小说来说，由于评论界最初对其关注主要集中于内容的一面，而忽略了其形式的一面，并没有全面把握其“融合双方面的领域”在艺术上的创新，尽管这种创新带有诸多不成熟的痕迹。其实，没有哪个个别作品是某种文类——小说、戏剧、诗歌等的完美标本，所有作品在文体特征上都或多或少地是混合型的。郁达夫的成名作《沉沦》便是这样一篇兼具小说和诗歌双方面的特征带有体裁上不成熟的但却具有创新性的小说。

具体说来，《沉沦》中存在两个叙述人，一个是传统诗人“他”，这个“他”热衷传统文化，习惯用诗词形式和诗化语言来叙事，《沉沦》中这种诗词叙事以三种不同的种类来表现，分别是借用田园诗意境，引用翻译外国诗歌和自作古体诗；另外一个叙述人是一个现代的“他”，这个“他”已经接受西方文化，习惯用现代技术手段来叙事，在《沉沦》中表现为性叙事，疾病叙事，内心独白等痴狂化叙事方式。

《沉沦》一方面叙写主人公“他”偷窥少女洗浴，偷听一对恋人做爱，去妓院嫖宿，但另一方面又写“他”热爱大自然、欣赏西方浪漫主义诗歌，热衷中国古典诗词，而且打破小说与诗歌的界限，不但直接在小说中翻译外国诗歌，而且还自己创作诗词，正因如此，《沉沦》才没有被看作传统意义上的淫秽小说，而是一部独具创新意义的现代小说，它在体裁上的创新性为中国现代小说开创了独具一格的现代心理小说。《沉沦》体裁上的非同一般在作品产生之初就被注意到了，郁达夫曾经这样记叙最初把《沉沦》给他的朋友们看时得到的评价：“记得《沉沦》那一篇东西写好之后曾给几位当时在东京的朋友看过，他们读了，非但没有什么感想，并且背后还在笑我说：‘这一种东西，将来是不是可以印行的？中国那里有这一种体裁？’”[①] 当我们抛开其性的描写，集中关注其

① 郁达夫：《五六年来创作生活的回顾——〈过去集〉代序》，选自王自立、陈子善编《郁达夫研究资料》，知识产权出版社 2010 年版，第 166 页。

形式时，就会发现其在体裁方面的创造性，最明显的表现在其叙事上，《沉沦》中那些看似无关紧要的自然景色描写目的是什么？作为一篇现代汉语小说为什么夹杂着一些外语的诗歌以及翻译？作者为什么在一篇小说中屡次添加上自己写的古典诗词？这些看似不成熟的叙事技巧展示了作者怎样的创作心态？它们是理解作者创作心态的圭臬还是附着在小说中的赘瘤呢？要解决这些问题，必须首先直接触摸小说文本，其次是还原作者当时的写作状态，重估作品的艺术价值和意义。

正如有学者所言："在文学中，我们从来不曾和原始的未经处理的事件或事实打交道，我们所接触的总是通过某种方式介绍的事件。对同一事件的两种不同视角便产生两个不同的事实。"① 从叙事学的角度来看，《沉沦》存在两套叙述话语，两种叙述行为。之所以如此，是因为《沉沦》中存在跨越不同文化时空的两个叙述人，一个是21岁的"他"，正值青春期性欲的旺盛期，无论是身体还是心理都处于发育期，"他"身处明治维新后的日本帝国，接受了经日本文化转化而来的西方现代文化的影响，但却囿于中国传统伦理思想的束缚，身体内过剩的力比多能量无处发泄，陷入手淫自渎的泥淖不能自拔；另一个叙述人是26岁的"他"，身体和思想基本已经发育成熟，"他"虽然远离故土，但却时时思念家园，他深受中国传统文化的熏陶，热衷书写古体诗，热爱田园风光，既有中国传统文人的隐逸气质又不乏中国现代文人的责任意识，是个处于20世纪初期时代夹缝中的"零余者"。《沉沦》中的确存在着一个虽然部分经历跟作者相似但却是一个并不完全等同于作者的叙事主人公。评论者经常称这个主人公为"五四"时期的时代青年，一个"零余者"。然而，这个看似符合社会发展轨迹的时代青年，在《沉沦》中却完全是以疯狂、抑郁的状态出现的。一方面，他厌倦学校里教科书上的知识，经常连续四五天不去学校上课；他表面上孤高，内心却充满了自卑。另一方面，"他"又精通外语，热爱大自然，时刻把国家

① 王泰来编译：《叙事美学》，重庆出版社1987年版，第27页。

的贫弱放在心上。尽管《沉沦》的叙述人是“他”，但作为抒情主体“他”完全可以换成“我”，叙事都是从“他”的角度着手，又深入“他”的内心，因此，这个“他”就是“我”。由此看来，《沉沦》中的叙述人是个两面人，“他”一方面代表了那个理性的有着传统思想观念的古典诗人，另一方面也代表着那个忧郁的有着时代意识的现代知识分子。

二　错乱的叙述时空

郁达夫在《沉沦·自序》中这样评述自己的《沉沦》：“《沉沦》是描写着一个生病的青年的心理，也可以说是青年忧郁病 Hypochondair 的解剖，里边也带叙着现代人的苦闷，——便是性的要求与灵肉的冲突——但是我的描写是失败了。”① 这段话经常被引用，尤其是其中“性的要求与灵肉的冲突”更是被作为解读《沉沦》的关键点。但在《沉沦》发表之初就有人提出质疑，认为其中只写了肉欲的冲动，并没有写到“灵”，因而也就不存在所谓的“灵肉冲突”，跟郁达夫同时留学日本的成仿吾就曾严正地指出：“《沉沦》于描写肉的要求之外，丝毫没有提及灵的要求；什么是灵的要求，也丝毫没有说及。”② 成仿吾的这个断言是有失偏颇的，《沉沦》中当然写了“灵的要求”，只是这个“灵”是什么，在不同的时代有不同的解读，在笔者看来《沉沦》中“灵的要求”是叙述者自负又自卑的现代文人自我认识，是“百无一用是书生”的现代诠释，是期许报国又无力报国的漂泊无助者的灵魂呐喊。成仿吾之所以看不到其中的灵的要求源于他也是其中之一，这是那一代知识分子普遍存在的灵肉冲突，只是在《沉沦》中灵肉冲突并不是表现在内容上，而是表现在叙事上，是以混乱的时空叙事表现出来的。

---

① 郁达夫：《〈沉沦〉自序》，选自王自立、陈子善编《郁达夫研究资料》，知识产权出版社2010年版，第151页。

② 成仿吾：《〈沉沦〉的评论》，选自《创造》季刊1923年第1卷第4期。

书写《沉沦》时作者所处的时空和作品中叙述人所处的时空是错乱的。郁达夫曾经专门就小说《沉沦》写作前后的自己的生活、学习等相关事宜做过如下相应的交代：

> 写《沉沦》各篇的时候，我已在东京的帝大经济学部里了。那时候生活程度很低，学校的功课很宽，每天于读小说之暇，大半就在咖啡馆里找女孩子喝酒，谁也不愿意用功，谁也想不到将来会以小说吃饭。①

从这段文字里，我们知道《沉沦》中的叙述者，即小说中的“他”，跟写作小说时的作者存在相当的距离，尽管郁达夫的小说有着很强的自叙传性质，但就《沉沦》来说，叙述者和作者并不能完全看作一个人。首先，这二者之间存在时间和空间上的距离。根据上文的交代，写作《沉沦》时郁达夫已经就读东京帝国大学经济部，查阅其传记，郁达夫是1919年11月进入东京帝国大学（今之东京大学）经济学部的，而《沉沦》中写道：“他的二十岁的八月二十九日的晚上，他一个人从东京的中央车站乘了夜行车到N市区。”② 可见小说的叙事主人公“他”当时已经离开了东京前往N市。根据郁达夫的传记我们可以基本确定，所谓的N市应该是指名古屋市，郁达夫曾经在名古屋第八高等学校学习四年之久，第一年学的是医科，第二年改为文科，专业是法学部政治学科。《沉沦》中所记的时间是从叙述人的20岁到21岁之间，对应郁达夫在名古屋学习的时间应该是1915年到1916年之间的事情。而其写作《沉沦》的时间应该是1920年，这时作者已经25岁了。因此，不仅小说叙述人所处的空间跟作者所处的空间不同：一个是在日

---

① 郁达夫：《五六年来创作生活的回顾——〈过去集〉代序》，选自王自立、陈子善编《郁达夫研究资料》，知识产权出版社2010年版，第166页。

② 郁达夫：《沉沦》，选自《郁达夫小说全集》，哈尔滨出版社2013年版，第22页。

本西部的商业都会名古屋，一个是在日本东部的首都东京，而且，二者所处的时间也相隔四五年，这四五年的时间，郁达夫已经从一个青春激情的青涩年轻人成长为一个成熟理性的现代知识分子。整体看来《沉沦》的叙述时间是回溯性叙述。回溯性叙述最大的特点就是在叙事中作者的当前的心理时空不可避免地会叠加到小说叙述人的心理时空之中，尽管郁达夫曾经说："《沉沦》里的三篇小说完全是游戏笔墨，既无真生命在内，也不曾加以推敲，经过磨琢的。"① 但作为笃信法朗士的"文学作品都是作家的自叙传"理论的小说作者，他没有写自己当前的生活，而选择了写自己四五年前生活在另外一个城市的生活，应该是经过选材方面的思索酝酿的。而选取这一段生活来描述应该是有一定目的性的。《沉沦》中的"他"与郁达夫之间是你中有我，我中有你的关系，是25岁的郁达夫在叙写20岁的郁达夫，是一个模拟现场的回忆性的叙述。

不仅《沉沦》的物理时空跟作者所处的时空是错乱的，其心理空间的错乱应该是更明显的。写作《沉沦》时作者是帝国大学经济部的大学生，按照作者自己交代，那时候生活水平要求很低，政府给的官费完全够用，大学的功课又很宽松，使得有时间去做自己喜欢做的事情，甚至有闲钱去"泡妞"。可见这一段时间，郁达夫生活得非常轻松和惬意。从1919年2月到1920年8月，郁达夫不断往返于中国和日本之间，经历颇多，生活可谓紧张而丰富。简单摘录如下：

> 1919年。2月，陪同浙江教育视察团参观名古屋各学校；5月，为纪念"五四"运动特地摄影留念，以志国耻；7月，从名古屋第八高等学校毕业；9月，回国到北京参加外交官和高等文官考试，均未被录取；11月，返回日本，进入东京帝国大学经济学部。

① 郁达夫：《五六年来创作生活的回顾——〈过去集〉代序》，选自王自立、陈子善编《郁达夫研究资料》，知识产权出版社2010年版，第166页。

> 1920年。春，邀集郭沫若、成仿吾、田汉、张资平等，计划组织一个新文学团体，创办新文学刊物，是为创造社的前身；7月，回国与孙荃结婚；8月下旬，返回日本，开始在日本杂志《太阳》上发表旧体诗，并结识日本作家佐藤春夫。①

从这个简历中可以看出，这一年多时间里，郁达夫的生活是忙碌而充实的。此时的郁达夫经济上是比较宽松的，完全不存在“生活的苦闷”，而且，此时他刚刚与贤雅而多才的孙荃结婚，在家里度过了新婚的蜜月期，因此，也不存在“性的苦闷”。虽然经历了外交官和高等文官考试失败，但他此时已经是文坛上小有名气的诗人，尤其是旧体诗方面，在国内和日本都发表了相当数量的作品，已经颇有建树。或许正是由于对自己文采的自信，郁达夫才会萌生了创作小说的想法。而此时，他身边也聚集了几个志同道合的朋友，正在为创造社的成立做着准备，这段时期正是郁达夫蓄势待发的紧张时刻，《沉沦》正是在这个时期构思写作的。奇怪的是，郁达夫此时的好心情并没有移植到作品《沉沦》的氛围中去。《沉沦》的主人公“他”是个远离故土、孤独忧郁、凄苦无助的青年，每日被勃发的青春期性冲动所折磨，却又囿于传统文化和道德伦理的禁锢，只得做一些自渎和偷窥的勾当，甚至沉沦于烟花柳巷，陷入青春期的忧郁症而终致自戕。郁达夫在《沉沦》发表十余年后，曾经在一篇序文中感喟创作《沉沦》时自己的心境之糟：

> 眼看到故国的陆沉，身受到的异乡的屈辱，与夫所感所思，所经所历的一切，剔括起来没有一点不是失望，没有一处不是忧伤，同初丧了夫主的少妇一般，毫无气力，毫无勇毅，哀哀切切，悲鸣出来的，就是那一卷当时很惹起了许多非难的《沉沦》。②

① 方忠：《郁达夫传》，复旦大学出版社2012年版，第218—219页。

② 郁达夫：《忏余独白》，《北斗》1931年第4期。

虽然这段话距离《沉沦》写作已经十年之久了，但我们依然能够感受到写作时作者的屈辱、失望和悲伤，而文本中表现出来的这种情绪与作者真实的状态形成一种极不协调的关系，同时，郁达夫又说：

> 写《沉沦》的时候，在感情上是一点儿也没有勉强的影子映着的；我只觉得不得不写，又觉得只能照那么地写，什么技巧不技巧，词句不词句，都一概不管，正如人感到痛苦的时候，不得不叫一声一样，又哪能顾得这叫出来的一声，是低音还是高音？或者和那些在旁边吹打着的乐器之音和洽不和洽呢？①

假如郁达夫是擅长客观描写的作家这或许并不成为问题，作者的心情跟作品主人公的心情可以有较大差异，但对笃信“文学作品都是作家自叙传”的郁达夫来说，这不符合他的创作思想，如果《沉沦》真的可以看作郁达夫的自叙传，那么《沉沦》的文本内部一定尚有我们没有解读出来的密码可以用来解释这一心理错位现象。因此，作者在写作《沉沦》时的心理跟《沉沦》中想要表达的心理是不一致的，正是这种不一致性导致《沉沦》的叙事既有理性的、成熟的一面，又有癫狂的、忧郁的一面。抛开其中的时代意识形态特色，作者的本意是想写一个患有青春期忧郁症病人的狂言乱语，但在实际的叙事中，一个现代文人的理性和知性意识又左右着其文本，这就造就了《沉沦》独具的痴狂叙事方式，正是这一独具的叙事让小说具有一种现代色彩，从而奠定了中国现代小说向内转，开掘了描写人物心理变迁的叙事手法。

三　混乱的心理时空

基于郁达夫的自叙传创作理念，在他的作品中的叙事主人公身上能

① 郁达夫:《忏余独白——〈忏余集〉代序》，选自《忏余集》，上海天马书店 1933 年版。

更方便地寻到作者的影子，作者跟叙事主人公无论在心理和行为上都有更多重合之处，因此，对《沉沦》的解读需与作者的传记结合起来，二者之间具有一定的互文关系。但尽管如此，完全把其作品中的主人公等同于作者仍然是不恰当的。作者所处的空间跟作品中人物所处的空间毕竟不同，虽然作者叙事时所处的空间（包括个人心理、文化环境、时代特色等）必然影响到小说叙事的空间，作者在叙事时必然会把当前所处的空间叠加到小说的叙述空间，但作为艺术加工的小说空间与作者所处的空间永远不可能是完全重合的，它们之间参差不齐、犬牙交错的部分恰能反映出作者的真实心态与小说中叙述人心态的差异。作者即便是在作品中叙述自己曾经参与的一件事，也会因时过境迁而让作品有不同的心理，不同的时代背景，从而增加了新的经验而使这件事显示出不同的意义。因此，郁达夫的《沉沦》就不仅仅是简单地反映“他”的心理世界的变异，如果只是注意到《沉沦》如何细致准确地描写了一个青春期抑郁症患者的内心世界的震颤是不完整的，这种简单的做法会遗漏了小说中空间景观的变化带来的最有效用也最有意味的文体变化的因素。

当我们进入《沉沦》的叙事层面，便能理解郁达夫的朋友们初次阅读《沉沦》时所存的质疑，这的确是中国文坛上从未有过的体裁，其文本内部所存在的空间错乱要远大于外部的时空错乱。《沉沦》体裁的怪异源于其叙事的独特，这是一种理性和忧郁叠加的痴狂叙事模式，也就是说叙事主人公并非一个正常的人，恰如作者本人所说，“《沉沦》是描写着一个病着的青年的心理，也可以说是青年忧郁病 Hypochondair 的解剖”①，所谓“忧郁病”，用现代医学知识来定义就是抑郁症，在没有多少西医学常识的国人那里就是“神经病”或“疯子”。这个青年患病的原因却并非仅仅因为青春期的性幻想和性压抑，更多是由于外在时空的错乱导致心理时空的错乱。

① 郁达夫：《〈沉沦〉自序》，选自《沉沦》，上海泰东书局 1921 年版。

《沉沦》文本内部时空的错乱首先表现在把完全不同的心理时空并置在一起，而这种并置是通过心理和外景的描写实现的。《沉沦》的起首的一句话是：“他近来觉得孤冷得可怜。”[①] 暗示叙述者“他”的孤冷可能并非客观存在，而是一种主观感觉，而其所谓“可怜”的处境也是一种自我认知、自我怜悯。接下来当“他”叙述：“他早熟的性情，竟把他挤到与世人绝不相容的境地去，世人与他的中间介在的那一道屏障，愈筑愈高了。”[②] 这样一个内心孤独、不与世人相容的叙述者的形象便出现了。《沉沦》一下子就把读者拉进叙述人的内心深处，让读者产生一种急于想要探索叙述人心理的欲望。到底是什么导致“他”的内心孤苦无依？然而，叙述人并没有顺着“他”的心理写下去，在接下来却是一大段外景描写，又把读者从叙述人的内心拉了出来，进入一种看似恬淡的氛围：

> 晴天一碧，万里无云，终古常新的皎日，依旧在她的轨道上，一程一程的在那里行走。从南方吹来的微风，同醒酒的琼浆一般，带着一种香气，一阵阵的拂上面来。……在这大平原内，四面并无人影；不知从何处飞来的一声两声的远吠声。悠悠扬扬的传到他耳膜上来。他眼睛离开了书，同做梦似的向有犬吠声的地方看去，但看见了一丛杂树，几处人家，同鱼鳞似的瓦屋上，有一层薄薄的蜃气楼，同轻纱似的在那里飘荡。[③]

很明显，这段风景描写让叙述人以一个热衷山水田园生活的中国传统文人的面目出现，因为这大段的风景描写让稍有文学修养的人很快就能联想到陶渊明的《归田园居》中的诗句“暧暧远人村，依依墟里烟。

---

① 郁达夫：《沉沦》，选自《郁达夫小说全集》，哈尔滨出版社 2013 年版，第 11 页。

② 同上。

③ 同上。

狗吠深巷中，鸡鸣桑树颠。”在这里，传统农业国的田园风光被移植到新兴工业国的城市近郊，外在风景的恬淡悠远跟叙事主人公内心的焦灼不安形成一种极不协调的搭配。但更为不协调的搭配还在下面，这段风景描写中间插入了这样一句：“他一个人手里捧了一本六寸长的 Wordsworth 的诗集，尽在那里缓缓的独步。”① 而一旦在类似陶渊明田园风景般的描述中走来一个手持华兹华斯诗集的青年人，这种叙事就表现出一种跨越时空的错乱。在无形的文化空间中，把陶渊明和华兹华斯并置在一起，把公元 5 世纪的中国田园诗人和 19 世纪的英国湖畔诗人并置到一起，其实是把中国传统文化跟西方近现代思想并置在一起。而叙事人所处的真实空间却是 19 世纪后期因师法西方工业文明刚刚崛起的军事帝国——日本。这个偏安一隅的东方岛国曾经在近千年的时间里心悦诚服地拜倒在历代中华帝国面前，但经历明治维新强大后，却在十几年前打败了她曾经的师长之邦——大清帝国。而为了民族国家的复兴，作为中华文明传承的代言人的大批中国知识分子却又不得不到这个岛国上来学习，虽然必须面对这种残酷的现实，但在内心深处，中国知识分子无论如何也无法接受这种师承关系的逆转。这种巨大的心理逆差在身处岛国十年，生理、心理、文化观念都处在发育期的年轻的郁达夫感受起来是愈加地刻骨铭心，以至于在二十年后回忆起来，仍是充满了情绪化：

> “支那”或“支那人”的这一个名词，在东邻的日本民族，尤其是妙龄少女的口里被说出的时候，听取者的脑里、心里，会起怎么样的一种被侮辱，绝望，悲愤，隐痛的混合作用，是没有到过日本的中国同胞，绝对地想象不出来的。②

这样叙述人的文化心理空间就呈现出一种错乱的状态，身处的真实

① 郁达夫：《沉沦》，选自《郁达夫小说全集》，哈尔滨出版社 2013 年版，第 11 页。
② 郁达夫：《雪夜——日本国情的记叙自传之一章》，《宇宙风》1936 年第 11 期。

空间是明治维新后的日本军法制形成的强权意识，理想中追求的却是西方的浪漫主义思想，而潜意识中根深蒂固的则是中国传统文人的田园隐匿文化理想，这一错乱的文化空间投射到一个敏感脆弱的中国现代文人思想中，形成的心理意识则是自卑又自恋，自渎又自傲的错综情感，而在行为上的表现就是对所有人怀疑与不信任。因此，才会有文本中叙述人屡次的心理异常描写。

第二节　《沉沦》诗词叙事的文化心理变迁

一　文体混杂中的身份转变

大多数评论家习惯关注《沉沦》中激进的思想、大胆的性描写，很少注意到这篇小说文体上的独创性，作为一篇现代小说，《沉沦》最怪异的地方就是小说中存在大量的诗词，这些诗词既有翻译西方著名诗人的，也有以叙事主人公的口吻自创的，如何评价《沉沦》中的诗词是打开这篇小说另外一扇门的一把钥匙。

当郁达夫第一次把《沉沦》给他的朋友看时，被他的朋友嘲笑说“中国那里有这一种体裁?”《沉沦》在文体上的确比较独特，在一篇小说里引用了大段的英文诗歌，然后又借主人公之口翻译成现代中文诗，这种小说和诗歌、中文和西文的嫁接不仅在中国古代文学体式中是没有的，甚至在以后的中国现代小说中也是极其少见的。那么，作者何以要这样来叙写？如果仅从文本内的逻辑发展线索可以这样解释，“他”所摘录的这首诗取自华兹华斯诗集，诗歌题目现在翻译为《孤独的割麦女》，在《沉沦》中被翻译成《孤寂的高原刈稻女》，诗歌中一个孤独的女子在旷野中边割麦边歌唱的整体意象恰与叙述人“他”此时的心情相似，因此，用华兹华斯诗中的意象来代替对“他”的心情的描述也符合写作的逻辑叙述。另外，加入华兹华斯的诗歌是为了引入西方浪

漫主义这个文化空间，对于一个在闭塞的中国江南小镇生活十七年的年轻人，一个长期沉浸于老迈的诗文国度的中国传统文人来说，18 世纪流行于英伦的华兹华斯的浪漫主义诗歌具有欲罢不能的新鲜而独特的魅力，作者既然被其深深吸引就不可避免地让“他”也热爱华兹华斯。但这两个解释无法说明叙述人为什么要把诗歌用英、汉两种文字分别写一遍，完全没有必要再翻译一遍，翻译的工作可以留给读者或者评论者来完成，在笔者看来翻译华兹华斯诗歌的理由除了考虑到当时的读者普遍对英文的不掌握外，第二个解释便是，作者希望告诉读者这样一个事实，叙述人“他”是一个具有相当高的英语水平的、有才能和天分的青年，而由于自叙传小说的独特性，这个“他”跟作者太过接近，某种程度上“他”的精通外语，实际上也是在表明郁达夫本人有着较高的英文水平。这个解释并非刻意批评郁达夫的虚荣和自负，而是想要考察包括郁达夫在内的那一代知识分子的真实心态。众所周知，郁达夫有着相当强的语言天赋，除了汉语外，郁达夫还掌握英语、日语和德语等语言。这里面，英语是他最早掌握的外语，甚至在他退学回家自学的两年也仍然没有放弃对英语的学习。德语是在他刚一进入名古屋第八高等学校就开始学习的。在《沉沦》的第四节，郁达夫还借“他”的手翻译了一篇海涅的诗歌。仅仅这一篇小说里，细心的读者就能获知作者掌握四种语言的才能。这种近乎炫耀的写法恰恰反映了郁达夫内心自卑的心理，其深层原因是对自己无力担负起“匹夫之责”的自责。

郁达夫这一代知识分子是把救亡图存的责任天然地扛在自己肩上的，他们也相当清醒地认识到原本的四书五经、诗词歌赋是无法担负起救国之责的，学习更加实用、速效的理科知识是他们走出国门的主要原因。因此，有过海外留学经历的新文学的早期倡导者，大都走过理工医改文史哲的弯路。创造社最初的几个同人没有一个首选文学的，郁达夫、郭沫若首先选择的是医科，成仿吾选择的是造兵科，田汉选择的是

师范科，张资平选择的是经济，他们首先选择的专业必定是实用的、速效的理、工、医等学科。在考入预科的时候，郁达夫本来选的是文科，但在兄长的强烈要求下，改为医科，尽管是兄长的建议，但郁达夫最终改变初衷，也必定与留学生界重理工医，轻文史哲有很大的关系。而他们选择理工医科是要“师夷长技以制夷”，目的是救亡图存，他们虽然做了理性的选择，但由于这个选择跟个人的天赋及偏好相抵触，真正学起来却无法做到理性。从郁达夫个人的传记中可以看出，郁达夫从小便爱好诗文，九岁时就能填词赋诗，因这个才能被乡亲们被看作“神童”。但这诗词方面的天赋不仅不能帮助他学好医学，还成为他学医的障碍。对于西医科，郁达夫和《沉沦》中的“他”的看法是一样的“学校里的教科书，真同嚼蜡一般，毫无半点生趣。”① 当个人爱好的情感需求和实用主义的社会认同相冲突时，郁达夫选择了后者，却沉浸于因前者得不到满足的忧郁之中不能自拔，而一旦有机会展示自己的天赋才能，郁达夫便不遗余力地展示了出来，因此，《沉沦》中才有大段的英文德文原文及翻译。虽然汉语中夹杂外语、小说中夹杂诗歌让《沉沦》在体裁上变得不伦不类，但却满足了叙述者的虚荣心，同时也间接满足了作者展示个人才华的心理。

除了中西文交杂，《沉沦》中还有两首律诗的出现也是小说叙事中少有的现象。中国古典小说常在章节的开头或者结尾用一首诗歌作为引言或者锲子，用来交代本章的主题意蕴，而在《沉沦》中，这两首诗不是放在小说的开头或者结尾，而是嵌入小说当中，跟整篇小说极不协调。那么这两首诗的目的是什么呢？我们以第一首诗为例来考察一下这两首诗在《沉沦》中所起的作用。

第一首诗出现在文中的第四节，叙述人“他”回忆自己离开东京前往名古屋读书的情景，在一个冬日的夜晚万家灯火时刻，“他”一人坐火车离开熟悉的城市前往陌生的地方求学，产生了感伤的情绪，于

---

① 郁达夫:《沉沦》,《郁达夫小说全集》，哈尔滨出版社 2013 年版，第 17 页。

是，便作了一首七言律诗来表达离别之情：

> 峨眉月上柳梢初，又向天涯别故居。
> 四壁旗亭争赌酒，六街灯火远随车。
> 乱离年少无多泪，行李家贫只旧书。
> 夜后芦根秋水长，凭君南浦觅双鱼。[①]

离别的伤感本是最寻常的情感，也是中国古体诗最常见的题材，但这首看似普通的离别诗却暗含着作者的另一种心态。为了厘清作者的复杂心态，需要还原一下郁达夫在名古屋求学时的心路历程。

1915 年 9 月至 1919 年 7 月这段时期，郁达夫在名古屋第八高等学校读书，这是郁达夫求学经历中最重要的一个阶段，也是他的生理、心理、价值观等走向成熟的一个时期。生理的成熟是个自然的过程，然而心理和价值观的成熟却是经历了一段时期的心灵炼狱和痛苦蜕变后才逐渐走上人生正途的。1916 年前后，郁达夫学了短短不到一年的医学专业，却是他求学经历中最为失败的一个时期，有资料显示："到 1916 年春天，他得了严重的神经衰弱，以至于期末考试时，七门功课只考了三门。"[②] 这一年的 9 月，郁达夫就由医学改为法学，重读了一年级。至于为什么改变学科，在小说和传记中存在两种不同的说法。按照《沉沦》的说法，因为"他"跟兄长产生了龃龉，而弃医从文的原因是：

> 他因为想复他兄长的仇，所以就把所学的医科丢弃了，改入文科里去，他的意思，以为医科是他长兄要他改的，仍然改回文科，就是对他长兄宣战的一种明示。[③]

① 郁达夫：《沉沦》，《郁达夫小说全集》，哈尔滨出版社 2013 年版，第 23 页。
② 方忠：《郁达夫传》，复旦大学出版社 2012 年版，第 13 页。
③ 郁达夫：《沉沦》，《郁达夫小说全集》，哈尔滨出版社 2013 年版，第 32 页。

而另外一种说法是:“9 月,因医科费用太高,自己又爱好文科,故又改读文科,专攻法学部政治学科,重读一年级。”①

然而在笔者看来,这两种原因都不过是改科的借口,深层的原因则是郁达夫的个性价值与社会现实产生了矛盾冲突。郁达夫虽然在诗词方面有极高的天赋,但在理工医科方面却并不擅长,现代医学确认了人的大脑是有分工的,理性思维和感性思维分属大脑的不同区域,一种功能发达,另一种功能则会相对迟钝。郁达夫虽然并不了解大脑分工的专业知识,但他自己清楚地知道如果继续学医他将无法真正实现个人价值。在个性价值越来越受到重视的“五四”时代,如果无法按照个人的意愿实现个人价值那就是作为个人的最大失败,而抛弃自我用自己所学的专业知识报效国家又是郁达夫那一代知识分子最大的理想愿望。个人和民族的矛盾、理想和现实的矛盾时刻折磨着郁达夫,而《沉沦》中这种矛盾表现为“他”心理的自卑情结和生理的性亢奋的矛盾,叙述人“他”是一个二十出头的青年,心理和生理都不太成熟,有一种病态的自卑感,当“他”迎面碰见两个日本女学生后不仅呼吸紧张,手足无措,一句话不敢说,而且回到自己的寓所还在自嘲自骂地说:“你这卑怯者!”“你既然怕羞,何以又要后悔?”“既要后悔,何以当时你又没有那样的胆量?不同她们去讲一句话。”② 而当“他”回忆起两个女学生眼睛里暗含的惊喜的意思时,更是懊恼自己作为一个中国人地位的卑下:

呆人呆人!她们虽有意思,与你有什么相干?她们所送的秋波,不是单送给那三个日本人的么?唉!唉!她们已经知道了,已经知道我是支那人了,否则她们何以不来看我一眼呢!③

---

① 王自立、陈子善:《郁达夫研究资料》,中国社会科学院文学研究生总纂,知识产权出版社 2010 年版,第 571 页。

② 郁达夫:《沉沦》,《郁达夫小说全集》,哈尔滨出版社 2013 年版,第 19 页。

③ 同上。

可见，当时的“他”对自我价值产生了怀疑，自我认知出现了严重的问题。这种矛盾冲突最终发展为“他”的忧郁病发作。当其忧郁病发作时，除了生理和心理上的不适，也让“他”的理智变得不健全，跟情感爱好、生理和性爱都发生了矛盾。理智上“他”知道自己应该学习更实用的医学，而情感爱好上则更热衷于文学；理智上“他”知道自己应该自尊自爱，而在生理上则又控制不住地自渎；理智上“他”知道自己不应该对敌国的女性产生爱恋，而面对充满诱惑的日本少女“他”又难抑制地产生性爱。

而《沉沦》写作的1920年前后又是另外一种情形。当时作者已经二十六岁，在这四五年间，郁达夫不仅完成了高等学校的学业，而且已经在中日文坛都小有名气，给他带来名气的既不是他现在学的政治学科，更不是曾经让他头疼不已的医学，而是他所擅长的传统古典诗词。在名古屋学习期间，郁达夫就发表了大量的古体诗，成为日本汉诗界小有名气的诗人，颇受当时日本的汉文学家服部担风的推崇，服部担风因为对他极为赏识，在和他交往中甚至错乱了长幼秩序，表现出有违长幼伦常的尊重。服部担风当时五十岁，而郁达夫只是一名二十一岁的高等专科学校一年级的学生。有一次，服部担风为郁达夫送行，二人之间出现的这样一幕，可以看出服部担风对郁达夫的推崇：

> 他固执地一直把达夫送到车站。在那条五六百米长的土路上，担风拄杖步行，仰着头，和高座在人力车上的达夫热烈谈话。达夫端坐在车上，脸上充满了惶恐、歉疚的神色。他坚持要下车，与担风一起步行。担风笑眯眯地拒绝了。担风平时送客一般都不出大门，通常只是走出书斋到庭院的走廊尽头便止步了。而初会达夫，他却不但送出门，还特意一直送到车站。①

---

① 方忠：《郁达夫传》，复旦大学出版社2012年版，第14页。

这种被欣赏被尊重跟小说中“他”所叙被日本女子蔑视形成鲜明的对比，真实的情形与小说中叙述的“他”的感受差别如此之大，而给郁达夫带来尊敬的恰是传统文化的诗词歌赋而非现代社会需要的理工医科。当现在的郁达夫化身为“他”回忆当时的郁达夫时，他既要回到现场来描述21岁的“他”在日本女子面前怎样的自卑自贱，又想展示26岁的他有着怎样深厚的古诗词功底，因为这给作者郁达夫带来了人格的尊重和自我价值的实现。因此，他要在现代小说文本中加上古体诗，以此来证明个人的能力和价值。

这也导致郁达夫创作了《沉沦》这样一篇是小说又不像小说，似传记又不是传记的“不伦不类”“不中不西”文章。但正因此，《沉沦》开创了中国小说的向内转的先河，从中国传统小说的写行动写语言见长，转向中国现代小说的写心理写意念为主，尽管还不太成熟，毕竟是新的尝试。

小说中叙述人“他”是一个刚刚走出家门心理和生理都不太成熟的20岁青年，当其忧郁病发作时，表现最鲜明的是生理和心理上的不适，而他对自己心理疾病的归因则是外界（社会和别人）对他的不公。忧郁病的发作让“他”的理智变得不健全，跟情感上的爱好、生理、性爱的发生了错乱。理智上“他”知道自己应该学习更实用的医学，而情感爱好上则更喜欢传统文学；理智上“他”知道自己应该自尊自爱，而在生理上则又控制不住地自渎；理智上他知道自己不应该对敌国的女性产生好感，而面对肥美充满诱惑的日本少女他又难抑制地产生性爱。而作为潜隐叙述人的作者却是一个既羡慕传统文人的隐逸，又追求西化文人的浪漫，但更无法逃避现代中国文人焦虑的处在文化夹缝中书写者。因此我们看到的这个文本就成为一个痴狂叙事的混合物，文本中一会儿用英语感喟自己的伤感，叫喊着“Sentimental，too sentimental!”，表达着一个怀揣着浪漫主义情怀的伤感文人的情怀；一会儿又借用唐代诗人戎昱的《移家别湖上亭》中的诗句：“黄莺住久浑相识，欲别频啼四五声!”来表达离别家园的感伤。而这个叙述人不仅仅是感伤的，更多的是一种漂泊

不定的无助感，“他”一会儿把自己装扮成初次赴新大陆的清教徒，以自我的内心感知去国离乡的心理：“那些十字架下的流人，离开他故乡海岸的时候，大约也是悲壮淋漓，同我一样的。”① 一会儿又看似随意地写下一首七言律诗：“峨眉月上柳梢初，又向天涯别故居。四壁旗亭争赌酒，六街灯火远随车。乱离年少无多泪，行李家贫只旧书，夜后芦根秋水长，凭君南浦觅双鱼。”② 表达一种类似中国传统文人的离愁别绪。而作者真正想要表达的却是现代中国文人漂泊无根的情结，面对现在国家民族的孱弱，实用的理工医科知识自己无力掌握，而自己所擅长的诗词歌赋又是毫无用处，空有一腔热血的现代文人面对强权的帝国更是无能为力的，因此只有用这种痴狂的叙事语言暗示自己内心的报国无门的情绪。从这个角度来看，《沉沦》中叙述主人公“他”时常面临的生理的不适和心理的愤恨，不断提及的复仇情绪就可以理解了，而其最后归罪于祖国，喊出：“祖国呀祖国！我的死是你害我的！你快富起来，强起来吧！你还有许多儿女在那里受苦呢！”③ 就不显得突兀造作了，而是一个处于传统文化和现代文化夹缝中的成熟的叙述者借一个感伤的心理尚不健全的患有青春期抑郁症的青年人之口所做的情感抒发。这样，郁达夫借此也完成了从一个伤春悲秋的古典诗人向激情澎湃的现代文人的转变。

二　人格与艺术的双重完成

这样看来，《沉沦》中存在原欲叙事与诗性叙事两种叙事方式，这两种叙事形成对立和对比，诗性叙事是以传统文化为土壤，而原欲叙事则是移植了西方文化的精子，这个精子并没有被培养成健康的“受精卵”才顺理成章地移植到华夏大地，而是在国门被迫打开的那一瞬间被现代

① 郁达夫：《沉沦》，《郁达夫小说全集》，哈尔滨出版社 2013 年版，第 23 页。

② 同上。

③ 同上书，第 40 页。

知识分子匆忙地移植到缺乏西方文化灌溉的、闭塞着的中国文化土壤，因此这个“受精卵”结出《沉沦》这样的新生儿“怪胎”也在所难免。郁达夫生活于帝国的城市，却幻想着封建弱国的田园生活，身为封建伦理文化下弱国的子民，却幻想着得到新兴强权帝国美女的青睐，作为一个处于国家社会转型期夹缝中的知识分子，既幻想回到从前，又渴望融入现代生活。他身处的物质空间与其心理空间不一致，与时代意识形态中的理想空间亦不一致，生活空间的转换带来心理空间的转变，而这种空间转换带来了文体的危机，《沉沦》独具的痴狂叙事皆源于作者心理空间的混乱，而这种心理空间的混乱又源于中国传统知识分子失去根脉后的绝望和无助，与其所处的时代背景和空间环境有直接的关系。

20 世纪初，中国传统文化中中庸、隐逸的成分愈益失去了在世界文化中的竞争力，部分知识分子便主动接触西方文化，借鉴学习西方文化，以期为中国传统文化补充新鲜血液。在西方文化中有一种素质是中国文化中罕见并且相当排斥的，也即陈思和在一篇论文中提到的“恶魔性”因素，他这样定位这种文学素质：

> 它是对社会某种正常秩序的破坏，包括对社会意识形态的正统性、对社会伦理与道德的制约性以及对自然界规律的神圣性，但在这种强烈的破坏动机里仍然包含了创造的本能和意愿。……在近代西方文化里，恶魔性因素往往转移到天才的艺术家身上。这样，就有一种以天才自居的“恶魔性”使艺术家自觉与世俗社会相对立，他茕茕独立，傲然不羁，常常听从心灵的召唤，而置社会道德、国家法律于不顾，因此也被庸常的社会众数视为魔鬼狂人。①

这种“恶魔性”因素在西方艺术天才身上是常见的，最典型的莫

---

① 陈思和：《“文革”书写与恶魔性因素：〈坚硬如水〉》，《中国现当代文学名篇十五讲》，北京大学出版社 2003 年版，第 410—411 页。

过于尼采，但在中国的文化背景下，直接把这种反抗权威、挑战正统的人类天性中的创新精神视为“恶魔性”因素似有不妥，最起码在郁达夫这一代现代知识分子身上用“恶魔”二字更是不恰当的，因为在他们身上传统文化的中规中矩的君子风度是潜隐在血脉中的，像嵇康、李白那样故作狂傲的任性放诞已属少见，恶魔撒旦的意象更是罕有。但另一方面，他们身上却并不乏创新的意念和天才的精神，笔者认为把这种因素称为“痴狂性”更为恰当，《沉沦》的痴狂叙事正显示了郁达夫身上这种创造性因素。

从其小说叙事来看，其中的性变态叙事是对传统伦理道德的破坏，从作家艺术天才来看，《沉沦》的体式是对传统小说体式一次变异、革新和创造。作为隐含叙述人的郁达夫是一个既羡慕传统文人的隐逸，又追求西方文人的浪漫，但更无法逃避现代文人的焦虑的书写者。《沉沦》的整个文本叙事就是一个理性的、处于传统文化和现代文化夹缝中的、成熟的“五四”文人借一个感性的、心理尚不健全的、患有青春期抑郁症的现代青年之口所做的情感抒发。这样，《沉沦》就成为一个散文和诗文、中文和西文的混合文本，一篇夹杂着不同时空的诗词叙事，一篇“不伦不类”的现代小说。但正因此，《沉沦》开创了中国现代小说的浪漫抒情的一支，而这浪漫抒情的现代小说既离不开西方浪漫主义诗歌的因子，也离不开中国传统诗歌的抒情土壤和隐逸风气。但就技巧层面来看，《沉沦》中的这三类诗词叙事在艺术上并不完美，除了借用田园诗意境的叙事比较流畅外，无论是翻译外文诗词叙事还是自作古体诗叙事都有较明显的斧凿之痕，但也正是这一点让我们看到传统文人从“诗言志”转向“小说书写人生”的艰涩，尽管艰难，郁达夫却从未停步，及至他最后一篇小说《迟桂花》，我们看到了郁达夫在诗词叙事方面实现了别林斯基所谓的“融合双方面的领域”所取得的艺术成就，《迟桂花》被打造成一篇真正的抒情诗般的小说，完成了诗歌与小说的真正融合，郁达夫也借此完成了传统文人向现代文人的转型。

第三章　新感觉派小说的疯狂城市空间

第一节　现代小说的异类——新感觉派小说

一　一个“混血”的小说流派

20世纪二三十年代，在中国最大的城市上海产生了一个独特的小说流派——新感觉派，新感觉派是中国第一个从内容到形式全面借鉴西方文艺思潮的小说流派。虽然中国的新感觉派小说源自日本，但日本的新感觉派小说则完全受欧洲现代派文学的影响，形成于20世纪20年代，主要代表有横光利一、川端康成、片冈铁兵等人，这些作家强调直觉和主观感受，力图创造对事物新的感受方法，创造所谓的“新现实”。中国的新感觉小说受日本的新感觉派影响较深，是西方现代主义思潮通过日本移植到中国的一个例证。严家炎曾指出：

> 真正在小说创作领域把现代主义方法向前推进并且构成独立的小说流派的，是20世纪20年代末期到30年代初期的刘呐鸥、施蛰存、穆时英等人——这就是当时所称的“新感觉派”。①

① 严家炎：《中国现代小说流派史》，长江文艺出版社2009年版，第124—125页。

作为中国文学史上第一个现代主义文学流派，新感觉派小说是中国现代文学借鉴并力图融合创新西方文学潮流的切实实践，也是中国文学开放并试图融入世界文学的最好证明。但这种借鉴和融入由于地处上海租界的独特性，也变得跟其他文学思潮流派的借鉴和融入有所不同。

新感觉派小说可谓中国现代小说家族中真正的“异类”，如果把新感觉派看作一个孩子，那么它可以说是现代文学史上的“杂种”，它有着极其不正统的出身。新感觉派小说是个标准的“混血儿”，它“父母”的身上就已经有了异族的血脉，它的“母亲”是二三十年代被殖民的上海，而它的“父亲”则是经由日本传入中国的现代派文学。这一独特的“出身”造就了新感觉派小说在审美上完全偏离了中国传统文学的温柔敦厚，它甚至也不具备现代文学与生俱来的启蒙素质，杨义对其艺术特色有一个较为准确的界定：“上海现代派的审美理想倾于酒神的放纵，他们在喧嚣的洋场陶然扮演着酒神狄奥尼索斯的癫狂的醉态。”① 抛开新感觉派小说独特的“出身”，其之所以能表现出酒神的放纵和癫狂的醉态主要是通过痴狂叙事手法实现的，而其痴狂叙事主要表现在三个方面：独特的城市背景、疯狂的城市空间和扭曲的人际关系。

二　“飞地”上海的独特文化背景

上海这片独特的“飞地”孕育出了新感觉派小说这个“怪胎”。尽管独特的地域文化往往跟某些文学思潮流派有着密切的关系，但新感觉派小说跟上海之关系的密切程度依然是其他文学现象中少有的。上海的殖民文化是新感觉派小说赖以生存的空气，上海租界的异域环境是新感觉派小说不可缺少的水分，上海发达的工商业经济是新感觉派小说成长的土壤。之所以上海对于新感觉派小说的产生具有唯一性，主要源于她独特的社会文化环境。从 1842 年签订《南京条约》，上海被辟为“五

① 杨义：《中国现代文学流派》，《杨义文存·第四卷》，人民出版社 1998 年版，第 436 页。

口通商”的主要口岸以来，欧洲列强利用所谓的《土地章程》巧取豪夺地圈出“租界”，各国租界达万余亩，形成“国中之国”。租界的存在使上海成为中国土地上的一块“特区”。它的独特性表现在它既是封闭的，又是开放的。说它封闭是相对于20世纪战乱频仍的整个中国来说的，租界的独特地位给上海提供了一个虽然封闭但却相对稳定的外部环境，虽然租界是帝国主义强加给中国的产物，是寄生于中国肌体上的一个“赘疣”，但不得不承认正是租界这一独特的环境使得上海暂时脱离了中国传统社会的农业文明和士大夫文化，在相对封闭的环境里发展出了独特的资本主义经济和殖民文化。假如没有发达的资本主义经济提供的商业繁荣和租界环境提供的安全保障，上海不可能在二三十年代发展成一个世界性的繁荣的商业大都市，新感觉派小说也将成为无源之水无本之木。说它是开放的，是因为它既对中国人开放，又对外国人开放，因为租界的特殊性环境，每次战乱，都有大量难民涌入租界，贫穷的难民成为廉价劳动力，富商巨贾则带来了资本，这些难民并不限于中国人，上海的租界对外国人同样是来者不拒。上海接纳人的同时也接纳了来自西方的各类新思潮。国内出国留学的知识分子回国后首选的定居城市也是上海，他们自觉承担了传播西方各类思潮的任务。新感觉派小说就是经由这样的渠道在上海诞生并成长起来的。

如果说新感觉派小说的产生存在一个大背景的话，那就是二三十年代的上海——一个现代化的大都市。上海因其独特的地理位置和社会环境，成为20世纪上半叶中国的一个独立王国，它在经济、政治、文化上超越了20世纪上半叶的中国时空，在半封建半殖民地的农业中国形成了一个现代化的城市文化空间，这种城市文化跟依然存在于广大中国土地上的乡村文化形成鲜明的对比。20世纪初期，大面积的中国依然是个农业国，与之相匹配的文化形态是宗法制的乡村文化，聚族而居、安土重迁的生活方式和宗族分明、血亲相连的人际关系网络依然占主导地位。在这种大环境下，上海所代表的城市文化就具有更鲜明的异质

性，而以其为背景的新感觉派小说本身所具有的移植性和嫁接性则表现得更加鲜明。城市中高大的楼房建筑、彻夜不熄的霓虹灯、一夜暴富的赌场、一掷千金的豪华酒店……这种城市文化一旦移植到传统乡土文化的中国必然因水土不服而表现出其异质和疯狂的一面。

对城市的书写源于西方现代文学经典，尤其是作为叙事文学代表性的小说文类，抛开各种流派和主义，从《巴黎圣母院》到《双城记》，从《高老头》到《安娜·卡列尼娜》，如果说这里面存在一个共同的主人公的话，那就是城市，西方文学经典的大背景都是城市。但在中国，现代文学的经典则不同，同样以小说为例，由于阿 Q、闰土的经典意义，中国现代小说是从书写乡村开始的。即便是以城市为背景的小说，其中的城市也因主人公心态的不同而变了味。不必说不涉及城市的其他文学流派，即便是跟活跃于上海的其他“海派”文学作者笔下的城市也在本质上背离了城市的内核。张恨水笔下的城市是带有传统士大夫气的城市，尽管他的小说中写的是北平城，但骨子里更像一个封闭的宗教法制社会；老舍笔下的城市不过是祥子们搬到京城的乡村土地，只是换了一种“耕作”方式而已；张爱玲笔下城市毋宁说是她自己手绘的心灵之城，实似新实旧的没落贵族女性逃不出去的“围城”……所有这些文本都不是真正地在书写城市，这些作者们笔下的主人公并没有真正融入城市，他们跟城市是格格不入的。就西方书写城市的小说来看，城市空间对小说的文体意义是不容忽视的，“小说可能包含了对城市更深刻的理解。我们不能仅把它当作描述城市生活的资料而忽视它的启发性，城市不仅是故事发生的场地，对城市地理景观的描述同样表达了对社会和生活的认识。”[①] 因此，问题不是如实地描述城市和城市生活，而是对城市描述的意义。新感觉派小说对中国现代小说的意义就在于新感觉派小说作者是以城市的主人和歆享者的身份在书写城市，对城市，

① ［英］麦克·克朗：《文化地理学》，杨淑华、宋慧敏译，南京大学出版社 2005 年版，第 45 页。

尤其是对上海这个脱离了中国传统社会制度、经济和文化关系的“飞地”，他们是以主体介入的身份去书写的，不论他们把上海写成天堂抑或地狱，他们都是以一种融入城市以及与城市血肉相连的心态在写城市，从这个角度来说，新感觉派小说可谓中国现代小说中第一个真正书写城市的小说流派。

在中国现代文学中，书写城市具有独特的意义。首先，可供书写的对象就具有独特性，甚至是唯一性，这就是20世纪二三十年代被称为“东方巴黎”的上海。作为中国最大的城市，上海不仅是20世纪上半叶中国的一个“异类”，也是西方列强借助坚船利炮强行轰开并占据的一块“飞地”，但这块“飞地”一旦形成自己的“小气候”又不可避免地影响了她周围的一切。借助租界的优势上海逐渐形成一个具有现代化的世界级的城市。对上海的书写是伴随着她的繁荣开始的。但在不同作家笔下，上海呈现出不同的风貌，表现着不同的意义。茅盾笔下的上海是资产阶级发展现代工业和做投机生意的最佳场所，也是工人阶级觉醒后抗争的战场；郁达夫笔下的上海是身心疲惫的“零余者”踯躅彷徨的陌生领地；张爱玲笔下的上海则是饮食男女演绎欢爱悲情的人生舞台。在这些作家笔下上海是作为客体出现的，只有在新感觉派作者的笔下，城市才是作为主体而呈现的，可以说新感觉派和城市是一体的、共存的，新感觉派的产生跟殖民地的上海有着不可分割的必然联系，没有上海就不会有异军突起的新感觉派。穆时英在《上海的狐步舞》中起首一句“上海。造在地狱上面的天堂!”非常形象化地道出了上海作为殖民地的城市文化本质：一种异质化的、商业化的、欲望化的空间存在。

第二节　疯狂变形的城市空间

对城市空间的描写是新感觉派小说区别于二三十年代其他文学流派

的一个突出特色。“空间是任何公共生活形式的基础。空间是任何权力运作的基础。”[①] 新感觉派小说作家中，最擅长书写城市空间的是刘呐鸥和穆时英。刘呐鸥的《都市风景线》是新感觉派小说集中书写城市空间的小说，其中的八篇小说都是以城市为背景，在这里城市是被观赏的风景线，城市是狂欢的游乐场，城市是宣泄欲望的隐秘空间。施蛰存曾经这样为刘呐鸥的《都市风景线》做广告：

> 呐鸥先生是一位敏感的都市人，操着他的特殊的手腕，他把这飞机、电影、JAZZ（爵士乐）、摩天楼、色情、长型汽车的高速度大量生产的现代生活，吓着锐利的解剖刀。在他的作品中，我们显然地看出了这不健全的、糜烂的、罪恶的资产阶级的生活的剪影和那即刻要抬起头来的新的力量的暗示。[②]

事实上，我们在刘呐鸥的小说中几乎看不到所谓的“新的力量的暗示”，看到的更多是城市空间中灯红酒绿的奢靡和肉欲挑逗的颓废。下面就以刘呐鸥、穆时英的作品为例来看一下新感觉派笔下的几个最具现代特色的城市空间场景。

一　旋转的舞厅

无论刘呐鸥还是穆时英，他们笔下最常见的城市场景就是舞厅。上海的现代娱乐业是受西式娱乐文化的影响而发展起来的，舞厅是这种现代娱乐场所最重要的代表，也是上海的标志性空间场所。上海最早的西式舞厅都是西方人建立并消费的，中国人很少涉足。这种情况在第一次

---

① ［法］福柯：《空间、知识、权利——福柯访谈录》，包亚明：《后现代与地理学的政治》，上海教育出版社 2001 年版，第 13—14 页。

② 施蛰存：《新文艺》月刊第 2 卷第 1 号，“新书广告栏”。

世界大战期间有所改变。“一战”期间，西方列强无暇东顾，伴随着中国民族工商业的发展繁荣，出现了一批中国人经营的综合性的娱乐场所，如著名的新世界、大舞台、天外天、大世界游乐场，等等，这其中百乐门舞厅的落成更把这项娱乐推向高潮，去舞厅跳舞成为上海时尚文化最重要的代表。舞厅不同于中国传统的娱乐场所，最重要的特点是它的动感，中国传统的娱乐场所，无论是剧院、烟馆、茶楼、棋牌室等基本都是静态模式，但舞厅不同，无论是刘呐鸥笔下还是穆时英笔下的舞厅都是动态的。刘呐鸥的《都市风景线》的第一篇《游戏》中一开始就是一段舞厅的描述：

> 在这“探戈宫”里的一切都在一种旋律的动摇中——男女的肢体，五彩的灯光，和光亮的酒杯，红绿的液体以及纤细的指头，石榴色的嘴唇，发焰的眼光。中央一片光滑的地板反映着四周的椅桌和人们的错杂的光景，使人觉得，好像入了魔宫一样，心神都在一种魔力的势力下。①

《游戏》开启了喧嚣的城市大门后，我们看到的是个近乎狂乱的世界。以对舞厅的描写开头几乎具有象征意义，它开启了新感觉派最典型的场景：一种人员混杂，充满诱惑和动荡氛围的环境。穆时英笔下的笔下的舞厅也是同样地充满动感和刺激，相比于刘呐鸥，穆时英笔下的舞厅更有音乐的节奏感，增加了更多的喧嚣，《上海的狐步舞》是穆时英最具代表性的描写动感十足的舞厅的小说：

> 蔚蓝的黄昏笼罩着全场，一只 saxophone 正伸长了脖子，张着大嘴，呜呜地冲着他们嚷。当中那片光滑的地板上，飘动的裙子，

① 刘呐鸥：《游戏》，《都市风景线》，《中国现代小说、散文、诗歌名家名作原版库》，中国文联出版社 2002 年版，第 1 页。

> 飘动的袍角，精致的鞋跟，鞋跟，鞋跟，鞋跟，鞋跟。蓬松的头发和男子的脸。男子的衬衫的白领和女子的笑脸。伸着的胳膊，翡翠坠子拖到肩上。整齐的圆桌子的队伍，椅子却是零乱的。暗角上站着白衣湿着。酒味，香味，英腿蛋的气味，烟味……独身者坐在角隅里拿黑咖啡刺激着自家儿的神经。①

一连五个鞋跟突出了舞厅的动感和节奏，嘈杂的音乐和昏暗的灯光刺激着人的神经。舞厅既是一个公开的空间又是一个私密的空间，它的昏暗的光喧嚣的声遮掩了跳舞者白日下的冠冕堂皇的社会关系，从而满足了跳舞者对隐秘私欲的窥探。也只有在这样狂乱的舞厅里才会发生这样乱伦的爱情表达："儿子凑在母亲的耳朵旁说'有许多话是一定要跳着华尔兹才能说的，你是顶好的华尔兹的舞侣——可是，蓉珠，我爱你呢！'"② 新感觉派作家构筑的这个混乱的城市空间完全不同于以往作家笔下的乡村空间，城市空间的怪诞性和异质性是异常鲜明的。"作家旧有的乡村空间经验和城市空间经验难以用来解读租界空间，租界空间显得怪异，阻断了作家空间经验的连续性与一致性，也阻碍了认同感的萌生。"③ 福柯曾经创造过一个"异托邦"概念，他认为殖民地也是一种"异托邦"。笔者认为"异托邦"这一概念比较适合上海这一殖民城市空间，在这样一个"异托邦"的城市空间里，人很容易被异化和物化，人们褪去了温情脉脉的面纱，露出人性深处动物性的一面。《两个时间的不感症者》中，描述拥挤的人群像蚂蚁一般，而人的情绪也被具象化："这会早已被为赌心狂热了的人们滚成为蚁巢一般了。紧张变为失望的纸片，被人撕碎满散在水门汀上，一面欢喜便变凉了多情的微风，把紧密地贴着爱人身边的女儿的绿裙翻

---

① 穆时英：《上海的狐步舞》，《现代名家经典》，新世纪出版社 1998 年版，第 159 页。

② 同上书，第 160 页。

③ 李永东：《上海租界的空间权力与文学书写》，《西南大学学报》（社会科学版）2013 年第 2 期。

开了。”①《都市风景线》观察城市的视角是俯视的，因为屡次出现把人看作蚂蚁的描写：“那中间的这些许多夜光虫似的汽车，都急忙动着两只触灯，转来转去。那面交错的光线里所照出来的一簇蚂蚁似的生物，大约是刚从戏园滚出来的人们吧！”② 在这里，以俯视视角观察人的除了那个躲在背后的不露面的叙述人，还有一个不容忽视的就是城市本身，正是在城市的摩天大楼的衬托下，人才变得渺小而卑微，这正是城市空间给叙述人造成威压的结果，除了舞厅，新感觉派还热衷写夜总会、电影院、咖啡厅、跑马场、游乐场等公共娱乐空间，尽管这类空间都是开放式的公共空间，但在新感觉派小说笔下这些公共场所却是展现私欲和隐私的场所，作为城市空间的书写者，新感觉派小说第一次把公共空间私密化，又把私密空间欲望化，正是在这个意义上，新感觉派小说第一次成为城市的主体而非客体，叙述者把自己和城市绑定在一起来观察和感受这个庞大、喧嚣、混乱、怪诞的城市，把自己真正融入这个城市空间之中。

二　扭曲的男女关系

城市空间是新感觉派着力搭建的一个新的平台，正如列斐伏尔所言：“空间弥漫着社会关系，它不仅被社会关系支持，也生产社会关系和被社会关系所生产。”③ 城市中包含着双重特性，紧张的、碎片化的城市生活使人与人之间的关系越来越疏离，个人面对喧嚣而忙碌的生活变得越来越孤独。带有田园诗般的平静而温馨的乡村生活被永远打乱，

① 刘呐鸥：《两个时间的不感症者》，《中国现代小说、散文、诗歌名家名作原版库》，中国文联出版社 2002 年版，第 42 页。

② 刘呐鸥：《游戏》，《中国现代小说、散文、诗歌名家名作原版库》，中国文联出版社 2002 年版，第 6 页。

③ 列斐伏尔：《空间：社会产物与使用价值》，包亚明：《现代性与空间的生产》，上海教育出版社 2003 年版，第 23 页。

乡村生活只能成为一种理想社会的象征。城市生活不仅打乱了乡村生活的节奏，同时也打乱了在中国持续了两千多年的宗法制社会的各种社会关系，使城市空间背景下的各种人际关系变得混乱不堪。

新感觉派首先打乱的是正常的男女关系。男女关系是人类社会最常见的一种关系，宗法制社会下男女有别、男尊女卑是男女关系的根本，但在新感觉派小说笔下的城市空间，男女关系变成不再是一种纯粹的社会关系，女性的肉体成为男性眼里的一道风景线。迈克·克朗的《文化地理学》论及文学文本中的空间时，认为欧洲文学作品的城市生活中存在一个“流浪汉”的形象，他这样描述这一形象：

> 他非常空闲，但却注视着城市生活的高速运转；他远离城市中的商品买卖，但为漂亮的新陈设着迷；他处在一个在男性控制下的公共空间，但却在注视着那些数以千计的陌生的下层女性，如商店雇员、主妇和文艺界的妓女。①

尽管迈克·克朗所论及的欧洲19世纪的城市跟中国30年代的上海存在制度、经济、文化等诸多方面的差异，但生活在19世纪的这个“流浪汉”却似乎改头换面来到了20世纪二三十年代的上海。迈克·克朗特别强调这个“流浪汉”的性别是男性，而在新感觉派小说中的叙述人基本都是男性，尤其是在集中书写城市的刘呐鸥的作品中始终也存在一个流浪于城市中“他”。这个“他”一方面具备城市“流浪汉”的某些旁观者的素质；另一方面“他”又被城市生活裹挟着越来越沉醉于现代都市生活。在刘呐鸥的《都市风景线》的八篇小说中，除了《残留》以一个新丧丈夫的少妇的视角来写以外，其他都是以生活在城市中的男性视角来叙事。而且，这个叙述人相比于小说中的女性“她”

① ［英］麦克·克朗：《文化地理学》，杨淑华、宋慧敏译，南京大学出版社2005年版，第49页。

一开始就对城市生活越来越物质化便捷化的熟稔，“他”似乎经历了一个从开始对城市生活的陌生和排斥到最终沉醉于现代都市之中的过程，“他”眼中的“她”成为都市中一道感觉灵敏的风景线。刘呐鸥的小说集《都市风景线》就记录了这样一道风景线的形成过程。《都市风景线》通过叙述人的眼睛观看着、感受着这个城市，城市中的光影似过眼云烟般从他眼中飘过。《都市风景线》中的叙述方式都很传统，基本都是以第三人称“他”来叙述，“他”像一个生活于30年代上海的现代“流浪汉”，虽然他有一个不变的身份——现代的知识人，他的思想却是不断在变化的，从一个浪漫的、孤独的、忧郁的，渴望得到专一爱情的诗人，逐渐过渡为一个物质的、势利的、追逐利益最大化的、不再相信爱情的商人。处在这个叙述人两端的代表是《游戏》中的步青和《方程式》中的密斯脱Y。在“他”眼里有两个城市，一个是真实的城市，一个是幻化到心理的狂乱的城市。

营造一座自己心目中的城市和城市空间，是新感觉派小说作者最大的贡献，这座被书写的城市有真实的一面也有虚拟的一面。《游戏》中的叙述人似乎处于一种“醉酒”的状态，当在这种“醉酒”状态时，城市分裂成实和虚两个空间，恰恰是在嘈杂绚丽的城市舞厅中，被称为步青的叙述人“他”却体会到一种孤独感，步青告诉自己所爱恋的“她”，当走在繁华热闹的大马路上时，自己心里的真实感觉：

> 我觉得这个都市的一切都死掉了。塞满街路上的汽车，轨道上的电车，从我的身边，摩着肩，走过前面去的人们，广告的招牌，玻璃，乱七八糟的店头装饰，都从我的眼界消灭了。……我的心实在寂寞不过了。倘若再添这些来时，或者我的生命的银丝，载不起它的重量，就此断了。[①]

① 刘呐鸥：《游戏》，《中国现代小说、散文、诗歌名家名作原版库》，中国文联出版社2002年版，第1—2页。

在喧嚣的城市中感受到孤独和寂寞恰恰是一个现代人最基本的特征，也是现代主义的理念所在，克尔凯郭尔的那个“孤独的个人”是新感觉派小说叙述人的理论背景，也正是这个意义上严家炎才认为新感觉派为中国“真正的现代主义小说流派”。但这种孤独感在喧嚣的城市背景之中是微不足道，就像小说《游戏》中的男女关系变化不定、稍纵即逝。表面看来《游戏》似乎是个一女两男的三角恋爱的叙事模式，摩登女郎“移光”（这个不像人名的人名是否有着某种象征主义色彩?）游走于两个男子之间，一个男子是“太荒诞，太感伤，太浪漫的”步青和另一个资产颇丰的男子“卓别灵式的胡子，广阔的肩膀”喜欢女人美丽的颈部。移光在舞厅里一边和步青热烈地跳舞一边告诉步青她的那个“他”快要回来了，而且要送给她一辆豪华汽车，“她”并非只爱他送给她的汽车，她觉得：“他是一个爽快的汉子，跟从他是可以不时快快活活地过活的。”[①] 但这并不妨碍她和步青的偷情。几天后，当他们再见面幽会时，她开着“他”送给的自己豪华意大利产轿车，却毫无顾忌地跟步青做爱，丝毫没有把中国女性看得比生命还重要的贞操当回事，反倒是步青在和“她”再次发生关系后有一种奇怪的感觉：“贞操的破片同时也像扭碎的白纸一样，一片片坠到床下去。”[②] 这并不是一个传统的恋爱与背叛的故事，没有人对男女之间的肉体关系看得太过重要，尽管叙述视角是男主人公步青，但真正沉醉于现代生活，爱跳舞、爱豪车，无视节操观念的却是女性，也就是说小说中的“她”才是这个城市的一道风景线，而叙述人步青并不是一个完全沉醉于现代都市生活的知识分子，他只是一个配合“她”的人，或者是一个“她”的消费品而已。因此，“他”无法做到像迈克·克朗笔下的“流浪汉”那样只是一个置身事外的旁观者。

---

① 刘呐鸥：《游戏》，《中国现代小说、散文、诗歌名家名作原版库》，中国文联出版社 2002 年版，第 4 页。

② 同上书，第 7 页。

相较于《游戏》中的步青，《风景》里中的燃青似乎更理性更单纯一些。小说的叙述人燃青讲述了一个自己一次坐火车的奇遇：普通办事员燃青在去新都办事的火车上跟一个时髦的漂亮女子邻座，在他欣赏她的肉体曲线美时，她却一语道出了他长有一张可爱的男性脸，随后他们便随意攀谈起来。在交谈中她表现出跟传统观念中的女性天壤之别，“自由和大胆的表现像是她的天性，她像是把几世纪来被压迫在男性底下的女性的年深月久的积愤装在她口里和动作上的。”① 她甚至告诉他，她允许自己在异地工作的丈夫临时找一个女子替代妻子。而当火车停下后，她邀请他临时下车，来到一个旅馆的房间，她主动拥吻了他，随后又约他一起到户外，他们爬上一个高地，这时她做出了一个更加大胆的举动，她一件件脱光了自己身上的衣服，只留下极薄的纱内衣，也要求他脱掉机械的衣服，他们就在旷野里野合。结尾是：“这天傍晚，车站的站长看见他早上看见过的一对男女走进上行的列车去——一个是要替报社去得会议的智识，一个是要去陪她的丈夫过个空闲的 week-end。”② 刘呐鸥的小说中的女性大多是这种性生活开放，羞耻感几乎等于零的摩登女郎，她们就像是生长在腐烂的殖民土壤里的艳丽的罂粟花，虽然开得艳丽奔放，结出的果实却是腐蚀人神经的毒品。

被打乱的不仅仅是陌生的男女关系，家庭内部的亲情关系也被严重扭曲。传统家庭的长幼尊卑的伦理关系在新感觉派作者笔下被严重异化。《上海的狐步舞》写继母和继子在舞厅里跳舞约会，继子会凑在法律上的母亲耳朵旁说“我爱你”。尽管文学作品中不乏描写这种非血缘的乱伦关系，比如《雷雨》中的蘩漪和周萍，但通常情况下这种乱伦关系是被当作一件令当事人双方都非常顾忌的隐私来写的，而在新感觉派作者的笔下，男女双方都以一种游戏的态度来对待，甚至把这种本来

---

① 刘呐鸥：《风景》，《中国现代小说、散文、诗歌名家名作原版库》，中国文联出版社 2002 年版，第 11 页。

② 同上书，第 15 页。

应该隐秘的关系暴露在大庭广众之下。《礼仪和卫生》是另一种形式的对传统伦理关系的践踏，这个表面看起来是发生于上海滩的“姊妹易嫁”故事，其实质则是人性异化欲望泛滥的写照。律师姚启明在阳春之日，突然欲望骚动，于是急匆匆来到花柳巷寻找各种刺激。他跟妻子可琼是两年前结婚，而且是一场并非没有爱情的婚姻，但两年里依然结合两次又离居两次，现在第三次依然看不出有久居的可能。可琼的妹妹白然，少女时代跟父亲的秘书私奔，被抛弃后结交了一个广东富商的儿子，后又被转让给一个从法国归来的秦姓画家，秦家客人中曾经在法国使馆供职的古玩商人普吕业大佐盛赞中国古董艺术，当他在画室遇见可琼后声称一眼就爱上了她，并向姚启明表示希望用古董店来换取可琼几年的艳福。启明回到家发现了可琼留给他的信，声称她想到外埠换换生活空气，同行者不讲自明，并且非常体贴地告诉姚启明：“我不在时你的寂寞我早已料到了，这小小的事体在你当然是很容易解决的，可是当心，容易的往往是非卫生的。所以我已经说好了白然来陪你了。”① 启明顿觉灵魂被狐狸精迷走一般空荡荡的，一回头，白然已微笑着站在身后了。妹妹代替姐姐陪伴姐夫眠宿被认为是为了卫生来获得解释。在这里，荒唐似乎合乎礼仪，糜烂反而成了卫生，一切传统的价值伦理标准都在这里被锈蚀和颠倒了。

《都市风景线》的最后一篇《方程式》似乎是这个小说集中最温文尔雅的一篇，但却是对传统的婚嫁理念最为颠覆的一篇。密斯脱 Y 是个成功的沪上少壮实业家，把从父亲手上接管的家业打理得蒸蒸日上，但不幸的是他妻子半年前去世，从此他的生活便陷入了混乱之中，尤其是饮食的不规律使他的身体变得不尽如人意，于是他的姑母便张罗着为他续弦，先后让他见了两个年轻的姑娘密斯 A 和密斯 W，而在密斯脱 Y 眼里这两个二十出头的女子都同样有着年轻女人的性魅力，所以他给

① 刘呐鸥：《礼仪与卫生》，《中国现代小说、散文、诗歌名家名作原版库》，中国文联出版社 2002 年版，第 66—67 页。

姑母的回答是“两个都好”。他的姑母则认为他是态度不认真，又打算给他介绍第三个姑娘密斯 S，但还没等姑母安排两人见面，密斯脱 Y 便给出了答案：“你选过的无论哪一个，能够在两天之内跟我结婚的我就娶她。”① 两天后，密斯脱 Y 身边搂着的竟然是从未见过面的密斯 S，而密斯脱居然感到美满，因为在他看来“teen 内的女儿是没有一个不可爱的，谁不愿意在新洗过的床巾上睡觉。于是他便觉得像解决了方程式一般的爽快”。这一“海派”的闪婚尽管继承了中国传统婚姻中的男女双方婚前素未谋面的格式，却已经失去了传统婚姻看重门第和仪式的内涵，把婚姻只看作舒适和便利的渠道，既失去了传统婚姻的门当户对的基础，又没有获得现代婚姻的情感交流的真谛，而是让神圣的婚姻变成了“桃色的情感”。

从新感觉派的亲情扭曲的叙事中我们看到上海的城市空间被殖民化了，成为一种空间殖民主义。“空间殖民主义的主要特征是在他人之乡，按自己的生活习性、文化偏爱去构造一个为自己所喜闻乐见的空间环境，以殖民空间移植来满足并宣称自己的生活方式，表现自己的文化优越感，无视他人、他乡的社会及生态环境，从视觉到物质感受上嘲弄他方文化，奴化他国民众的心身。”② 假如没有上海的殖民文化，母子乱伦和姊妹易嫁的故事将是另外一种叙述方式，因此，上海的城市空间可以算作空间殖民主义的最好模型，而新感觉派小说亦是空间殖民主义的最贴切的叙述。

三　女性叙事的悖论

非常奇怪的是，《都市风景线》中的女性都是被叙述者，这些女性

① 刘呐鸥：《方程式》，《中国现代小说、散文、诗歌名家名作原版库》，中国文联出版社 2002 年版，第 84 页。

② 陈蕴茜：《日常生活中殖民主义与民族主义的冲突：以中国近代公园为中心的考察》，浙江人民出版社 2006 年版，第 278 页。

往往以一种突兀的方式出现在叙述人的视线之中，像《风景》中燃青火车上邂逅的女子，《游戏》中的移光，《两个时间的不感症者》中的赌赛马的女子，《热情之骨》中的玲玉，她们似乎都是突然降临到男性叙述人的面前，跟男主人公有过一次这样那样的交集，满足了现代“书生”的感官和心理的享受后又在倏忽之间消失，她们像是现代版的狐鬼女妖，游荡在灯红酒绿的城市森林。但另一方面，她们似乎更像是真正的城市主人，占据城市的中心舞台，她们是“都市风景线”的真正主角，她们的观念和行为完全符合殖民城市的发展节奏和内涵。

如果说在宁静的乡村中国，殖民的上海是个“异类”，那么在刘呐鸥的《都市风景线》中，女性形象则是“异类”中的“异类”。在刘呐鸥眼里上海是疯狂的，而在《都市风景线》的男性叙述人眼中，女性更是疯狂的，她们是在男性叙述人的话语里疯癫的。

从小说叙事来看，《风景》存在着一种叙述上的悖论。出现在叙述人话语里的这个女子大胆的表现和过度的行为远远超出了一切真实的可能性，如果把它想象成叙述人的一个春梦似乎是更合理、也更符合人物的社会文化心理状况，对于一个生活在现代大都市的报社的小职员，遇见一个摩登的现代女郎他当然希望她主动、大胆、狂野，无视礼法和常规，只有这样他才可以与她发生一段短暂的无须有任何顾忌的身体的接触。因此，《风景》的结尾如果是“火车的一声颠簸，让他猛然惊醒，对面坐着的仍然是那个肢体娇小，体态丰盈的女子”。似乎是更符合真实的状态。尽管小说一开始也提及叙述人前夜曾经有过放荡行为，但当刚刚结识的女性当面称赞他的“多么可爱的一副男性的脸子!”时，他仍然表现出本能的惊愕和羞涩，在火车上，他一面感受到：“原野飞过了。小河飞过了。茅舍，石桥，柳树，一切的风景都只是在眼膜中占了片刻的存在就消失了。”[1] 但当火车进站时，他同时又感受到：“水渠那

---

① 刘呐鸥：《风景》，《游戏》，《中国现代小说、散文、诗歌名家名作原版库》，中国文联出版社2002年版，第9页。

面是一座古色苍然，半倾半颓的城墙。两艘扬着白帆的小艇在那微风的水上正像两只白鹅从中世纪的旧梦中浮出来一样。”① 从这两段风景完全都是田园风光，而这一切都是以燃青的视角来写的，可以看出，燃青并非一个完全新潮的现代派，他身上留存着很多传统文化的素质，在这种情形下写他最终会跟一个陌生女子野合多少有些叙述上的矛盾，似乎完全是在新潮现代的女性的诱惑和怂恿之下发生的，这就使这一叙述的真实性存在着较大的缺陷。刘呐鸥从小生活在日本殖民文化背景下的中国台湾，作为一个很少感受中国传统文化的现代知识分子，他笔下的叙述人就像他本人一样，多少有点水土不服。

《游戏》里的这个女子，一面沉浸在舞厅中跟叙述人男友步青纵情声色，一面又接受另一个男子的慷慨惠赠，甚至准备嫁给这个男子，而一旦这个男子离开她又立刻主动约见步青并和步青到房间厮混。这种看似荒唐的生活方式，恰恰是城市生活的真相和实质，而对于叙述人来说，这种表面看来疯狂的生活方式却是他被撕裂的意识的表现，他一方面享受现代的城市生活，另一方面想要回归传统的意识形态。但无论如何，《都市风景线》中已经打破了传统社会中陌生男女的社会关系叙述。在《热情之骨》中我们甚至看到来自欧洲的现代青年也被金钱化的中国女性所吓倒。比也尔是来自法国南部的一个青年，不满意出于经济目的婚姻，时时幻想着一段罗曼蒂克的爱情，在这样的想法下，当遇见到开花店的漂亮的中国女人时，他几乎是一厢情愿地坠入了爱河。而当他沉浸在和美人热吻的激情时刻时，他所爱恋的女子却向他要五百元钱，一下子击碎了他的浪漫梦。但仔细阅读文本会发现，一开始这就是比也尔的一个一厢情愿的美梦。他一厢情愿地把女人想象成未婚的女子，一厢情愿地把她的女儿——一个四五岁的女孩想象成她的妹妹，而她则是一个更实际的人。她并非一个没有思想的娼妓，却是一个已经嫁

① 刘呐鸥：《风景》，《游戏》，《中国现代小说、散文、诗歌名家名作原版库》，中国文联出版社 2002 年版，第 12 页。

给勇敢奋斗的青年的妻子，并且是名家之女，之所以向他要五百元钱只是因为："在这一切抽象的东西，如正义，道德的价值都可以用金钱买的经济时代，你叫我不要拿贞操向自己所心许的人换点紧急要用的钱来用吗?"① 因此，在《都市风景线》中反差最大的不是城市和乡村，也不是乞丐和富翁，而是叙述人和被叙述人的思想观念，这种观念的差别在《两个时间的不感症者》中达到极致。叙述人 H 在跑马场遇见一个漂亮的女人，于是约她一起喝茶跳舞，她欣然应允，却没有想到她还约了另外一个男子。H 在跳舞时向女子倾诉爱慕之情，而女子也表示了对他的喜欢，但这并不妨碍她不久就抛下两人离去，原因是她已经约了另一个人吃饭，而她是"还未曾跟一个 gentleman 一块儿过过三个钟头以上呢"。在这种招之即来、挥之即去的爱情游戏和快节奏的生活方式中，男女之间的心灵是完全隔膜的，存在的只是肉欲而非爱情，而人变成了可以随时消费的消费品，正如杨义所言：

> 换言之，这类都市社会中人的价值变成了商品价值，商品流动越快，商品越升值。其实，这是一种人生价值的失落，是人的异化，或者是人生的无所归宿。②

对城市文化空间的叙事让新感觉派小说在现代中国文学史上显得特立独行，它最大限度地展示了存在于古老中国土地上的一种新型的生存和生活方式，尽管这种方式跟这块土地上的传统方式格格不入，也屡屡受到方方面面的诟病，但它必将打破尘封已久的文化模式，这种新的生存和生活模式跟古老的模式形成摩擦和碰撞并产生火花，新感觉派小说对这一交流碰撞的记录几乎可以作为 30 年代上海殖民空间的活化石，

---

① 刘呐鸥：《热情之骨》，《中国现代小说、散文、诗歌名家名作原版库》，中国文联出版社 2002 年版，第 40 页。

② 杨义：《中国现代文学流派》，人民出版社 1998 年版，第 213—214 页。

正是在这个意义上才有必要继续保留并研究它。

第三节　从宁静到疯狂：施蛰存的心灵空间叙事

尽管文学史上常把刘呐鸥、穆时英、施蛰存作为新感觉派小说的代表性作家相提并论，但实际上这三位作家却是有着较大差别的，如果说穆时英和刘呐鸥之间还有较大的相似之处，那么施蛰存跟穆、刘两位之间的差别则更加明显，从人生经历到创作风格，从叙事选择到文化倾向都极不相同。施蛰存在提到自己的创作生涯时甚至都不认可自己属于新感觉派小说作者，他说：

> 因了适夷先生在《文艺新闻》上发表的夸张的批评，直到今天，使我还顶着一个新感觉主义者的头衔。我想，这是不十分确实的。我虽然不明白西洋或日本的新感觉主义是什么样的东西，但我知道我的小说不过是应用了一些 Frendism 的心理小说而已。①

尽管施蛰存的作品不乏新感觉派小说的因素，但显然，仅仅用新感觉派小说来限制施蛰存是不恰当的，因为施蛰存的创作视域更加广阔，他的叙事也更加多维、更加细致、更加深入。

一　从诗化叙事起步

评论家在提及施蛰存的创作时不太关注他早期的写诗的经历，但施蛰存本人在讲述自己的创作道路时，却有不小的篇幅是讲述自己对诗歌的热衷的，他说：“在文艺写作的企图上，我的最初期所致力的

① 施蛰存：《我的创作生活之历程》，《施蛰存精选集》，北京燕山出版社 2006 年版，第 285 页。

是诗。”[①] 施蛰存自叙中学时就开始读诗写诗关注诗，从唐诗到宋词，从胡适到郭沫若，因此，就文学个体的定位来说，施蛰存首先是一个诗人，如果不能注意到这一点恐怕无法分辨清楚在新感觉小说派内部施蛰存的创作跟刘呐鸥、穆时英的差异何来。对诗歌的热爱显示了施蛰存作为一个传统中国文人的气质和追求，正是这一点让他小说中的人物更像是生活于中国土地上的普通人，即便是书写光怪陆离的上海，也是中国味的上海，而非刘呐鸥和穆时英笔下的上海则充满了日本味或者欧洲味。学者杨义也正是因为注意到施蛰存的古典文学的底子才会对他做出这样准确的界定：

> 施蛰存的中国古典文学修养较深，他从江南带书香味的城镇走出来，站在现代大都会的边缘，窥探着分裂的人格，怪诞中不失安详，在中外文化的结合点上找到了相对的平衡。[②]

正因为具备了中国文人的诗人气质，施蛰存的早期小说中才会混合着东方文化温柔敦厚的气质和西方文化探寻人性根底的旨趣，这一点尤其是在他早期的小说集《上元灯》中表现最为鲜明。《上元灯》可以说是施蛰存的一首诗，是作为诗人的施蛰存尝试用写小说的方式来写诗的一个实验，因此《上元灯》虽然并不是施蛰存的第一个小说集，但却被施蛰存宣称为自己的“第一个短篇集”，可见其对《上元灯》的喜爱，如果把《上元灯》中的诸多篇幅都看作自己的“孩子”，那么小说《上元灯》无疑是这个作品集中最受施蛰存宠爱的那个“孩子”，施蛰存因此选择用《上元灯》作为了这个作品集的名字。

小说《上元灯》的整篇都笼罩在诗词名句“月上柳梢头，人约黄

---

① 施蛰存：《我的创作生活之历程》，《施蛰存精选集》，北京燕山出版社 2006 年版，第 282 页。

② 杨义：《中国现代小说史》，《杨义文存》第二卷，人民出版社 1998 年版，第 678 页。

昏后”诗词意境之中，虽然是以日记的形式表现正在发生的事，但整篇小说荡漾着一股怀旧的、典雅的氛围中。小说是以日记的形式展开，但这个日记像是多年前写就的日记，记录的是情窦初开的少年人的心事。小说以叙述人“我”的三则日记为框架结构，记录了少年“我”与青梅竹马的恋人“她”因花灯而起的情感片段和思绪心迹，结构短小紧凑，意味含蓄隽永，彰显着施蛰存传统文化的功底。小说一开头就写“我”在上元节前刻意穿上新袍子去她家看望她，心境恬淡、温婉娴雅的她并不慕奢华，反而认为“我”原来穿的旧袍子好，“我”向她讨要一个扎得异常精巧的花灯，她答应“我”，让“我”元宵节摘了去，。第二天，“我”又去她家，却遇见了她的穿着猞猁狲袍子的表兄，并且原来说好送给我的花灯被她的表兄强摘了去，“我”气恼地说出愤激的话语，她虽受了委屈依然能对“我”表达着不一样的情感，晓之以理：

> 她将手帕掩拭着眼泪，身子渐渐地靠近了我，低低地说：“你为什么说这些话？你想我何曾有一天因为你的衣着而冷淡你！那架‘玉楼春’也不是我存心要送给他，你也体谅我处的地位。你想我难道为这些事而使妈生气吗？况且如果我今天将那架灯一定要留给你，也要听妈的絮聒，反而使你将来不方便，你难道不懂得吗？”①

她这一席话所包含的通情达理和善解人意颇有些《红楼梦》中薛宝钗和袭人的韵味。第三天，当“我”再去看她时，她送给“我”一架花费了两天工夫刻意制作的最精致的花灯，而且为怕她表哥摘了去，挂在她自己的房里，她的这番心意让“我”在回家的路上以为自己已是一个受人欢颂的胜利者了。小说以一个上元灯来展现情窦初开的一对小男女的恋情，整篇都浸染着东方古老的韵味和民间风俗文化的恬淡，散发着明丽的江南水乡的气韵和浓郁的书香古城的色彩，从《上元灯》

① 施蛰存：《上元灯》，《施蛰存精选集》，北京燕山出版社2006年版，第73页。

可以看出，施蛰存深得中国传统文化的深蕴。

假如施蛰存沿着这条充满诗意的文学道路走下去的话，即便不能成为“第二个沈从文”，也会是别具一格的乡土派作家，总之，是不会跟新感觉派搭上多大的关系。但施蛰存并没有沿着这个风格一成不变地走下去，或许是学生时期辗转不同的大学积累的西方文学知识让他有意识地改变了自己的写作风格，又或许是上海的现实环境无法让他一味地沉浸于逝去的美好岁月的回忆中，总之，《上元灯》之后施蛰存完全超脱出自己喜欢的古典诗词的意境和韵味，先是以新的创作理念和笔法重新书写古人，后又以别样的风格展示自己心中的上海风貌，开启了自己小说写作的新天地，尽管他不愿意承认，但终究让他的名字跟新感觉派小说联系在了一起。

二　窥视古人隐秘的性爱心理

如果说小说集《上元灯》有一个总体叙述人的话，那这个叙述人就是一个性情温和文雅而内敛的古典文人，尽管写的是现代人的生活，通篇却透露着闲适的古典气息；而如果小说集《将军的头》中的四篇小说也存在一个叙述人，则更像是一个焦躁不安、充满欲望的现代文人，虽然写的是古人的事，实际上却充满现代人的躁动和欲念。其中的第一篇《鸠摩罗什》是施蛰存创作的一个转折点，它是施蛰存想要更新创作理念和方法的一次尝试，当然这种创作方向的改变也曾让他经历了转型的阵痛，多年后施蛰存想到《鸠摩罗什》的创作经历仍然记忆深刻，他说：“我想写一点更好的作品出来，我想在创作上独自去走一条新的路径。《鸠摩罗什》之作，实在曾费了我半年以上的预备，易稿七次才得完成。”① 尽管没有标准来评价《鸠摩罗什》是否是一篇“更

① 施蛰存：《我的创作生活之历程》，《施蛰存精选集》，北京燕山出版社 2006 年版，第 285 页。

好的作品”，但相对于施蛰存此前的创作来看，基本可以断定《鸠摩罗什》是走了一条“新的路径”。这条新的路径不是因为写了古人，而是因为用新的方法来写古人，也就是基于弗洛伊德精神分析学而兴起的西方的心理小说流派和体系，是师法西方现代主义文学流派的新的艺术手法。

弗洛伊德的精神分析学理论是对人的心理内在结构和活动的科学探索，尽管这个学说还存在诸多缺陷和偏颇，但其对人的性心理的探索和关注是此前所有研究人类心理活动的科学没有做到的。弗洛伊德和其他后继者都致力于研究性心理对个人以及对整个人类文明进程中的重要作用。作为一种挖掘人的深层心理活动的方法，弗洛伊德的精神分析学在文学领域的应用主要表现在拓展了作者对深层心理和隐秘性心理描写的新领域。施蛰存的小说集《将军底头》是中国作家把弗洛伊德的精神分析理论应用于文学创作领域的最早尝试之一，也是现代中国文学书写性心理的新开拓。《将军底头》总共四篇小说，分别是《鸠摩罗什》《将军底头》《石秀》《阿襤公主》。《鸠摩罗什》是小说集《将军的头》中的第一篇，也是施蛰存用功最大的一篇。施蛰存称其是“写道与爱的冲突”①，但它更像是一篇写理念与性欲冲突的小说。高僧鸠摩罗什一生致力于弘扬佛法，一心渴望修成正果，经过十三年在沙勒国的虔心修行，回到母舅做国王的龟兹国设坛讲法，俨然已经是个有道高僧了，但面对天女般的表妹对他的崇敬和爱恋，他的内心也不可遏制地蠢动着，起初还祈祷佛祖给予他力量能够抵御内心的魔鬼。但当他被灌醉，并被赤裸着身子和表妹一起关在陈设奢侈的密室里，鸠摩罗什终于把持不住，和表妹犯下淫戒，并娶表妹为妻，过起了凡夫俗子的日常人生。但他始终不忘要把佛法传到东方去的理念，终于接受了东方的秦国国王弘治王的邀请去东方弘扬佛法，但又舍不下温良的娇妻，遂偕妻前往，

① 施蛰存：《将军底头·自序》，《中国现代小说、散文、诗歌名家名作原版库》，中国文联出版社 2002 年版，扉页。

但途中却因妻子的存在而惴惴不安。或许是为了成全了他的有道高僧的名声，在渡过黄河前他的妻子突然去世了，而他也如释重负般地在当夜酣然入睡。然而，在秦国讲经之时，他又被在下面听讲经的妓女孟娇娘所诱惑，他本想去妓院感化孟娇娘，待见到孟娇娘时心中却只有肉欲，于是放弃感化之心，落荒而逃。再次在宫中升坛讲经时，他突然感觉一个宫女幻化为他的妻子和他缠绵，国王便把这个宫女赐予他，于是，他过起了日间讲经，夜间与宫女妓女淫乱的生活。为了掩饰他的荒唐行为，他便在众人面前表演吞针的把戏，一次，在他吞针时看见孟娇娘，立刻一阵欲念涌上来，那针便刺着他的舌头，他只好偷偷把针取出来。在他圆寂之后，当国王为他举行火葬仪式时，尽管他的尸体像凡人一样枯烂了，但他的舌头却没有焦朽，替代了舍利子留给他的信仰者。施蛰存就这样把一代高僧鸠摩罗什书写成了一个夹杂在爱欲与理念之间不能自拔的凡夫俗子，一个既想成就功业又无法舍弃女人的温柔乡的普通男人。尽管在30年代的上海，对性心理的书写已经不再是新鲜的主题，但施蛰存把鸠摩罗什的性心理书写得如此细腻、逼真，的确是颠覆了人们心目中高僧的地位。

另外一篇《将军底头》中的唐朝大将花惊定也几乎面临跟鸠摩罗什一样的困境。名震巴蜀的将军花惊定平定成都叛军后被朝廷派去讨伐吐蕃，他的祖父曾经是吐蕃入唐的武士，花将军看到唐军士兵贪财、猥琐、卑劣，他开始鄙视唐军士兵而神往吐蕃武士的正直和骁勇。他以军法诛杀了一个持刀闯入一个漂亮姑娘房间的士兵，自己却被这个姑娘美丽的容颜所震慑。在他陷入单恋的痛苦之中时，吐蕃军偷袭过来，两军对垒的紧要关头，他因惦记自己爱恋的女子而不慎被吐蕃将领砍下头颅，他在那一刻也砍下吐蕃将军的头颅，失去了头颅的花将军手提着吐蕃将军的头颅骑马来到少女所在的溪边，却被姑娘嘲笑为打了败仗的无头鬼，他感到一阵空虚轰然倒下，“这时候，将军手里的吐蕃人底头露出了笑容。这时候，在远处倒在地下的吐蕃人手里提着的将军底头，却

流着眼泪了。”① 这个看起来颇为惊悚的结尾，在某种程度上折射出爱欲力量的强大，将军在活着的时候并没有跟这个姑娘发生心心相印的恋情，他有的只是充斥内心的对姑娘美丽容颜和身体的欲望，正是这强大的欲念支撑着被砍下头颅的将军还要追寻着这个女子。小说在写种族冲突的同时，更多了军法和潜意识的冲突，加强了性心理描写的力度。中国传统文学中并不乏为爱而死的文学作品形象，最著名的是《牡丹亭》中的杜丽娘，但杜丽娘是为爱而死，为情而生，而支持花惊定将军的一切行动的内在动力却是欲望，这在中国传统文学中是少见的。

施蛰存在小说集《将军底头》中最大的开拓还不是写古人的因爱欲而生死，而是改写了古典文学名著中已经定型的人物，小说《石秀》就是基于原著的人物性格而创造了一个全新的人物，也是施蛰存实践性心理分析小说最深刻的一部小说。施蛰存笔下的石秀一改《水浒传》中侠肝义胆的“拼命三郎”石秀的形象，而演变为一个被嫉妒心理所驱策的、嗜血成性的、恶意复仇的狭隘而疯狂的男人。这个“新”的石秀因受了杨雄之妻潘巧云的诱惑和挑逗，内心深处潜伏已久的性暴力集中爆发，但碍于庄严的兄弟伦理原则不得不把这种本能的情欲压抑下去。但当他看到潘巧云投入和尚裴如海的怀抱后，不仅为义兄杨雄感到悲哀，而且认为自己的感情受到了侮辱。于是，嫉妒在正义的面具下实行了血的报复，他先是设计杀死了裴如海，后又怂恿杨雄肢解了潘巧云。石秀不仅通过杀死潘巧云报复了她对自己的轻视，更是通过欣赏肢解潘巧云的血腥场面实现了性的满足：“随后看杨雄把潘巧云底四肢，和两个乳房都割了下来，看着这些泛着最后的桃红色的肢体，石秀又觉得一阵满足的愉快了。”② 以这种血腥的、残暴的方式来实现性的满足在中国文学中是罕见的，它极大地挑战了中国传统文学道德教化的目标和温柔敦厚的审美模式。

---

① 施蛰存：《将军的头》，《施蛰存精选集》，北京燕山出版社 2006 年版，第 39 页。
② 施蛰存：《石秀之恋》，《施蛰存精选集》，北京燕山出版社 2006 年版，第 63 页。

无论是跟施蛰存自己的其他小说比较，还是跟其他新感觉派小说的作家比较，甚至跟整个新文学的历史作比较，《将军底头》这本小说集都是一个独特的存在，它不仅是现代文学对西方文艺理论的借鉴得以最大化实现，也是以东方人的视角来窥视人的隐秘性心理的最初尝试，无论其成功与否，都为今后的文学创作提供了某种借鉴。尽管《将军底头》写的是古人，但这些古人身上已经没有了传统文化中古人的温良、幽静和娴雅，有的则是现代社会人的焦虑、压抑和狂躁，他们似乎是感染了现代都市病后穿越回到了古代，以现代人的心理演绎着古典的故事，形成一种混搭的审美效果。联系到施蛰存前期创作中叙述人表现出的温文尔雅的人格魅力，可以说施蛰存不仅完全改变了自己最初的叙事风格，而且挑战了中国文学传统的审美标准，更是对中国传统文化"性善"理念的挑战，借此，施蛰存的性心理分析小说也达到极致。

三　从平静到焦灼的心灵空间变迁

文学史认定施蛰存是新感觉派小说作者，一个很大的原因就是他跟刘呐鸥、穆时英一样都写过上海的灯红酒绿、光怪陆离的生活，但同样是写上海的舞厅、戏院、电影院等游乐场所，施蛰存笔下的上海跟刘呐鸥、穆时英笔下的上海却有很大的不同，跟刘呐鸥、穆时英偏重写城市空间不同，施蛰存更偏重书写人的心灵空间，写的是人在上海这个城市空间里独特的心灵感受，侧重写城市空间对人的心灵压迫。

《渔人何长庆》的故事并非发生在上海，但却是施蛰存的创作中第一个在叙事推进上受到上海影响的小说，上海是这篇小说的一个遥远的背景，是这首怀旧的田园牧歌中不和谐的杂音。小说故事发生的地点是沪杭路线的终点站，它的另一头连接着上海，但跟上海比起来，这里却像是天边一样遥远。这里有秦始皇到会稽去时曾经小憩过的地方，有钱武肃王射潮的地方，还有朱姓将军曾经打长毛用过的炮台……"在傍

晚时候，江上的山全都给暮霭翁濛得晕着紫色，夕阳散着闪目的金光，人家总可以看见一叶轻舟，舟尾上高挂着渔网，从远处缓缓地摇来，舟尾上打桨的是一个在唱着山歌的小渔人。”① 在这个和平肃穆的古镇市上，渔人何长庆曾经演绎过一出恋爱的悲喜剧。何长庆幼年丧父，少年时就跟随邻居云大伯学习打鱼。终于靠着自己的双手成长为衣食无忧、受人尊敬的英俊青年。他钟情于云大伯的女儿菊贞，但却碍于村中关于云大伯和自己母亲的流言蜚语迟迟不敢向菊贞表白。而纯洁的菊贞却被从女伴那里听来的关于遥远的上海的信息所引诱，一心想去上海做事。终于在云大伯把菊贞许配给何长庆的第二天和某个人私奔去了上海。几年后，何长庆的母亲和云大伯相继去世，而何长庆却愈加变得踏实稳重且受人尊重。当人们几乎要忘记私奔到上海的菊贞时，传来了菊贞在上海做了“野鸡”的消息，何长庆立刻去上海找回了菊贞，并且不顾村上人说他是“乌龟”的闲言碎语，义无反顾地和菊贞过起平静安详的日子，而菊贞也不负何长庆的信任，完全抛却上海留给她的噩梦和记忆，安心地帮助长庆经管着鱼摊，并且生儿育女，成为贤妻良母。在这里遥远的上海似乎是一个大魔窟，它把天真的少女变为娼妓，而远离上海的民风淳朴的乡村又像净化器一样把娼妓净化为贤内助。此时的施蛰存依然是以一个古典诗人的视角在书写上海，他眼里的上海从一开始就是一个充满了诱惑和罪恶的渊薮，传统文人身上的田园牧歌气质和对上海都市文化天然的拒斥心理异常鲜明地暴露出来。但20世纪的上海毕竟无法容纳这种诗心，甚至连施蛰存本人也认识到诗人的不合时宜，他在小说《诗人》中虽然也为诗人设计了一个远离上海的宁静的小城，镇上的人们也热衷喝茶、下棋、弄丝竹，但不谙世事、没有一技之长却又清高狂妄的诗人却只能像孔乙己一样地到处乞食，最终疯掉，倒卧在通往上海的铁轨上自杀而亡。诗人一辈子没有走出过这个宁静而祥和的小城，却在临死前两天向“我”借钱的时候谎称“先到上海，到了上

① 施蛰存：《渔人何长庆》，《施蛰存精选集》，北京燕山出版社2006年版，第83页。

海再想法子”。[①] 可见，即使是在不谙世事的疯诗人的心中，上海也是一个跟自己生活的地方不一样的另外一个世界，是一个在想象中充满了金钱和机会的世界。

无论是《渔人何长庆》中的主人公何长庆，还是《诗人》中的诗人，他们都没有真正走进上海，何长庆虽然为了寻找菊贞去过一次上海，但小说中并没有写他一生唯一一次去上海是什么感觉。菊贞虽然在上海待过几年，但上海之于菊贞更像是一场噩梦，梦醒之后自然不愿意再去回忆这个噩梦的点滴。一个外来人初到上海会是一种怎样的心理感受？施蛰存早期的小说中丝毫没有涉及，反倒是在后来的小说《春阳》中得到了补充。《春阳》中的婵阿姨年轻时抱着未婚夫的牌位结婚，用青春换来一千多亩的田产，十几年来始终守着这笔财富过着清心寡欲的独居生活，但这一次，当三十五岁的婵阿姨在一个春天的暖阳下行走在上海最繁华的南京路上时，第一次感受到上海喧嚣的人流和混乱的街道对她静如止水的心灵冲击：

> 什么东西让她得到这样重要的改变？这春日的太阳光，无疑的。它不仅改变了她的体质，简直改变了她的思想。真的，一阵很骚动的对于自己的反抗新骤然在她胸中灼热起来。为什么到上海来不玩一玩呢？[②]

显然，让她春心萌动的并非春日的阳光，而是这个喧嚣的躁动的城市。她羡慕地看着邻桌一对年轻的夫妇带着孩子享受天伦之乐，也曾想结交年轻的绅士，幻想着和新交的男友手挽手走在上海的马路上的感受，忽又记起在上海银行取钱时一个年轻的行员对自己特别的眼神，于是，匆忙返回银行，但又发现行员对她并没有特别地关注，称

① 施蛰存：《诗人》，《施蛰存精选集》，北京燕山出版社 2006 年版，第 106 页。

② 施蛰存：《春阳》，《施蛰存精选集》，北京燕山出版社 2006 年版，第 182 页。

呼她“太太”，却对另一位艳装的女子颇为讨好，她那颗刚刚萌动的心立刻又蜷缩了回来，立刻坐火车回到昆山，继续着她的吝啬的死水般的生活。

小说在批判传统文化中的节烈观念对妇女的心灵摧残戕害的同时，更为重要的是对现代都市文化的上海在这里扮演的诱惑者和鼓动者的角色进行展示，虽然婵阿姨最后并没有改变原本的生活方式，但这次上海之行所激起的心灵颤动足以证明这个城市内部潜隐着巨大的欲望和躁动的力量。

如果说《春阳》中婵阿姨的上海之行属于一次意外邂逅，那么《梅雨之夕》中的上海则是“我”和其他生活在上海的芸芸众生的常态化生活场景。《梅雨之夕》和《在巴黎大戏院》是施蛰存笔下真实的上海，叙述人再也不像何长庆那样远远地看着上海，也不是婵阿姨那样小心翼翼地接近上海，而是整日浸染于大上海的喧嚣繁华和灯红酒绿之中的“我”。但进入上海后的叙述人却失去了原本平和的心灵和自信的状态，变得战战兢兢、惶惶惑惑，心中始终充满狐疑和猜测。《梅雨之夕》写一个生活于上海的小职员“我”在一个梅雨的黄昏里回家的一段心路历程。“我”在梅雨天气里徒步回家，邂逅一个没有带伞的美丽少女，“我”和她同在一家店铺屋檐下避雨，“我”很想送她回家，却不敢贸然搭话，雨久等不歇，“我”终于鼓足勇气约她一伞同行。在送这女子回家的途中，“我”的思绪似波涛般汹涌，时而感觉她貌似自己在苏州时的初恋女友，时而又疑惑她并非自己的初恋女友，瞥见街边一个女子忧郁的目光，似乎看到了焦灼地在家等着自己的妻子忧郁的脸色，而在叩自己家的门听到里面妻子的声音时又恍惚觉得是刚刚送走的这个女子。《梅雨之夕》虽然是写的大上海，但我们却看不到大都市的影子，看到只是充满犹疑的、畏缩胆怯的小职员不确定的臆想和疑惑，通篇都是叙述人“我”的独白和猜测，像这种一连串的问句在小说中比比皆是：

如果路很多，又有什么不成呢？我应当跨过着一箭路，去表白我的好意吗？好意，她不会有什么别方面的疑虑吗？……难道她宁愿在这样不停的风雨中，在冷静的夕暮的街头，独自立到很迟吗？……然则我应当走了么？应当走了。为什么不？……。①

尽管小说中看不到上海的拥挤的人流和摩天大楼，但我们分明能够感受到城市的威压已经把人的心灵空间挤压得越来越逼仄、狭小。

同样是书写上海，施蛰存不像刘呐鸥和穆时英热衷写摩天大楼、夜总会、舞厅等现代化的空间场所，施蛰存更感兴趣的是探索城市人的心灵在城市的威压下如何变得越发敏感和孤独。施蛰存笔下并非没有娱乐场所，只是他更关心在这种空间里人的心理变化，而不是娱乐场所本身，比如他的《在巴黎大戏院》，尽管小说题目是上海著名的电影院，但通篇却没有对这个上海著名的娱乐场所的描写，施蛰存关注的重点是人的心灵，而不是场所。小说写“我”跟结交不到三天的一女子去巴黎大戏院看电影，全程描写一个神经质城市绅士对新结交的女友的疑惑、猜测和不安。一开始就因为女子去买票，“我”疑神疑鬼地认为别人会因此轻视“我”，嘲笑“我”：

怎么，她竟抢先去买票了吗？这是我的羞耻，这个人不是在看着我吗，这秃顶的俄国人？这女人也把眼光盯在我脸上了。是的，还有这个人也把衔着的雪茄取下来，看着我了。他们都看着我。不错，我能够懂得他们的意思。他们有点看轻我了，不，是嘲笑我。我不懂她为什么要抢先去买票？……②

随后又因为女子买来的是两张包厢票，就怀疑是对前两天“我”

---

① 施蛰存：《梅雨之夕》，《施蛰存精选集》，北京燕山出版社2006年版，第110页。

② 施蛰存：《巴黎大戏院》，《施蛰存精选集》，北京燕山出版社2006年版，第115页。

只买楼坐票的不满意；接着便是想入非非的各种揣测和闪闪烁烁的戒备：比如，她为什么把肘子在“我”手臂上推了一下？是故意，还是无心？她话语中带着不屑的语气，是否知道“我”已婚？她不吃冰激凌一定是身体原因，不然为什么会脸红？从影院出来后，“我”邀请她吃点心，她为什么谢绝了？却又为何约“我”明天到梵王渡公园玩？……这满篇的疑问显示这个染上了都市妄想症的男子在性吸引下陷入抑郁的情绪困境，过度紧张和敏感的神经使他如坐针毡，神情恍惚，既冲动，又压抑，既畏缩，又焦虑。从他对乡下发妻的内疚来看，他并没有完全割断家庭伦理关系的羁绊，但显然这种羁绊已经变得越来越淡薄，一条女子的带着腥咸气息的手帕已经让他好像有了抱着女子裸体的感觉，那个陈旧的道德伦理的绳索还能维系多久呢？虽然施蛰存笔下的男女关系不像刘呐鸥和穆时英笔下的男女关系那么随便而放荡，但我们已经能够感受到西方性文化对都市人心灵的强大冲击，殖民化的都市文明一方面把性意识极度夸大，使人性发生了病态的膨胀。另一方面，宗法文明的重灵轻肉，又使灵肉分离，堵塞性意识的正常宣泄，使人的精神始终处于一种抑郁的状态。

抑郁的心灵最终没有抵受住城市的重压，这些从乌托邦般的乡村走来的小职员，灯火辉煌、车水马龙的上海终究不是他们理想的心灵归宿，他们终因过度紧张而变得疯狂了。

施蛰存的小说中书写受殖民文化和城市空间的威压而终致疯癫的有两篇最为出色：《魔道》和《夜叉》，这两篇小说的故事其实并不发生在上海市区，但它们的主人公却都是长期生活于上海的小职员，尽管作者并没有刻意介绍他们的职业和受教育程度，但无疑他们都属于知识阶层。《魔道》中的叙述人“我”更有可能是整日蛰伏于书斋中的读书人，因为他出门散心尚带着各种类别的五六本书，甚至不乏《性欲犯罪档案》《心理学杂志》这类非大众化的书籍，这类知识分子的身份让他们无法真正适应大都市急剧变化的城市环境，心灵始终处于压

抑和焦虑的边缘，一个小小的触发就有可能导致他们的心理平衡机制被打破，陷入病态的疯癫状态，《魔道》中的“我”就是这样一个典型的小知识者。《魔道》中“我”应朋友陈君的邀请，前往乡下休假，这个原本为了放松情绪的假期却成为“我”的噩梦之旅。“我”刚一踏上火车就表现出神经质般的妄想症，开始怀疑坐在对面的老妇人是个女巫：

> 她在什么时候坐到这里来的呢？可有人看见她来坐在这个位儿上吗？我开始动了我的疑虑。我觉得这个老妇人多少有点神秘。她是独自个，她拒绝了侍役送上来的茶，她要喝白水，她老是偏坐在椅位的角隅里，这些都是怪诞的。不错，妖怪的老妇人是不喝茶的，因为喝了茶，她的魔法就破了。这是我从一本什么旧书中看见过的呢？同时，西洋的妖怪的老妇人骑着扫帚飞行在空中捕捉人家的小孩子，和《聊斋志异》中的隔着窗棂在月下喷水的黄脸老妇人的幻象，又浮上了我的记忆。我肯定了这对座的老妇人一定就是这一类的魔鬼。①

这一大段以意识流的手法把老妇人想象为女巫的文字充分展示了“我”的惊恐和猜忌，甚至一度害怕这个“妖妇”施行妖术迷昏“我”会抢走“我”的行李。但没过多久，“我”又感觉这个老妇人完全只是一个衰老的妇人，根本不是什么妖妇。而“我”异想天开的思绪并没有到此结束，当“我”把目光转向车窗外，看到一个大土丘，立刻断定这是某个朝代的某位王妃的陵墓，于是又设想从坟墓里走出美艳的王妃，并且臆想着得到这个王妃爱恋的快感：

> 人一定会比恋爱一个活的现代女人更热烈地恋爱她的。如果能

---

① 施蛰存：《魔道》，《施蛰存精选集》，北京燕山出版社 2006 年版，第 121—122 页。

> 够吻一下她那散发着奇冷的麝香味的嘴唇，怎样？我相信人一定会有不再与别个生物接触的愿望的。哦，我已经看见了：横陈的白，四围着的红，垂直的金黄，这真是个璀璨的魔网！①

但很快，“我”又推翻跟美艳王妃的恋爱，设想从古墓出来的是神秘的容貌奇丑的怪老妇人，凡是吻她嘴唇的人会立刻中了妖法，变成鸡、鸭、鹅。就是在这样一路的妄想中，“我”来到朋友陈君家，短暂的、正常的、理智的寒暄后，“我”立刻又进入新一轮的妄想之中，忽然看见竹林的青烟摇曳处有一个黑色的影子，是火车上的那个老妇人跟着来到此处，但后来陈君的夫人证实那不过是玻璃上的一个黑斑点。到了傍晚，“我”在竹林散步时又一次疑心村姑的母亲是妖妇，到了晚上，陈君夫人的一件淡红绸洋装又让“我”想入非非，甚至陷入对陈君夫人的性幻想中，在跟朋友共进晚餐时却在意淫着朋友的妻子。次日醒来，昨晚对陈夫人的性幻想消失殆尽，她又变成小说中妖狐假借妲己的躯壳被妖妇占有的妖女……“我”的周末乡村之旅就这样在不间断地幻想、意淫中结束，但返回上海后“我”并没有完全清醒过来，相反，那个黑衣的老妇人似乎仍在跟着“我”，甚至在“我”跟咖啡厅里的女招待接吻时，想的是陈夫人，而感觉却又是古墓里王妃的木乃伊，却断定她是老妖妇的化身。妄想狂已经让“我”失去了感知痛苦的力量，小说结尾在“我”接到自己三岁的女儿死去的消息后，也无动于衷，而让“我”恐怖的仍然是那个穿了黑衣的孤独地踅进小巷里的老妇人的背影。

抛开作者光怪陆离的叙事手法和天马行空的联想，我们可以清楚地看到《魔道》中的“我”其实是一个被紧张的生活节奏搞乱了神经的畸形的现代人，本想借周末的时间去放松一下自己已经快要崩断了的神经，却没想到陌生的人群和环境更刺激了他的妄想狂症的发作，从火车

---

① 施蛰存：《魔道》，《施蛰存精选集》，北京燕山出版社 2006 年版，第 123 页。

对座的老妇人到志怪小说中的妖怪，从古墓里美艳的木乃伊到老妖妇施展妖术把人变成鸭鹅，从竹林中洗衣的村姑到陈夫人怀抱的碧眼大黑猫，从黑啤酒到侍女的冷嘴唇……这一切都是已经处于精神分裂症边缘的叙述人的幻念和臆想，而这些看似半疯癫状态的想入非非背后潜藏着一个深度的心理秘密：这个人已经是一个性躁狂患者，作为一个对西方心理学略知一二的知识分子本想借助周末放松神经进行自我疗治，却不想他的性躁狂症已经病入膏肓，而导致他发病的原因恰是他已经习惯了的无法逃离的城市空间。施蛰存借助一个久居城市的知识者的性幻想揭示的是这个城市对人的正常生理需求的畸形引导和城市空间对人的心灵空间的极度压抑带来的恶果。

另一篇《夜叉》几乎跟《魔道》异曲同工，主人公卞士明已经是个中年人，每天不是在写字间办公就是在运动场打球或击剑，不仅有着强健的体魄也有壮健的灵魂，他常嘲笑人家的痴情和失恋的悲哀，自认为自己即使与女人有关系，也绝不会因恋爱而神经错乱，但近日却因受了过度恐怖而神经错乱，住进医院，频频呓语着一句话："可怕的女人，这怪女人，你不要走过来！"① 作为他朋友的"我"去看望他时，他给"我"讲述了一个《夜叉》的故事。他因祖母的丧事到杭州，顺便想在幽静的湖光山色中休养数日。一日，他坐棚船游玩，见到并行的小船上一个身穿白衣的女子，随后这个白衣女子就像鬼魂附体般不断出现在他的视线中，甚至连每簇芦花也幻化为白衣女子。待到他晚上在寓所里看旧书时，读到附近山林一百多年前曾经出现夜叉的记载，夜叉每夜幻化为美女，诱惑过往的农人樵夫，附近农庄每晚都会失踪一个人，早晨就会发现一堆白骨。卞士明看到这个故事就联想到白天在小船上看到的女子莫非是夜叉化身？晚上喝了两三斤绍兴酒后，趁着醉意本想享受一下山林原野，却真的遇见一个白衣女子。他心中骤然生起一股荒诞的欲望，渴望经历一场古代小说中记载的书生的艳遇，于是追索那个女

---

① 施蛰存：《夜叉》，《施蛰存精选集》，北京燕山出版社2006年版，第182页。

子到一个坟屋，在他推倒腐朽的坟门后，忽然看见一个庞大的黑影逃窜，迅速消失在坟堆后的丰草中，而墙角还有一个白衣的女妖，他抢上前去扼住她的咽喉，直至把她扼死。但随后他立刻发现被他扼死的只是一个赴幽会的乡下女子。第二天，有传闻一个聋哑的女子失踪消息，他立刻离开乡下，但从此那个白衣女子却时刻跟着他，不论他走到哪里，直到“我”给他介绍“我”的表妹时，他依然把“我”的表妹看作白衣女子，吓得失了魂，住进了医院。

《夜叉》中人妖身份的快速互换很容易让人想到《聊斋志异》中书生与女鬼的爱恨情仇，《夜叉》就像一篇现代版的《聊斋志异》故事，但却徒有书生与狐鬼的开头，却没有一夜风流的结尾，有的只是误杀村姑的罪行。是什么让蒲松龄笔下落魄书生与花妖狐鬼的奇情怪恋变成了施蛰存笔下写字间的中年绅士对乡村哑女的激情残杀？一个朝夕生活于写字间、夜总会、大戏院的现代绅士重返人迹罕至的自然环境，理性和制度的规约瞬间松弛下来，长期被压抑到潜意识层面的性冲动一旦被环境的变异重新唤起，那么，湖光山色、月光芦影都会幻化为山妖鬼怪，从而诱发出都市文明病，大自然的力量显然已经对这种现代都市病无能为力了。正如杨义所言，施蛰存“以清才怪笔，扑朔迷离的情节，把具有中古风味的怪异故事嫁接在都市现代人的变态心灵之中”①。

综观施蛰存对上海的书写有一个逐渐深入的过程，地理上，他从上海的外围着手，从长江流域外围的其他城镇写起，逐渐深入上海的闹市中心区域；时间上，从遥远的理想化的过去写起，一直写到当今发生在生活于上海的小职员身上的故事；心理上，则是从远离尘嚣的淡泊宁静写到内心充满性饥渴的紧张焦虑，直至最后整个地失去理性陷入疯癫和魔道。施蛰存笔下的人物对上海怀有复杂的感情，他像一个想要捕获一头怪兽的猎人，一步步地、小心翼翼地逼近上海这个摩天巨兽，从最初的远远地观望，慢慢地带着复杂的心情一步步接近，进而热情地拥抱

---

① 杨义：《中国现代文学流派》，《杨义文存》第二卷，人民出版社 1998 年版，第 355 页。

它，并完全融入它，最终却是疯狂地陷入其中不能自拔。究其原因是由于施蛰存对上海这座城市既亲近又仇恨的复杂心理在作祟，作为一个接受了现代西方文明的知识分子，施蛰存对上海进入现代化大都市的进程从理性上是认可的，但作为一个从小浸润于传统文化，尤其是深受古典诗词悠远而质朴的文化熏陶的诗人，他又无法认可殖民化的上海日益变得功利化和物质化的现实，最终导致他笔下的上海时空时而遥远、时而切近、时而理想、时而物质、时而恬淡、时而肉欲……这个充满矛盾的上海或许正是30年代知识分子心目中真实上海的样子。

第四章　痴狂叙事与新时期文学的转型

第一节　“启蒙的文学”与“文学的启蒙”

一　从“启蒙的文学”到“文学的启蒙”

当代文学发展到20世纪70年代末进入一个新的历史时期，文学史通常把此后的一个时期的文学称为“新时期文学”。“新时期”文学的“新”主要是基于中国当代政治的转折及其需要，一个时期以来社会各方面的变化几乎都围绕着政治轴心展开，粉碎“四人帮”、真理大讨论、农村及城市的经济改革等政策依次对应着“伤痕文学”“反思文学”“改革文学”等思潮，文学的发展基本都是围绕着政治上的“拨乱反正”展开的。如果要总结新时期文学的总主题可以用“启蒙”一词来概括，即便是不考虑西方文学曾经的“启蒙”时代，“启蒙文学”在中国文学史上也并非新鲜时尚的词语，它让我们直接联想到60年前的“五四”文学。鲁迅始终坚持自己的创作是为了“启蒙主义”，在其从事创作多年后仍然这样表示：“说到为什么做小说吧，我仍抱着十多年前的‘启蒙主义’。”① 历史总是有着惊人的相似，20世纪的中国文学

① 鲁迅：《南腔北调集·我是怎么做起小说来》，《鲁迅全集4》，人民文学出版社1981年版，第512页。

经过一个甲子的轮回似乎又回到了原点。李泽厚也曾感慨道：

> 一切都令人想起“五四”时代。人的启蒙，人的觉醒，人道主义，人性复归……都围绕着感性血肉的个体从作为理性异化的神的践踏下要求解放出来的主题旋律。一个造神造英雄来统治自己的时代过去了，回到“五四”时期的感伤、憧憬、迷茫、叹息和欢乐。①

正是在这个意义上，80年代经常被看作“第二个‘启蒙’时期”，因为它续接了“五四文学”的启蒙主题。但哲人说“没有两片树叶是完全相同的”，对于涉及人类社会生活方方面面的文学来说更是如此。或许同一个文学主题可以在不同的时代被重新书写表达，但主题的表达方式永远不会，也不应该被重复，因此，在某种程度上，重新观照新时期文学发展趋势时，对“文学主题的表达”应该是一个比“文学主题”本身更重要的事情。

近距离地看，或许新时期文学跟“五四”文学有某种程度的重复，但随着时间的流逝，当我们从更长远的历史视野重新审视“五四”文学和新时期文学时，很容易就能发现二者的不同，这个不同不是在文学主题上的不同而主题表达方式上的不同。一个简单的例子，刘心武的《班主任》和鲁迅的《狂人日记》结尾都发出了“救救孩子”的呼声，都期望从挽救孩子开始，最终达到启迪蒙昧的目的。虽然这两篇文章在它们所属的时代同样振聋发聩，都开启了一个新的文学时代，但如果把这两篇小说放到稍微长一点的历史视野中来考察，其因表达方式的不同而显示出的艺术高下的分野便会而易见。显然，产生这种差距的不是主题，而是主题的表达，除了语言、结构等方面的差异外，尤其明显的是二者叙事方式的不同。《狂人日记》借助一个处于精神极端状态的狂人

① 李泽厚：《二十世纪中国文艺一瞥》，《中国现代思想史》，东方出版社1987年版，第255页。

叙事所能涵盖的丰富的话语空间与《班主任》仅仅依靠一个体制内的中学老师的叙事所能预设的阐释空间是有着天壤之别。因此，对新时期文学来说，除了主题上存在一个“启蒙的文学”，形式上，尤其是叙事上，还存在一个“文学的启蒙”。

基于对社会政治的密切关注和叙事品格，新时期小说曾经在当代文学史上独领风骚。80 年代初全民对文学的关注几乎都是由于小说创作引起的，此时小说主题几乎涉及社会生活的方方面面。季红真在论及新时期小说的基本主题时曾经这样表述：

> 新时期小说主题的丰富性，使它遍及社会生活的各个领域。从最具体的经济基础、上层建筑等表层的社会生活现实到社会伦理、社会心理、社会风俗等最隐性的民族文化层次，都在文明与愚昧冲突的普遍联系中得到展现。①

所谓“文明与愚昧的冲突”其实不外乎启蒙文学的总主题，因此，当小说大体完成了“启蒙的文学”这一历史任务之后，不可避免地应该转向艺术形式上的“文学的启蒙”问题。对于小说这一具有现代意味的叙事性文体来说，“文学的启蒙”的重要性在某种程度上甚至要大于“启蒙的文学”。但在新文学初期，小说在形式上的变革和创新并不明显，甚至是在某种程度上是严重滞后的。张清华曾以一个学者的理性和文人的敏感发出这样的感喟：

> 小说在 70 年代末 80 年代初面临了怎样尴尬的局面！一方面，启蒙主义的思想主题已经蓬勃而起，反思、叛逆和变革的呼声日益高涨；而另一方面，小说在艺术上却仍然被统治文艺二十多

① 季红真：《文明与愚昧的冲突——论新时期小说的基本主题》，《中国社会科学》1985 年第 3—4 期。

> 年，且已日益变得偏狭而异化的“现实主义”所牢牢地禁锢着。在《班主任》《伤痕》等一系列产生了“重大影响”的作品中，我们一方面为它们基于当下情景而提出了发人深省的社会问题而感到欣悦和震动；另一方面又为它们普遍浅表幼稚的结构和笨拙滑稽的政治化和意识形态化的话语表达而替作者汗颜，他们实际上是在用被“四人帮”污染过的语言批判“四人帮”，用造成他们心灵“伤痕”的强力意识形态所造就的思维方式“哭诉”他们的“伤痕”。①

的确，从小说发展的纵向来看，80 年代初的小说在艺术形式上的创新无法面对曾经取得过辉煌成就的 20 世纪初的现代小说，而从文学类型的横向考察，小说也无法与异军突起的“朦胧诗”相媲美，因此，80 年代初期的小说无论是从历史的视角还是从类型的视角都已急需一个艺术形式上的“启蒙”，新时期小说此刻所面临的“文学的启蒙”重要性丝毫不亚于它始终念念不忘的“启蒙的文学”，热衷跟政治意识形态捆绑在一起的新时期小说几乎已经忘记了自己的审美功能和形式的意义。

二　意识流小说开启的“技术革命”

选择一个怎样的视角来切入形式的创新或许是新时期的小说家们曾经日思夜想的问题，最早打破新时期小说所面临的这种尴尬局面并开启形式变革的小说流派当数意识流小说。

对新时期文学来说，“意识流小说”是个舶来品。意识流小说兴起于 20 世纪初的英、法、美、爱（指爱尔兰）等国，其哲学基础一方面有克罗齐、伯格森的直觉主义以及弗洛伊德的精神分析学说，另一方面，威廉·詹姆斯的意识流理论对意识流小说的产生具有最直接的影

① 张清华：《中国当代先锋文学思潮论》，江苏文艺出版社 1997 年版，第 71 页。

响，“意识流”一词最早也是由威廉·詹姆斯提出的。他下面的这段解释意识流的话语虽历经一个世纪，但迄今为止仍然是最为恰当的：

> 意识并不表现为零零碎碎的片段。譬如，像“一连串”或“一系列”等词，都不似原先说的那样合适。意识并不是片段的衔接，而是流动的。用“河”或“流”的比喻来描绘它是最自然不过的了。此后再谈到它时，我们就称它为思想流、意识流或主观生活流吧。①

因此，威廉·詹姆斯所谓的“意识流”是指一种原始的、混沌的感觉流和主观思想流，这种意识流很大一部分是非理性和无逻辑的。相对于詹姆斯，精神科医生出身的弗洛伊德对意识流小说的贡献则在于他对人的意识结构和潜意识活动的机制等深层精神现象作了具有生理学和病理学方面的阐释，他不但证明了人的内心潜隐着另一个更深邃复杂的世界，而且还从本能和人性的视角让这个深邃、复杂甚至诡异、“非法”的世界变得合理又“合法”。依托威廉·詹姆斯和弗洛伊德的理论，西方文学在20世纪早期就产生了几部经典的意识流小说，乔伊斯的《尤利西斯》、普鲁斯特的《追忆逝水年华》、福克纳的《喧哗与骚动》，等等。受西方意识流小说思潮的影响，三四十年代的上海曾经出现较为成熟的具有意识流倾向的“现代派”小说思潮，新感觉派小说的代表作家施蛰存深受弗洛伊德的精神分析学的影响，他的《鸠摩罗什》《将军的头》《石秀》等作品，“热衷于用弗洛伊德的精神分析学的眼光，观察人物的深层心理，尤其是性心理……揭示大都会生活的急迫节奏对人物神经的严重冲击。”② 无论是从形式还是从内涵来衡量，施蛰存的小说已经是相当成熟的意识流小说了。尽管有着可供借鉴的历史

① ［美］威廉·詹姆斯：《心理学原理》，纽约1890年版，第237页。
② 杨义：《中国现代小说史》第二卷，人民文学出版社1993年版，第669页。

传统，但由于众所周知的历史原因，新时期文学最早涉足意识流小说时还是表现出相当的稚拙和粗糙。

通常认为新时期文学最具代表性的意识流小说作者是王蒙，他被认为是意识流小说的“始作俑者”，同时又是创作意识流小说数量最多的作者。王蒙在80年代初期就发表了《春之声》《蝴蝶》《海的梦》《风筝飘带》等一系列被认为是最早的意识流小说作品。但事实上，第一篇公开发表的意识流小说却是宗璞的《我是谁》。《我是谁》发表于1979年12月的《长春》杂志上，比王蒙发表于1980年5月的《人民文学》上的意识流小说《春之声》还要早好几个月的时间。更重要的是，比较王蒙的第一篇意识流小说《春之声》，《我是谁》是一篇更具典型意义的意识流小说。笔者之所以这样断言是因为《我是谁》不仅从技术上更好地贯彻意识流的笔法，而且从叙事上更加真切领会到意识流小说的真谛。意识流小说相对传统小说最大的改变是打破了小说基本按故事情节发展的先后顺序和逻辑线索来形成的线性结构，而代之以随着人的意识活动来组织情节的非线性的心理结构，这一结构方式改变了小说的视角模式，从传统的“外视角”转换为“内视角”，从情节小说转化为心理小说。王蒙的《春之声》尽管也是以主人公岳之峰的意识思维来构筑情节线索，但岳之锋作为一个核物理学家，尽管从“文革”中刚刚获得新生就走出国门，贫弱的祖国和发达的西方国家所造成的巨大的心理落差会让他有些不能适应，但他的思路仍然是合乎逻辑的、合理的心理波动，因此他并不是最典型的能够体现意识流小说特质的人物，要实现全方位展现人的意识流动这一“向内转”的任务从叙事学的角度来看最好是选择非理性的逻辑思维状态，而宗璞的《我是谁》正是在这一方面模拟了意识流小说常用的非正常人的思维逻辑。

《我是谁》虽然是第三人称叙事，但通篇都是从韦弥的限制视角来叙述。叙述人韦弥是一个受到强烈刺激（看到吊死在厨房的自己的丈夫）导致思维混乱几乎疯癫的人，人在疯狂状态下混乱的思维和杂乱无

章的思绪比较符合意识流小说非线性的结构需求和“向内转”的情节模式。正因为小说的叙述人是一个近乎疯癫的女人，她才会对自己的身份产生了怀疑：忽而觉得自己是青面獠牙的“牛鬼蛇神”，忽而觉得自己是一条爬行的虫子，忽而又成为展翅高飞的鸿雁和鬼蜮冥界的磷火……疯癫导致了叙述人韦弥对自我身份的怀疑和诘问，这样形成叙述人的思绪错乱并跨越时空才更加合情合理，而这种混乱的思维状态又构成了小说的基本结构。韦弥疯癫的形象和自认为是虫子的叙述，让《我是谁》在叙事层面上接续了鲁迅的《狂人日记》。这种从叙事层面与《狂人日记》的对接不仅优于《班主任》仅从主题层面对《狂人日记》的回应，也优于王蒙的《春之声》《蝴蝶》等所谓的“中国式意识流小说”把叙述人设计成理性状态，而利用外在背景的变化来展开叙述人思想意识流。王蒙的意识流小说中的叙述人岳之峰、张思远等在小说中都是以正常而理性的人出现的，尽管意识流小说并不排斥正常人作为叙述人，但把具备正常人的思维描写为非理性逻辑的意识流多少有些牵强。另一方面，意识流小说作为一种舶来品，《我是谁》中韦弥的疯癫叙事也是对西方经典的意识流小说《喧哗与骚动》中的疯癫痴傻叙事的借鉴和模仿。《喧哗与骚动》中的叙述人无论是班吉痴傻的无意识叙事，还是昆丁抑郁的叙事，或者杰生的近乎疯狂叙事都是一种非正常的意识状态，意识流小说只有在叙事上接近意识流的原始状态才会真正获得意识流小说的真谛。

从整体看来，这股“中国式”意识流小说取得的成就并不算大，80 年代初期的意识流小说之所以只是皮里阳秋而没有取得实质性的进展，最主要原因正是作品主人公的意识流缺少一种混沌和非理性的因素。造成这种现象的主要原因是文学跟政治意识形态靠得太近，缺少独立自主的审美意识，无法形成意识流小说所要求的无意识的意识流。即便是宗璞的《我是谁》也没有让韦弥真正摆脱政治话语的左右而完全进入疯癫者的非理性逻辑意识之流中。因此，新时期文学中的这次颇为

引人关注的意识流小说思潮，其实只能算作一次“技术革新”，远远不能称为一次“文学革命”，但它对于新时期文学仍然具有一定的价值和意义。首先，它又一次开启了中国小说借鉴西方小说艺术思潮和艺术审美的传统，尽管中国现代文学史不乏借鉴西方文学艺术潮流的时期，但对意识流小说的借鉴是新时期文学借鉴西方文学的开路先锋，意识流小说创作打开了一扇通向世界文学的窗户，让封闭已久的中国文学重新呼吸到西方文学中技术（艺术）革命的“新鲜空气”。其次，它开启了痴狂叙事的先例，叙事人的疯癫和痴狂为小说从叙事学的角度进行技术革新提供了可能，宗璞的《我是谁?》正是从对韦弥的疯癫心理描摹让小说从此有了内视角，开启了中国小说向内转的道路，也开启了新时期文学的痴狂叙事模式。

第二节　寻根小说中的叙事策略

一　寻根小说的不同文化选择

尽管文学史对寻根小说取得的成就说法不一，但有一个特别的现象是寻根小说值得骄傲的，那就是寻根小说是各种当代文学作品选本的“宠儿”，在多种当代文学作品选中，被选中最多的作品就是寻根小说，尽管难以定位寻根小说是否是当代文学中最经典的作品，但最起码可以证明寻根小说的可读性较强。另外，其传统话语和现代叙事的结合既获得了普通读者的喜爱，又赢得了专业评论者的认可。取得这个成就的原因当然是多方面的，笔者在此想重点从其叙事的视角来考察一下寻根小说，从叙事的某一个侧面对寻根小说独特的选择做一个认真的爬梳。陈晓明曾经论及寻根小说的产生有一个明显的前奏，这个前奏是由来自国内和国外的两种声音合成的：“寻根当然不是简单的复古，不是保守的，它站立在现代性的高度，在世界文化的格局中来思考中国文化的命

运，来解决现代化进程中的精神价值标向。它比那单纯的现代意识显得更加高瞻远瞩，更加符合中国国情和现实需要。”① 因此，寻根小说来自国内的声音主要是文化风俗小说对历史观念的独特态度形成的。80年代初期，当“伤痕小说”和“反思小说”还在政治意识形态的规限下讲述一个时间段（“文化大革命”十年或者1957年“反右”以来的二十年等）的局部历史时，风俗文化小说已经隐去了具体的历史年代，开始讲述那些带有民间色彩和虚构倾向的历史话语了，汪曾祺的《受戒》就是这类作品最早的尝试。这种人为隔断与当代政治时空的历史观为寻根小说对遥远异域和远古历史空间的书写提供了实践经验。来自国外的声音主要是指拉美文学获得世界文坛的认可后在中国的持续“回响”，这种“回响”具体到中国文坛经历了一个从惊异、羡慕到反思、模仿的过程。1982年，加西亚·马尔克斯荣获诺贝尔文学奖对中国作家是一个极大的刺激，他让中国作家认识到中国文学要想成为世界文学的一部分仅仅依靠对西方文学仿制般的借鉴是不可能真正成功的，只有真正借鉴西方文学的叙事方式讲述“中国故事”才能最终获得世界文学的承认和认可。

不同于其他小说流派的兴起通常是作家热衷于创作实践而评论家则忙于做理论梳理，寻根小说重要的理论导向都是作家本人提出的，而且是先有理论导向，后有创作实践。1985年是寻根小说理论阐释最为丰富集中的一个时期，这年的4月韩少功在《作家》杂志推出寻根文学最重要的理论文章《文学的“根”》，5月郑万隆在《上海文学》发表《我的根》，随后7月6日的《文艺报》发表了阿城的《文化制约着人类》，另外，《作家》第9期又发表了李杭育的《理一理我们的“根”》，很显然，这几篇理论文章的关键词是“文化”，处于文学创作一线的作家们最先意识到文学和文化的关系远大于文学与政治的关系。作家们这

---

① 陈晓明：《个人记忆与历史布景——关于韩少功和寻根的断想》，《文艺争鸣》1994年第5期。

种对理论的异常关注除了基于创作的内在动力外，一个更深层的原因是他们厌倦了“伤痕”和“反思”小说对现实社会的过度关注，期望文学能够远离政治环境和现实视野，更接近文化领域，这是文学回归到审美本质所迈出的第一步。但寻根文学这一美好愿景并没有真正实现，寻根小说的创作初衷与具体文本之间存在着叙事选择的障碍，作家们在文本叙事中所表现的传统文化内容同他们所承诺的“重铸”民族文化之魂与启迪民族精神内涵的目的之间形成一种悖论，这一悖论在寻根小说中以一种独特的“痴傻”叙事的形式表现出来。

20 世纪的中国文学作为中国传统文化和古典美学的背叛者和对抗者，必然具有鲜明的启蒙主义的特征，而寻根小说面对传统文化和历史神话所选择的叙事主体又必然是充满审美目的的文化狂欢，这就造成了其历史主义诉求与启蒙主义语境之间的错位。自“五四”以来中国现代知识分子始终未能完成文化启蒙的历史任务，这使得寻根作家们无法以一种自由的、非功利的心境面对他们自己营造的现代神话与传说寓言，这种根本矛盾导致了寻根文学叙事中存在深刻的精神分裂。一方面，在启蒙功利主义引导下，寻根小说作家们无法在寓言和神话语境中寻求传统文化价值，非理性的信仰、神秘的宗教仪式同理性的启蒙功利和现代批判意识之间形成不可避免的分裂状态。另一方面，传统文化本身所内蕴的“文明与愚昧”的二元同构性也注定了寻根意向的悖谬性。这种分裂和悖谬在寻根小说所热衷的痴呆叙事中得到最完整的阐释，阿城的《棋王》和韩少功的《爸爸爸》是分属两极的最鲜明地体现这种悖论的两个文本。就这一问题笔者将在下节详细阐述，在此不赘述。除此之外，王安忆的《小鲍庄》、莫言的《红高粱》以及马原和扎西达娃的西藏题材系列小说都有明显表现。

王安忆的《小鲍庄》从一个意想不到的视角诠释了传统文化精髓与个体独特历史之间的辩证关系，作者把中国传统的儒家文化中最具代表性的“仁义”精神寄托在一个名叫“捞渣”的八九岁孩子身上。在

这里仅仅是这个孩子的名字就包含着反讽的意味，“渣”本身的词义是指物品提取出精华后剩余的糟粕，而捞渣这个孩子在家中排行老末，由于兄弟姊妹的众多并不受待见，但正是这个有着一个卑贱名字的懵懂少年却用自己的高贵的“仁义”德行拯救了小鲍庄。小鲍庄人自称是“大禹的后代”，他们似乎与生俱来地跟水患结下不解之缘。为了生存他们形成团结、仁爱的牢固群体，但这并没有改变他们世代贫穷、愚昧的命运，当一场大洪水到来后，集中了全村人美德的捞渣为了抢救村里的孤寡老人鲍五爷而死，这一辉煌的舍己救人的业绩被大力宣传后最终成就了整个小鲍庄，村子里几乎所有的人都从捞渣舍己救人的事迹被宣传后的效应中受益。鲍仁文因写了关于捞渣的事迹投稿第一次得以发表，捞渣的大哥给安排了县里的工作，二哥和小翠的爱情有了希望，倒插门的拾来终于得到了村人的尊重……一个八九岁的孩子如何能肩负起如此巨大的责任？作者并没有给出合理的解释。这个故事形象地还原了民族传统精神与民族悲剧命运间的相辅相成的关系。

莫言在1986年和1987年间推出五部“红高粱系列”中篇，开创了自然文化寻根小说这一独具特色的寻根小说支流，对人生命中的原始强力予以有力的彰显，可以说是对人类生存之根——原欲文化的一种追寻。小说中“我爷爷”余占鳌和“我奶奶”戴凤莲身上所迸发出的旺盛的原始自然生命力与业已退化的孱弱无力的叙述人“我”之间形成鲜明的对比。同时，“我爷爷”身上也集中体现了自然人性的两面，他既是杀人越货的土匪，又是精忠报国的英雄，无法用单一价值尺度来衡量他，也不能用理性的眼光来看待他，必须以一种摆脱了功利目的的纯粹审美的态度来欣赏他。“我奶奶”也超越了温良贤淑的中国传统女性的标准，她无视传统伦理观，大胆追求自己想要的充满性爱活力的爱情，把一切圣言贤传都踏在脚下。莫言似乎想要借用尼采的“酒神精神”对民族文化进行审视，他笔下的历史已经很难再从社会道德理性的视角做出判断，而更多强调感性审美体验，小说中的文化寻根也只是

一种审美活动，不再囿于功利性的重构民族文化的目标，而是期望重回人类的生命本源。

回归生命本源是一个极富现代意味的人类学命题，它的内在动机来自个体人对自由与欲望的原始追求与人类社会文明文化对个体的限制与束缚所形成的对峙与对立，这将是一个贯穿于人类社会发展始终的永恒的自我博弈过程，关于莫言小说的叙事特点下文还会从痴狂叙事视角专门解读，在此不再赘述。

二　马原、扎西达瓦的魔幻叙事

不同于大多数作家对汉文化追根溯源的深层探寻，致力于少数民族文化寻根小说的作者热衷于从传统、宗教、风俗、仪式等民俗题材来表达其神性思维和魔幻体验，让小说话语也带有某种神秘的非逻辑的神话思维色彩。马原和扎西达娃是这方面最具代表性的作家。

藏传佛教文化是世界最古老神秘的宗教文化之一，置身于这种具有魔幻和超自然神力的氛围之中，他们的叙述方式几乎完全摆脱了理性逻辑的限制而进入一种魔幻时空和神话语境中。尽管马原和扎西达娃都热衷于叙述藏文化的神秘和魔幻性质，但作为汉人的马原和藏族土生土长的扎西达娃在小说叙述方式上还是存在些微的差异的，尽管马原始终在强调他跟西藏的血肉联系："实在西藏太过丰饶，因而给了我太多错觉。我以为那是我的专属，是我的私家花园，可以取之不尽用之不竭的。"① 但我们依然能够看到他小说中的"异类"素质。

在小说《冈底斯的诱惑》中，马原给我们展示了几件颇具神秘色彩的故事：天葬仪式；大字不识的藏民得到天启一夜之间能背诵长篇史诗《格萨尔王》；颇有灵性的喜马拉雅野人与人群的接近……虽然他所讲述的这些故事只有在藏地才会发生的，但我们仍然能从他的叙述中感

---

① 马原：《马原的西藏风景》，《游神・自序》，浙江文艺出版社 2001 年版。

觉到偶尔流露出的“那个叫马原的汉人”是以一个汉人的身份和眼光在看藏文化。他在小说中借助另一个长期生活在藏区的汉人表达了这一文化差异：“他们日常生活也是和神话传奇密不可分的。神话不是他们生活的点缀，而是他们的生活自身，是他们存在的理由和基础，他们因此是藏族而不是别的什么。”[①] 马原小说中众多的汉人包括他自己以及他的“叙述圈套”恰恰表明：相对于藏文化“马原”是个“异类”。《冈底斯的诱惑》中的一个情节，“我”和陆高、姚亮、司机小何想要去看天葬仪式，尽管费尽心机最终却不得其门而入，只能是“听说”天葬而始终无法真正“目睹”天葬仪式，这似乎隐喻着作为汉人的马原对藏文化的讲述只能是隔靴搔痒。马原把自己置于藏文化的“元叙述”中无非是期望自己也能融入其中，但他最终不得不承认这种愿望的荒谬，最终借一个生活于藏区半辈子的汉人之口表达出他心中的理解和遗憾：“我说我不是，因为我不能像他们一样去理解生活。那些对我来说是一种形式，我尊重他们的生活习俗。他们在其中理解的和体会到的我只能猜测，只能用理性和该死的逻辑法则去推断，我们和他们——这里的人们——最大限度的接近也不过如此。可是我们自以为聪明文明，以为他们蠢笨原始需要我们拯救开导。”[②] 马原对藏文化的叙述圈套本身就包含汉族文人对藏文化的暧昧态度，是敬畏？是欣赏？还是审视？时隔三十年藏文化的神秘感和对世人的魅力丝毫没有减弱，也从另一个视角证明了马原选择这种叙述方式的恰切。

而作为藏族作家扎西达娃来说感受到的是另一种隔膜，原始的、本真的藏民生活方式跟虚浮的现代生活方式的隔膜。他的小说《西藏：系在皮绳扣上的魂》写到宁静的山区已经有小型的民航站、太阳能发电站、自动加油站和德国进口的大型集装箱车队，但当弥留之际的活佛扎妥桑杰达普的预言和作家“我”在两年前构思的一篇小说的情节相

① 马原：《冈底斯的诱惑》，《游神》，浙江文艺出版社2001年版，第175页。

② 同上书，第174页。

同时，“我”丝毫也不奇怪，赶去小说中写的那个地方寻找自己小说中的主人公，并且亲眼看见了自己小说中男主人公塔贝的去世，而小说结尾这样叙述：“我代替了塔贝，琼跟在我后面，我们一起往回走，时间又从头算起。”① 这种真实和虚构混淆在文本内外带来的魔幻魅力、自由的叙述方式、话语的玄幻性等均来源于扎西达娃置身其中的宗教氛围和民俗文化的依托，最终也让扎西达娃的西藏神秘叙述区别于马原的西藏“元叙述”。

尽管寻根小说的理论倡导和创作实践存在一定出入，但它在话语叙述领域所取得的成就仍然是不容忽视的，尤其是在叙事中打破时间逻辑的线性秩序和理性逻辑，这就为同时到来的现代派小说和即将到来的新历史主义小说打开了方便之门。在寻根小说的历史题材和文化视阈的叙述中，惯有的被政治意识形态所左右的二元对立话语叙述被各种非常态的叙事模糊性所取消，二元对立的取消不但使小说的主题由政治层面上升到文化层面，而且也使叙述本身从政治概念的牢笼得以逃离。由于话语叙述的二元复合式审视视角所带来的戏剧性分裂与统一，导致整个文本表现出令人深思的文化张力。“语意在这里不仅是复合的，而且是含混的，是思维和评判的混沌状态，具有了近似神话的无限的可阐释性。”② 另外，寻根小说的历史空间是抽象的、混沌的、非线性的，这使得叙述话语进入历史时空更加便利、自然，时间阻力变得最小化，时间逻辑的淡化和消失使得寻根小说的叙事空间变得空前广阔，而这种虚构性也更容易把读者带进深层的文化体验和感性认知，叙述时间打破了现实世界“向前”的逻辑顺序，反而在历史的“回溯”中更加自由和富有文化含量。在马原和扎西达娃的作品里，我们时常看到时间逻辑甚至是以“逆时针”的情形在前进，在这里，现实与虚构、死亡与生存、

① 扎西达娃：《西藏，系在皮绳扣上的魂》，选自《中国当代文学史作品选》，北京大学出版社 2008 年版，第 518 页。

② 张清华：《中国当代先锋小说思潮论》，江苏文艺出版社 1997 年版，第 118 页。

真实与神话、此在与彼岸都处于一种犬牙交错状态，在这种时空错乱所构成的语境中，话语的审美属性得以充分展现。正是寻根文学结束了政治中心和意识形态中心的社会话语时代，开始了一个更加自由开放的、更多关注文学审美的话语时代。

第三节　新潮小说的叙述“革命”

一　新潮小说产生的现代主义背景

无论从哪个角度来书写当代中国文学都不能忽视 1985 年的文学“裂变”。有学者曾经这样评说 1985 年的中国文学：“新时期文学的第二次历史性转折……直接导致了 1985 年的文学‘裂变’。……说 1985 年文学开创了一个文学的新纪元，大概不会被认为是故作惊人之论。”①而这一文学“裂变”在小说上反映得最为明显，而且主要集中在小说观念的变革上：“说一九八五年的小说是一个转折点，这起码在形式探索走向明朗化这点上是不为过的。……一九八五年，既是前几年小说观念变化酝酿的结果和总结，又是进一步向未来发展的开端。”② 评论家注意到这种“裂变”表现在叙事方式上最明显的是从“写什么”变为“如何写”。但仅仅用“如何写”并不能完全涵盖新潮小说的全部意义，如果说 80 年代初期的意识流小说仅仅只是一次“技术革新”，那么新潮小说就是一场从内容到形式、从形象到话语的“全面革命”。张清华直接用“现代主义”小说运动来定义这场变革：“这实际上是一场全面的，不再具有历时秩序和历时逻辑的‘现代主义’小说运动，它是针对在当时中国持续了几十年的现实主义小说的一统局面，并以新时期最

---

① 王东明：《若无新变，不能代雄》，《当代作家评论》1985 年第 5 期。

② 吴亮、程德培：《当代小说：一次探索的新浪潮》，《探索小说集·代后记》，上海文艺出版社 1986 年版。

初几年中的局部的探索性变革为前提和基础的情形下发生的，在这场运动背后所涌动的美学精神和艺术思想当然也可以概括为现代主义的小说思潮。”① 事实上，80年代中期的中国文坛远比一场文学运动或者思潮要丰富复杂得多，一方面，跟社会现实最为接近的“改革”“反思”甚至“战争”文学并没有完全断绝；另一方面，探寻传统文化根脉，企图摆脱现实话语的寻根文学还在如火如荼，但几乎跟寻根文学同时产生的却更为激进的现代主义文学潮流更为引人注目，这股“新潮”以近乎疯癫的叙事方式给读者的审美阅读期待视野带来了完全意想不到的另类冲击。

现代主义是人类文化史上是最为复杂的艺术思潮之一，它诞生的社会基础是近代日益发达的资本主义物质文明与日渐衰落的理性精神和理想信念之间形成的矛盾，一方面，物质世界在飞速进步；另一方面，心灵宇宙却在迅速堕落。在这样一个内外交织的矛盾困境中，现代主义文学扩展出广阔又幽深的叙述张力，一面追寻价值意义，一面又虚无堕落；一面张扬个性，一面又孤独焦虑。现代主义“既意识到一片虚无，也意识到庞杂的存在；既意识到人间虚假的透明，也意识到它的混沌；既意识到光明，也意识到黑暗。……在一个看来充满幻觉和虚假的世界里，人类的一切行为都表现得荒诞无稽”。② 就文艺思潮来说，现代主义可谓是一个“大杂烩”，它几乎集合了西方20世纪的各类艺术形式，从象征主义到未来主义，从直觉主义到意识流，从表现主义到超现实主义，从意象派到新小说，从结构主义到荒诞派戏剧，另外还有流行于美国的“迷茫的一代”“垮掉的一代”文学创作，以及崛起于拉美国家的魔幻现实主义，这些不断更新的艺术思潮流派均从不同侧面表现出近代工业文明造成的人性异化，人，变得越来越孤独、焦虑、颓废，乃至绝

① 张清华：《中国当代先锋小说思潮论》，江苏文艺出版社1997年版，第128页。

② 尤金·尤奈斯库：《起点》，伍蠡甫主编：《现代西方文论选》，上海译文出版社1983年版，第351页。

望、疯狂、死亡。但另一方面，现代主义也体现出在现代文明条件下，人类对某种艺术思维惯性的挣脱和不断探求新的艺术表现方式的精神，体现了人类的智慧、思维、审美创造力的不断延展和进化，是文学艺术发展的必然逻辑，因此，在逐渐开放的当代中国出现一场追新逐异的借鉴和模仿西方现代主义思潮的文艺运动就成为必然。

现代主义在中国的兴起还存在一个背景条件，即80年代初陆续引进的当代西方哲学理论，尤其是从19世纪后半叶以来盛行于西方影响至今而未衰的非理性哲学，从叔本华、尼采的唯意志论生命哲学开始，传统的理性主义开始衰落，而新的人本主义认为，在人类精神活动中，还存在一个远大于科学理性世界的非理性、非逻辑的心灵世界，既包括情感、直觉、潜意识、无意识等，也包括弗洛伊德的心理分析学、弗莱、荣格、弗雷泽的文化人类学和“神话原型”理论，等等。80年代初西方现代派文学的各种理论与作品陆续被翻译引进，比如由伍甫蠡等人编译的《西方文论选》和《现代西方文论选》相继于1979年和1983年由上海译文出版社出版。与此同时，中国当代评论界也在积极倡导一种新的文艺评论，诗歌界号称“三个崛起”的文艺评论对“朦胧诗”的极力推崇，其实质是对现代派新诗的极力推介；而小说评论领域最早接触并认可西方现代主义文艺思潮源起于创作界对高行健编写的《现代小说技巧初探》所引起的轰动，冯骥才、刘心武、李陀等致力于传统小说创作的作家率先认可了现代主义小说，并以开阔的胸襟热情地推介这股新潮流，冯骥才在给李陀的一封公开信中说：“我们需要现代派，是指社会和时代的需要，即当代社会的需要；所谓现代派，是指地道的中国的现代派，而不是全盘西化、毫无自己创见的现代派。”① 尽管冯骥才对现代派和现代主义两个概念还没有完全区别开来，但当代作家面对现代主义文学所表现出的认可甚至欣喜态度预示着现代主义文学创作实践即将到来。

---

① 冯骥才：《中国文学需要“现代派”》，《上海文学》1982年第8期。

二　新潮小说的叙述“革命”

如果说此前当代小说也有意识地进行了某种程度的变革，那么，新潮小说在小说叙述方面所进行的变革完全可以称之为“革命”。中国文学评论界习惯于把1985年前后文坛上出现的现代主义小说运动称为“先锋小说”或者“新潮小说”，无论是哪一种称谓所代表的意义总不外乎创新与变异，而“新”与“异”的参照物则是已经在文坛风行了半个多世纪的现实主义文学。新潮小说作家因不满现实主义小说把社会学“神话化”的叙事方式，他们认为这种由作者事先安排好的所谓现实主义是在“诱导读者进入作者事先安排的虚构境界，结果人们只能通过作者或作者塑造的人物的眼睛去看外在的事物，这样实际上使读者进入了一个‘谎言的世界’，忘记了自己面临的现实”。[①] 因此，新潮小说家们力图摆脱现实主义“虚构”出来的“本质”和“意义”，而以一种不再带有叙事者情感倾向的叙述话语讲述更具本体和本然意义的真实，揭示更丰富的存在状态。因此，新潮小说的“新”主要是一种叙事模式和叙事态度的“新”。从叙事方式的不同上可以简单地把新潮小说分为三个不同方向，一是侧重叙述潜意识和性心理的莫言、残雪的小说；二是侧重叙述技巧探索的马原、扎西达娃等人的小说；三是侧重从叙述话语的角度解构传统价值和道德观念的徐星、刘索拉等人的小说。尽管新潮小说有不同的分类，但它们在某些方面却有着共同的特色，具体说来有以下几个方面。

新潮小说的第一个特点表现在人物上，我们在新潮小说中几乎找不到以往小说中常见的正常社会人，新潮小说中的艺术形象都具有某种非理性的特色，他们或者性格偏执，或者心理异常，或者身有疾病，总之，他们不同于一般的正常人，他们是人群中的少数和异类，他们是被

① 《中国大百科全书·外国文学Ⅱ》，中国大百科全书出版社1982年版，第1144页。

压抑和扭曲的不正常人物。新潮小说往往更关注人的心灵世界，深入人的无意识和潜意识，表现人性的复杂性。比如《透明的红萝卜》中的黑孩，就是这样一个人物。黑孩是个几乎被家人抛弃的孤儿，逆来顺受，沉默得如同哑巴一般，但又是个具有“特异功能”的孩子。如果说耳朵会自己动还只是生理上的“特异功能”，而更为神奇的则是他心理上感受到的“特异功能”，比如，他看到的阳光是蓝色的，他听得见头发落地的声音，他甚至能用手抓烧红的铁块，热铁在他手里像知了一样嗞拉嗞拉地响，却感觉不到疼痛……最为奇特的是，普通的红萝卜在他的眼里变得格外神奇：“晶莹透明，玲珑剔透。透明的、金色的外壳里包孕着活泼的银色液体。红萝卜的线条流畅优美，从美丽的弧线上泛出一圈金色的光芒。”① 由此可见，在现代主义小说的叙述中，存在一个非正常人群。对非正常人群的书写起最早源起于寻根文学，《爸爸爸》中的丙崽就是这样一个身有残疾的异类，他弱智痴傻，是个长不大的小老头，但寻根文学中的痴傻者跟新潮小说中的异类还有一定的区别。我们可以简单比较一下丙崽和黑孩，尽管这两个孩子都不太正常，但他们的意义并不相同，丙崽是一个象征，一个隐喻，一个文化符号，他的简单而神秘是他所代表的文化赋予他的特征，他自己并不具备作为个体形象的意义；而黑孩则不同，他首先是一个独立的个体，有自己的性格特色，就像尽管他沉默寡言，但并不是哑巴一样，他之所以显得怪异各色完全是因为被忽视、被虐待、被压抑的缘故，父亲离开他去闯关东后，身边几乎没有一个人给予他哪怕一点温暖，因此，当得到菊子姑娘关心和疼爱的时候，他的内心积聚的情感便一发而不可收，他对菊子产生了强烈的迷恋，赤手去拿烧红的铁块以及眼里看到奇异的红萝卜都源于这个少年内心朦胧的性爱意识，因此，他的行为都是基于他的性格和成长环境，只是因为长期压抑而被异化，我们甚至能够根据弗洛伊德的性爱心理学来解释黑孩的这种行为。

---

① 莫言：《透明的红萝卜》，《欢乐·莫言文集》，作家出版社 2012 年版，第 32 页。

除了黑孩这一经典的非正常人物，另外残雪小说中的人物也几乎没有一个是正常的。比如《苍老的浮云》中的更善无和幕兰夫妇，他们彼此厌弃和鄙视，在丈夫更善无眼里，他老婆随时会变成一只猫，“他看见老婆正在吸吮他的腿子，做出猫吃肉的种种姿态。她的舌头生着密密麻麻的肉刺，刚才在梦里他就是被这些肉刺扎得痛。她用力咬着，像要将他小腿上的大块肌肉全撕下来吞进肚子里去。他只好闭上眼，忍着恶心，听之任之。”① 而他的岳父却告诉更善无自己的女儿有许多情夫，“她把情夫带到我家里去和她睡觉，逼我老头子在门外帮她放哨……我恨不得让你把她杀了才好”②。残雪的小说是对人性丑恶阴暗面近乎残酷无情的揭示，她笔下人物怪异到几近疯狂的地步，她用这种叙述方式诠释了萨特的“他人即地狱”的存在主义主题。另外一种非正常的人群源自被称为“荒诞派”小说的《你别无选择》中的李鸣和《无主题变奏》中的“我”，这类人的不正常恰恰因为他们本应是“最有责任感”“最有理想”的正常人，他们本是时代骄子的大学生，但是他们却选择了另外一种生活方式，逃课、谈恋爱、不讲卫生、油腔滑调，看似看破红尘、玩世不恭、自暴自弃，实则却是对附庸风雅、自命不凡的虚伪无聊的所谓精英的反拨，预示着当代中国小说正在由庄严的启蒙主题转向反启蒙的背面。

新潮小说在人物塑造方面彻底摆脱了现实主义小说所谓的典型人物的模式化，他们也不具备鲜明的个性特色，甚至不具备正常人的基本素质，有时候甚至是痴呆、疯癫和狂躁的，只能用怪异、独特、非典型、非正常这些词语来形容他们，这类人物的出现正是基于对现实主义所谓的典型人物塑造的有力反驳。

新潮小说的第二个特点表现在叙述方法上。叙述方法的变化是新潮

---

① 残雪：《苍老的浮云》，《中国当代作家选集丛书・残雪》，人民文学出版社2000年版，第57页。

② 同上书，第60页。

小说之所以“新”关键点，也是实现由“写什么”到“怎么写”重要环节。新潮小说的实践者在叙述方法上的确做出比较大的努力，主要表现在以下几个方面。

第一，是新潮小说中的时空打破常规的时空限制，既不遵循客观的时空状态展开叙述，同时也超越意识流完全按照心理时间来推进，而是选择了一种心理时空与物理时空的契合点来展开情节，由于现实空间很难找到这一契合点，因此，新潮小说热衷于到梦境中寻找自己所需要的时空，但又不想完全进入梦中而迷失自我叙述，因此，新潮小说的叙述时空总是在“半梦半醒”之间，借助于叙述手法穿梭在梦境和现实的二维时空。马原的《虚构》就是这样一个例子，小说开头言之凿凿地宣称“我”曾经去过玛曲村，也就是麻风病人所在的村庄，“我”甚至因此现在就住在安定医院，但小说结尾作者又表明“我”在玛曲村所经历的时间根本不存在，“我”的玛曲村之行乃是“我”的“南柯一梦”，这种亦梦亦真，亦幻亦真的时空正是新潮小说作家最热衷的叙述手法。他们不仅把现实和梦境混为一谈，而且还热衷于书写神秘的梦境，并对神秘的梦境来做“梦的解析”。莫言自己曾说《透明的红萝卜》起源于他的一个“神秘的梦”，他把自己梦中见到的神奇之物安置到黑孩身上，作为少年的原始性梦。残雪的小说似乎在书写一个无法醒来的噩梦，“它在深而又深的，属于灵魂的黑洞洞的处所；它在世俗之上，虚无之下的中间地带。”① 她说分析自己的作品就是对自己进行精神分析，其实，书写梦境也是一种精神分析，她通过书写梦让自己信心一天比一天增强，治愈了她的不太严重的精神分裂症。除了写梦，新潮小说作家还擅长打乱时空顺序，把过去时空和现在时空并置，莫言的《红高粱》系列就是这样：“原本完全可以按照故事顺序一一道来，现在则被分割为数块，在每一单元的叙述方法上，也是顺序中间有插叙和

① 残雪：《黑暗灵魂的舞蹈》（代序），《中国当代作家选集丛书·残雪卷》，人民文学出版社 2000 年版，第 1 页。

倒叙，当奶奶爷爷在年轻时代的风风雨雨恩恩爱爱的故事插入抗日故事的顺叙关系时，小说就出现了两条时间线索的重叠，好像音乐上的两个声部重叠那样。”①

第二，叙述视角的不断变幻也是新潮小说家们在叙述方式上所进行的革新之一。大部分新潮小说抛弃了旧式的“全知”视角叙述，而是采用“非全知”的限制视角展开叙述，在叙事中留下大片的未知领域，有些甚至通过刻意转叙述来限制叙事者的视角。还是以莫言的《红高粱》为例，叙述人不是“我”，而是“我父亲”，叙述对象则是“我爷爷”“我奶奶”，其实真正讲述的是“我父亲眼里的爷爷奶奶”的故事。而最热衷玩弄叙述视角转换的莫过于马原，马原的小说在叙述方面最大的特点是多重叙述的共存，评论家吴亮认为：“它不仅要叙述故事的情节，而且还要叙述此刻正在进行叙述，让人意识到你现在读的不单是一个故事，而是一个正在被叙述的故事，而且叙述过程本身也不断被另一种叙述议论着、反省着、评价着，这两种叙述又融合为一体。……马原的重点始终是放在他的叙述上的，叙述是马原故事中的主要行动者、推动者和策演者。”② 对叙述视角和叙述行为的关注是新潮小说在叙述上最早关注到的一个侧面。

第三，就叙述情感倾向来说，新潮小说的叙述情感可分为三种，大多数作者采用了主体情感隐退的叙述风格，尤其是残雪的小说将这种冷漠叙述的笔调强化到近乎残忍的极端程度，马原、扎西达娃的叙述情感也是含而不露的；但莫言小说的叙述情感却正好相反，莫言的小说叙述人经常刻意介入叙事之中，而且发表一定的言论和感慨，可谓另一种形式的“暴露叙述”；另外一些被称为“荒诞派”小说的主体叙述情感则是反讽的，叙述人“我”往往是披着“嬉皮士”外衣的大学生，他们刻意表现平庸、琐屑的生存状态和反理想反传统价值的观念，表现出一

---

① 程德培：《叙述的冲突：对小说艺术的思考》，《艺术广角》1987 年第 1 期。

② 吴亮：《马原的叙述圈套》，《文学评论》1987 年第 3 期。

种荒诞、反讽的特点。

很显然，新潮小说是新时期文学中最热衷于形式技巧变革的一个小说流派，它彻底打破了雄踞文坛几十年的现实主义传统，也没有继续留恋“寻根小说”的文化意义追寻，而是全方位借鉴吸收了当代世界流行的各种艺术技法，大大缩短了与世界文学的差距，为随后到来的新历史主义小说开阔了视野，提供了经验。

第四节　新历史主义小说的虚构与真实

一　虚构的历史

新历史主义缘何而来在西方和在当代中国是有所区别的，西方学者认为，它“出自新左派，出自文化唯物论，出自 1968 年的危机，出自后现代主义者对这场危机的回答，出自作为这场回答的一部分的后结构主义；当然，主要还是出自米歇尔·福柯的历史编纂学”。[①] 但在中国，新历史主义，尤其是由这一概念衍生出来的新历史主义小说在当代文坛的产生并非仅仅出于对西方存在主义、结构主义、解构主义等现代哲学思潮的引进与模仿，而是更多源自中国文人骨子里对言说历史的癖好和对虚构历史的热衷。这一点也恰恰应和了新历史主义对“历史上到底发生了什么”的追问，正如克罗齐所说“一切历史都是当代史”。新历史主义文学在中国的兴起正是当代中国文人对历史的追问和想象，用海登·怀特的话来说，“文本的历史”仅仅是作者的一种“修辞想象”，这就为人们质疑过往历史提供了依据，也使文学虚构对历史的介入更加合法化。借助虚构的力量，文学“展开了对传统史学整体模式的冲击，打乱其目的演进秩序，瓦解由大事和伟人拼合的宏伟叙事，以消除人们

① 朱迪斯·劳德·牛顿：《历史一如既往？女性主义和新历史主义》，张京媛编：《新历史主义与文学批评》，北京大学出版社 1993 年版，第 202 页。

对历史起源及合法性的迷信，重现它们被人为掩饰的冷酷面貌”。[①] 不能不承认，在当代中国，正是文学解构了传统的历史文本，重构了新的历史文本，重塑了新的历史观念。

二　真实的人性

新历史主义小说热衷于写人在历史中的偶然和被动，借此揭示出人性深处可怕的真实，这种真实的人性并非以理性见长，恰恰是以非理性的疯狂见长。小说中所表现的个人命运并不随着历史的必然性而发展，而是更热衷于表现个人命运的偶然性和无常性。比如苏童的《妻妾成群》的主人公颂莲尽管是一个知识女性，但当命运把她抛到尔虞我诈、钩心斗角、妻妾成群的封建大家庭时，受过教育的知识背景并没有让她成为这个家庭冷静的旁观者和激进的批判者，而是让她成为这个“吃人”家庭的积极参与者和必然的受害者。小说正是通过有一定知识背景的颂莲更加细化了妻妾间的嫉妒、诅咒、暗算、通奸等种种变态行为，不仅如此，在颂莲敏感的神经下反而更加细腻、精致、鲜活和微妙，终致颂莲在这个家中失败而发疯。颂莲进入这个妻妾成群的大家庭或许可以归因于她父亲的突然病逝，是命运的偶然，而她这样的女性在这个以女性为玩物的大家庭中被毁灭却又是不可避免的，似乎是历史的必然，但对颂莲这个个体来说，必然的发生仍然离不开她本人选择做妾的偶然。

新历史主义小说并不认为历史具有某种逻辑性和理性，在这类小说的作者眼中的历史都具有一种偶然性和非逻辑性，个人命运仅仅取决于一个偶然的决定和一闪念间，格非的新历史主义小说在这方面最具典型性，他小说中的人物由于对历史和人的命运的高度概括而具有历史寓言

① 赵一凡：《什么是新历史主义》，《美国文化批评集》，生活·读书·新知三联书店1994年版，第238页。

的力量。比如他的最具新历史主义小说素质的小说《迷舟》就是对历史重要关头个人选择和决定导致偶然性和非逻辑性的生动描述。小说讲述1928年北伐军逼近涟水棋山要塞的重要关头，孙传芳部某旅旅长萧在去往小河村侦察敌情时突然失踪，使得数日后的战斗蒙上了一层神秘的阴影。小说对这一事件的虚构是这样的，萧在侦察敌情的紧急关头却突然被一个名叫杏的女子所迷恋，与杏陷入短暂的欢爱之中，但不料杏的丈夫三顺突然归来，发现杏的不忠大怒，残忍地阉割了杏并把她送回娘家榆关，萧听说后，置十万军情不顾，前往在敌军所在地榆关看望杏，却被误认为向敌方提供情报而遭到他自己的警卫员的枪杀。小说中，萧的个人命运以及他对整个战役的影响完全是偶然的巧合铸成的，萧的选择完全是基于人性、情感和生命的角度，生命的一切欢乐和痛苦都构成历史存在的一部分，甚至成为改变和影响历史的重要因素。

格非的另一部写家族史的长篇《敌人》更是典型的寓言体新历史主义小说，小说始终笼罩在一种极端的、神秘的、非正常状态之中。曾经鼎盛一时的赵家毁于一场神秘的大火，赵家掌门人留下一份纵火嫌疑犯名单，从此赵家后代为寻找嫌疑人一直处于恐怖的灾难阴影之中。赵家人一个个变得古怪、疯狂、离奇，父子兄弟姐妹之间也充斥着离弃、背叛、残杀。家族中不幸的事件接踵而至、连绵不断。几十年过去了，敌人既隐晦不明，又似乎无处不在。赵家的后代在一场场看似无法逃脱的诅咒般的杀戮中先后死去，最后只剩下一片废墟。寻找“敌人”作为小说的悬念始终穿插于错综复杂的故事结构之中，揭示出一个人类永远摆脱不掉的悲剧性的历史境遇：恶念与仇杀是深埋在人的命运深处的，人类永远无法摆脱掉，最终必然会毁灭于此，《敌人》暗示人类的敌人恰恰是人类自己，这是对中国传统伦理“人之初，性本善”的一次反拨。

新历史主义小说揭示了人性中隐含的自私、妒忌、暴力、癫狂等非理性的一面，人性中这种兽性和疯狂是对秩序、道德、文明、伦理的反

拨，是对主流文化意识的反叛，显示出人物的疯狂行为与传统文化、种族命运的隐喻关系。某种意义上可以说新历史主义小说讲述了一个疯癫史，是对人性中非理性的一面所包含的历史与文化内涵的探讨，人性是神性与兽性的统一，历史的本质在被“颠覆”后反而显示出某种本质的真实。新历史主义小说依托虚构的历史情境，对原有的主流历史观念和“红色官史”小说文本进行颠覆和解构，力图还原个人化、细节化的家族历史与个人历史，力图揭示出被宏大历史遮掩下的丰富的生命史和心灵史。新历史主义从对历史真实的怀疑到寻找历史的真相，再到虚拟、远离了历史的逻辑悖论，当代文学的新历史主义小说思潮也越来越走向虚构历史，并任意肢解历史和游戏历史，最终导致新历史主义小说的终极和坟墓。

新时期文学尽管持续的时间并不长，但所进行的艺术实践却非常丰富，就小说而言，从最初的“伤痕”“反思”小说到“寻根小说”，从意识流小说到新潮小说，再到新历史主义小说，这些接踵而至的思潮和流派在叙事领域所实现的转型是最为明显的，从叙述角度的选择到叙述人身份的变换，从叙事题材的开拓到叙述结构的构建，可以说新时期小说取得的成就大半缘起于叙事领域的变革，这既是叙事学在中国蓬勃发展的结果，又是叙事学在中国继续发展的主要原因，毕竟，丰富的创作实践为理论研究提供了基础，同时，理论倡导又为创作实践提供了坚实的支撑，形成一个互动共赢的局面。但同时也应该看到，对新时期小说在叙事领域所取得成就的研究并不充分，各种独具特色的叙事实践研究几乎没有展开，这其中存在大量的研究空白，这就需要我们从具体文本出发，对文本进行精细筛选，并以此为基础来做更加细致的综合分析和更加深入的系统研究。

第五章 《棋王》与《爸爸爸》的叙事悖论

《棋王》和《爸爸爸》是寻根小说中两部代表作，两篇小说的主人公都极其独特，《棋王》中的王一生智力超群，掌握了精湛的棋艺，一人独战九位高手仍能立于不败之地；《爸爸爸》中的丙崽却正好相反，生来就是个弱智的侏儒，甚至没有学会正常地表达自己的意愿，一生只会用“爸爸爸”和“×妈妈”两个简单的词汇来表达正、负两种情绪。但奇怪的是这两个处于智力两极的人物在小说中却都被冠以“呆”字，王一生是人所共知的“棋呆子”，丙崽更是一眼就能看得出来的“宝崽”（“宝崽”是方言，意思就是“呆子”），何以两个智力差别如此大的人都被认为是“呆子”呢？两种不一样的“呆”又是如何从不同视角来言说民族文化的根脉并最终形成风格迥异的当代文学审美文本？在此，笔者将从文本的细部来分别分析解读这两种不同的痴呆如何阐释了中国传统文化根脉。

“呆”在现代汉语中有两个解释，一是指头脑迟钝，不灵敏；二是指脸上表情死板，发愣。但很显然这两种解释并不能涵盖王一生和丙崽的“呆”，即便丙崽的“呆”可以勉强用第一种解释来说明，但王一生的“呆”却并不能适用这两种解释。从《棋王》文本所涵盖的意蕴来看，王一生所谓的“呆”其实可以用另外一个更恰当的汉字来替代，即“痴”。汉语对“痴”的解释通常也有两个方面：一是“傻，愚笨”；

二是“极度迷恋某人或某种事物。”显然，《爸爸爸》和《棋王》中的两个人物恰恰诠释了这两个层面的“痴”。所以，如果非要把这两个人物合并在一起，用“痴呆”一词似乎更加恰当。丙崽是一个标准的痴呆儿，他眼目无神，行动呆滞，他丧失了正常人的智力和能力，愚笨到无法自理的程度，只能用“爸爸爸”和“×妈妈”来表达正、负两类不同的情绪。而《棋王》中的王一生的痴呆则是指“痴”的另一个方面，即对某事物迷恋到“痴”的程度，王一生对下棋迷恋到“痴”的程度。虽然他智力超群，在学校数理成绩也名列前茅，但这只能说明他的逻辑思维能力极强，另外，他又是人所共知的“棋呆子”，一旦沉溺于下棋，就对周围的人和事完全忽略，甚至被人利用也不自知。显然，王一生的“呆”不是指智力愚笨而是指对棋的痴迷导致其忽略了棋以外的一切人情世故和生活琐事。

虽然王一生和丙崽都被称为“呆子”，但他们却是源自两个不同方向的痴呆，具体说来，丙崽的痴呆是与生俱来的，可以看作一种原发性的痴呆，象征着楚巫文化的原始、质朴、简单，某种程度上还带有些许神秘气息；而王一生的痴呆则是因为沉迷于中国象棋，象棋源自中国古代，是中国传统文化的象征之一，因此，在某种程度上，王一生的痴呆可谓一种文化过熟现象。这的确是两种完全不一样的痴呆。虽然从语义上看这两篇小说诠释了两种不一样的痴呆，但同是作为寻根小说的代表作，两个文本在展示两种不一样的痴呆时，却有着某种内在的同构性，作为某种文化寓言，二者之间有着某种叙事结构上的一致性。研究寻根文学不仅要关注其讲述的故事，同时还要关注故事讲述的方式，从叙事学的角度看，讲述故事的方式远远比故事本身更值得关注。因此，笔者试图从叙事学的视角来重新解读《棋王》和《爸爸爸》，以期寻出这两篇经典的寻根小说在叙事学领域做出的贡献。

第一节 《棋王》的文化叙事悖论

一 尴尬的叙述人

《棋王》是一个文化寓言，它讲述了一个发生在中国动乱年代的年轻人经过艰苦鏖战战胜九人成为棋王的故事，其中内隐着以柔克刚、返璞归真，天人合一的道家思想，这个道理是通过一个个故事的连环套最终得出的。《棋王》中首先预设王一生身上存在的两极，对王一生来说最明显的两极是：吃和下棋，这两极往低了说就是活着和娱乐，往高了说可以是物质和精神。对两极的追求不能太过，需要有一个度，超越了这个度就会造成灾难，否极泰来。对每一极的追求也有一个度，过犹不及，过分执着和三心二意都是不会成功，而追求的方法则是阴阳调和、乾坤互补。只有这样才能达到返璞归真、天人合一的理想境界，达成和谐共存。

《棋王》是由一个个的小故事组成的，这些小故事最终形成了一个大故事，除了王一生的故事，每一个小故事都存在着一个叙事的两极，讲故事的人自身的情况有时候恰恰与他所讲的故事理念相反，叙述者的存在状态与所叙之事推崇的道理往往是背道而驰的。

小说《棋王》中有一个人往往最容易被忽视，就是叙述人“我”，实际上叙述人“我”在《棋王》中的位置很重要，“我”不仅是王一生故事的讲述者，更是王一生的朋友，而且“我”也是一个有故事的人，“我”在讲述王一生的故事之前，作为第一人称叙述人的“我”先讲了“我”自己的故事。对“我”的背景的讲述虽然简单但却隐含了一个没有讲出来却是颇为丰富和曲折的故事。小说中的叙述人“我”是这样讲述自己的故事的：“我虽无父母，孤身一人，却算不得独子，不在留城政策之内。父母生前颇有些污点，运动一开始即被打翻死去。家具上

都有机关的铝牌编号，于是统统收走，倒也名正言顺。我野狼似的转悠一年多，终于还是决定要走。”① 由此可知“我”出身于知识分子家庭，而后文“我”能给王一生讲述两个来源于西方文学名著的故事也验证了这一点。不仅“我”出身于知识分子家庭，“我”个人也是一个有理想、有追求的知识分子。“我”曾经家庭条件优渥，熟读中外名著，深知人活着并不仅仅是为了吃，看到王一生吃相丑陋，为了让王一生明白这个道理，“我”给王一生讲述了两个故事：一个是杰克·伦敦的《热爱生命》，再一个是巴尔扎克的《邦斯舅舅》。虽然“我”想用书中的故事启迪王一生人活着并非仅仅为了吃，但现实生活中“我”却一度陷入为了“吃”而丧失尊严的地步。在一天没有吃饭的情况下，悄悄地吃掉了同学扔掉的碎馒头屑，这样，现实生活又让“我”深知：人活着必须首先解决吃的问题，但“我”和王一生能深交却是源于我们对“吃”的不同观念。最初王一生特别感兴趣“我”一个人如何解决“吃”的问题，详细追问“我”如何解决一顿饭的问题，而“我”则不太愿意复述这些事情，尤其是细节：“我觉得这些事情总在腐蚀我，它们与我以前对生活的认识不太合辙，总好像是在嘲笑我的理想。”② 因此，《棋王》中的“我”并非一个可有可无的人物，“我”本身就是一个矛盾的存在，一个处于理想和现实的两极不能自拔的人物。

叙述人“我”的故事处于理想与现实的两极，而且存在不能调和的矛盾，“我”曾经在心底嘲笑王一生的无知和迟钝，因为他不能理解杰克·伦敦的《热爱生命》写的不是吃的故事，而是关于生命的故事，但“我”却也为了吃饱饭得意于被批准到边境插队；“我”也曾经看不起王一生的吃相，但却相当精细、不厌其烦地烹饪一条蛇来招待王一生，并为之而自豪。“我”为了吃而奔波的故事和“我”讲的关于

① 阿城：《棋王》，钱谷融主编：《中国现当代文学作品选》，华东师范大学出版社 2013 年版，第 165 页。

② 同上书，第 168 页。

"吃"故事隐含的意义形成两极状态："我"讲述的故事里追求精神的最高境界，是生命的极致和奔放，而"我"个人却处于温饱难以为继的状态，生命委顿而琐屑；"我"的实际行为和"我"的理想也形成两极，理想中有书，有电影，有玩儿的，但现实中却只能干着砍树、烧山、挖坑这些体力活。对"我"的背景和"我"的故事轻描淡写的讲述暗示着隐含作者对曾经掌握启蒙话语权的中国知识分子当前处境的无奈和无言，可以说是另一种形式的启蒙反思。中国现代知识分子近一个世纪以来始终抱着启蒙的理想，但最终却是陷入最世俗最平庸的为了填饱肚子而奔波的境况，并不比处于社会最底层的只是关注"吃"的被启蒙对象有更好的境遇，这真是一个引人深思的悖论。

《棋王》中第二个也处于两极的故事是关于一个绰号叫"脚卵"的南方知青的故事。脚卵名叫倪斌，是南方大城市来的知青，他先讲述了一个自己家族的故事，据他所讲他祖上是倪云林，"倪祖很爱干净，开始的时候家里有钱，当然是讲究的。后来兵荒马乱，家道败了，倪祖就卖了家产，到处走，常在荒村野店投宿，遇到一些高士。后来与一个会下棋的村野之人相识，学到一手好棋。现在大家只晓得倪云林是元四家里的一个，诗书画俱佳，却不晓道倪云林还会下棋。"① 倪斌说他祖父在世时家里还专门雇人清理燕窝；父亲在中秋时会邀请名人雅客来家里吃螃蟹，下棋，品酒，作诗。从倪斌的讲述可以知道他家世世代代是清高的文人雅士，但到了他这一代却变成俗人，不仅干着辛苦而劳累的工作，而且为了获得一个好点的活计不惜去给书记送礼。小说中倪斌的棋艺算不上高，跟王一生三战皆输，如果说他祖上真的有下棋的高手，那么传到他这一代已经退化了。其实，对于整个倪氏家族来说，退化的不仅仅是棋艺，更有一种清高自许的精神境界。陷入俗世的倪斌对生活已经没有太多是奢望，只期望能够换一个干净而轻快的工作，为了这点小

---

① 阿城：《棋王》，钱谷融主编：《中国现当代文学作品选》，华东师范大学出版社 2013 年版，第 177 页。

小的奢望他不惜用祖先留下的明朝的乌木棋去贿赂农场的领导。脚卵家族的精神境界以及社会地位的退化暗示着中国传统文化精神的倒退和退化。脚卵讲的家世和他目前的处境以及他的行为也形成遥遥相隔的两极。

二　王一生的两极状态

《棋王》中处处有两极，人人都是一个两极的存在，而最明显的就是主人公王一生身上存在的两极，首先，王一生本人智商极高，极其聪明，象棋下得如此出神入化，这说明他的逻辑思维能力极强，但他在其他很多方面又表现得相当痴呆，他不谙人情世故，一心沉迷于下棋。小说一开始就描写王一生离开城市去遥远的地方插队，在别人都在跟家人和朋友依依话别时，他却不顾妹妹的苦苦寻找，兀自在火车上到处找人下棋；他还曾因痴迷下棋糊里糊涂地被人利用来偷窃。其次，他的家庭极其贫困，吃饭都难以为继，但他却热衷于下象棋这种高级的精神娱乐而不能自拔，只要能下棋，他可以舍弃多挣钱的机会；再次，他是一介平民，人微言轻，因表现不好，连报名参加象棋大赛的资格都没有，但他最后却凭借一己之力向九大高手提出挑战，并所向披靡，战无不胜，最终成为一代棋王。

王一生极致的每一个方面都是一种“痴”的表现。他对棋的迷恋是一种痴，这种痴迷让他看起来的确是名副其实的“棋呆子”。对极致的渲染是《棋王》重要的审美素质之一。就王一生来说，小说写了他两方面的极致，一是吃，一是下棋。由于家境的贫寒，导致王一生对吃的虔诚和精细，小说中有一段描写他吃饭的情景：

> 拿到饭后，马上就开始吃，吃得很快，喉结一缩一缩的，脸上绷满了筋。常常突然停下来，很小心地将嘴边或下巴上的饭粒儿和汤水油花儿用整个儿食指抹进嘴里。若饭粒儿落在衣服上，就马上

一按，拈进嘴里。若一个没按住，饭粒儿由衣服上掉下地，他也立刻双脚不再移动，转了上身找。……有时候你会可怜那些饭被他吃得一个渣儿都不剩，真有点儿惨无人道。①

然而，吃还不是王一生极致最重要的表现，下棋才是，王一生被称为“棋呆子”就是因为他下棋时能够进入物我两忘的极致情形，特别是最后他力战九大高手的情形，真的达到了精骛八极、心游万仞的最高境界，小说中这样描写：

王一生孤身一人坐在大屋子中央，瞪眼看着我们，双手支在膝上，铁铸一个细树桩，似无所见，似无所闻。高高的一盏点灯，暗暗地照在他脸上，眼睛深陷进去，黑黑的似俯视大千世界，茫茫宇宙。那生命像聚在一头乱发中，久久不散，又慢慢弥漫开来，灼得人脸热。②

传统文化中对技艺的追求以极致为美，达到极致便是一种神乎其技，这是一种着魔和入迷般的痴狂，王一生对象棋的迷恋就是这样一种痴狂，王一生被称为“棋呆子”，他的痴呆就是他达到极致的表现。

三 成就王一生的三个“导师”

然而，任何事物追求到极致就会走向它的反面，所谓物极必反，否极泰来。虽然技艺可以追求一种极致，但作为个人人格的完善和社会性格的发展，达到极致不仅不可能，甚至不可取。王一生最吸引人的人格

① 阿城：《棋王》，钱谷融主编：《中国现当代文学作品选》，华东师范大学出版社 2013 年版，第 168 页。

② 同上书，第 183 页。

魅力不是他傲视群雄的精湛棋艺，而是他在乱世中的一颗平常心和他独战九人后的和局。因此，《棋王》中除了对极致的渲染，还有对两极的调和。如果说王一生的棋艺熔道禅于一炉，那么仅仅渲染极致既非道，亦非禅，极致后的平常才是终极目的。大智若愚，大道无形，阴阳互补，乾坤交泰既是道家文化的精髓，也是中国传统文化的精髓。从这个角度来说，《棋王》甚至可以作为一部成长小说来看，它以中国传统文化的精髓把一个恃才傲物、桀傲不驯的天才少年最终培养成一个棋艺精湛、中正随和，又悲天悯人、深谙人间疾苦的真正的王者。而对王一生有教诲之功的却都是些最平凡人，具体说有三个人在王一生的成长道路上起到了重要的作用，他们分别是王一生的母亲、捡垃圾的老人和区里的下棋冠军老者。这三个人的故事有两个是王一生讲述的，一个是王一生经历由叙述人“我”讲述的。

首先是王一生母亲的故事。王一生的母亲出身卑贱，新中国成立前的身份是妓女，先后跟过三个男人，但仍然无法摆脱贫穷的困扰，新中国成立后跟了一个靠卖力气吃饭的，也就是王一生现在的继父，继父气力渐衰，王一生的母亲身体也不好，所以生活更加贫穷。王一生的母亲虽然大字不识，但苦难和贫穷却让她无师自通了很多生活的真谛，她明白下棋是“玩儿”，是没有用的，“要学，就学有用的本事，下棋下得好，还能当饭吃了?”“先说吃，再说下棋。”由此可见，王一生对吃的专注来自他的母亲，但王一生的母亲对王一生最大的教诲还不是对吃的重视，而是身体力行地告诫他亲情之爱，尤其是母爱的伟大，母亲在临终前用废牙刷给王一生磨了一副棋，“一点儿大的的子儿，磨得是光了又光，赛象牙，可上头没字儿。妈说，‘我不识字，怕刻不对。你拿了去，自己刻吧，也算妈疼你好下棋。’我们家多困难，我没哭过，哭管什么呢？可看着这副没字儿的棋，我绷不住了。”[1] 这副无字的棋后来

---

[1] 阿城：《棋王》，钱谷融主编：《中国现当代文学作品选》，华东师范大学出版社 2013 年版，第 174 页。

成为王一生的精神支柱，在他最困难的时候给他精神力量和情感力量。正是这种力量让王一生虽然喜欢下棋，却仍然走正途，而没有玩物丧志、随波逐流。

如果说母亲是王一生的情感导师，那么捡垃圾的老头就是王一生的专业导师，王一生的棋艺能够登堂入室、出神入化，跟这个老人高屋建瓴的指导分不开。更为重要的是老头不仅以道家理念指导王一生的棋艺，他自己也是道家精神的实践者。具体说来，捡垃圾老头教给王一生的棋道分三个阶段：第一阶段是“阴阳之气相游相交，初不可太胜，太胜则折”。第二阶段是“若对手胜，则以柔化之。……柔不是弱，是容，是收，是含”。第三阶段是“无为而无不为。无为即是道，也就是棋运之大不可变”。他还指出，王一生现在还处于第一阶段，就是太胜，因此，王一生还有很长的修炼之路，老头还是王一生的伯乐，他看出王一生脑子好，有潜力，才会把自己棋道，其实某种程度上也是为人之道，传授给王一生。而老头自己则遵祖训：“为棋不为生，为棋是养性，生会坏性，所以生不可太胜。”[①] 因此，在这乱世中，他依然能以捡垃圾为生，秉持祖训，自得其乐。这个老人其实是传统文化的世外高人化身，就像隐居山林的闲云野鹤，看透人世间的物欲和纷争，大隐隐于市，他在这闹市里也一样过神仙一般的生活。王一生悟性极高，正是在他的言传身教之下，王一生才顺利通过第一、二阶段，为成为真正的大师积蓄力量。

第三个成就王一生的区里比赛的冠军老人，这位老人虽然上了年纪，却并不倚老卖老，遭遇到王一生这个后生可畏的年轻人的挑战也并不急躁，说明他的涵养很深，个人修养很好，他在看完王一生的棋局后之所以能主动求和，与其说是为了个人的面子，不如说是为了成就王一生的名声，其实这个人应该算是成就王一生功名的最后一个台阶，王一生最

① 阿城：《棋王》，钱谷融主编：《中国现当代文学作品选》，华东师范大学出版社 2013 年版，第 170 页。

后答应和棋，就意味着他终于跨过自己成长的最后一道坎，让自己的人生上升到一个新的阶段，那就是融会贯通、阴阳和合的新阶段，至此，王一生终于超越了自己性格中的两极，也不再是一味沉迷其中的“棋呆子”，当他终于呜呜地哭这说：“妈，儿今天明白事儿了，人还要有点儿东西，才叫活着。妈——”① 时他就像练武之人在关键时刻有一股外力助他打通了任督二脉，武功终于修炼而成。而王一生修炼成的则是不再痴，成为一个拥有高超棋艺的凡人。不仅王一生悟到这其中的真谛，“我”作为一个被抛掷到蛮荒之地的知识分子也悟到了人生的真谛，“家破人亡，平了头每日荷锄，却自有真人生在里面，识到了，即是幸，即是福。衣食是本，自有人类，就是每日在忙这个，可囿在其中，终于还不太像人。”② 这种追求到极致，又回归到平常心的态度就是人生的最高境界。

联系到小说一开始描写车站的乱和小说背景的动乱年代，小说故意设置一个痴狂的空间背景来讲述一个修身养性的成长故事，而小说完成的 80 年代中期则是一个已经平和的年代，这里面隐喻了对中国传统文化精神的弘扬。

第二节　《爸爸爸》的痴呆叙事悖论

一　众声喧哗中的丙崽

《爸爸爸》是寻根文学中最重要的代表作品，也是寻根文学中最有争议的作品。《爸爸爸》之所以引起争议主要源于作者及评论界对丙崽这一形象的暧昧态度，这一形象到底代表了原始质朴的先民文化，还是愚昧保守的文化劣根？这是 80 年代中后期的文学界乃至整个文化界

① 阿城：《棋王》，钱谷融主编：《中国现当代文学作品选》，华东师范大学出版社 2013 年版，第 184 页。

② 同上。

始终争论不休的问题。作为中国当代文学的一个独特的形象，丙崽的出现标志着中国文学非理性叙事领域的新开拓。

作为一个人物形象丙崽诞生于1985年，他存在于那个虚拟的文学世界已经30多年了，在这30多年里，丙崽不断被质疑、被阐释、被解读，这一过程也从另一个侧面反映了中国当代文学各类文学理念变迁的过程。丙崽是个奇怪的孩子，按照小说中的说法：

> 他生下来时闭着眼睛睡了两天两夜，不吃不喝，一个死人相……能在地上爬来爬去的时候，他就被寨子里的人逗来逗去，学着怎样做人。很快学会了两句话，一是“爸爸”，二是“×妈妈”。[①]

然而，“三五年过去了，七八年过去了，他还是只能说这两句话，而且眼目无神，行动呆滞，畸形的脑袋倒很大，像个倒竖的青皮葫芦，以脑袋自居，装着些古怪的物质。”[②] 在小说中他是个年龄永远保持在十三岁的小老头，一个弱智的侏儒。但三十年来，读者、评论者，甚至作者对待他的态度已经大有改变了。

对丙崽的解读随着时间的推移在不断变换，概括地说，对丙崽的态度可以分为三种不同的观点：一是在启蒙话语下把丙崽作为“国民劣根性”的象征；二是从不同的文化视角把丙崽作为一个代表；三是在人性和人道话语下把丙崽作为一个值得同情的弱智儿童的形象。

最早对丙崽的解读延续了现代文学的启蒙话语，以刘再复发表于《光明日报》中的文章《论丙崽》最具代表性，文章把丙崽作为一个保守、封闭、愚昧、停滞社会的象征，把丙崽的畸形、痴呆看作蒙昧、病态的表现，把其只用简单的两个词汇表达正、负两种情绪解读为：“思

① 韩少功：《爸爸爸》，洪子诚主编：《中国当代文学史作品选》，北京大学出版社2008年版，第343页。

② 同上。

维方式极其简单，极其粗鄙，极其丑陋……乃是一种畸形的、病态的思维方式。”① 然后把对丙崽这种病态思维方式扩展到丙崽所在的鸡头寨，认为：“他们习惯于生活在文明圈外，是完完全全的‘化外之民’，但他们又自尊、自恋、自大。”② 这样，对丙崽的痴傻叙事就成为对“国民劣根性”揭露和批判这一主题的延续，在文学史上也顺理成章地把丙崽跟阿 Q 续接起来，正如不同的人群在阿 Q 身上都会发现自己的缺陷一样，刘再复、严文井那一代的知识分子也习惯于在丙崽身上寻找自己的影子，《论丙崽》中也说：“我发现自己曾经是丙崽。我想，许多正直的读者也都会发现自己曾经是丙崽。”③ 并据此把国民劣根性批判的主题引向自我反思。

从文化的视角来解读丙崽要复杂得多，因为文化是个太过宽泛的概念，具体又可以分为三种不同的理解方式，一种方式的理解认为韩少功等作家是“文化人类学”派，主要致力于民族文化传统的追思与考察。他们认为应该：“从丙崽所由产生的文化环境中反思历史，发掘民族文化的‘根’，一种文化形态的胚胎和原型。不是单纯为着审美的静观，而是包含着审美的层面，但又为了更加深沉更加宽广的文化思考、选择和进取。”④ 而另一种文化视角则认为：“《爸爸爸》中的所有人物都缺乏自我的人格，他们服从命运，服从某种统一的意志。祭谷，打冤，殉古，过山，一切都按部就班进行，个人的偏执并不妨碍整体的步调一致。”⑤ 韩少功这一代作家正在重新对中国文化和民族精神进行审视，他借丙崽强调人的存在，以代替对个人命运的陈述：“强调历时性和共时性的大文化的心理效应，以代替对暂时性的社会问题的感情用事。”⑥

---

① 刘再复：《论丙崽》，《光明日报》1988 年 11 月 4 日。
② 同上。
③ 同上。
④ 基亮：《严峻深沉的文化反思》，《当代文坛》1985 年第 10 期。
⑤ 李庆西：《他在寻找什么——关于韩少功的论文提纲》，《小说评论》1987 年第 1 期。
⑥ 同上。

第三种态度多少忽略了丙崽的痴呆表现，而把丙崽作为楚文化的一个符号，把《爸爸爸》作为对楚文化的追思，“认为楚文化是浪漫的、高蹈风神的、艺术的，而中原文化则是理性的、整板的”[①]。韩少功正是带着这种对楚文化的艳羡来写《爸爸爸》，认为文本中对鸡头寨的描写带有某种神话色彩，充满了神秘和梦幻，认为是“楚文化的神话色彩和部族观念启发了韩少功的艺术思维，引导他去探求这种神话中的理性内涵”[②]。

最新近的对丙崽的看法来自洪子诚的《丙崽生长记——韩少功爸爸的阅读和修改》，此文从《爸爸爸》两个不同的版本出发，从人道主义的视角来理解丙崽。文章中，洪子诚对比了1985年和2008年两个版本的差异后，得出这样的结论：“在庄重与调侃、悲壮与嘲讽之间，可以看到向着前者的明显倾斜，加重了温暖的色调，批判更多让位于敬重。”[③] 他注意到新版本中对丙崽的“去寓言化”处理，增加了对其作为一个弱者的同情和怜悯，降低了叙述者自己的道德观察，限制了叙述者干预的权力，更多体现了一种温情和谦卑。

这样经过三十年的岁月，丙崽从一个被批判的对象变成一个被同情的对象，从一个符号化的标志转化为一个真实的个体。笔者认为在对丙崽态度的转换中，隐含作者对丙崽叙述的暧昧与分裂是导致对丙崽的理解不断变换的主要原因。

二 三个隐含作者的矛盾对立

为更好解读《爸爸爸》及丙崽，笔者需要引进小说理论家韦恩·布斯创造的两个概念：隐含作者和可靠/不可靠叙述者。隐含作者不完

① 汪政、晓华：《神话·梦幻·楚文化——韩少功创作断想》，《萌芽》1988年第2期。

② 同上。

③ 洪子诚：《丙崽生长记——韩少功〈爸爸爸〉的阅读和修改》，《中国现代文学研究丛刊》2012年第12期。

全等同于真实作者，他是真实作者在不同文本中的不同化身，“在他写作时，他不是创造一个理想的、非个性的‘一般人’，而是一个‘他自己’的替身，不同于我们在其他人的作品中遇到的那些隐含的作者。”①

通俗地说，隐含作者是真实作者的思想观念在不同小说中的体现，小说中隐含作者的观念即是创作这部作品时作者所具有的思想观念。通常情况下为保证一部作品思想的统一，作者只会在一部作品里灌注一种思想观念也即显示一个隐含作者，假如一部作品出现不同的隐含作者，那么这部作品的主题思想将会产生歧义。但作者在不同的作品中会有不同的隐含作者，他们的观念结合起来组成真实作者的思想，反过来，真实作者的思想观念也会在不同的隐含作者那里部分地表现出来。根据隐含作者的概念可以进一步确立可靠/不可靠叙述者的概念，韦恩·布斯是这样解释的：“当叙述者为作品的思想规范（亦即隐含的作者的思想规范）辩护或接近这一准则行动时，我把这样的叙述者称之为可信的，反之，我称之为不可信的。”②

一般情况下，一部作品也只有一个可靠的叙述者。但理论是苍白的，创作实践本身却丰富得多，《爸爸爸》的创作就丰富了隐含作者这一理论。对《爸爸爸》及丙崽的解读长期以来之所以存在较大差异，就源于《爸爸爸》中存在着不止一个隐含作者，也存在着不止一个可靠的叙述者。具体地说《爸爸爸》中存在三个隐含作者，分别是寻根的隐含作者、启蒙的隐含作者和人道的隐含作者，这三个隐含作者共同存在于《爸爸爸》文本中，但他们之间并非相互补充、相互促进，而是相互抵牾、相互取消的，尤其是对丙崽的叙述，他们对丙崽的叙述彼此之间相互矛盾，相互成为不可靠叙述者。下面笔者就借助韦恩·布斯的隐含作者这一概念来具体来阐释一下三个不同的隐含作者对丙崽的

---

① ［美］W. C. 布斯：《小说修辞学》，华明、胡晓苏、周宪译，北京大学出版社 1987 年版，第 80 页。

② 同上书，第 178 页。

叙述。

《爸爸爸》中第一个隐含作者是热衷于寻根文学的作者韩少功。评论家常把对《爸爸爸》的解读置于韩少功的理论文章《文学的“根”》框架之下。的确，《爸爸爸》的创作实践和韩少功的《文学的“根”》中对寻根文学的倡导是相辅相成的，《爸爸爸》的写作甚至在某种程度上有理念先行的嫌疑。这两篇文章发表的时间相距如此之近，《文学的“根”》发表于 1985 年的《作家》第 4 期，《爸爸爸》发表于 1985 年的《人民文学》第 6 期，前后相隔不到两个月，我们有理由相信《爸爸爸》是在《文学的“根”》的理念下创作的，而正是在韩少功、阿城等作家的理论倡导和创作实践下，当代文坛才有了寻根文学潮流。在《文学的“根”》中韩少功首先提出一个问题：“我以前常常想一个问题，绚丽的楚文化到哪里去了？”① 随后，他在篇章中又说：“文学有根，文学之根应该深植于民族传统文化的土壤里，根不深，则叶难茂。”② 如果我们认定《爸爸爸》的创作理念受到了《文学的“根”》的影响，那么《爸爸爸》中的隐含作者的思想观念必然受制于《文学的“根”》的某种理念，也就是说此时《爸爸爸》的隐含作者意图要通过小说《爸爸爸》寻找绚丽的楚文化，并把其作为深植于传统文化土壤中的文学之根，这一理念也是《爸爸爸》之所以被看作寻根文学的代表作的主要原因。

那么在《爸爸爸》中是否存在关于楚文化的叙述呢？的确存在，《爸爸爸》中设置了一个不知具体年代和具体地点的远古时空，鸡头寨就存在于这个与世隔绝的封闭时空里，小说中这样写道：

> 寨子落在大山里和白云上，人们常常出门就一脚踏进云里。你一走，前面的云就退，后面的云就跟，白茫茫云海总是不远不

---

① 韩少功：《文学的“根”》，《作家》1985 年第 4 期。

② 同上。

> 近地团团围着你，留给你脚下一块永远也走不完的小孤岛，托你浮游。[①]

很明显，这是一个远离尘嚣的地理环境。另外，这里的生物也非常独特，“有时可见树上一些铁甲子鸟，黑如焦炭，小如拇指，叫得特别焦脆和洪亮，有金属的共鸣声。它们好像从远古一直活到现在，从没有变什么样。”[②]不仅如此，鸡头寨还有自己独特的口传历史，寨子里的人喜欢唱“简”，即唱历史，唱死去的人，他们“从祖父唱到曾祖父，从曾祖父唱到太祖父，一直唱到远古的姜凉。姜凉是我们的祖先，但姜凉没有府方生得早。府方又没有火牛生得早。火牛又没有优耐生得早。优耐是他爹妈生的，谁生下优耐他爹呢？那就是刑天——也许就是晋人陶潜诗中那个‘猛志固常在’的刑天吧？”[③]

渺远地理环境、独特的生物存在、久远口述历史，这个有着自己独特的历史和生物的封闭环境只能存在于逝去的、远古的文化时空。这些叙述都让《爸爸爸》蒙上了一层遥远而神秘的楚巫文化色彩。更为重要的是鸡头寨生活着一个神秘的痴呆儿——丙崽，这个目光无神、行动呆滞、一生只会说“爸爸爸”和“×妈妈”两句话的弱智侏儒在原始而神秘的楚文化的笼罩下也必然带上某种神秘莫测的气质。小说叙述他有一次从山崖上滚下来，却是毫发不损；还有一次，他被棋盘蛇咬了一口，不但没有倒地立毙，还活蹦乱跳手舞足蹈地追打蛇；他还具备神奇的功能，他几次用手指着祠堂屋檐角里的一只状如凤凰的图案，凤凰是引导鸡头寨的祖先找到美好家园的祥瑞，凤凰也是楚文化的图腾。因此，如果把《爸爸爸》作为一个寻根文学的文本，那么在寻根文学的隐含作者眼里，丙崽就是一个楚文化的象征，一个楚文化的巫神。

---

① 韩少功：《爸爸爸》，洪子诚主编：《中国当代文学史作品选》，北京大学出版社 2008 年版，第 345 页。

② 同上。

③ 同上书，第 348 页。

为什么丙崽的痴呆会被赋予神秘的气息？不同于王一生的文化过熟的“痴迷”，丙崽的“痴呆”是一种原始形态的“痴呆”。如果说王一生的痴是后天文化的产物，是一种文化过熟导致的痴，而丙崽的痴呆则是先天形成的，是一种文化原初状态的痴呆。当人们无法对其变异给予合理的解释时便赋予它一种神秘的素质，因此，这种原发性的痴呆就带有某种神秘和神圣的性质。丙崽生下来两天两夜不吃不喝是否是接受了某种神明的暗示？他的永远长不大是否表示他的长生不老？尤其是他的永久不变的、固定的语言表达——“爸爸爸”和“×妈妈”更给人们留下咒语符码般的阐释想象空间。后来在跟鸡尾寨“打冤家”时，丙崽的简单词汇“爸爸爸”和“×妈妈”被鸡头寨的村民们作为阴阳二卦来占卜胜负就丝毫也不奇怪了。

楚文化是远古少数民族共同创造的，无论是从自然地理还是人文环境，楚地都具有独立自足性，《汉书·地理志》说楚人“信巫鬼，重淫祀”，楚人受到原始的非理性的宗教巫术文化影响较深，再加上楚地温热的“江汉川泽山林之饶”的自然生态环境，不同于源发于北方的“敬天地而远鬼神”的中原文化，也较少受中原理性主义文化的影响，最终形成一种富有神话和神秘气息的带有原始风貌的楚文化气质。寻根文学的隐含作者正是看中丙崽的原初状态的痴呆和神秘以及非理性的气质，才借用他来象征遥远的、逝去的楚巫文化，并把此作为一种古老的东方文明的象征与现代盛行的西方文明形成对比和对照。在《文学的“根”》中，韩少功还表达了他对中国传统文化能涅槃再生的愿望，他借西方历史学家汤因比的观点，来表达这种思想：“他（指汤因比）认为西方基督教文明已经衰落，而古老沉睡着的东方文明，可能在外来文明的‘挑战’之下，隐退后而得‘复出’，光照整个地球。”① 在小说《爸爸爸》的结尾，作为寻根文学的隐含作者设计鸡头寨的其他人都喝了毒药“过山”不知所踪时，只有丙崽虽然也喝了毒药，却存活了下

① 韩少功：《文学的“根”》，《作家》1985年第4期。

来。这大概就是寻根文学的隐含作者希望留存一个楚文化根脉的一种期望吧！

但是，当我们脱离开楚文化的笼罩，以一种现代的理性的思维去看待丙崽时，他的痴呆就不仅不具有神秘气质，反而显露出愚蠢粗鄙和落后冥顽的素质，这时丙崽不再是被供奉的神明反而成为顽固愚昧的批判对象。对于丙崽的愚昧和丑陋叙述的理解则需要借助于《爸爸爸》第二个隐含作者——启蒙意识的隐含作者来解释。启蒙意识是20世纪中国知识分子始终割舍不下的一种思想观念，它源于中国传统文人的家国情结和现代知识分子的民族责任，更被鲁迅、老舍、萧红、赵树理等现代作家通过经典作品加以强化，并最终深深烙在中国现代文人的思想意识深处。自从启蒙意识在现代文学的初创期成为现代作家投身社会解放的思想武器以来，中国作家始终就没有放弃过以启蒙意识参与社会变革的追求，尽管20世纪六七十年代由于极“左”路线的膨胀，启蒙意识在官方文学史中看似被人为中断，但保留在中国历代知识分子血脉深处的启蒙基因并没有因此断绝，并且在新时期文学中就像被紧压后的弹簧一样，得到更强劲、更有力的反弹。

新时期文学起始阶段，无论是朦胧诗的崛起还是伤痕文学、反思文学的兴盛都源于当作文人与生俱来的启蒙意识，期望以理性的现代精神来替代无知的蒙昧时代。季红真将“文明与愚昧的冲突”界定为新时期小说的基本主题，就是抓住了这一时期文学创作的总的精神特征。这一基本主题的实现是以作家的启蒙意识为前提的，韩少功作为新时期极具启蒙意识的作家，他在《西望茅草地》中塑造的张种田虽然从一个普通农民成长为新中国的高级将领，但其顽固保守的小农意识却丝毫没有改变，这种农民小生产者的狭隘与愚昧正是重拾启蒙意识的当代知识分子想要深入批判和警醒的。《西望茅草地》里充分体现出韩少功作为现代知识分子所具备的启蒙意识，这种启蒙意识成为韩少功那一代知识分子的一个固化意识，并时不时地在其他隐含作者身上得以显现，这种

启蒙意识在《爸爸爸》和丙崽身上又有鲜明的体现。

在启蒙意识的隐含作者笔下，丙崽首先是无知和蒙昧的，丙崽一生只会说“爸爸爸”和“×妈妈”这两句话乃是一种畸形、病态的思维方式的表现，正如刘再复所言：“他的这种思维方式却是极其简单、极其粗鄙、极其丑陋的。”① 重要的是这种简单而固化的思维并非只有丙崽具有，而是普遍流行于丙崽生活的鸡头寨，他们笃信迷信，认为丙崽的痴傻是因为他娘曾经打死一只红眼赤身的蜘蛛精；他们“打冤家”失败先是要拿丙崽祭祀，后又把丙崽奉若神明，把他的“爸爸爸”和“×妈妈”作为占卜的阴阳二卦。隐含作者的启蒙意识有不少是来自“五四”文学传统，鸡头寨的“打冤家”就是一种蒙昧、保守的群体暴力运动，对这种集体械斗的叙事是对“五四文学”启蒙意识的一个明显的继承和模仿，二三十年代乡土小说中村民之间的械斗是最典型的集体野蛮愚昧的表现。更为让人震惊的是鸡头寨人的“吃人”仪式，几乎是鲁迅《狂人日记》的形象化模拟和真实版的叙述。因此，在启蒙意识的隐含作者眼里，丙崽和鸡头寨的人身上有鲁迅一直在批判的“国民劣根性”的具体表现，这是真实作者韩少功从鲁迅那一代知识分子身上继承下来的启蒙意识在《爸爸爸》的隐含作者身上的体现，也是具有启蒙意识的隐含作者在《爸爸爸》的叙事中的显露。

无论是把丙崽作为楚巫文化的神明促其炼成不死之身，还是把其作为“国民劣根性”的代表严加挞伐，丙崽都是作为一个寓言象征或者文化符码出现在文本中的，但丙崽并不仅仅是一个象征或者符号，他还是一个真实的存在。据作者韩少功介绍丙崽是有原型的，2004 年韩少功曾经在一篇访谈中比较细致地谈起丙崽的原型：

> 在乡下时，有一个邻居的孩子就叫丙崽，我只是把他的形象搬到虚构的背景，但他的一些细节和行为逻辑又来自写实。我对他有

① 刘再复：《论丙崽》，《光明日报》1988 年 11 月 4 日。

> 一种复杂的态度，觉得可叹又可怜。他在村子里是一个永远受人欺辱受人蔑视的孩子，使我一想起来就感到同情和绝望。我没有让他去死，可能是出于我的同情，也可能是出于我的绝望。我不知道类似的人类悲剧会不会有结束的一天，不知道丙崽是不是我们永远要背负的一个劫数。①

或许就是这次访谈促使真实作者韩少功在2006年对《爸爸爸》做出了较大的修订，由此产生了2008年版的《爸爸爸》，这一版的《爸爸爸》也催生了一个新的隐含作者——人道主义的隐含作者。

在人道的隐含作者眼里丙崽是一个有血有肉的个体，一个真实存在的弱智孩子，一个身有残疾的弱者，而不仅仅只是一个符码和象征。当我们以人道的视角再来看丙崽的痴呆时，我们会发现丙崽的“痴呆”里新的含义。与其说丙崽的“呆”是一种“痴”，不如说是一种“稚”，丙崽的“呆”是一种稚拙，他思维简单，毫无心机：

> 吃饱了的时候，他嘴角沾着一两颗残饭，胸前油水光光一片，摇摇晃晃地四处访问，见人不分男女老幼，亲切地喊一声“爸爸”。要是你大笑，他也很开心。要是你生气，冲他瞪一眼，他也深谙其意，朝你头顶上的某个位置眼皮一轮，翻上一个慢腾腾的白眼，咕噜一声“×妈妈”，掉头颠颠地跑开去。②

这种只用最简单的词汇来表达一正一反两种情绪类似懵懂的孩童用“好人”和“坏人”来区分所有的人一样。丙崽的孩子般的痴呆还含有好奇的成分，丙崽对陌生人最感兴趣。碰上匠人或商贩进寨，他都会

① 转引自洪子诚《丙崽生长记——韩少功〈爸爸爸〉的阅读与修改》，《中国现代文学研究丛刊》2012年第12期。

② 韩少功：《爸爸爸》，洪子诚主编：《中国当代文学史作品选》，北京大学出版社2008年版，第343页。

迎上去喊一声“爸爸”，这也是一种毫无心机、天性善良的表现。这样看来丙崽的思维简单恰恰表现了他的稚朴、单纯，甚至有一种孩子般的纯真、可爱的成分。因此，假如我们按照人道的隐含作者叙述来考察，丙崽就成为一个有性格的、有生命力的真实个体。但这样一个天性纯良、与人为善的孩子，仅仅因为他的弱智和侏儒的缺陷在鸡头寨却时时受到别人的欺凌和嘲笑，不仅如此，甚至有一次打算杀死他来祭谷神。这种对弱者的同情和怜悯是人道的隐含作者最主要的写作意图。

人道主义的隐含作者出于对弱者的同情为2008年版的《爸爸爸》增加了更多个性化的细节，新版本关于丙崽的叙述在两个地方增加了细节，叙述得更加详细了，但这种叙述细节的增加却带来了文本的内在矛盾。一个是丙崽被仁宝欺负的内容，在这里，不仅更详细地叙述了仁宝对丙崽的欺凌，而且还增加了丙崽向他妈妈传递仁宝欺负他的信息的情节：

> 不过，丙崽后来也多了心眼。有一次再次惨遭欺凌，待母亲赶过来，他居然止住哭泣，手指地上的一个脚印：“×妈妈。”那是一个皮鞋底印迹，让丙崽娘一看就真相大白。①

随后便是丙崽娘大骂仁宝为丙崽出气。这段叙述的增加显然是出于人道主义的隐含作者对丙崽的同情，希望他能不再被欺负并在一定程度上有所反击，但显然这段叙述中的丙崽跟1985年版的丙崽并不一致，因为如果丙崽真的具备向他妈妈暗示是仁宝欺负他的智力，他便不再是一个痴呆儿，那么基于丙崽痴呆的叙述都将失去内在的逻辑性。因此，人道的隐含作者的叙述跟寻根的隐含作者和启蒙的隐含作者的叙述存在

① 韩少功：《爸爸爸》，洪子诚主编：《中国当代文学史作品选》，北京大学出版社2008年版，第350页。

着叙事上的内在矛盾。

另一个较大的修订主要集中在用丙崽作为祭品祭谷神时描写得更加细致，用丙崽作为祭品的细节描述让人感觉到丙崽的弱势和无助，日本学者近藤直子更是从中看到人类残忍的本性：

> 人类作为一个群体组织而生存，这种生存方式里潜在着残酷性，为了超越这一人类宿命，人类苦苦挣扎努力奋斗，反而却加深黑暗。如此痛苦的记忆，不只是中国的而是我们共同的。①

这是丙崽被作为祭品的深层原因，这大概就是韩少功所谓的人类悲剧吧！作为人道的隐含作者虽然无法阻止这种残忍，却有责任指出其残忍的一面。

三　仁宝的带来不可靠叙事

《爸爸爸》预设的三个隐含作者在文本内部的叙事逻辑中却又同时存在着相互消解的危险，而消解原因就在于小说中另一个经常会被忽略的重要的人物，即仁宝。

在《爸爸爸》的小说文本中，仁宝似乎是以丙崽的对立面而存在的人物。跟丙崽的痴呆弱智不同，仁宝不仅是个头脑健全的正常人，甚至可以算是个“智者”。仁宝不仅有着常人的智慧，更为重要的是仁宝不同于鸡头寨人的保守和闭塞，仁宝热衷于外界的生活，他还走出过山寨，回来后带着不少先进文明的印迹：

> 直到半个月以后，他才重新出现在人们眼前。他头发剪短了，胡碴刮光了，还带回了一些新鲜玩意儿，一个玻璃瓶子，一盏破马

① ［日］近藤直子：《韩少功的中篇小说〈爸爸爸〉》，日本《中国语》1986年5月。

> 灯，一条能长能短的松紧带子，一张旧报纸或一张不知是何人的小照片。他踏着一双更不合脚的旧皮鞋壳子，在石板路上嘎嘎咯咯地响，很有新时代气象。①

不同于丙崽只会两个简单的词汇，仁宝在语汇上走上另一个极端，他掌握了一些寨子里的人没有听说过也不明白的词汇，比如见面打招呼用“你好”，给官府的文书叫“报告”，等等。仁宝的存在首先消解了寻根文学的隐含作者的叙事，既然已经存在松紧带子、报纸、照片、皮鞋之类的东西，那么鸡头寨遥远的历史和神秘的现在就已经不存在了，所谓丙崽的阴阳二卦、凤凰图腾和全村人的喝毒药“过山”远走他乡都成为不可靠叙述。这些叙述让仁宝先就和寻根文学的隐含作者划清了界限。

另一方面，仁宝经常这样抱怨鸡头寨：“这鬼地方，太保守了，太落后了，不是人活的地方。……为什么不行帽沿礼？什么年月了，怎么就不能文明和进步？”② 从他的这些话语中似乎显示出他属于先进的现代文化的代表，他批评鸡头寨不文明进步，似乎他就是文明、进步的象征。另外，仁宝不仅参加了鸡头寨的“打冤家”的械斗，甚至还以自己掌握的新词汇以新的方式重新阐述了“打冤家”的理由，这样他就失去了作为现代文化启蒙者的身份，跟鸡头寨的村民站在了一起，同时也远离了启蒙意识的隐含作者。

再者，仁宝也站在了人道的隐含作者的对立面，在2008年版的《爸爸爸》中比较详细地描写了仁宝对丙崽的欺凌：

> 仁宝没有理由发作，骂了阵无名娘，还是不解恨，只好在丙崽

① 韩少功：《爸爸爸》，洪子诚主编：《中国当代文学史作品选》，北京大学出版社2008年版，第351页。

② 同上书，第352页。

身上出气，见到他，注意到周围没什么旁人，就狠狠地在他脸上扇耳光。①

作为一个健全的成年人去欺辱一个弱智的孩子，无论是从道义上，还是从伦理上都不具有正义性，况且，由于仁宝欺辱丙崽的原因居然是源于他的“窥阴癖”被丙崽娘发现，这就更显得他人格的卑劣，仁宝的卑劣行为不仅使他成为人道的隐含作者的谴责对象，也使他彻底失去了成为先进文化代表的机会。

虽然仁宝是健全的、“智慧的”、时尚的、现代的，但他在鸡头寨却无法生存下去，他身上存在三个道德污点，一是对处于弱势的丙崽的欺凌，再一个是对自己父亲的不孝，还有一个就是跟丙崽娘说不清的暧昧关系。比起他的新词汇，这些道德污点是更致命的，最终只能让他消失在鸡头寨人的视野中，不知所终。

对于寻根的隐含作者，仁宝是无根的；对于启蒙的隐含作者，仁宝是蒙昧的；对于人道的隐含作者，仁宝是残忍的。对于中国知识分子来说，仁宝是一个西方文化的象征，既可以用他来批判传统文化的劣根性，又可以用他来隐喻西方文明的侵略性，还可以用他的“窥阴癖”来指示西方文化的卑下。小说中有一句评价仁宝的话可以用来理解他在《爸爸爸》中的价值“权当他是另一个丙崽”。仁宝的确是另一个丙崽，一个真正的毫无用处的“痴呆儿”。因此，仁宝和丙崽一样，使不同隐含作者的身份彼此消解相互抵消。

从叙事学的视角来看，《爸爸爸》中并没有一个固定的隐含作者，无论是寻根的隐含作者，还是启蒙的隐含作者，或者是人道的隐含作者都能从文本的叙事中找到痕迹，这也从另一个侧面显示了《爸爸爸》这篇小说在主题上的多义和复杂，当然这种多义和复杂更验证了作者韩

---

① 韩少功：《爸爸爸》，洪子诚主编：《中国当代文学史作品选》，北京大学出版社 2008 年版，第 350 页。

少功本人所具备的多重人文精神素质。

作为当代文学的重要文学思潮之一，寻根文学是新时期文学由注重启蒙功利主义转向看重文学审美倾向的一个过渡期。这种过渡性在其痴呆叙事中有着充分的表现，无论是对王一生痴迷棋艺的极致渲染还是对丙崽原发性痴呆状况的假想，所有这些都表明寻根文学的痴呆叙事存在着功利主义和审美追求的叙事悖论，正如有学者所言："寻根文学的一个根本性的困难在于它的文化历史主义观念和文化启蒙主义目的之间的矛盾。"[①]"五四"以来，一直未完成的启蒙使命在中国现代知识分子心中形成一个巨大的心结，使得寻根作家缺乏对历史文化书写所应具备的非功利的、纯艺术的、自在的创作心态，最终只能在强烈的启蒙功利和理性观念下去营造现代人精神中的文化幻象。但同时，也正是寻根文学结束了一个以政治意识形态为叙述话语的时代，从而开启了真实又神秘、写实与虚构的叙事悖论的时代，这是一个真正开放的自由的写作时代。

① 张清华：《中国当代先锋文学思潮论》，江苏文艺出版社1997年版，第112页。

第六章　新历史主义小说的疯癫家族叙事

冯友兰认为："中国的家族制度，它无疑是世界上最复杂的、组织得很好的制度之一。"① 的确，家族是中国最重要的组织体系，家族是由数量不等和至少三代传承的家庭组织起来的，家族系统在中国维持了几千年的历史，甚至在当今，虽然家庭的规模变小了，但家族观念依然在中国人心目中非常顽强。在中国，不少家族有着几百年，甚至上千年的家谱、族谱历史记录，绵延不断，源远流长。但非常奇怪的是，以文学艺术形式来书写的家族历史，却是以记录家族的灭亡和衰败开始的。通览中国的小说史，无论是明清小说中的《金瓶梅》《红楼梦》《醒世姻缘传》等小说，还是现代小说中的《家·春·秋》《财主底儿女们》《四世同堂》等，几乎都是以家族家庭的败落为基本线索来构筑叙事的，及至"十七年文学"，家族的败落是在"革命"的背景下以不同的方式表现的。进入 90 年代，新历史主义小说中又出现了大量的书写家族历史的当代小说，如《罂粟之家》《飞越我的枫杨树故乡》《尘埃落定》《敌人》《白鹿原》等，新历史主义小说更是以一种极致的方式来叙述家族的衰败史。对这一独特的叙事模式分析理解有利于更系统地把握家族书写在中国传统文化背景下的历史变迁，并以此来厘清几代作家

① 冯友兰：《中国哲学简史》，北京大学出版社 1996 年版，第 17 页。

对家族书写的不同心理和心态。

第一节　疯癫的家族叙事与叙述者

一　历代小说中的家族叙事

以虚构方式对家族历史的书写是随着中国文学的叙事性文学类型——小说的兴起而繁盛起来的。当兴起于明清时期的小说开始以家族历史为重要题材时，我们在经典小说中首先看到的是家庭或者家族的覆亡过程。最为经典的是《金瓶梅》和《红楼梦》两部小说。在《金瓶梅》中，作者细节性地向读者展现出西门庆一家如何利用官商勾结一夜暴富，又在骄奢淫逸、纵情声色中迅速崩塌的过程。小说的本意是要验证佛家的“色即是空”的理论，但作为一个家族来说，西门一家的单门独户、子孙寥落，既缺少旁支又后继无人才是这个富甲一方的西门一家迅速灭亡的真正原因。《红楼梦》中的贾家则又是另外一番情形，贾家虽然利用姻亲关系织就了一张看似牢不可破的家族大网，四大家族皆联络有亲、彼此帮衬提携让贾家的繁盛维持了近百年，但这张家族大网终不免在子孙们的声色犬马和背祖叛逆两股力量的撕扯下内外交困，最终也难逃树倒猢狲散的毁灭命运。

现代文学三十年从一开始就把家族制度和社会制度联系起来作为批判的标靶，鲁迅把他的第一篇白话小说《狂人日记》创作目的界定为意在“暴露礼教和家族制度的弊害”①，目的是通过对家族制度的批判来实现对社会制度的批判，家族的灭亡也必然带来社会制度的灭亡。这种把家族和社会联系在一起的家族小说期望通过文学的形式来实现社会批判的目的，其内在的逻辑思路是作为社会细胞的家庭内部的腐化堕落必然连带着社会制度的毁灭。因此读者才会在巴金的《家》中看到家

① 鲁迅：《〈中国新文学大系〉小说二集序》，《且介杂文二集》，《鲁迅全集6》，第238页。

庭的叛逆者高觉慧被冠以革命民主主义者，而孝顺的高觉新虽值得同情却是批判的对象，原因就在于作者是在用家庭的分崩离析来诠释家族和社会的必然关联，《家》则是这一家族制度理念下的具体样本。

“十七年文学”则是以两种不同的方式来终结家族的历史。一是以革命的名义重新给家庭定性，这样就出现了“革命家庭”和“反革命家庭”两类看似性质完全相反的家庭模式，但实际上，以是否“革命”来定性的两类家庭不具有持续性和稳定性，无论是“革命家庭”还是“反革命家庭”都是在“革命”的名义下对传统家庭模式的拆解或者重组，这个时期的小说中描写的原有家庭的破碎和分解总是离不开两种情形：或者是掌握“新思想”的革命者走出旧家庭跟另外的革命者组成一个“革命的小家庭”，或者是不思进取的保守者留在旧家庭里最终灭亡。比如《三家巷》，虽然小说也写了周、陈、何三家的恩怨纠葛，但区分开三个大家庭和重新组织的小家庭的依据离不开对革命的态度和选择；另外一种方式是以组织的公有制的名义来分化和瓦解以血缘的私有制为基础的家庭形式，比如《红旗谱》中颂扬的梁生宝，他眼里公社的利益永远大于家庭的利益，在这种观念下，尽管家庭可能以另外的方式存在着，但传统的家庭模式在实质上已经不复存在了。无论是哪种方式，家族的延续性和系统性都已失去了原有的意义，传统意义上的家族也就此灭亡。

新时期文学中，家族叙事依然是重头戏。这是一个重新回归传统家族历史书写的时期，重新构筑了家族叙事的一个文学时代，尽管新时期初期作家们并没有把视线投注到家庭或家族上，而是把关注的视角更多投注到个体上。无论是在“伤痕反思小说”还是“改革小说”，它们或者书写个体被抛掷到社会后遭遇的不公和伤害，或者书写个人投入社会变革的大潮一显身手，即便是在“伤痕”或“反思”小说的叙事背景中涉及看重“出身”和“成分”的“文革”时期，其“出身”和“成分”也只是追溯到父辈而已，少有从家族的视角来叙事的。直到进入

90年代，这一情形才得以改变，小说中开始出现了大量的从家族视角来叙事的作品，尽管这其中作者采取的创作态度有较大差异，作品也被人为划归不同的思潮流派，但这一时期对家族故事的讲述却越来越细致，对家族秘史的挖掘也越来越深入，产生的作品无论在数量上还是在质量上，都堪称当代文学中的翘楚。新时期文学中诸多重要作家都曾在这一领域有所建树，但他们对家族故事的讲述方式、目的和意义却千差万别。在此，笔者以苏童的“枫杨树故乡”系列和阿来的《尘埃落定》为例来阐释当代文学中讲述家族故事的不同特点和意义，并期望从中厘清作者讲述家族故事背后独特的文化心理和叙事心态。

二　身份不明的家族故事讲述者

谁在讲故事是叙事文学中一个非常重要的问题，它决定着故事讲述的方式和讲述故事的目的及缘由。

传统叙事文学的作者虽然已无可考，通常情况下，第三人称的叙事方式也掩盖了作品内的叙述人自己的身份，但即便如此，我们也能从故事的内容推测出外在的故事讲述人的身份，并以此来了解他讲故事的目的。神话传说通常是讲述种族的迁徙、氏族间的战争和英雄的诞生成长的故事，我们由此推测出讲故事的人是饱经沧桑的氏族先辈或长老，他们讲故事的目的是想要后代永远记住自己祖先的血脉来历和英雄业绩；唐传奇中经常讲述赶考的举子偶遇佳人成就姻缘并飞黄腾达，由此可以得知故事的讲述者是科举不第的落魄文人，他们只好把自己无法实现的美梦安置到传奇故事中来实现，以此来慰藉他们那颗永不得志的破碎心灵；宋元话本中既讲述体谅苍生礼贤下士的贤臣明君，又讲述揭竿而起、快意人生的江湖侠客，讲述者既有书场集市的说书人，也有落魄不羁的市井文人，他们一方面期望能有明君贤臣保障自己过上安稳的日子，又渴望为自己灰暗琐屑的俗世生活涂抹上一层亮丽的色彩。

相比于古代小说的讲述者，现代小说作者的心态与他们讲述的故事之间的关系则要复杂得多，身份的不同和思想的迥异让他们的小说内容变得复杂而多义，他们有时会是期望用文艺作品参与社会改革的启蒙者，有时又会扮演记录一段社会历史变迁的史学家，有时则只是想要在故事中讲明一个道理的哲人，更有的只不过是期望记录一下个人心路历程的个体文人……这些不同的愿望驱使着现代文人在自己的小说中变幻成不同的叙述人，反过来说也成立，小说中叙述人身份的复杂也让小说的内容和意义因此变得复杂而隐晦。

就家族故事来说，讲述人的身份更是千变万化、捉摸不定。在谈及这个问题前，需要先厘清文本内的家族故事讲述者和文本外的故事讲述者。文本内的家族故事讲述者是故事的叙述人，有些小说中，故事的讲述人是比较明确的，有些则是不明确的第三者。文本外的讲述者也即是小说的作者。

传统的家族故事讲述者跟作者存在某种内在的联系，比如《红楼梦》，作者曹雪芹和贾家家族故事的主要讲述者和经历者贾宝玉之间有着必然的联系，二者即便不能说是同一个人，也能说是同一类人。此时，家族故事的讲述者和作者的关系不再是话本故事和说书人之间的关系，说书场中讲述的话本故事往往跟说书人之间没有直接的关联，相对于话本中的故事，说书人只是个旁观者，他是在讲述别人的故事。而传统家族故事通常是以第三人称全知的视角来讲述家族故事，故事中的主人公通常是家族故事的知情者或亲历者，而故事的真正讲述人，也即作者，也是家族故事的知情者或亲历者，甚至是这个家族的成员之一，他作为一个家族的传人在回忆或者追溯以往的故事，把自己家的故事写成小说讲述给读者听，而作品中的人物往往就是作者在家族故事中的不同化身。因此，作者以及作者身边真实的人往往会直接被安置到家族故事中，我们能够在传统家族故事的人物中看到与作者有着千丝万缕联系的人，甚至是作者本人的化身。这种情形在《红楼梦》中表现最为明显。

《红楼梦》虽然不能完全看作曹雪芹的个人传记，但我们知道贾宝玉身上有曹雪芹的影子，“都云作者痴，谁解其中味”的感喟可以看作曹雪芹本人对自己家族历史的悲叹。现代文学中也有类似《红楼梦》中的叙述人情形，比如巴金的小说《激流三部曲》。《家》中的高觉慧身上有诸多巴金当时的思想，高觉新更是巴金以自己的大哥为原型来写的，因此，《家》可以看作巴金对自己家族长辈的隐形“控诉”。

但是新时期小说中的家族故事，作者和家族故事的讲述人之间却有着更加复杂的关系，有时候尽管家族故事讲述人自称为“我”，但实际上“我”跟这个家族却没有丝毫的关系，家族叙事的虚构性让新时期小说中的家族故事完全摆脱了带有自传色彩的真实性，反而能够在审美领域把家族故事讲得更加扑朔迷离、跌宕起伏。

下面笔者就以莫言的《红高粱》、阿来的《尘埃落定》和苏童的“枫杨树故乡”系列小说为例来重点分析文本内的家族故事讲述者和家族故事的关系，以及作者与家族故事之间的关系。尽管表面看来，这三个家族故事都是以第一人称“我”的视角在讲述家族故事，但小说中的“我”在文本中的意义和作用却并不一样，甚至在某种程度上存在较大差别。

首先来看一下苏童讲述的疯癫的“枫杨树故乡”的家族故事。苏童的“枫杨树故乡”系列是新时期文学家族小说独具特色的作品，80年代中后期以来，苏童以枫杨树为背景创作了一系列家族作品，包括《飞越我的枫杨树故乡》《1934年的逃亡》《罂粟之家》等是“枫杨树系列”中代表作品。尽管“枫杨树系列”作品中的叙述人经常自称为“我”，但实际上“我”的身份却极不明确，有时甚至可以说有点混乱，几乎很难辨认出真正叙述人是谁，也辨别不清叙述人跟小说中讲述的这个家族的真实关系。以《罂粟之家》为例，《罂粟之家》讲的是枫杨树方圆百里最富裕的地主刘老侠家族在解放前后衰败直至消亡的故事。小说开头的叙述人“我”似乎是刘家的子孙在讲述自己家族的故事，叙

述人从家里的仓房讲起：

> 仓房里堆放着犁耙锄头一类的农具，齐齐整整倚在土墙上，就像一排人的形状。那股铁锈味就是从它们身上散出来的。这是我家的仓房，一个幽暗的深不可测的空间。老奶奶的纺车依旧吊在半空中，轱辘与叶片四周结了细细的蛛网。①

但很快，叙述人的口气就转变了，似乎这个叙述人在给枫杨树的一个穷苦人讲述刘老侠家的故事：

> 枫杨树乡村绵延五十里，五十里黑土路上遍布你祖先的足迹。几千年了，土地被人一遍遍垦殖着从贫瘠走向丰厚。你祖先饿殍仙游的景象到30年代不再出现。30年代初枫杨树的一半土地种上了奇怪的植物罂粟，于是水稻与罂粟在不同的季节里成为乡村的标志。外乡人从各方迁徙而来，枫杨树成了你的乡土。……你总会看见地主刘老侠的黑色大宅。你总会听说黑色大宅里的衰荣历史，那是乡村的灵魂使你无法回避，这么多年了人们还在一遍遍地诉说那段历史。②

从这段叙述可以得知讲述人面对的这个被讲述人的故乡是枫杨树，跟地主刘老侠是同乡，深知刘老侠的历史。随后的叙述语气似乎更近距离地接近被叙述人的祖先和家人。

> 祖父把农舍盖在河左岸的岸坡上，窗户朝向河水，烟囱耸出屋顶，象征着男人和女人组合的家庭。父亲晨出晚归在水稻与罂粟地

① 苏童：《罂粟之家》，《枫杨树山歌》，重庆大学出版社2011年版，第1页。

② 同上书，第4页。

里劳作，母亲把鸡鸭猪羊养在屋后的栏厩里，而儿子们吃着稀粥和咸菜，站在河边凝望地主刘老侠的黑色大宅。①

这一段叙述，让读者得出结论：显然，不论这个被叙述人是谁，他的确不是刘老侠家的后人，小说最终也没有说明叙述人的身份，但有一点是明确的，这个叙述人对枫杨树是相当熟悉的，他或许是枫杨树人的后代，或许就是游荡在故乡枫杨树的一个游魂。虽然讲故事的人是谁不明确，但听故事的人却很明确，是地主刘老侠所在的枫杨树乡村的村民，他（或者他们）的祖先显然是枫杨树的穷人。尽管讲故事的人没有明确，但从这个叙述人口气和故事的展现可以断定——他——也就是这个叙述刘家家族故事的这个人显然对刘家非常了解。那么“他”是如何了解刘家的家庭密秘的呢？如果他并非刘家人，那么只有一个可能，他本身也是枫杨树人，也就是说，这是一个枫杨树人讲的关于枫杨树内部的故事，讲故事的人和听故事的人都是枫杨树人，自然所讲的故事也是关于枫杨树人的，是关于枫杨树最富裕的、备受瞩目的地主刘老侠一家的故事。小说的结尾这样写道：“作家在刘氏家谱中记了最后一笔。枫杨树最大的地主家庭在工作组长庐方的枪声中灭亡，时为公元 1950 年 12 月 26 日。”② 这个作家是什么人？他跟枫杨树的地主刘老侠家是什么关系？这始终是个谜。

这样看来《罂粟之家》的家族故事的讲述人是相当模糊，他并非一个真实存在的人，“他”在枫杨树家族中的地位也相当可疑，家族故事讲述人身份的可疑导致家族故事的真实性也被打上一个问号，但作者并不急于去论证自己讲述的家族故事的真实性，恰恰相反，撇清自己跟自己讲述的家族故事之间的关系是新时期家族故事讲述者的目的之一，因为他们热衷的不是故事的真实性，而是虚构性。新历史主

① 苏童：《罂粟之家》，《枫杨树山歌》，重庆大学出版社 2011 年版，第 4 页。

② 同上书，第 59 页。

义小说质疑宏大的意识形态化的历史，认为一切文本历史均是虚构的，他们以虚构的家族历史来取代以往的作者生活于其中的看似真实的家族历史，目的正是质疑一切官方历史文本，质疑官方历史的真实性。

跟《罂粟之家》的叙述人一样，《尘埃落定》里的叙述人也是第一人称“我”，但这个叙述人的话更加不可信，因为他是个傻子，不仅别人认为他是个傻瓜，他本人也自称自己是个傻子：“在麦其土司辖地上，没有人不知道土司第二个女人所生的儿子是一个傻子。那个傻子就是我。”① 但“我”最终却以非凡的智慧和哲人的气度赢得了这片土地上众多奴隶的支持和拥戴，几乎当上了土司，但终于这个麦其家的傻儿子“我”不仅没有当上土司，甚至为帮助土司的仇人完成复仇计划而终被杀死。更为奇特的是，作为叙述人“我”清楚地意识到“我”的死亡，“我”在讲述“我”的死亡过程，也就是说，《尘埃落定》的叙述人是个死去了的人，一个死人讲述的家族故事又有多少可信度呢？

由此可见，新时期的家族故事叙述人跟家族关系的模糊性与不确定性导致家族故事的可信度大大降低，在读者质疑叙述人讲述的家族故事的真实性之前，作者认为更值得质疑的是历史的真实性，认为历史只存在于想象和既成的文本之中，“历史客体就是对曾经存在的人与事物所作的表述。”② 历史上并不存在绝对的真实，这种新历史主义理论是新时期家族叙事小说的哲学基础，对家族历史的想象和虚构，对民间野史和“稗史”的利用是新时期家族故事讲述的基础，借用海登·怀特的话来说，“文本的历史”仅仅是作者的一种“修辞想象”。这样看来，我们大可不必去追究新历史主义小说作者讲述的家族故事的真实性，而只需追问，这是怎样的家族故事？他们何以要这样讲家族故事？

---

① 阿来：《尘埃落定》，人民文学出版社 1998 年版，第 3 页。

② 何望贤编选：《西方现代派文学问题论争集》（上），人民文学出版社 2005 年版，第 444 页。

三　新历史主义小说中混乱的血亲关系

传统的家族小说中，血亲关系是至关重要的家族生存基础，血缘决定着一个人在家庭和家族中的地位，出身的嫡庶长幼影响着一个人在家庭中的发展前途。《红楼梦》在这方面给了我们最经典的例子，为了厘清贾家的血亲关系，作者不惜用一个章节专门介绍贾家重要人物的血亲关系，其中很多人物的命运跟其出身有着必然的联系。贾环正因为其庶出的身份，在贾宝玉面前自然就矮三分；同样，探春虽然也是庶出，但因其生父是贾政，血缘关系让她在贾府里的地位就比她的亲生母亲赵姨娘要高得多，在贾家，探春是小姐主子，而她的母亲赵姨娘由于跟贾家没有任何血缘关系，只是一个侍妾，尽管她生育了两个子女却永远只能是奴才。

但在新时期的家族小说中，在家庭中作为立身之本的血亲关系不再是决定一个人身份和地位最重要的因素，出身和血缘变得隐秘而混乱，甚至为了有一个家族继承人，故意隐瞒了真正的血亲关系。《罂粟之家》中，地主刘老侠的二儿子刘沉草真正的父亲是长工陈茂，这几乎是刘家上上下下人所共知的秘密，刘老侠自己也心知肚明，而他之所以对此事容忍下去就是因为他自己生的孩子都畸形夭折，唯一活下来的儿子演义则是个白痴，为了给刘家留个后他默许了老婆跟长工陈茂的偷情，这样，刘家的血脉就被完全篡改了。

如果说刘老侠家血亲的改变挑战的是血缘伦理关系，那么《红高粱》中挑战的则是道德法规的伦理关系。刘老侠家的血脉是被他自己纵容自己的女人偷情被动改变的，某种程度上还具有一定的隐秘性，而《红高粱家族》中的“我爷爷”和“我奶奶”则是主动地光明正大地改变了自己在法律上的姻亲关系和家族门庭。“我奶奶”本来是被其贪财的父亲嫁给开烧锅酒的单廷秀家的儿子单扁郎，但由于单扁郎是麻风

病，“我奶奶”才和抬轿子的余占鳌相好，余占鳌杀死单家父子后，“我奶奶”独立门户，但小说中始终没有提及余占鳌明媒正娶“我奶奶”，所以，“我父亲”虽然是余占鳌的亲生儿子，但小说开始时“我父亲”豆官只能称呼余占鳌为“干爹”，原因是“我父亲”是“我奶奶”和余占鳌野合的产物，属于非婚子，直到“我奶奶”临死前才告诉“我父亲”这一真相。“我爷爷”和“我奶奶”凭着自己的胆识和勇气，不仅无视乡规民约，而且无视伦理法规，“我爷爷”杀死了单家父子，不仅得到了“我奶奶”，还继承了单家的酒坊，这一行径挑战了道德、乡约、法律等一切文明社会的规矩，这一行径改变的是姻亲的伦理关系，维持的恰恰是血亲的伦理关系。

而《尘埃落定》则是另一种形式混乱的血亲关系。自以为高贵的藏族土司娶的第二个老婆居然是个汉族女子，而且是出身最为卑贱的汉族女子，曾经是个妓女，这个按照汉族的传统伦理观念身份最为卑贱的女子最终成为藏族土司的老婆，一个在藏族麦其土司土地上身份最为尊贵的女子。吊诡的是，麦其土司家族后来的繁荣昌盛皆源于这个汉族女子生下的傻瓜儿子“我”和这个曾经身份低贱的汉族女子精通汉文化和会说汉语得以让麦其土司家利用了汉族的权力和武器。麦其土司做的最重要的事就是娶了一个汉族女子，使他的家族成为汉藏两个民族的混血家族，至于这个汉族女子在汉族文化中身份地位有多么低贱，对藏地的土司来说并不重要。在这里，混乱的血亲和伦理关系都是因为此地是汉藏交汇处，地理上的交汇带来了文化上的交汇，土司家族的繁盛得益于借鉴了藏汉两种文化。同样，土司家族最终的灭亡也源于利用了藏汉文化，混乱了藏汉伦理，最终藏汉两个种族的混血儿、麦其家的傻儿子“我”为了实现藏族传统的复仇计划心甘情愿被自己家族仇家的儿子所杀，“我”的死标志着麦其家族的灭亡，也标志着在藏汉文化融合过程中必然会存在的文化“排异反映”。

中国的家族制度之所以能够稳固持久，源于一套家庭伦理秩序的建

立，这套家庭伦理制度后来慢慢演变为中国社会制度的基础，即为礼教，礼教中最重要的关系就是父母和子女之间的关系。对家庭伦理关系的反抗历来是家族小说最重要的创作主题，传统家族小说对家庭伦理关系的反抗表现在对父权的反抗，父母、祖父母都是父权的代表人，这种反抗在小说文本中通常表现为意识形态上的悖逆，却很少表现在行为上抗议和违拗。比如《红楼梦》中贾宝玉对贾政的反抗最明显的表现是不喜欢读圣贤书走仕途，不热衷做官却混迹于红粉堆里；现代文学对父权的反抗最多也就是抗婚离家出走，《激流三部曲》多次描写这一反抗父权的行动。

但在新时期的家族小说中，父母与子女之间的关系失去了传统伦常的规制而走向了另一个极端，子侄辈对父权的悖逆不再是意识形态意义上的违拗，而是表现为行动上的真实的弑亲行为，这种弑杀至亲的行为一旦失去了意识形态上的正义性，就变得血腥而残忍，而且并不仅仅局限于下一代对上一代的弑杀，而是变成家族内亲人之间毫无血肉亲情的各种杀戮和荼毒。

《红高粱家族》基本上是一部对家庭伦理的疯狂反叛的家族小说，作者借叙述人“我”的口吻说：“高密东北乡无疑是地球上最美丽最丑陋、最超脱最世俗、最圣洁最龌龊、最英雄好汉最王八蛋、最能喝酒最能爱的地方。”[①] 我们必须把《红高粱家族》作为一部完整的统一的小说才能真正明白这段话的真正含义，才能指出它内部存在着的对家庭伦理的反叛和其中人物疯狂的本性，如果在第一部《红高粱》中土匪余占鳌杀死单氏父子和领导抗日可以作为英雄好汉的表现，那么当他在第二部《高粱酒》中弑杀了他母亲的情人——一个和尚，就足以证明他是“最王八蛋”的一个，尽管他没有杀他的母亲，但他对和尚的弑杀间接导致了他母亲的自杀，因此也可以说他的母亲是他害死的。如果从人性的视角来说“我奶奶”有理由在单氏父子被杀后跟随余占鳌过一

① 莫言：《红高粱家族》，《莫言文集》，作家出版社2012年版，第1页。

种自由自在的生活，那么余占鳌的母亲跟和尚偷情从人性的视角来考虑也是可以理解的，而这个母亲的合乎人性的行为却被儿子无情地斩杀，因此，可以说是余占鳌不仅违背了道德伦常，更悖逆了血亲伦常，因为他间接害死了他的母亲。

如果说余占鳌害死母亲还可以用少年的血性与鲁莽来搪塞，那么《罂粟之家》中的刘老侠害死父亲后，娶了父亲的姨太太翠花花则更加残忍和丑恶，因为这一罪恶的弑父行径的原因仅仅是出于性欲的恶性膨胀。《尘埃落定》也同样充满了亲人间的弑杀行为，父子、兄弟之间互相防备，各存戒心，儿子希望父亲死去给自己腾出位置，哥哥希望弟弟不要妨碍自己的权位。家族内部的弑杀所折射出的人性的丑恶和残忍始终是新时期家族叙事小说的一大主题。

第二节　癫狂的“枫杨树”家族

苏童的“枫杨树”系列小说是新历史主义小说的重要代表作品。新历史主义小说“新”在哪里？在不同的学科领域说法不一，但就当代文学，尤其是小说领域的表现来看，最明显的表现就是书写家族小说的巨大变化，正是在家族小说中展示了不同作家巨大的创作潜力，这也从另一个侧面反映出中国文人对家族题材的热衷，我们看到不同作家的不同选择展现出来的不同风格。莫言的汪洋恣肆和生命力的张扬宣泄，苏童的凄婉伤感和深入人心的人性力量，格非的扑朔迷离和对历史不可知的宿命感，叶兆言的真切细微和浮世人生的沧桑感……在此，笔者想以《飞越我的枫杨树故乡》《1934 年的逃亡》《罂粟之家》这三篇小说为例来具体分析一下苏童的“枫杨树”家族系列小说的叙事特点。

一　渐行渐远的家族故事叙事者

通常的家族小说会采取家族内某个人物的全知视角来进行叙事，这

样既方便对家族内部隐秘事件的叙述，又完成了对家族中某一个人物的书写，比如，《红楼梦》以宝玉为视角来写贾家，既塑造贾宝玉这个背弃家族事业的不肖之子，同时又借助贾宝玉的视角完成对贾家整个家族的书写，但苏童的家族小说却不同，他通常选择第一人称叙事，但奇怪的是这个第一人称并不是这个家族要讲述的主要人物，而是隔了一两代但却有着某种血缘关系的叙述人，但同时这个讲述人又与这个家族有着某种重要的关联。

小说《飞越我的枫杨树故乡》是苏童较早书写的“枫杨树”系列小说，与其说这是一篇以追忆“我”的幺叔为主线的家族史，不如说这是叙述人“我”与幺叔在神秘的枫杨树故乡神交的心灵史。叙述人“我”虽然从未见过幺叔，也从未去过枫杨树故乡，但“我”却在梦中飞越遥远的枫杨树故乡，而且深深地介入“我”不曾亲身经历的家族故事之中。“我”不仅进入童家宗祠，向族公寻访幺叔的灵牌，还在摇篮里时就看见了溺水而亡的幺叔：

> 我睡在摇篮里，表情欲哭未哭，沉浸在一种淳朴的来自亲情的悲伤中。我第一次看见了溺水而死的幺叔，他浑身发蓝，双目圆睁，躺在老家巨大的石磨旁。灵场离我远隔千里，又似乎设在我的摇篮边上。我小小的生命穿过枫杨树故乡山水人畜的包围之中，颜面潮红，喘息不止。溺死幺叔的河流袒露在我的目光里，河水在月光下嘤嘤作响，左岸望不到边的罂粟花随风起伏摇荡，涌来无限猩红色的欲望。①

在这里，我们知道叙述人“我”和作家苏童没有太大的关系，所有这一切均可看作作家苏童的虚构，即便在苏童的记忆里，故乡老家真的是一个直到50年代还铺满罂粟花的地方，但一旦这个景象进入他的

① 苏童：《飞越我的枫杨树故乡》，《枫杨树山歌》，重庆大学出版社2011年版，第117页。

枫杨树故乡的叙事中，就变得神秘莫测、扑朔迷离，“春天的时候，河两岸的原野被猩红色大肆入侵，层层叠叠，气韵非凡，如一片莽莽苍苍的红拨浪鼓荡着偏僻的乡村，鼓荡着我的乡亲们生生死死呼出的血腥气息。”[①] 但无论如何，枫杨树是叙述人“我”的故乡，“我”作为幺叔的血缘关系人无法撇清和枫杨树的关系。

但在小说《1934 年的逃亡》中，作家苏童却首先撇清了自己与作品中要讲述的陈姓家族的关系，而让叙述人“我”来独自承担讲述自己家族史的使命：“你们是我的好朋友。我告诉你们了，我是我父亲的儿子，我不叫苏童。我有许多父亲遗传的习惯在城市里展开，就像一面白色的丧旗插在你们面前。”[②] 于是“我”从喝酒后的父亲嘴里探听到这些亲人的名字：祖母蒋氏、祖父陈宝年、老大狗崽、小女人环子，还有那个标志着“我”的家族历史的关键的年份 1934 年。这一年枫杨树乡村传言“我”的祖父陈宝年在城里发迹，村上的人效仿祖父从事竹器生意而离开枫杨树奔向城里，包括“我”的大伯狗崽；这一年“我”父亲降生；这一年枫杨树霍乱流行，蒋氏的其余六个孩子都死于非命；这一年“我”大伯狗崽无可救药地爱上的父亲的女人环子，却最后死于伤寒；这一年小女人环子怀上了陈宝年的孩子回到枫杨树待产，但孩子却最终被蒋氏用脏东西打掉了；这一年，环子抱走了“我”的父亲，从此“我”的家族离开了枫杨树乡村，来到了城市。这个“我”是家族的嫡系传人，“我”是陈姓家族的第三代，“我”讲述的是“我”的家族中至亲亲人的故事，是“我”的祖父陈宝年和祖母蒋氏，伯父狗崽和小女人环子的故事，对“我”来说这不是别人家的故事，而是跟“我”相关的家族秘史。在《1934 年的逃亡》中“我”虽然确定无疑地是陈氏家族的传人，但我并没有过多地参与到故事之中，最多不过是遗传了“我”父亲的沉默寡言，甚至当时“我”父亲也不过是家族故

① 苏童：《飞越我的枫杨树故乡》，《枫杨树山歌》，重庆大学出版社 2011 年版，第 111 页。

② 苏童：《1934 年的逃亡》，《枫杨树山歌》，重庆大学出版社 2011 年版，第 62 页。

事中一个不到一岁的婴儿，不可能对发生在陈宝年、蒋氏、小女人环子以及狗崽身上的事情有所记忆，但他是祖母蒋氏生产的八个子女中唯一存活下来的一个，而“我是我父亲的儿子”，“我”因“我”父亲的存在而获得合法的资格来讲述陈氏家族的故事。

在小说《1934 年的逃亡》中，叙述人“我”借助环子的力量离开了枫杨树故乡来到城里，跟作家苏童在生活轨迹是有了某种程度的重合，这个叙述人的身份还是稳定的。而在《罂粟之家》中，叙述人已经不再是固定的，一会儿是“我”在讲述地主刘老侠家的故事，一会儿是“我”在对“你”讲述刘家的故事：

> 我发现枫杨树刘家的历史发展到 1948 年起了诸多变化，家国兴亡世事风云有时发生在人生一瞬间。你说刘沉草在这一段历史中是斑驳的一点，你还可以说刘沉草是 40 年代最后的地主。你听见古老的金钥匙在他的牛皮裤带下响着，渐渐往地上掉，那是一种神秘的难以分辨的声音。金钥匙快要掉下来啦。枫杨树乡村在千年沉寂中蹦跳了一下，死湖般的历史随之有了新的起伏。①

显然，这已经不是传统的自述家族史似的书写，也不是家族探秘式的书写，而更像是两个看透历史的哲人在某个地方审察着刘家和刘沉草身上即将发生的转折，在慨叹着历史的神秘莫测和不可把握。更多的时候《罂粟之家》是以刘沉草的视角在叙述：

> 爹的声音一直在前面呼唤，每一缕空气也都这样呼唤，爹幽灵般扑进祠堂大门，白衫的后背闪着荧光。神龛上点着八支红烛，香烟缭绕。他看见爹跪在祖宗的牌位前，身体绷紧像一块石碑。②

① 苏童：《罂粟之家》，《枫杨树山歌》，重庆大学出版社 2011 年版，第 31 页。

② 同上书，第 29 页。

但小说结尾的两句话又把读者拉回到第三人称叙事：

> 作家在刘氏家谱中记了最后一笔。枫杨树最大的地主家庭在工作组长庐放的枪声中灭亡，时为公元1950年12月26日。[①]

这种零度情感的作者叙述让我们立刻意识到这是作家苏童在讲故事，不论是刘沉草还是“你”都是作家苏童的虚构。

由苏童的这三篇小说可以看到“枫杨树”系列的家族小说中，叙述人“我”跟家族小说中的主人公的关系是由近而远地不断变换的，叙述人“我”越来越远离“我”的家族故事，却越来越近地靠近民间历史故事，叙述人与故事中人物的情感也越来越疏远，由讲述家族秘史转化为讲述民族秘史。

如何理解苏童小说中这种叙述人与主人公的关系？可以借用巴赫金对小说修辞的一段概况：“不同表述和不同语言之间存在这类特殊的联系和关系，主题通过不同语言和言语展开，主题可分解为社会杂语的涓涓细流，主题的对话化——这些便是小说修辞的基本特点。”[②] 在“我”的叙述话语里，“我”对枫杨树的亲人的感情越来越淡漠，却对枫杨树的事情了解得越来越详细，在《飞越我的枫杨树故乡》中，“我”对幺叔充满了好奇，“我”想要探寻他的下落他的死因，话语中充满了主观感情，但到了《罂粟之家》中“我”已经没有兴趣追究沉草的命运了，话语也越来越客观，越来越像在叙说别人家的事情，而叙述人的身份、地位也离主人公越来越远，幺叔是童氏家族的人，而作者苏童也是姓童，喜欢八卦的读者或许有理由相信苏童真的在写自己家族的事。而在《1934年的逃亡》中，作家抛弃了苏童的笔名，自认“我是我父亲的儿

① 苏童：《罂粟之家》，《枫杨树山歌》，重庆大学出版社2011年版，第59页。

② 巴赫金：《长篇小说的话语》，《巴赫金全集·第三卷》，河北教育出版社2009年版，第40页。

子，我不叫苏童”，这是一个狡猾的说辞，因为任何人都是他父亲的儿子，我们仍然不知道“我”是谁，因此，我们对他讲的家族史半信半疑。而到了《罂粟之家》，苏童讲的是刘家的事，跟他没有任何关系，因此，我们完全可以肯定地说这个家族故事是苏童虚构的，但正是这个虚构的故事跟50年代的革命故事形成一种悖论，结局虽然都是地主被人民战争“专政”，但细节却是如此地不同，被“专政”的其实是贫农陈茂和妓女出身的翠花花的儿子，一个按照血统出身来论阶级身份极其低下的贫农。因此，“历史上到底发生了什么”这个话题，在新历史主义小说家笔下有自己的说法，以虚构的家族史来诠释真实的民族史，他们书写的家族故事既是最真实的又是最虚假的。

二　“枫杨树”家族内的“七宗罪”

人类的生活是在一定文明规则下持续发展的，群居动物的人类为自己的社会组织规定了不同的规章制度，家族（家庭）作为一种小型的社会组织也有自己的组织规则制度。孔子是中国的家族制度最早的制定者和倡导者，他在“和为贵”思想的指导下，以“亲亲睦邻”为基础，以血缘亲情为纽带，以仁爱为原则，以稳定为目的，制定了一套严格的家族制度。这套家族制度维持了两千多年，曾经是中国封建社会制度最重要的基石。但是20世纪以来，这种以血缘亲情为基础的家族制度越来越不适应现代社会的发展，血缘亲情纽带被金钱利益所取代，家族内部的亲情仁爱再也不复存在。曾经被家族制度所约束的人类天性中的自私贪婪的本性便暴露出来，于是，家族内部便上演了一出出令人触目惊心的罪恶。苏童笔下曾经生活在枫杨树的各个家族内部也充满了各种罪恶。借用天主教所谓人犯有七宗罪的说法，枫杨树家族的罪恶也可以概括为“七宗罪”，它们分别是：杀戮、淫乱、贪婪、吸毒、嫉妒、暴力、背弃。

（一）杀戮

《罂粟之家》中的刘家是个典型的犯有杀戮重罪的家族。这个家族内的杀戮波及各种亲情关系。首先是弑父。刘老侠是第一个犯下弑父罪孽的人，尽管小说中没有明确指出是刘老侠杀死了他的父亲刘老太爷，但种种迹象表明刘老太爷的暴毙与其子刘老侠有着重大关联，刘老侠的弟弟刘老信曾经对白痴演义说：“你爹害死了我爹，抢了翠花花做你娘。”可以说刘老侠杀死自己的父亲既有动机也行动，只是因为涉及家族内部隐秘的父子之间的关系才会变得扑朔迷离，没有定论。如果说刘老侠是否害死自己的父亲还存有疑惑，那么，刘沉草打死自己的亲生父亲陈茂则是确定无疑的事情。陈茂是刘沉草的亲生父亲，这是枫杨树人人皆知的事情，尽管刘沉草口里说不相信，但他实际上是清楚地知道他跟陈茂之间割不断的血缘关系，“他想这个人与他之间存在某种生物效应，他看见这个人就奇痒难忍，心中充满灾难的阴影。”① 尽管如此，他还是以刘家合法继承人的身份枪杀了自己的亲生父亲——这个跟刘家有着诸多仇怨的陈茂。除了弑父，刘老侠还有杀死弟弟刘老信和前妻猫眼女人的嫌疑，而沉草也在激愤中杀死了自己的同父异母哥哥白痴演义。

总之，在枫杨树的刘家彼此杀戮不断，而且这些杀戮就发生在父子之间、兄弟之间、夫妻之间，这种家人之间的相互杀戮彻底摧毁了家庭内部的人伦亲情关系，是导致刘家灭亡的主要原因。

（二）淫乱

淫乱也是笼罩在枫杨树乡村的罪孽之一。“万恶淫为首”，淫乱是很多其他罪行的根源和目的，淫乱罪是罪恶的中心环节，它的上源与后续都联系着其他罪恶。淫乱作为人性贪欲的表现，是人性堕落的兽性体现。枫杨树的淫乱罪恶表现为乱伦、纵欲、强奸等有违人伦理性的淫乱罪行。淫乱罪充斥在枫杨树的每个家族之中。

① 苏童：《罂粟之家》，《枫杨树山歌》，重庆大学出版社 2011 年版，第 34—35 页。

刘老侠仍然是淫乱罪的罪魁祸首，“祖父回忆起刘老侠年轻时的多少次风流，地点几乎都在衰草亭子里。刘老侠狗日的干坏了多少枫杨树女人！他们在月黑风高的夜晚交媾，从不忌讳你的目光。”① 正是他抢占了父亲的小妾翠花花，先犯了乱伦的罪孽，为了掩盖乱伦的罪恶又杀死了他的父亲和前妻，从而犯下杀戮罪。《罂粟之家》中犯下淫乱罪的并非只有刘老侠，还有刘家老二刘老信、土匪姜龙和刘家长工陈茂，虽然同样是淫乱罪但这三个人所犯下的罪行并不一样，刘老信是纵欲过度最终导致自己得了性病并失去了全部家产，可以说是对色情的贪欲导致他犯下淫乱罪；而土匪姜龙和陈茂犯下的是强奸罪，他们都曾经是刘家的奴仆，他们犯下强奸罪的原因则是为了报复刘家，但他们并没有把复仇的矛头指向真正有罪的刘老侠，而是把复仇的火焰烧向无辜的弱女子，为了报复刘家他们俩先后强奸了刘老侠的闺女刘素子，这样，淫乱又成为报复的目的。枫杨树漫山遍野猩红的罂粟花刺激了枫杨树人的感官的同时，也似乎刺激了枫杨树人过度的性欲追求。“枫杨树”家族里无论从未离开过枫杨树的幺叔（《飞越我的枫杨树故乡》）、陈文治（《1934 年的逃亡》），还是离开了枫杨树的陈宝年（《1934 年的逃亡》）、刘老信（《罂粟之家》）都陷入纵欲的罪恶之中不能自拔，最终犯下了不可饶恕的淫乱罪。

（三）贪婪

贪婪是人性中难以克服的缺陷之一，人自私的本性导致人贪婪的本性，枫杨树人也不可避免地陷入了贪婪的罪恶。首先表现出贪婪恶习的还是罪恶之首刘老侠。刘老侠是枫杨树最大的地主，拥有五百亩土地，但他仍然不满足，为了再得到三百亩土地，他把女儿嫁给驼背老板，毁了女儿一生的幸福；他不顾亲情，以带其回家为条件从病在异乡的弟弟手中攫取了他的最后一亩坟茔地。他的贪婪不仅害了自己的亲人，也最终害死了自己。刘老侠贪婪的本性造就了他贪心不足、为富不仁的性

① 苏童：《罂粟之家》，《枫杨树山歌》，重庆大学出版社 2011 年版，第 10 页。

格，最终葬送了自己，也毁灭了刘氏家族。

（四）吸毒

罂粟，这种花朵艳丽无比、果实却充满毁灭力量的奇怪植物，它拥有能摧毁一个人、一个家，甚至一个村庄、一个民族的力量，它集中了枫杨树刘家人的爱恨情仇，也是最终毁灭刘氏家族的罪魁祸首。罂粟种植给刘家带来财富和荣耀，而吸食鸦片也给刘家人带来沉沦和毁灭。从学堂归来的沉草本来是无法忍受鸦片的，罂粟带来的熏香曾经让他晕厥，但最后他却死在盛满陈年的粉状罂粟的大缸里，结束了自己被命运捉弄的一生。靠种植罂粟发家的枫杨树的地主刘老侠、陈文治等都吸食鸦片，鸦片不仅摧毁了他们的身体，也摧毁了他们的精神，即使没有时代的变迁，他们也注定会毁在鸦片上，靠罂粟发家的最终也会毁于罂粟，这是枫杨树的悖论。

（五）嫉妒

嫉妒是女人最锋利的武器，也是女人最致命的毒药。嫉妒让枫杨树两对女人的人生陷入命运的深渊。《罂粟之家》中的刘素子和翠花花本是一对苦命的女人，她们都不是自己命运的掌握者，翠花花在刘家三个男人手里被转来转去，刘素子则被父亲当作商品换得三百亩地，但这两个苦命的女人之间却似乎有着不共戴天之仇："你一眼能识破两个女人之间的仇恨。那种仇恨浅陋单薄但又无法泯灭。大宅上下的人都知道她们一见面就互相吐唾沫。"① 造成她们彼此间仇恨的就是女人之间天然存在的嫉妒。

同样的命运也降临到《1934年的逃亡》中的蒋氏和小女人环子身上，这两个都自称是"陈宝年的女人"的女人其实都受到陈宝年的欺骗与蹂躏。蒋氏长期被陈宝年抛弃在枫杨树，任其自生自灭；环子怀孕后也被陈宝年骗到枫杨树来生孩子。强烈的嫉妒化作极度的仇恨摧毁了两个女人仅存的母爱，先是蒋氏把脏东西掺在饭里导致环子流产，而环

① 苏童：《罂粟之家》，《枫杨树山歌》，重庆大学出版社2011年版，第17页。

子则拐走了蒋氏仅存的最后一个孩子，嫉妒之火烧掉了两个女人最后一点良善，把它的灰烬化为邪恶，嫉妒成为毁灭这两个女人的最后一根稻草。

（六）暴力

枫杨树的暴力随处可见，几乎可以发生在任何两个至亲的亲人之间。《罂粟之家》中，刘老侠一言不合就会殴打长工陈茂出气，陈茂得势后也毫不留情地殴打刘老侠，白痴演义手里总是有木棍、柴刀之类的武器，而他的口头禅则是“我杀了你”，这个生前从未吃饱的白痴最终却死在自己柴刀之下，而杀死他的则是看似虚弱无力的沉草。最触目惊心的暴力事件则发生在《1934 年的逃亡》中陈宝年和狗崽父子之间，父子俩为争夺一把竹刀而起冲突，狗崽因偷父亲的竹刀而被暴打：

> 那时候陈宝年变得出乎寻常的暴怒凶残，他把夺回的大头竹刀背过来，用木柄敲着狗崽的脸部，敲击的时候陈宝年眼里闪出我们家族男性特有的暴虐火光，侧耳倾听狗崽皮肉骨骼的碎裂声。[①]

陈宝年对狗崽的血腥暴力撕碎了仅存在父子之间微弱的血缘亲情，最终导致狗崽对父亲的仇恨与背叛。

（七）背弃

背弃时常发生在枫杨树的夫妻之间，丈夫离开农村的家去城里最初是为了谋生存，却常常成为背弃的开始。《1934 年的逃亡》中，祖父陈宝年在城里发了横财，但他并没有用自己挣得的财富来接济仍在乡下处于极度贫困的妻儿。他背弃了妻子蒋氏，忘记了年幼的儿女们，他用自己挣来的钱来买戒指、逛窑子、吸白粉，却任由发妻蒋氏在家带着六七个孩子挣扎在死亡线上，最终六个孩子全都死于灾荒和瘟疫。看到陈宝年背弃妻儿后果的枫杨树女人再也不希望自己的丈夫外出讨生活，陈玉

---

① 苏童：《1934 年的逃亡》，《枫杨树山歌》，重庆大学出版社 2011 年版，第 96 页。

金的女人为了阻止丈夫去城里，甚至惹来杀身之祸。丈夫的背弃行为惹来妻子的报复，蒋氏承担了被陈宝年背弃的命运，她也终于背弃了陈宝年的家族，最终被陈文治的轿子抬进了另一个陈家。

如果说陈宝年和蒋氏之间的彼此背弃只能算是夫妻之间的恩怨，那么幺叔不愿意随家人离开枫杨树是否就是对家族的背弃?《飞越我的枫杨树故乡》中的“我”的家族逃离枫杨树故乡是否也是对故乡的一种背弃呢?而大批蜂拥到城里谋生的农民是否算是对乡村的背弃呢?我们无法回答这个问题，城乡之间的隔膜在中国已经持续了百余年，并且还将持续下去，只要城乡之间的差别还存在，就会有人背井离乡到城市寻找出路，而充满欲望、诱惑和陷阱的城市掩埋了他们的忠贞和良善，却把他们人性深处的自私和罪恶挖掘出来，上演了一幕幕人间悲剧。

三　“枫杨树”家族的疯癫者

枫杨树不仅是个充满罪恶的地方，还是个充满神秘气氛的地方，这种神秘来源于枫杨树家族中人性深处不可回避的疯癫和痴傻的基因，他们是枫杨树家族的背弃者，他们无视家规伦理，无视文明理性，以他们人性深处深藏着的野性和蛮性对抗着人类文明以来形成的规则和伦理。他们以自己天性中的疯癫和痴傻基因走上了一条不归路，有时候是罪恶的承受者，有时则是罪恶的施与者，这些罪恶皆源于人性深处对人类文明和理性的挑战，终于使他们的精神走上了一条无根的漂泊之路。

《飞越我的枫杨树故乡》中的幺叔是枫杨树第一个神秘而略带疯癫基因的人。幺叔的神秘首先表现在他跟狗的亲近超过了跟人的亲近，小说中这样描述他融入狗群的情形:

多少个深夜幺叔精神勃发，跟着满地乱窜的野狗，在田埂上跌跌撞撞地跑，他的足迹紧撵着狗的卵石形蹄印，遍布枫杨树乡村

> 的每个角落。有时候幺叔气喘吁吁地闯到家里去讨水喝，狗便在附近的野地里一声一声地吠着。沿河居住的枫杨树乡亲没有人不认识幺叔的，说起幺叔都觉得他是神鬼投胎，不知他带给枫杨树的是吉是凶。[①]

幺叔不仅远离人群混迹于野狗之中，他还从不参加家族中每年清明在祠堂里对祖宗的祭祀，最终在一次洪水中家族搬离枫杨树时幺叔选择了留在枫杨树与野狗为伴，永远脱离了这个童姓家族。幺叔不仅生前没有跟随家族迁徙，死后也没有留下灵牌。灵牌是枫杨树童姓家族身份的象征，丢失了灵牌就相当于丢失身份，幺叔灵牌的丢失就像他本人一样神秘，有人说是族公故意扔掉的，还有人说是枫杨树的疯女人穗子偷走烧了，但祖父却肯定地对“我”说：“你幺叔自己拿走了灵牌，他把灵牌卖给怕死的乡亲，捏了钱就去喝酒搞女人，肯定是这样的。”[②] 或许祖父的说法是对的，幺叔不愿意和人在一起，终日和野狗厮混在一起，或许他的前世是狗，或许狗的灵魂控制了他。丢失了灵牌使幺叔的灵魂在死后找不到归宿，终日在枫杨树乡村游荡。幺叔行为的怪异或许来自人类基因中的动物性，从动物进化而来的人类无法完全抹杀掉自己身上的野性，终于在脱离了家族束缚的幺叔身上表现出来了。

在枫杨树伴随幺叔的除了野狗还有疯女人穗子，疯女人穗子是枫杨树另一个神秘的人物，她就像一个女版的幺叔，幺叔是主动抛弃了家，而穗子好像生来就没有家，孤单无助的穗子则成为枫杨树男人们猎物：

> 枫杨树一带有不少男人在春天里把穗子挟至罂粟花丛，在野地里半夜媾欢，男人们拍拍穗子丰实的乳房后一溜烟跑回了家，留下穗子独自沉睡于罂粟花的波浪中。清晨下地的人们往往能撞见穗子

① 苏童：《飞越我的枫杨树故乡》，《枫杨树山歌》，重庆大学出版社 2011 年版，第 112 页。
② 同上。

> 赤身裸体的睡态。她面朝旭日，双唇微启，身心深处沁入无数晶莹清凉的露珠，远看晨卧罂粟的穗子，仿佛是一艘无舵之舟在左岸的猩红花浪里漂泊。[①]

这种无视伦理的交媾就像罂粟一样，花朵艳丽无比而果实却是毒品，在野地里和男人媾欢后的穗子是如此美丽，她对与男人们的媾欢并没有排斥反而有某种程度上的享受，这让枫杨树的男人们失去了交媾后的责任心，而穗子在享受着媾欢的快乐的同时还必须承担着生殖的责任和苦痛：

> 穗子每隔两年就要怀孕一次。产期无人知晓，只说她每每在血包破掉以后爬向河边，婴儿掉进水中，向下游漂去。那些婴孩都极其美丽，啼哭声却如老人一样苍凉而沉郁。[②] 失去家庭庇佑的婴孩未老先衰，最终无法进入人类繁衍的序列之中。

如果对幺叔和穗子的行为给予一个解释，那么只能说这是一种精神的返祖，他们回归到人类的初始状态，一种野蛮的尚未被文明禁锢的时代，那时的男人与动物为伍，女人与所有的男人交欢，那是一种人类自在的存在状态。这种状态是另外一种自由，一种人性不受任何束缚和羁绊可以随意张扬的自由，这种自由只能从审美的领域来看，因为人类一旦进入文明时期将永远无法找回那种精神的自由，那种自由就像美艳的罂粟花，可以作为观赏性植物却不能沉溺其中，一旦沉溺其中就会变得疯癫、痴狂，而罂粟花就是幺叔和穗子的象征，因此“自从幺叔死后，罂粟花在枫杨树乡村绝迹，以后那里的黑土长出了晶莹如珍珠的大米，

① 苏童：《飞越我的枫杨树故乡》，《枫杨树山歌》，重庆大学出版社2011年版，第119页。
② 同上。

灿烂如黄金的麦子”。[①] 麦子和大米的出现预示着人类文明的到来，那个野蛮而自由的灿若罂粟的人类初始阶段的自由之花就此凋谢了，等到它再次在人类历史上出现时带来的只能是感官的刺激和攫取的罪恶。

如果说幺叔主动选择了一条背离人类家族的野性之路，那么沉草则是被动地被命运抛掷到宇宙的深渊，“宇宙正像一口残酷的井，落在里面，怎样呼号也难逃脱这黑暗的坑。”[②] 刘沉草最终也被这口残酷的井吞噬。刘沉草一生的命运都被别人所左右，甚至连他的出生也是被人为预谋的。他虽然出生在大地主刘老侠家里，以刘家二少爷的身份出世，但刘家上上下下，包括刘老侠本人都知道他是刘家长工陈茂的儿子，刘老侠之所以纵容甚至暗地怂恿他的小老婆翠花花跟长工陈茂偷情就是为了要给刘家留一个健康的后代，因为刘老侠前面四个孩子都是畸形，“他们像鱼似的没有腿与手臂，却有剑形摆尾，他们只能从水上顺流漂去了。”[③] 而第五个孩子演义则是一个白痴，他承袭了刘家三代前的血液因子，整日被饥饿所笼罩：“习惯于一边吞食一边说：我饿我杀了你。”[④] 基于对健康的后代的强烈渴望，沉草就这样被靠种植罂粟发家的地主刘老侠、妓女出身的翠花花和刘家的长工陈茂合谋改变了其“家庭成分”，从一个贫雇农的后代变为剥削阶级的后代——一个地主家的少爷。沉草的命运就这样被动地、无助地、永久地改变了。

如果没有 20 世纪中叶中国社会制度的巨大变革，或许刘沉草就会以一个地主家的阔少爷的身份终老一生，然而，被人为改变的命运又一次遇上了外界环境对个人命运的捉弄。1948 年，是中国社会各阶层大动荡的时期，家国巨变、世事风云有时就发生在人生的瞬间，这一次，刘沉草几乎抓住了自己的命运，他甚至开创了短暂的“刘沉草时代”，

---

① 苏童：《飞越我的枫杨树故乡》，《枫杨树山歌》，重庆大学出版社 2011 年版，第 113 页。

② 曹禺：《〈雷雨〉序》，《雷雨》，人民文学出版社 1994 年版，第 181 页，原载《雷雨》，文化生活出版社 1936 年版。

③ 苏童：《罂粟之家》，《枫杨树山歌》，重庆大学出版社 2011 年版，第 5 页。

④ 同上。

他把水稻地都租给外来的迁徙户，并且解雇了大部分的长工和佣人，这些措施让他的命运几乎由40年代最后的地主变为开明士绅，但他终于没能从命运的深渊中挣扎出来，即使工作组的组长是他的同学庐方，也没能把他从命运的深渊里拉上来。他先是染上了大烟瘾，后又因为陈茂强奸了他的姐姐刘素子，他开枪打死了已经成为农会主席的陈茂，而他自己则在1950年冬天被庐方打死在罂粟缸里，这个身兼地主和贫农后代的刘沉草就这样死了。

这样一个两代人冲突的故事在中国文学史中并不新鲜，新文学史的家族故事中有着众多的家族成员间反目、背叛，甚至杀戮的叙事情节，但《罂粟之家》有两点不同，首先是改变了进化论的叙事模式，通常情况下是子孙辈占有先进思想，背叛老朽的落后的父祖一辈，而《罂粟之家》中却是父一辈的陈茂成为农会主席和“革命者”，子一辈的沉草则安于地主少爷的身份并染上鸦片瘾，最终成为被专政的对象；其次，更重要的是《罂粟之家》改变了惯常的红色革命史的讲述方式，把分属两个阶级的父子之间矛盾斗争演化为家族内部的偷情、乱伦等民间叙述话语。基于血缘关系稳固的家族秩序就这样在时代的风云变幻中被人性中永存的私欲彻底打乱了。正如有学者所言：“裹挟和隐含了知识分子话语及其叙事的主流权力话语与宏伟历史叙事，已经逐渐让位于由知识分子主体观照与改造下的民间话语与民间叙事。”①

在苏童的笔下，枫杨树故乡飘荡着一个痴狂的幽灵，这个“我”在梦中似乎飞临的地方，一到春天的时候铺满罂粟花的地方，这个“我”的祖先曾经逃离的地方，似乎是个被诅咒的地方，生活在这个地方的人变得越来越神秘、疯狂、痴傻，最终走向死亡。枫杨树人犯了天规，被魔鬼控制，被上帝惩罚，枫杨树的一个个家族也因这个痴狂者的存在最终在世事变迁、人心浮动的变革大潮中分崩离析，走向解体。

---

① 张清华：《文学的减法》，吉林出版集团有限责任公司2009年版，第143页。

第三节　《尘埃落定》的痴傻叙事

评价一部作品所取得的艺术成就无非从两个方面，一是看其艺术形式方面的新颖独特程度，二是看其内容表现上的深刻丰富程度。同庞杂内容的罗列当然不能称为艺术作品一样，真正优秀的叙事文学作品必须把内容和内容的表述有机地结合起来，一部好的文学作品必然是把丰富的内容熔铸到创新的艺术形式上，而叙事是将艺术形式和内容表现结合起来的最佳手段，一个恰当的叙事方式能最大限度地表现艺术的创新性和内容的丰富性。以这一标准来评价《尘埃落定》我们会发现，《尘埃落定》最突出的艺术成就无疑表现在其叙述方式上，它以一个土司家族的痴傻儿“我”的口吻来讲述发生在藏西土地上麦其土司家族在抗战前后十几年浮沉衰亡的历史。仔细研究会发现，支持这一叙事方式的新颖性并非表现在第一人称“我”的视角上，而是表现在叙述人的独特状态和独特身份上。

一　“我”：傻瓜？抑或智者？

自20世纪新文学发生以来，小说以第一人称“我”来叙事的比比皆是，但《尘埃落定》的第一人称叙述的突出贡献首先表现在“我”是个痴傻儿的状态；其次，表现在“我”身份的独特，是麦其土司家的二少爷，正是这一独特的艺术视角为《尘埃落定》表现广阔而丰富的内容奠定了基础。因此，要真正理解《尘埃落定》，可以从解决这两个问题着手：一是为什么要用一个“痴傻者”来讲述？二是痴傻儿“我”讲述了什么？

我们先来解决第一个问题，为什么要用痴傻者来讲述土司家的故事？要回答这个问题必须首先回答另外一个问题：麦其土司家的二少

爷，也就是小说中的叙述人“我”真的是个傻子吗？那么什么是“傻”？《现代汉语词典》对“傻”字有两个定义：一是头脑糊涂，不明事理；二是死心眼儿，不知变通。显然，从这两个定义来衡量，麦其家的二少爷并不是一个傻子，他不仅不傻，而且还相当聪明睿智，有时候他甚至表现出常人所不具备的天赋。比如，他有先见之明，较早意识到罂粟种子是无法永远被私藏的，还凭着直觉发现了汪波土司用死人的脑袋来偷罂粟种子的阴谋；他很有远见，在几乎所有的土司都以为种罂粟能发财时，他却建议父亲种麦子，从而让麦其家族财源滚滚、富可敌国；他甚至相当有谋略，借助粮食不仅收服了拉巴雪土司的众多臣民，而且挫败了茸贡女土司的锐气，并最终赢得了天下最漂亮的女子做老婆；他还相当有见识，他在藏汉边境发展贸易，形成了一个大市场，让很多藏民受益。显然，《尘埃落定》中的叙述人“我”不仅不傻，反而相当聪明睿智，且机智过人，有勇有谋。但是奇怪的是，“我”又几乎被小说中所有的人称为傻子。首先是家中的奴仆认为“我”是傻子，父母也认为“我”是傻子，其他土司也认为“我”是傻子，显然土司家的二少爷是否是傻子不能跳出文本之外，必须把他置于文本之中加以解释。只有把“我”置于《尘埃落定》的故事文本之中，才能理解“我”被称为傻子的深刻寓意。

其实，小说一开始就有一段关于“我”的身份说明：

> 在麦其土司辖地上，没有人不知道土司第二个女人所生的儿子是一个傻子，那个傻子就是我。除了亲生母亲，几乎所有人都喜欢我是现在这个样子。要是我是个聪明的家伙，说不定早就命归黄泉，不能坐在这里，就着一碗茶胡思乱想了。土司的第一个老婆是病死的。我的母亲是一个毛皮药材商买来送给土司的。土司醉酒后有了我，所以，我就只好心甘情愿当一个傻子。[①]

---

① 阿来：《尘埃落定》，人民文学出版社1998年版，第3—4页。

显然，“我”的傻并非一般意义上的傻，“我”的傻很大程度上是人为的，如果是“我”故意假装成傻子，那就是为了避免家族内的权力纷争，客观上显示了“我”的宽厚和仁慈；如果“我”是被人为冠之为傻子，那将是一个涉及权力争夺的阴谋。因此，《尘埃落定》叙事人“我”的傻子身份的复杂隐晦导致作品的思想内容也变得具有多重的意义和多种解析的可能性。

二　《尘埃落定》中的三个不同的故事

让我们进入《尘埃落定》中讲述的那个独特的时空。麦其土司家的地理位置相当独特，川西高原，汉藏交汇处，书中这样描述他们所处的地理位置：“我们是在中午的太阳下面还在靠东一点的地方。这个位置是有决定意义的。它决定了我们和东边的汉族皇帝发生更多的联系，而不是和我们自己的宗教领袖达赖喇嘛。地理因素决定了我们的政治关系。”① 正是在这样一个重要的地理位置，一个延续了几百年的土司家族进入了20世纪的30年代，一个风云变幻、政权更迭的民族变迁历史。

仔细分析《尘埃落定》的文本，其实是讲了三个交织在一起的故事，一麦其家族的兴亡；二是土司制度的覆灭；三是麦其家的傻子二少爷波谲变幻的命运。应该说这类故事在中国文学史上并不新鲜，无论是讲述家族制度的覆灭还是个人命运波折的故事都很常见，《红楼梦》《家》《财主底儿女们》等都是这类故事中的经典之作，而《尘埃落定》的突出之处就在于它让一个被别人和自己都称为“傻瓜”的人来讲述这个故事，这样就使这个故事有了更独特的视角和更丰富的内涵。把这三个故事放置到麦其土司所处的独特的时空，从中我们都能找到麦其家二少爷“我”的不合时宜的“傻”。下面就具体分析一下《尘埃落定》

① 阿来：《尘埃落定》，人民文学出版社1998年版，第18页。

是如何从一个所谓的傻子的视角来讲述的。

我们先来看第一个故事：麦其家族的兴亡。如果说《尘埃落定》是一部家族小说，那么它最大的功劳就是完成对家族秩序的挑战，反叛固有的家族伦理道德和秩序。这种挑战首先表现在财富积聚的方式上，说的更具体一点就是从种植粮食改变为种植罂粟。

中国是个传统的农耕社会，粮食的种植能够保证封建领主在自己土地上的自给自足和生存的需要，对麦其这样的封建土司来说，粮食的种植更是必不可少的，但当麦其土司引进罂粟后，一切都改变了。虽然表面看来麦其土司家种植罂粟是为了获得更多的银子，但实际上这是一种生产方式的改变。种植罂粟不是为了自己来消费的，而是为了交换，这意味着商品经济的到来，意味着资本市场的形成。种植经济作物带来财富，这是现代社会经济发展的必然，但大量种植罂粟就另当别论了，因为它除了能够带来财富还会带来罪恶。罂粟不是一种普通的经济作物，而是一种毒品，它能够刺激人的原始欲念，让人变得疯狂而无节制。《尘埃落定》中，罂粟更是一种具有象征意味的植物，正是由于种植它麦其家族才一步步走向疯狂和灭亡。在麦其家的罂粟第一次开花的时候，傻子“我”就直觉到了它对麦其家族所有男人生理感官的刺激：

> 罂粟第一次在我们土地上生根，并开放出美丽花朵的夏天，一个奇怪的现象是父亲，哥哥，都比往常有了更加旺盛的情欲。我的情欲也在初春时觉醒，在这个红艳艳的花朵撩拨的人不能安生的夏天猛然爆发了。[①]

罂粟不仅刺激起麦其家男人的情欲，更让麦其家开始走上罪恶的第一步。父亲勾搭上自己的部署查查头人的老婆，这一失去理性的行为为

① 阿来：《尘埃落定》，人民文学出版社 1998 年版，第 44 页。

整个麦其家族的灭亡埋下伏笔。似乎真的就是罂粟挑逗起父亲的贪心和疯狂的欲望：

> 从官寨的窗口望出去，罂粟在地里繁盛得不可思议。这些我们土地上从来没有过的东西是那么热烈，点燃了人们骨子里的疯狂。可能正是这种神秘力量的支配，麦其土司才狂热地爱上了那个漂亮而多少有些愚蠢的女人央宗。①

而和央宗疯狂的情欲又反过来支配着父亲犯下更大的罪恶，派人杀死了央宗的丈夫查查头人，又杀死了查查家的仆人多吉次仁，最终导致多吉次仁的孩子为了报仇先杀死了“我”的哥哥，后又杀死了“我”，终于导致麦其家族的灭亡。表面看来这只是一系列偶然发生的事件，但实际最根本的逻辑是生产方式的改变使麦其家族无法维持原本的封建家族秩序，必然走向灭亡。

第二个故事讲述的是土司制度的衰亡，这种衰亡是基于小说中的婚姻爱情观念全面挑战了土司的婚姻制度，导致土司制度名存实亡。《尘埃落定》的婚姻观对家族的婚姻爱情观提出双重挑战。中国传统的真实的家族婚姻关系讲究门当户对，父母之命，媒妁之言。传统的家族小说对婚姻爱情的叙事首先对门当户对的家族婚姻观提出挑战，小说中常以男女之间的爱情挑战基于等级制度或长辈意愿的婚姻观。比如巴金的小说《家》，少爷觉慧对丫头鸣凤的爱情是对等级制度的挑战，觉新与梅表姐的爱情悲剧基于对父母之命的遵循；《红楼梦》中宝玉与黛玉的爱情也是基于自由恋爱挑战了父母长辈的意愿，所有这些挑战的内在力量都是源于一种温和的两情相悦的爱情。

《尘埃落定》中的婚姻关系则不同，首先麦其土司和“我”母亲的婚姻挑战了传统习俗，虽然这种习俗不像汉族的父母之命、媒妁之言约

① 阿来：《尘埃落定》，人民文学出版社1998年版，第47页。

定俗成，但却是更为根深蒂固的阶级的和等级的秩序。在《尘埃落定》中有对藏地传统婚姻习俗的描述：“这些人都是我们的远亲近戚，虽然有时也是我们的敌人，但在婚姻这个问题上，自古以来，我们都是宁愿跟敌人联合，也不会去找一个骨头比我们轻贱的下等人的。”① 而“我”父母的结合却是对这种传统习俗的挑战，因为“我”的母亲是出身低贱的汉族女子，甚至还做过妓女，“我”的父亲麦其土司娶“我”的母亲打破了土司家族之间通婚的规矩。显然，出身破落户家庭的“我”的母亲并不符合麦其土司家的联姻标准，她是被一个有钱的商人买来送给“我”父亲的，通常情况这种出身的女子只能作为土司的妾室，是不可能成为太太的，但“我”的母亲却做了大太太。恐怕这桩婚姻在很大程度上是因为“我”母亲的汉族人身份，可以说“我”父亲开了土司贵族娶一个汉族女子做太太的先例，不是基于经济利益，也不是基于政治联姻，甚至也不是基于爱情。到底为什么身为麦其土司的“我”父亲会娶“我”母亲这样一个出身低贱的汉族女子，小说文本中并没有给出一个理性的答案，或许根本就没有一个理性的答案，或许麦其土司看到了“我”母亲作为一个汉族女子潜在的优势，或许只是为了显示自己作为土司为所欲为的权威而客观上挑战了土司的婚姻制度，不得而知。同样的事情也发生在二少爷“我”的身上。尽管“我”娶了土司家庭出身的塔娜，看似遵循了原来的土司间的联姻规矩，门当户对，但实际上，“我”和塔娜的婚姻既不是基于家族间的门当户对，也不是基于爱情而挑战门当户对的等级秩序，“我”是被她绝世无双的美貌所吸引，“我”所爱的是塔娜的容貌，一种外在的美，塔娜嫁给“我”是因为麦子，塔娜并不爱“我”，如果不是因为她的母亲女土司没有麦子，貌若天仙的塔娜就不会嫁给被称为傻子的“我”。这样“我”和塔娜的婚姻又挑战了传统的家族小说中男女基于爱情的婚姻叙事。

---

① 阿来：《尘埃落定》，人民文学出版社 1998 年版，第 54 页。

由此看来，《尘埃落定》中的婚姻家庭观念既挑战了现实生活中传统的基于等级秩序的婚姻观，又挑战了基于爱情的传统家族小说中的婚姻观，或许在作者看来爱情根本就是非理性无意识的命运的安排，既不决定于等级秩序，也不取决于风俗习惯，甚至也不是基于男女间的两情相悦，它是非理性的、无意识的，如果说真有什么决定着它，那只能是命运。

第三个故事是围绕着叙述人“我”讲述的一个傻子的故事。如果说《尘埃落定》挑战了传统的家族小说，那么在其中傻子“我”的角色是怎样的呢？“我”的傻究竟表现在哪里呢？我们可以把《尘埃落定》跟《红楼梦》做一个类比，在很多方面，《尘埃落定》中的傻少爷“我”几乎可以看作另外一个贾宝玉。

如果我们把《尘埃落定》作为一个讲述麦其家族的故事来看，叙事人“我”就是一个感情丰富、具有初步民主平等思想的多情公子，“我”的傻首先表现在能够平等对待家族里的奴隶和侍从身上。如果把《尘埃落定》作为一个讲述家族兴衰的故事文本，小说在诸多方面模仿了《红楼梦》的结构模式，比如小说一开始对家族背景的介绍，类似《红楼梦》中是借冷子兴的口来演说贾氏家族的血缘关系，而《尘埃落定》中则由“我”来介绍麦其家的其他家人：

> 我们麦其一家，除了我和母亲，还有父亲，还有一个同父异母的哥哥，之外，还有一个同父异母的姐姐和经商的叔叔去了印度。后来，姐姐又从那个白衣之邦去了更加遥远的英国。①

《尘埃落定》另一个跟《红楼梦》相似的叙事是“我”跟侍女桑吉卓玛初尝性事，很容易就联想到宝玉和袭人的初试云雨，此时“我”和宝玉都是十三四岁，情窦初开的年龄。这些描写不仅显示“我”并

① 阿来：《尘埃落定》，人民文学出版社 1998 年版，第 8 页。

不傻，甚至表明“我”无论心理还是生理都相当正常，不仅如此，小说在一开始还用一个情节表现出“我”的聪明机智。侍女桑吉卓玛说话冒犯了土司太太也就是“我”的母亲，当母亲问我：“‘这个小蹄子她说什么?’我说：‘她说肚子痛。’母亲问卓玛‘真是肚子痛吗?’我替她回答：‘又不痛了。’”① 在这里“我”非常聪明地为侍女桑吉卓玛做了掩饰，让她免除了一顿责罚，但是卓玛却还是骂我“傻瓜”，“真是一个十足的傻瓜!”为什么会这样?“我”到底傻在哪里呢?其实上面这个情节就已经表现出了“我”的傻气。原因就是“我”并没有把桑吉卓玛当作下等的侍女，而是把她作为一个跟自己平等的女人，甚至把她作为一个“我”心爱的女人来看待，这一点也类似于贾宝玉的“傻”，贾宝玉整日混迹于丫头小子中，也被外人看作疯疯癫癫、不务正业的行为。当别人用侮辱、殴打、残杀等手段对待家人、随从、僧侣、奴仆时，“我”却用关爱、尊敬、呵护等平等的方式来对待他们，但这个家族不是普通的家族，而是一个拥有王权的世袭的土司家族，家族的独特性愈加使“我”的行为显得稚拙和呆傻。

当然，作为麦其家族的二少爷，“我”最傻的地方并非把侍女和家奴看作朋友，而是“我”并不热衷继承家族的事业，这一点也可以类比宝玉的不热衷于考取功名。“我”在十三岁前是个有点弱智的孩子，但却是身份独特的孩子。“我”的傻其实是“我”独特的身份所决定的，“我”即是麦其家的二少爷，又是合法的土司制度的继承人之一。作为麦其家的二少爷，“我”有资格成为麦其土司，但同时“我”又不是唯一合法的继承人，“我”的哥哥作为麦其家的大少爷有更充分的理由继承土司的位置。“我”对麦其土司位置的谦让在别人眼里就是十足的“傻瓜”行为。如果说“我”的“傻”是伪装出来的，那么“我”假装傻正是为了避免家族内部权力地位的竞争，而这种“傻”却正好显示了“我”的聪明，因为“我”清楚地知道：“除了亲生母亲，几乎

① 阿来：《尘埃落定》，人民文学出版社1998年版，第2页。

所有人都喜欢我现在这个样子。要是我是个聪明的家伙，说不定早就命归黄泉，不能坐在这里，就着一碗茶胡思乱想了。”①“我”的傻不仅使家族内部避免了内讧，而且也让“我”避免了杀身之祸。正因为“我”的傻，才使“我”不会对家族中的任何人造成威胁，“我”才能把家人真正看作家人而非敌人，“我”的傻其实就是“我”的爱。

《尘埃落定》中“我”表现出对所有与“我”相关的人的爱，“我”用爱去对待所有的家人，当“我”和母亲并肩走在人群中时，“这时，我心中充满了对她的无限爱意。我一提马缰，飞马跑到前面去了。我还像所有脑子没有问题的孩子那样说：‘我爱你，阿妈。’”② 虽然“我”真正说出的是言不由衷的“看啊，阿妈，鸟”，尽管“我”知道母亲出身卑贱，但这并不妨碍我对母亲的爱。“我”也爱“我”的父亲麦其土司，尽管“我”并不赞成麦其土司残暴的统治方式和对权力的热衷；“我”当然也爱“我”的哥哥旦真贡布，正是为了避免跟他起冲突，“我”才故意假装傻，维护麦其家族内部的和平。行将走向衰亡的麦其家族这个时候正需要一个真正有智慧有远见的人带领这个家族走向一条真正光明的道路，而“我”恰恰是那个有智慧有远见的人，“我”在边境的所作所为证明了这一点。但这种看似隐忍的、内敛的装傻在某种程度上却又是一种真正的“傻”，也即一个无法真正看透家族命运和土司制度普通人的傻，又有谁能够真正看得清个人命运和世事变幻呢？

从这个意义上来说，所有的普通人都是傻子，所有的自作聪明都是贪婪的，所有心中充满各种权力欲望的人都是疯子。因为只有傻子才会超越权力的欲望和家族内的恩怨，舍弃土司的地位而甘愿做一个普通人，由此，成为别人眼里真正的傻子。

---

① 阿来：《尘埃落定》，人民文学出版社 1998 年版，第 3 页。

② 同上书，第 21 页。

三　痴傻叙事下的三种不同情感

《尘埃落定》把一个家族的衰亡与一种制度的终结纠结在一起，家族的衰亡带有偶然性，而土司制度的终结则是必然的。被别人称为傻子而实则是个看透天机的二少爷“我”早就清楚地知道土司制度的灭亡是必然。在麦其家族照第一张照片时，他就提到土司家族行将灭亡的命运：

> 父亲把我抱在怀中，黄特派员坐在中间，我母亲坐在另外一边。这就是我们麦其土司历史上的第一张照片。现在想来，照相术进到我们的地方可真是时候，好像是专门要为我们的末日留下清晰的图画。而在当时我们却都把这一切看成是家族将比以前更加兴旺的开端。①

“我”为什么会有未卜先知的功能，只有看到小说的结尾“我”在叙述“我”的死亡过程，“现在，上天啊，叫我来到这个世界上的神灵啊，我身子正在慢慢地分成两个部分，一个部分是干燥的，正在升高，而被血打湿的那个部分正在往下陷落。”② 直到此时，谜底终于揭晓，读者才真正明白，原来“我”是一个游魂，讲故事的“我”并非一个真实存在的生命，而整部小说都是一个已经死去的人的叙述。

但小说把“我”设计成一个傻子是出于便于齐头并进地叙述三条线索：一条是麦其家族由短暂的兴旺发达又迅速地崩塌；另一条是土司制度走到历史的尽头必然终结；最后一条线索是“我”作为一个独特的个体命运多舛与不测。在这三条线索中，“我”的叙述情感是不一样

---

① 阿来：《尘埃落定》，人民文学出版社1998年版，第26页。

② 同上书，第407页。

的，对家族的崩塌和毁灭，“我”充满了惋惜和不舍，“我走到窗前，外面，大雾正渐渐散去，鸟鸣声清脆悦耳，好像时间从来就没有流动，生命还停留在好多好多年前。”① 因为“我”本来可以作为家族的拯救者，挽救这个家族的；而对于土司制度的终结，“我”则能以一种稍微平和的心情来对待，“我当了一辈子傻子，现在，我知道自己不是傻子，也不是聪明人，不过是在土司制度将要完结的时候到这片奇异的土地上来走了一遭。”② 所谓“我”的傻是指“我”只是一个普通人，一个别人和自己眼里的傻子，既不是疯子也不是伟人。眼看着土司制度不可挽回的毁灭，作为一个洞察历史变迁的哲人，“我”夹杂在汉人意识形态斗争中显示出无所适从的悲哀。因为“我”知道，“我”无力挽救一个行将走进坟墓的制度。而作为一个普通的个体，“我”为自己命运的波折和生命的结束发出感喟：“上天啊，如果灵魂真有轮回，叫我下一生再回到这个地方，我爱这个美丽的地方！神灵啊，我的灵魂终于挣脱了流血的躯体，飞升起来了，直到阳光一晃，灵魂也飘散，一片白光，就什么都没有了。”③

“我”作为一个仁慈的、善良的、充满爱心的麦其土司家的二少爷，因对奴隶、仆人、随从、下人的平等和爱护而赢得他们爱戴，本来可以成为麦其家族最好的家长，但却因时代世事的变迁而成为土司制度的殉葬品。“我”作为一个具有一定现代意识的人与麦其家族和土司制度的矛盾表现在：一个土司应该用平等和关爱去赢得奴隶们的拥护和爱戴，还是应该用天生的权势和残酷的刑罚去统治他们，当“我”用前者赢得了奴隶们的拥护时，“我”便与长期靠后者实现统治的麦其家族分道扬镳了，“我”甚至成为家人们防范和躲避的对象。当“我”自动放弃了用另一种方式赢得的爱戴时，“我”也就永远失去了拯救自己和

① 阿来：《尘埃落定》，人民文学出版社 1998 年版，第 397 页。
② 同上书，第 403 页。
③ 同上书，第 407 页。

家族的机会，“我”没有把握住奇迹和机会，“现在，我明白了，当时，我只要一挥手，洪水就会把阻挡我成为土司的一切席卷而去。但我是个傻子，没有给他们指出方向，而任其在宽广的麦地里耗去了巨大的能量，最后一个浪头撞碎在山前的杜鹃林带上。”① 当“我”的做法在某种程度上代表了多数农奴的意愿时，“我”在那一刻其实已经成为一个精神上的“土司”，土司家族真正的拯救者，只是“我”的懦弱和犹豫让“我”永远失去了这个机会，也失去了挽救土司家族的最后机会。

《尘埃落定》是21世纪初阿来为中国文学的痴傻叙事书写的一个崭新的文本，其文本的痴傻叙事不仅开拓了一个崭新的叙事领域，更为21世纪的当代文学开创了新的叙事方式。

① 阿来：《尘埃落定》，人民文学出版社1998年版，第279页。

第七章　多元化的痴狂叙事创作实践

第一节　残雪的梦魇叙事

残雪的小说从产生的那天起就是一个异类，尽管它产生在创新不断、变革纷呈的80年代中期，但仍旧掩饰不住它独异的文学素质、晦涩的语言、飘忽的意象、梦魇般的叙事……这一切都注定了残雪的小说在中国当代文学中的异类特色。要复述残雪小说的情节是很困难的，原因就在于她的小说根本就没有什么情节发展的线索，甚至其中的大部分人物也都是怪异模糊的，既非现实中的真实人物，也非具有象征性的意象，如果非要概括残雪小说到底写了什么，笔者认为可以用“梦魇”来概括，不仅她小说情节像在梦魇中，更重要的是她的叙事方式也像似在梦魇中，梦魇叙事是残雪小说最突出的风格。

一　以梦的状态写作

残雪的小说大概是当代文学中最难读“懂”的小说了，有评论者称其为“反懂”，“即从观念到写作到文本都违背‘懂’之原则。”[1] 残

① 高玉：《论残雪小说的“读不懂”与文学阅读的“反懂”》，《中国现代文学研究丛刊》2012年第6期。

雪的小说之所以“读不懂”是因为它来自另外一个世界，一个非理性、非正常的世界，一个梦魇的世界。梦，大概会成为人类世界中最难解开的一个谜，人类从童年时期就试图解开这个谜底，从中国古代的《周公解梦》到弗洛伊德的《梦的解析》，东西方的每个文化领域中都存在类似的试图解释人类梦境的文献，但迄今为止，人们对梦的理解并没有比历史上的其他时期更透彻、更准确。笔者认为一个最主要的原因是人类解开一切不解之谜依靠的是理智的思维，而梦是与理智相对立的一种现象，人类是理性与非理性的综合，无法仅仅依靠理智来解决梦的问题。人类不可能永远处于清醒的理智状态，不可避免地会有非理性的状态，人类不应该回避自己的非理性状态，文学也是这样，把文学置于单纯的逻辑力量的保护之下意味着文学的片面和失衡，也意味着人类的胆怯和虚伪。残雪的小说就勇敢地面对了人类的这一非理性的状态——梦魇状态。

弗洛伊德的研究表明，梦是白日思绪的延续、变形、伪装和象征，是理性对非理性压抑的结果，它使白日的理性世界受到更为严格的审判，同时促使人们去认知更为真实全面的自我意识世界。很多评论者都注意到残雪的小说跟“梦”的关系，日本学者近藤直子说：

> 残雪的小说使我们想到的就是梦（产生）的场所，不是她小说中所写的这件事或那件事与梦相似，而是它的出现方式，她的小说的场所本身与梦的场所相似。①

中国学者早在残雪小说出现不久的80年代中期就注意到残雪小说跟“梦”密切关系，程德培早在1987年就指出：

> 对残雪来说，以一种幻象的形式，叙述这么一个灵魂的形象与

① ［日］近藤直子：《残雪——黑暗的讲述者》，廖进球译，《文学评论》1995年第1期。

> 梦的世界，都是要付出几分冒险的代价的。不管怎样，她事实上已经这样做，就是放在我们面前的那些属于残雪的铅字符号，一堆同样有生命有情感的符号，还有那“折磨着残雪的梦”。①

近期，高玉在论及残雪的小说之所以“读不懂”的原因时也认为残雪的文学“不是表现现实生活，而是呈现人的精神世界，具体地讲，呈现的是人类精神中非理性的部分，即类似梦的世界。……我觉得‘从未描述过的梦境’非常能够概括残雪小说的特点，她的小说总体上是白日梦的方式，近似于梦魇或者梦呓，都是一些不连贯的心灵的碎片，不具有可以通过想象来完型的整体性”。② 的确，“梦”是残雪小说中无论如何都绕不开的一个关键词，问题是我们要从什么角度来理解残雪小说中的“梦”因素，毕竟，残雪是在写小说，而不是为了写梦而写小说。笔者认为，只有把残雪的小说创作纳入小说的叙事思维才能真正理解残雪小说中的“梦”。如果用叙事学的理论来解读残雪的小说，可以这样概括：残雪的小说是一种“梦魇叙事”。

对“梦”书写在中国文学中并不少见，传统文人历来就比较热衷于在文学作品中讲述梦境，其中有不少是古代文学中的经典。唐传奇就有沈既济的《枕中记》、李公佐的《南柯太守传》，汤显祖的传世名剧“临川四梦”中，既有脱胎于唐传奇的完整叙述整个梦境的《南柯记》《邯郸记》，又有梦境起到支撑起整部作品情节叙事框架作用的《牡丹亭》；四大名著之首的《红楼梦》不仅书名被冠之以“梦”，书中也不止一次写到不同的人物所做的各种梦，每个梦都在小说的情节发展中起到关键性的作用，甚至可以说支撑起这部文学名著的叙事框架就是“人生如梦”喟叹，这大概也是这部传世名著最终由《石头记》改名为

---

① 程德培：《折磨着残雪的梦》，《上海文学》1987 年第 6 期。

② 高玉：《论残雪小说的“读不懂”与文学阅读的“反懂”》，《中国现代文学研究丛刊》2012 年第 6 期。

《红楼梦》的一大原因。

进入20世纪，现代文学在现实主义主思潮的裹挟和影响下，小说中往往用梦来讽刺批判现实，常被提起的是张恨水的《八十一梦》，以梦境来揭露官场黑暗，跟汤显祖的《南柯记》《邯郸记》异曲同工。但现代文学最为经典写梦的却是常常被忽视的鲁迅的《野草》，《野草》中有多篇开头第一句话就是“我梦见……”文中以第一人称讲述了“我”的各种怪诞诡异的梦境。但所有这些文学作品中的“梦”跟残雪小说中的“梦”并不相同。前面提到的这些文学作品中的“梦”基本都是以第一人称或者第三人称在讲述一个梦，作者的重点在于梦的内容，读者最关注的往往也是梦的内容，可以说，在残雪之前的文学作品中都是作者在“写梦”。无论作品中所写的梦之事多么荒诞离奇，但作者必须是在清醒的、正常的逻辑思维状态才能“写梦”。鲁迅在《颓败线的颤动》中甚至写到“我梦见自己在做梦”，但我们依然能够感觉到这是一个清醒的叙述人在讲述自己的梦境，而残雪小说中的梦则不同，残雪的小说不是在“写”梦而是在“做”梦，或者说残雪是在以梦的状态写作。因此，可以说残雪是以梦的形式直接呈现小说的内容，从这个意义上来讲，残雪的小说是一个标准意义上的“痴人说梦”。

当代小说中涉及梦与精神变异题材的作品并不在少数，但残雪写梦跟其他作者仍存在较大的差别，程德培认为：

> 其他小说的叙述者是站在白天的立场上，或者站在理智的立场上向我们叙述一个记忆的残梦和一种精神的变异；残雪不同，她的叙述视线决定了叙述者本身的立场就是处于梦幻状态，她的语言就是梦的语言。①

残雪小说中的梦似乎是真实存在的，有时甚至是有生命的。《旷野

① 程德培：《折磨着残雪的梦》，《上海文学》1987年第6期。

里》那对整日像游魂般在黑夜里游荡的夫妻竟然有了这样的感觉："有一个梦追随我，就从那个小窗口进来的。它像鲨鱼游进来，向我的后颈窝呼出一股冷气。"① 有时候，小说中的不同的两个人会做同样的梦，"夜晚，在楮树花朵最后一点残香里，更善无和隔壁那个女人做了一个相同的梦，两人都在梦中看见一只暴眼珠的乌龟向他们的房子爬来。"② 残雪有一篇小说题目是《从未描述过的梦境》，可以作为残雪小说中热衷叙述梦的状态原因，小说中那个整日坐在路边的棚子里为过路的人写下各种各样梦境的描述者，"他在期待一种从未描述过的意境，那里面凝聚了大量的热和能刺瞎人眼的光。他不能肯定那种意境清清楚楚地在他脑海里出现过，他只是确信有那样一种意境。"③ 可以说这是残雪对自己小说中梦境描写的一种期待和定位。

尽管不少作者都曾经表示过进入文学创作过程时会有一种"神灵附体"的独特创作体验或者柏拉图所谓的激情迷狂的状态，但无论如何他都会具备基本的逻辑思维能力，以此来进行确立主题、构筑结构、选词造句、酝酿氛围等创造性思维，这是一个感性思维和理性思维兼具的思维状态。但残雪的写作状态却完全不同于一般作者，她曾在不同的场合描述自己与众不同的写作状态：

> 我在实际创作时，头脑里一片空白，几乎在无意识的状态中，将涌现出来的语言不加改变地进行排列。……而且，我完全不拘泥于一个个词汇。如果编辑人员想要改变的话，即使任意的改变也没关系。在一些被改变的地方，我的作品的能量或者功率完全不受影

---

① 残雪：《旷野里》，《中国当代作家选集丛书·残雪》，人民文学出版社2000年版，第5—6页。

② 残雪：《苍老的浮云》，《中国当代作家选集丛书·残雪》，人民文学出版社2000年版，第16页。

③ 残雪：《从未描述过的梦境》，《中国当代作家选集丛书·残雪》，人民文学出版社2000年版，第174页。

响。总之，使头脑一片空白，随笔写下去，才能感到无限的自由和痛快。[①]

这的确有点超出了人们的理解范畴，听起来甚至有点近乎巫术，以科学理性的态度来理解可以说残雪几乎是以一种精神分裂的状态在写作，而且，残雪本人并不避讳承认自己的精神分裂，她说："我是属于那种精神有分裂倾向的人，冲动而暴烈；所幸的是，我从父辈的血液里遗传到了那种坚不可摧的理性气质，这种气质无论在什么样的情况之下都在对我的精神起着监护的作用，将欲望的滚滚洪流拦截在高高的堤防之内。"[②] 这的确是一个出人意料的悖论，我们看到的近乎梦呓般的话语叙事竟然因为理性力量的强大才得以存在。

二　噩梦般的叙事

没有人能够真正体验残雪进入写作状态是一种怎样的灵魂分裂状态，但可以肯定的是这并不是一次愉悦的经历，因为残雪小说的梦境并非一般的梦，而是噩梦。残雪曾经表达过自己写作过程的矛盾心理："我不能清楚地意识到内部躁动的实质，我只知道一点：不写就不能生活。出于贪婪的天性，生活中的一切亮点（虚荣、物质享受、情感等等）我都不想放弃，但要使亮点成为真正的亮点，唯有写作；而在写作中，生活中的一切亮点又全都黯然失色，没有意义。我所写的，就是这种矛盾的内心体验。"[③] 残雪小说的读者心态或许跟残雪一样矛盾，心里明明知道进入噩梦（尽管是别人做的噩梦）会是一种不愉快的、甚至是可怕的、恐怖的体验，但哪个人又能拒绝游历亦真亦幻、稍纵即

---

① 残雪：《为了报仇写小说——残雪访谈录》，湖南文艺出版社 2003 年版，第 35—36 页。
② 残雪：《黑暗灵魂的舞蹈》，《残雪散文》，浙江文艺出版社 2000 年版，第 11—12 页。
③ 残雪：《为了报仇写小说——残雪访谈录》，湖南文艺出版社 2003 年版，第 36 页。

逝的梦境的诱惑呢？因此，带着这种矛盾的心态，我们来细致地分析一下残雪的梦（噩梦）里是怎样的一种情形。

残雪小说的噩梦叙事主要表现在以下几个方面：首先是噩梦的环境，无边的黑夜和封闭的空间为残雪小说的噩梦叙事奠定了基本环境。在残雪的小说中，我们几乎找不到准确的时间观念，不要说大的时代背景，几乎连具体的时间也是模糊和混乱的，但有一点是确定的，残雪小说中的人似乎永远生活的无边的黑夜里，这对应了噩梦发生的空间——黑夜。“从此，每天夜里，他们如两个鬼魂，在黑暗中，在这所寓所的许多空房间里游来游去。”①“黑暗中的游魂”正是残雪小说中最常见的意象。幽暗的、密闭的、神秘的空间是残雪小说噩梦发生的典型空间。《苍老的浮云》中虚汝华可以把自己关在封闭的房子里待三年四个月；《黄泥街》中所有的人都长年生活在肮脏、混乱、不见天日的小镇里。其次，变异的身体。在残雪的小说中，人的身体是会随时变形的，《山上的小屋》中小妹给“我”说话时左边的眼睛会变成绿色，“我”的头皮被妈妈盯着的地方会发麻，而且肿了起来；《公牛》里丈夫的嘴唇变得乌黑，说话间，皮肤会立刻皱缩得如八十岁老人，坚硬的额发会扎痛了“我”的手指。再次，残雪小说中的人还会经常过分关注一些并不起眼的小东西，这些小物件往往会给关注它的人带来巨大的精神痛苦，《旷野里》的她在枕头下发现了橡皮管和注射针头，而她丈夫则时刻把这个针头拿在手里，“橡皮管子在可怕的痉挛，挤压这内部的液体”，②《公牛》中的“我”时刻能从墙上的大镜子里看见一头公牛，这头公牛甚至能从板壁缝里伸进来一只牛角；《苍老的浮云》中更善无无法容忍楮树上的大白花；《山上的小屋》中，“我”父亲时刻惦记着掉到井里的一把剪刀，为这事苦恼了几十年……除了经常出现的怪诞的事物外，小说中的人还经常有怪异的行为。《山上的小

① 残雪：《旷野里》，《中国当代作家选集丛书·残雪》，人民文学出版社2000年版，第5页。

② 同上书，第6页。

屋》中“我每天都在家中清理抽屉”；《苍老的浮云》里的虚汝华毫无节制地咀嚼酸黄瓜。这种变形和变异一方面是梦魇叙事的必然，人在噩梦中思绪的混乱会改变现实中正常的事物，一切都不再是真实的样子，一切都变得陌生而可怕。另一方面，残雪以一种非理性的梦魇叙事进行写作，所有这些变异都表明孤独的个体对个人精神灵魂的审视。

出现在残雪的小说中的变异并非仅仅以物的形式出现，更重要的是人与人之间的关系也出现了变异，她笔下变化最大也最明显的人际关系是家庭内部人员之间的关系。在中国这样一个以家庭为基石的文化制度的大背景下，无论是在现实生活中，还是在文艺作品里，家庭内部的和谐温馨以及家庭成员关系的融洽亲密都是最高的追求目标。即便是在批判家族制度的小说中，比如巴金的《家》，我们依然能够感受到其中家庭成员之间爱意，即使是家庭成员之间有所伤害其初衷依然是爱。但在残雪的小说中，家庭成员之间的关系却发生了最根本也最触目惊心的变异。残雪的小说经常写到的关系有两类：一类是夫妻之间的关系；另一类是父母跟子女之间的关系。这两类最基本的家庭关系在残雪的小说中都变得异常冷漠和冷酷。比如她笔下的夫妻关系经常是生活在一个屋子里生活却形同陌路、各怀心思。

《公牛》以第一人称“我”的视角写了一对夫妻，尽管丈夫老关声称：“我们俩真是天生的一对。”但他们对话交谈的内容却相差万里，几乎永远是风马牛不相及。“我”说的是“那些玫瑰的根全被雨水泡烂了”“花瓣变得真惨白。”老关的回答是：“我要刷牙去了，昨夜的饼干渣塞在牙缝里真难受。”这样的对话他们可以说上一通夜，但他们之间的对话却不能算是一种交流和沟通。《苍老的浮云》中写了两对夫妻，一对是更善无和慕兰夫妇，一对是老况和虚汝华夫妇，这两对夫妻都是同床异梦，彼此之间只有戒备和憎恶，毫无夫妻之间的关怀和情爱。残雪小说中父母与子女之间的关系更是违反基本的伦常，丧失了最起码的亲子之爱。《山上的小屋》写了极其可怕的父母与子女之间的关系。父

母趁“我”不在的时候偷翻了“我”的抽屉，父亲盯着“我”看的时候让“我”感觉到那是一只熟悉的狼眼：“我恍然大悟。原来父亲每天夜里变为狼群中的一只，绕着这栋房子奔跑，发出凄厉的嗥叫。”[①] 而小妹偷偷跑来告诉“我”：“母亲一直在打主意要弄断我的胳膊，因为我开关抽屉的声音使她发狂，她一听到那声音就痛苦的将脑袋浸在冷水里，直泡得患上重伤风。”[②] 在残雪的小说中我们看不到家庭成员之间应有的亲人间的融洽和睦的亲情人伦关系，有的只是漠视、敌对，甚至是仇恨。残雪小说中家庭成员之间的关系不同于中国文学中其他作家所批判的那种基于文化制度造成的家庭成员之间的关系，这种家庭成员之间的矛盾是基于压迫和反抗之间的矛盾，而在残雪的小说中我们看到了家人之间不可调和的可怕的矛盾，却看不到产生矛盾的原因在哪里。萨特笔下“他人即地狱”的断言在残雪这里似乎毫无理由地变成了“亲人即地狱”，或许只能用共同生活在一个封闭的、逼仄的空间里造成了精神变异才导致了这种无端的漠视和仇恨的关系。

除了家庭成员之间的这种冷漠、猜忌和仇视之外，残雪小说中人与人之间普遍存在着一种“窥视/被窥视”的关系。这种窥视关系不同于鲁迅小说中“看/被看”的关系，窥视不是简单地看，窥视者是带着一种阴暗的心理去看被窥视者，而被窥视者其实是处于一种被侵入甚至是被侵害的状态。但“窥视/被窥视”关系在某种程度上跟鲁迅小说中的“看/被看”关系又有某种相似的地方，窥视与被窥视二者的关系有时候是可以相关转换的，一个窥视者有时候会变成被窥视者，一个被窥视者也会变成窥视者，就像鲁迅小说中的“看/被看”关系一样，看别人的同时也会被别人看，二者的关系也是可以彼此转换的，被看者也会变成看人者，就像“吃人者”会随时变成“被吃者”一样。小说《苍老的浮云》是表现这种“窥视/被窥视”最典型的一篇。更善无感觉自己

① 残雪：《山上的小屋》，《人民文学》1985 年第 8 期。

② 同上。

时刻处于被窥视的状态，于是开始寻找窥视者，他发现隔壁的女邻居的一张瘦脸在他家隔壁的窗棂间一晃，立刻又缩回去了，于是写了张“不要窥视人家的私生活，因为这是一种目中无人的行为，比直接的干涉更霸道”①，偷偷仍进她的家里；他发现自己的岳父在暗中刺探他的一切，像幽灵一样总在意想不到的地方冒出来，转进他的灵魂；可恶的老头儿麻老五也是个窥视者并且以欺负他为乐，甚至在他生病的时候还要化了妆来调查他；最后，他发现他的老婆也是个窥视者，她遮遮掩掩，躲躲闪闪，翘着屁股忙个不停，自以为转进的行动很秘密……他自己也变得训练有素，假装坐在门口修胡子，用一面镜子照着后面，偷眼观察隔壁女人的一举一动。他在发现一个又一个的窥视者以后，却没有想到，他自己最终也成为一个窥视者，他在寻找窥视者的过程中自己也变成了一个窥视者，也即他在被侵入的同时自己也变成为一个侵入者。

窥视像一种传染病细菌，从一个人身上传染到另一个人身上，只要生活在这个遍布着窥视病菌的环境中，任何人也逃脱不了被窥视的命运。与此同时，窥视与被窥视所带来的心理症状纷至沓来，最终，每个人都变得越来越焦灼、狐疑、缺乏安全感，这个噩梦般的世界也就更加纷乱不安、躁动无常。

三　残雪噩梦叙事的来源

残雪小说中噩梦般的梦境和梦魇般的呓语来自哪里？这几乎是每一个阅读过残雪小说的人都会有的疑问。当我们从残雪小说构筑的噩梦中清醒过来，不能不再次提出这个最基本的问题。

据说，曾经有人给残雪看过手相，断言她“有两个灵魂”，这个看

① 残雪：《苍老的浮云》，《中国小说50强1978—2000》，时代文艺出版社2001年版，第86页。

似离奇的谶言其实在现代心理学家眼里一点也不离奇，尤其是对尊崇弗洛伊德的学术理念的心理学派来说更是如此。弗洛伊德用一套看似严密的说辞告诉我们，那另一个看不见的灵魂甚至在我们的头脑中占据更大的比重，那就是潜意识。在弗洛伊德看来每个人的潜意识就像沉潜在深海中的冰山一样占据心理活动的大部分，只是潜意识被道德、纪律、规则、制度、文化等人类理性所产生的文明与文化所压制，通常情况下，潜意识是无法表露出来的，但同时弗洛伊德还认为有一个时机是表露潜意识的突破口，那就是梦。

> 梦表明，无论是对正常人还是对精神疾病患者而言，被压制着的材料仍然存在着，并能够保持其精神的功能活动。梦本身就是这种被压制材料的表现方式。……梦是理解心灵潜意识活动的一条光明大道。①

残雪的小说恰恰实践了弗洛伊德的这一理论。作为小说创作者，残雪的高明之处就在于：她用小说的形式以及噩梦叙事把人的潜意识表现到最大限度。对残雪本人来说其实就是把她的另一个灵魂分离并放大，凸显那个隐藏在潜意识深处的灵魂。因此，“残雪的小说对我们最大的意义就在于它引导我们进入人的黑暗的内心世界，并进而体验这个世界。”②

人类的潜意识应该有自己独特的存在方式，因此要表现它也应该用一套独特的语言体系。该以什么样的形式才能把潜隐在人类灵魂深处的心灵世界表现出来呢？残雪找到了一种合适的语言来表现潜意识，那就是梦呓，残雪小说的语言就是一种真实的梦的呓语。随意翻开残雪的小

---

① ［奥］弗洛伊德：《梦的解析》，高申春译，中华书局2013年版，第239页。

② 高玉：《论残雪小说的“读不懂”与文学阅读的“反懂”》，《中国现代文学研究丛刊》2012年第6期。

说，都能看到类似梦呓般的叙述语言。

> 上到楼梯上，每一步四处都发出摇晃的吱吱声以及木板负重后的呻吟，越往上走，那呻吟越加剧。正当我犹豫不决的时候，主人已在那楼梯上发出欢快的邀请了。声音从上面传下来，如空谷回音。从那么远的处所，他是看见了我才喊我，还是我在下面楼梯弄出的响声传到了上面?①

这种梦呓般的叙述让残雪的小说语言成为她的小说最突出的标志。"残雪一旦敞开了她那语言的大门，我们的发现就会变得轻而易举，所谓这样一种对话与约会，就是经由叙述的符号流露出许多纠缠人自身的诸多焦虑与麻烦、失望与希望、永恒与瞬间、眷恋与迷失、执迷与醒悟、遗忘与记忆、自尊与自卑、痛苦与幸福、挑剔与辩解……并让它们顺利地进入梦境。"②

如果残雪仅仅是给自己身边的人讲述自己的噩梦，那么它可能仅仅来源于她个人的潜意识，当她用小说的形式讲述自己的梦，而且不断被关注被评论，并最终成为当代文学的一个重要节点时，那么我们不能不考虑她小说中另外一个不容忽视的来源，即西方文学的影响，尤其是卡夫卡的影响。残雪丝毫不隐瞒卡夫卡曾经给她的灵魂带来的冲击，她曾经提及一次阅读卡夫卡的小说让她从此改变了对整个文学的看法，并在后来漫长的文学探索中获得了一种新的文学观念，卡夫卡对她来说意味着："全身心的如醉如痴，恶意的复仇的快感，隐秘的平息不了的情感激流。啊！那是怎样的一种高难度的精神操练和意志的挑战啊。然而，我深深地感到，这位作家具有水晶般的、明丽的境界。因为他身兼天使和恶魔二职，熟悉艺术中的分身法，他才能将那种境界描绘

① 残雪：《奇异的木板房》，《中国当代作家选集丛书·残雪卷》，第309页。

② 程德培：《折磨着残雪的梦》，《上海文学》1987年第6期。

得让人信服。”①

残雪对卡夫卡的热爱源自对卡夫卡文学观念和叙事方式的认可。卡夫卡是西方现代主义文学奠基者之一，也是最重要的代表，残雪小说借鉴了卡夫卡小说中的孤独感和恐惧感，《变形记》中主人公一觉醒来变成甲虫的叙事和《山上的小屋》中“我”眼里父亲每天夜里变成一只发出凄厉嚎叫的狼的叙事其实是一样的，是对荒诞的人生和噩梦般人际关系的一种隐喻。卡夫卡之后，西方文学始终没有摆脱对非理性叙述的偏爱。无论是对弗洛伊德的精神分析理论，还是包括卡夫卡在内的各种现代派文学思潮，西方文艺思想界的这种非理性思潮对80年代以后的中国当代文学必定有着深远的影响，置身其中的残雪不可避免地受到影响。

另外，一个不容忽视的原因是“文革”十年动乱对人心灵的摧残，残雪出生于1953年，父亲50年代被错划为“右派”，父母均被下放劳改，1966年“文革”开始那年残雪小学毕业，13岁的她也从此失学。残雪的少年和青年都是在动乱的“文革”时期度过的，作为女性敏感的残雪在那个噩梦般的岁月看到过和经历过什么已经不得而知，但可以想象的是这一切都深深地烙在她的心灵深处，并在她走上创作道路后时时流露于笔端。她的《黄泥街》几乎是对“文革”十年的一种隐喻。

残雪小说开创的这种梦魇叙事属于现代小说痴狂叙事中最为独特的一类，不仅小说内容主要描写的是人的幻觉、潜意识、直觉、白日梦等不可把握、不可言说的非理性现象，而且小说内的叙述人和小说外的叙述人（隐含作者）都是处于一种梦魇状态，小说中的噩梦叙事是其独具的直觉天赋和横向移植西方现代主义文学理论的结合，是对人性中非理性因素的挖掘与展示，开启了中国当代文学梦魇叙事独特视角。

---

① 残雪：《灵魂的城堡·序言》，上海文艺出版社1999年版。

第二节 王小波小说中的痴狂叙述者

王小波的小说在当代文学史上算是一个异类，使他成为异类的因素有很多，首先，他被接受的渠道不同于大多数当代作家是从官方到民间，他是从民间到官方，从读者群到评论界，当官方的评论界对他还知之甚少时，他在民间已经拥有众多的读者了；其次，他的作品首先在台湾而非在大陆获奖，1991 年，当他的小说《黄金时代》获得台湾《联合报》文学奖之前，大陆的官方文学界对王小波的认可度并不高。但这些方面并非王小波成为当代文学异类的主要因素，因为这些都属于文学外围的事情，抛开这些非文学的因素，仅从王小波的文学作品内部来看，笔者认为，王小波的小说之所以成为异类主要源于他的小说开创了一种全新的叙述方式，这种叙述方式让中国文学中出现了一个跟其他作品中不一样的叙述人，一个穿越于不同时空的叙述者，一个略带痴狂的叙述者，这个叙述者的出现使王小波成为当代文学痴狂叙事领域一个新的开拓者，通过这个叙述人，王小波在自己的小说中构建了一个狂欢化的叙述平台，给读者提供了一个痴狂的叙述空间，这个狂欢化的叙述空间打破了一切正统的、虚伪的、貌似平和的空间维度，给我们提供了另外一个痴狂化、陌生化的文学叙事时空。

按照痴狂叙事的分类来说，王小波小说的痴狂叙事应该属于狂欢化叙事这一分支，但他小说中的叙述人又非常独特，时而徜徉于不同时空之间，时而出入于小说文本内外，这一变换不定的叙述者身份有时像一个真正的痴傻者，有时又像一个佯装的痴傻者。这个痴傻者不像《狂人日记》中的狂人是个既具有一定象征意义又在病理上符合被迫害狂的真实病人，也不像《爸爸爸》中的丙崽，既是一个象征性的符号，又是一个真正的弱智者，王小波小说中的叙述人本身是一个正常人，但他一旦进入叙述状态却又带有明显的痴傻像。因此，可以说王小波小说

中的叙述者虽然貌似一个痴傻者却并非一个真正的痴傻儿，他是一个表面看似痴狂，实际上却颇为理性和睿智的现代知识分子代表。

一　徜徉于文本内外的两个王二

不同的资料在对王小波的创作进行介绍时，经常把他的人生经历和小说作品背景进行关联，比如，1966 年上初一时“文化大革命”开始，对这段生活的印象被认为是小说《似水流年》的背景；1968 年在云南兵团的生活经历被认为是小说《地久天长》和《黄金时代》的写作背景；1973 年在北京西城区半导体厂做工人的生活则被写进了小说《革命时期的爱情》。这样看来，王小波的小说似乎是践行了法郎士那句著名的论断“文学作品都是作家的自叙传”。然而，王小波小说中这种类似自叙传的叙述方式显然不同于法郎士所谓的“自叙传”，一个最大的差别就在于王小波小说中的叙述者是一个出入于文本内外的叙述人，虽然小说中“我”的经历与作者王小波的经历有某些重叠之处，但我们仍然无法把文本内的叙述者和文本外真正的讲述人即作家王小波本人等同起来。也就是说，在王小波的小说中始终存在着另外一个表面类似王小波本人的叙述者，他们是《黄金时代》中是王二，《白银时代》中那个写《师生恋》的“我”，《青铜时代》中的叙述人“我”，《黑铁时代》中的秃头……这些人虽然也叫王二，但他们并非现实生活中那个真正的王二，小说文本中的王二完全超越了现实中的王二，他是一个既徜徉于过去、现实和未来不同时空之间的小说故事的讲述者，又是一个出入于不同文本之间的独特的叙述人，王小波只是借助这个王二来讲述不同的故事，正是这个与众不同的叙述人让王小波的小说变得与众不同。王小波小说中的叙述人最大的特性就是他的自由度。这是一个不受任何限制的叙述人，他既不受情理的限制，也不受时间的限制，甚至不受生死限制，自由地出入于文本内外，讲述着一个个荒唐而

又怪诞的故事。

王小波小说中的叙述人通常是第一人称“我”，以第一人称“我”来叙事在现代小说中已经是一种非常常见的叙述方式，不论在小说中“我”只是作为讲述人还是兼具其中的一个角色，以这种方式来定位讲述人“我”在各种小说文本中都经常存在。但王小波小说中的叙述人“我”却不同于这两种情形，这是一个更加自由的叙述人“我”，王小波小说中的“我”有时以叙述人的身份讲述故事，有时却又成为故事中的一个角色，这个叙述人经常自由地出入于故事内外和文本内外。

王小波小说中的“我”有作者王小波本人的痕迹，但又不能把这个“我”和王小波本人完全等同。小说《似水流年》的开头有一个“王二年表”，年表中简单列举了王二四十年的生活简历，这份王二的简历跟王小波本人的简历有较大的重叠，比如《似水流年》中王二的简历中说王二1950年出生，王小波本人则出生于1952年；王二简历中说：“一九六六至一九六八年，文革。住在矿院，是一名中学生，目睹了贺先生跳楼和李先生龟头红肿。”① 王小波本人的确也是1966年上中学。尽管这个简历中大的时间节点跟王小波本人有较大的重合，但它依然是王二的简历，而非王小波的简历，一个最明显的证据就是在简历中出现了几个王小波小说中的虚构人物，比如跳楼的贺先生和龟头红肿典故的李先生，他们都是小说《似水流年》中的人物。除了《似水流年》中的人物，这个简历中还出现了王小波其他小说中的人物，其中有一条简历说：“一九六九至一九七二年，被释放。到云南插队。认识陈清扬。”② 虽然王小波的确在1968年至1971年期间在云南兵团劳动，但陈清扬作为他小说中的人物则是出现在他的小说《黄金时代》中。

这个王二的简历把王小波不同小说中的人物都囊括进来，虽然这份

---

① 王小波：《似水流年》，《黄金时代》，上海三联书店2013年版，第115页。

② 同上。

简历并不完全能等同于王小波本人的经历，但又不能说这个简历跟现实中的王小波本人毫无联系，且不说大体的时间节点都跟王小波本人有诸多重叠之处，甚至连叙述人的名字也是王小波本人的昵称，因为王小波本人在家里男孩中排行第二，因此“王二”这个名字在很大程度上有作者真实生活的痕迹。但小说中的王二并不能等同于现实中的“王二”，相比较而言，小说中的王二有着更大的自由度，仅就外貌来说，现实中的王二是相对固定的，而小说中的王二就经常改变。在小说中王二有时是一个身高一米九长相丑陋的家伙，有时又是一个“从来没有插过队，是个身材矮小，身体结实，毛发很重的人”。[①] 这种叙述人既有作者本人的生活痕迹却又不完全是作者本人的生活摹写，这种叙述手法在现代文学中也曾经出现过，而且被冠以“自叙传”小说。但我们在王小波的小说中虽然能看到诸多他个人生活的痕迹，但王小波的小说却很少被称为“自叙传小说”。

现代文学中曾经出现过一类被称为“自叙传”的小说模式，最为经典的“自叙传”小说是郁达夫的以《沉沦》为代表的一系列小说，包括《沉沦》《银灰色的死》《南迁》《茫茫夜》等。尽管王小波的小说也经常使用第一人称“我”来叙事，甚至有时候这个“我”的经历和长相类似王小波本人，但他的小说却很少被称为“自叙传”小说。笔者认为，王小波的小说之所以不被称为是自叙传小说是因为他小说中的王二不同于郁达夫小说中的“我”“他”“质夫”等一系列人物。郁达夫小说中的叙述人虽然用不同的名字，但在本质上却永远是那个彷徨歧路的“零余者”，一个身体羸弱、精神亢奋的“五四”文人，一个充满了焦灼却又找不到出路的现代知识分子。而王小波笔下的王二却不同，尽管他经常使用同一个名字，但他却不是一个共同的叙述人，他有时是那个在云南兵团跟陈清扬搞“破鞋”的王二，有时又是生活于未来世界整日坐在写作公司里构思《师生恋》的文人；有时又是穿越时

① 王小波：《革命时期的爱情》，《黄金时代》，上海三联书店2013年版，第187页。

空回到唐朝的长安跟一个白衣女子恋爱的失忆作家……总之，这个王二的身份是不断变换的，他并非王小波本人在小说中的变形，因此，尽管王小波小说中经常出现他的小名“王二”，但他的小说的确不是一种“自叙传”文本。

现代小说的作者早已学会了在虚构作品中隐去自我，以不露声色的方式来讲述别人的故事，就像法国作家福楼拜所说“作家不应该出现在小说中，就像上帝不应该出现在生活中”。因此，现代文学历史上除了郁达夫这类被称为“自叙传”的小说时常明目张胆地暴露自己的生活历程以外，其他人很少在小说中表露自己的生活痕迹，即便是在80年代中期的小说叙述革命的形式实验中，我们也只是在马原的小说中读到那句“我就是那个叫马原的汉人”，这句仅只是具有暴露叙事的标志性意义的关于作者本人的叙述话语，其他作家个人的生活经历很少出现在小说叙事之中。造成这一叙述方式变化的主要原因是现代小说作者的主体介入被越来越弱化，作者不再以个人的经历作为小说叙事的主要素材，尤其是在以批判和反映社会现实的现实主义小说盛行以来，表现他者生活的更客观的现实写作越来越成为现代文学的一种趋势，要求作家“反映”现实，而非“介入”现实的批判现实主义思潮一度盛行，20世纪的中国文学这类现实主义创作也始终是文学史青睐的主潮。

但这种小说中作家越来越隐蔽的叙事方式存在一个较大的弊端，它完全忽略了叙述人的价值和意义，无论是文本内的叙述人还是文本外的叙述人都被完全忽视。但作为叙事文学之一的小说，叙事人的存在是不容忽视的一个事实，因为“谁在讲故事？怎样讲故事？”在叙事文学中有时候至关重要，它关系到作者的意图和观点。王小波的小说则不同，他并没有刻意隐去叙述人的痕迹，也没有把作者置于无所不知的上帝的位置，他有时甚至故意用姓名和生活经历刻意暴露叙述人与作者的某种关联，这种叙述方式虽然并不被称为“自叙传”小说，但又不故意逃避作者本人在文本叙事中的意图，同时实现以作者本人的视角来介入文

本叙事功能，这种叙述方式既增加了叙述的真实性又实现了作者的主体介入，可谓一箭双雕的叙事策略。

另外，相比于郁达夫的小说，王小波的小说不被称为“自叙传”小说还有一个主要的原因就是叙述情感角度的变化。郁达夫的小说是从自我心理情感的角度来构筑小说，而王小波的小说则是从时代理性情感来虚构文本。比如同样是写性，郁达夫小说写的性是青春期性压抑的病态展示，而王小波笔下的性则是被特殊时代扭曲的隐性爆发。郁达夫和王小波对性的态度也是不一样的，尽管郁达夫大胆地写出青春期的性渴望，甚至硬把青春期的性压抑归因于国家的贫弱，但作为传统知识分子，他仍然认为这种对性的追求带有某种罪恶的性质；而王小波则不同，在他看来性体验是美好的，追求性生活是顺理成章的，即使是在那个被扭曲的极端年代，性体验也应该是被赞扬的而不应该是罪恶的，这种体验在王小波笔下带着一种轻松而愉悦的快感，就像“风从衣服下面吹进来，吹过她的性敏感带，那时她感到的性欲，就如风一样捉摸不定。它放散开，就如山野上的风”。[①] 因此，性对王小波和对郁达夫的意义是不同的，这种不同源自叙述人对自我身份的不同界定，以精英知识分子自居的郁达夫和以自由撰稿人为业的王小波对性描写的希冀也是不同的，郁达夫是想通过对性的自然生理的描写来抨击传统人伦道德对人性本真的压抑，而王小波则想通过对性快感的描写来折射“文革”时期知识分子处境的荒谬。

二　穿梭于不同时空的叙述人

尽管王小波的小说经常以“我”作为叙述人，但他并没有完全囿于自己的个人经历，这个“我”不仅以“王二”的身份生活于当下，更以不同的身份穿越于过去和未来的不同时空之中，扮演着不同时代的

---

① 王小波：《黄金时代》，上海三联书店2013年版，第48页。

不同角色。李银河在王小波的“时代三部曲”出版时曾这样说：

> “时代三部曲”表面上是王小波作品的合集，每部之间似乎没有什么联系，但其实是有一个逻辑顺序的。这个逻辑顺序就是：《黄金时代》中的小说写现实世界；《白银时代》中的小说写未来世界；《青铜时代》写的故事都发生在过去。①

一个作家无论是写现实还是写未来和历史都不奇怪，奇怪的是不论是写现实世界的《黄金时代》，还是写未来世界的《白银时代》，或者是写过去的《青铜时代》，我们都看到王小波小说中的叙述人不仅叙述着自己或者他人的故事，更为独特的是那个经常名叫王二的叙述人可以穿越时空进入他本人讲述的故事之中，正是这一点让王小波的小说完全超越了自叙传小说的束缚，实现了在小说叙述上的新突破。我们以《青铜时代》为例来看一下王小波的小说是如何重新讲述古典小说中的故事的。

《青铜时代》主要讲过去，它由三篇小说构成，分别是《万寿寺》《红佛夜奔》和《寻找无双》，这三部小说原本都是传奇故事，出自中国古典小说的渊薮《太平广记》，但在王小波的笔下，这三个故事均变了模样，或者说王小波只是以历史故事为由头，杜撰出了更多的不同版本关于历史人物的故事。在这里原来的传奇故事只是一个背景而已，王小波是按照自己的喜好和口味在炮制不同的故事。以《万寿寺》为例，小说《万寿寺》的主体是写“我”在万寿寺读到“我”写的关于薛嵩和红线女的不同的故事。在这里，“我”是一个现代人，由于一场车祸而失去了记忆，离开医院后，“我”循着一张工作证来到了“西郊万寿寺”，在这里“我”感觉到自己过去留下的痕迹：

---

① 李银河：《写在前面》，《时代三部曲》，陕西师范大学出版社 2003 年版。

> 配殿里有个隔出来的小房间，房间里有张桌子，桌子上堆着写在旧稿子上的手稿。这些东西熟悉的气息迎面而来——过去的我带着重重叠叠的身影，飘扬在空中。用不着别人告诉，我就知道，这是我的房间、我的桌子、我的手稿。①

“我”便开始阅读手稿上的关于晚唐节度使薛嵩的故事，小说中关于薛嵩与红线女的故事便是过去的“我”写在这些稿纸上的，在《万寿寺》中“我”便是以这种方式讲述了红线女与薛嵩的故事的。但是在小说《万寿寺》中，薛嵩和红线女的故事并非只有一个，“我”越来越不满意那个失去记忆的“我”的手稿中所写的关于薛嵩与红线女的故事，“我”不断改编着这个故事，“我”不仅多次杜撰薛嵩和红线女的故事，甚至“我”自己也最终进入故事文本之中，叙述人“我”由原来的故事的讲述人变成了故事的参与者，“我”从一个现代的作者变成唐代的文人，“我”生活的空间也从北京转到了唐代的长安。

薛嵩的故事经常重新开始并且和“我”天马行空的想法经常交织在一起。比如，薛嵩抢红线女有三种不同的方式，红线女在其中的表现也各不相同。“我”非常清醒地意识到自己写的不同的故事，甚至有时候会站出来评论一番，比如，在讲完薛嵩抢红线的三个不同版本后，有这样一段叙述：

> 有关薛嵩抢到红线的经过，有各种各样的说法，这是最繁复的一种。假如说，这种说法不够繁复，也就是说，它还不够让人头晕。在这个故事里，有薛嵩、有红线，还影影绰绰地出现了一些雇佣兵。这个故事暂时也就这样放着吧。这样我就有了两个开始，这两个开头互相补充，并不矛盾。②

---

① 王小波：《青铜时代》，《时代三部曲》，陕西师范大学出版社2003年版，第8页。

② 同上书，第49—50页。

这样，王小波小说的叙述就彻底打破了隐蔽叙述人的模式，文本内的叙述人大模大样地出现在小说的叙述中，而且很清楚地知道自己是在讲故事。叙述人“我”还经常故意把小说中的叙述人和小说外的作者混为一体，比如小说中这样写道：

> 我越来越不喜欢这故事的男主人公——想必你也有同感。因为你是读者，可以把书丢开。但我是作者，就有一些困难。我可以认为这不是我写的书，于是我就没有写过书；一点成就都没有——这让我感到难堪。假如我认为自己写了这本书，这个虚伪、做作的薛嵩和我就有说不清楚的关系。现在我搞不清，到底哪一种处境更让我难堪……①

这段文字中，叙述人“我”故意引导读者把小说中的叙述人和作者本人看作一个人，使小说中的叙述人超越了文本，站在作者的层面和读者对话。但我们不应该被作者的叙述圈套所迷惑，小说中的“我”绝不是作者王小波，因为“我”经常会慢慢地进入故事情节之中。王小波小说中的叙述人经常从一个故事的讲述者进入故事之中，最终成为一个故事的参与者。《万寿寺》中的叙述人“我”最终进入唐代的长安城并爱上那个时代的一个白衣女人，而这个白衣女人又跟随他回到现代，回到“我”失忆时仍然记得的万寿寺，成为“我”的妻子，但是当“我”认为这些都是自己的虚构时，白衣女人却说：“不管怎么说吧，我不同意你把什么都写上。”② 好像所有在发生过的事情都是真实的，但“我”作为叙述人又曾生活在灰色的北京城，到底哪个叙述人才是真实的？在王小波的小说中就没有一成不变的叙述人，每个叙述人都时刻变换着身份，都有穿越时空和穿越不同文本的能力，正是这一点

---

① 王小波：《青铜时代》，《时代三部曲》，陕西师范大学出版社2003年版，第87页。
② 同上书，第268页。

让王小波小说的叙述变得复杂多变、扑朔迷离、耐人寻味。

其实，包括《万寿寺》在内的《青铜时代》都可以看作王小波的“故事新编”，王小波的“故事新编”与众不同的是作者在编写新故事时不仅把自己编写的状态也写出来，而且不知不觉地把自己也编进了小说文本中去，这就让读者在看到不同版本的故事的同时得以看到小说叙事的全貌，关注点就不再是故事本身也包括故事的讲述者和讲述者的状态。

三　戏谑化的叙述话语

王小波始终认为小说的寓意都存在于叙事之中，“假如叙事部分被理解了，一切都被理解了。”[①] 之所以如此就因为每个作家的叙述话语都是独特的，王小波小说的叙述话语就有他自己的独特性，这种独特性就是王小波小说的叙述话语充满了戏谑化。那么，王小波是如何实现叙述的戏谑化的呢？用一句简单的话概括就是一本正经地在说傻话，就像曲艺节目中的单口相声，表面看来是在一本正经地说话，却不知什么时候就会抖出一个“包袱”，让人忍俊不禁，在看似胡搅蛮缠的歪理之中看到存在于生活中不被人注意的悖论。比如《黄金时代》中，当陈清扬去找“我”讨论“破鞋”问题时，“我”给出的一套“破鞋理论”：

> 我对她说，她确实是个破鞋。还举出一些理由来：所谓破鞋者，乃是一个指称，大家都说你是破鞋，你就是破鞋，没有什么道理可讲。大家说你偷了汉，你就偷了汉，这也没什么道理可讲。至于大家为什么要说你是破鞋，照我看是这样：大家都认为，结了婚的女人不偷汉，就该面色黝黑，乳房下垂。而你脸不黑而且白，乳

① 王小波：《我写〈黄金时代〉》，《黑铁时代》，上海三联书店2013年版，第242页。

房不下垂而且高耸，所以你是破鞋。①

这段叙述用定义式和三段论式来论证陈清扬是破鞋，表面看来是用牛刀来杀鸡，是三人成虎论的“破鞋”版，其实质则是在讲述那个强权即真理、众口铄金的时代，批判“文革”时期极权制对人性的压制和社会风气的败坏，对“文革”的批判本不是一个新鲜的话题，但新鲜的是王小波用这种充满痴傻气的叙述方式来讲述那个时代的故事，这种叙述方式使整个文本形成一种叙述的张力。

王小波始终致力于追求自己的小说不是“有意义”而是“有趣”，戏谑化的叙述是王小波的小说之所以显得特别有趣的主要原因，他曾经说过：“对于一些书来说，有趣是他存在的理由；对于另一些书来说，有趣是它应达到的标准。”② 王小波自己就以“有趣”来作为自己小说叙述的重要标准。王小波的小说经常叙述很多有趣的场面，比如《青铜时代》中有一个薛嵩和白蚁战斗的场面：

> 薛嵩用锄头刨蚁巢的外壁，白蚁在巢里听得清清楚楚，就拼命的吐吐沫筑墙；薛嵩的锄头声越近，它们就越拼命地吐，简直要把血都吐出来。所以薛嵩越刨，土就越硬；满手都起了血泡。最后他自己住手不刨了。白蚁用自己的意志和唾液保住了蚁巢，而那些苗族孩子看到薛嵩是这样的有始无终，都拣起地上的碎土块来打他，打得他落荒而逃。③

不得不佩服王小波的想象力如此丰富，居然能把薛嵩和白蚁的战斗写得如此妙趣横生，趣味盎然。王小波一直期望写有趣的小说，或许就

① 王小波：《黄金时代》，上海三联出版社 2013 年版，第 4 页。
② 王小波：《红佛夜奔·序》，《青铜时代》，陕西师范大学出版社 2003 年版，第 273 页。
③ 王小波：《万寿寺》，《时代三部曲·青铜时代》，陕西师范大学出版社 2003 年版，第 41 页。

是这种奇特而有趣的情节描写让他的小说变得可读而耐读，使他实现了让自己的书“有趣”，而不是“有意义”。

戏谑和有趣使王小波的小说中时常制造一种陌生化的语言环境，也在不经意中搭建了一个陌生化、狂欢化的平台。王小波的小说具有一种狂欢化诗学特点，狂欢化理论是俄国文艺理论家巴赫金提出的，他通过发掘人类的狂欢节文化特点，颠覆了传统的高雅文艺形式，为所谓的低俗体裁“加冕”，狂欢化理论重视人类的笑文学，主张从狂欢化的角度来考察文学创作的体裁和人物性格的变化，强调狂欢化文学传统是人类文学宝库中不可忽视的一个重要部分。王小波的小说在某种程度上就诠释了巴赫金的狂欢化文学传统。王小波的小说常常会寓谐于庄，比如《似水流年》中李先生写大字报的事这样描述：

> 李先生的才华横溢我倒是见过，那是在他被人龟头血肿了之后。他连篇累牍地写出了长篇大字报，论证龟头血肿的问题。第一篇大字报开头是这样的：李某不幸，惨遭小人毒手，业已经过医院诊断，披露于大字报。怎知未获矿院君子同情，反遭物议；兄弟不得不再将龟头血肿之事，告白于诸君云云。①

李先生还把龟头红肿的问题以一种严肃的政论文的方式加以讨论，他专门写大字报来讨论龟头红肿问题：

> 近来我们讨论了龟头红肿，很多人不了解问题的严重，不肯认真对待，反而一味嗤笑。须知但凡男人都生有龟头，这是不争的事实。龟头挨踢，就会血肿，而且很疼，这也是不争的事实。不争的事实，何可笑之有？不争的事实，又岂可不认真对待之？②

---

① 王小波：《似水流年》，《黄金时代》，上海三联出版社2013年版，第120页。

② 同上书，第121页。

这里用大字报的形式来讨论生殖器的问题，而且还反复论证，让人感觉到一种庄谐嫁接的幽默感 。

《黄金时代》中把“斗破鞋”作为一种娱乐也同样是让人忍俊不禁：“当地有一种传统的娱乐活动，就是斗破鞋。到了农忙时，大家都很累。队长说，今晚娱乐一下，斗斗破鞋，但是他们怎么娱乐的，我可没见过。他们斗破鞋时，总把没结婚的人都撵走。”① 把看似庄严的事以一种戏谑化的笔调写出来，便是狂欢化叙事的最典型写法。作为“破鞋”被斗的女人也并不把这事看得多么严重，曾经作为“破鞋”的陈清扬事后回忆起来，甚至有一种自豪感：“她还说，她无疑是当地斗过的破鞋里最漂亮的一个。斗她的时候，周围好几个队的人都去看，这让她觉得无比自豪。”② 这种无比自豪的感觉不再被作为“精神胜利法”受到批判，而被作为一种参与狂欢的娱乐化心态受到首肯。

王小波小说中戏谑化的语言不仅使他的小说搭建起了一个狂欢化的平台，还使他的小说实现了他所追求的“有趣的文学”的目标，使其小说在戏谑幽默的氛围中实现了更大的文学价值。

四　独特叙事风格的成因

任何新的叙述方式的产生除了作家写作技巧的追求以外，还有着深刻的社会基础和文化环境方面的原因，王小波小说中这种独特的叙事风格的形成也离不开个人追求和社会文化变迁两方面的原因。

就其小说叙事中常见的作者与叙述人及人物角色不分彼此有时甚至合为一体的叙述特色就源于作者的个人追求和社会文化两方面的原因。就作者本人来说，王小波独特的个人经历是其小说选择这种独特的叙事方式的原因之一。王小波诞生于 20 世纪 50 年代，是中国经历了最复

---

① 王小波：《黄金时代》，上海三联出版社 2013 年版，第 43 页。

② 同上。

杂、最剧烈的人生变迁的一代知识分子，对于这一代知识分子来说，他们的人生经历本身就是一部最波谲变幻的小说情节，而对王小波本人来说，由于家庭和父辈的特殊原因又使得他的人生经历更为颠沛和坎坷。

王小波出生于新中国成立初期的1952年，他的父亲在20世纪50年代初就因为“三反”运动被错划为“阶级异己分子”，王小波还在母腹中就受到了这一政治事件的影响，以至于出生后心脏不好，或许他的早逝在此时便已留下隐患。他记事后更是经历多次政治风云变幻对个人命运的巨大改变，五岁时他父亲因发表逻辑学文章曾受到毛泽东接见，这件事对王小波的家庭和成长都有较大影响。小学时他亲眼看见“大跃进”运动，随后又经历了三年自然灾害，饥饿曾经是他少年时代最深刻的记忆。刚上中学就赶上“文革”，整个中学阶段几乎没有正常读一天书。16岁就到云南兵团参加劳动，因为腰部疾病差点死在云南，19岁在山东农村插队，21岁回北京当了一名工人，1978年恢复高考后，靠着12年前仅仅一年的中学学历考上了中国人民大学。1980年与社会地位远高于他自己的精神挚友李银河结婚，1984年出国留学，在美国匹兹堡大学读研究生，读书期间先后游历了美国和欧洲，1988年与妻子一起回国并任教于北京大学，随后出版第一部小说集《唐人秘传故事》，1991年《黄金时代》获台湾《联合报》大奖，1992年辞去教职做了自由撰稿人，随后写出《红佛夜奔》《寻找无双》《革命时期的爱情》《未来世界》《我的阴阳两界》，1994年《未来世界》再次获得《联合报》大奖。

正当他以自己独具魅力的文章和别出心裁的叙事风格在中国文坛打下一片新天地时，1997年4月11日却因心脏病发作在北京家中去世。王小波短暂而又曲折的45年人生道路诠释了一个当代中国知识分子的戏剧化人生，如果说他从一个中学未毕业的人成长为作家并不稀奇（中国现代文学史有沈从文的例子，西方文学史也有马克·吐温、高尔基等人的例子），他能以一个工人的身份在中断十年的学业恢复高考后

参加高考并考上大学也不是个例，但他能以一个理科生涉足文学领域且取得引人注目的成绩，并开创了当代文坛独具一格的叙事风格则多少有些例外。笔者认为，恰恰是王小波这种一波三折的个人经历和二十多年来中国风云变幻的社会现实造就了王小波独特的叙事风格。王小波不是科班出身，他没有学习过如何构思小说，在他看来生活本身就是一部小说，真实和虚拟有时会混为一谈，这让他并不需要刻意去区分哪些是真实的，哪些是虚构的，因此，以叙述者的身份进入叙事本身也就不足为奇了。

王小波的小说充分发掘并利用了叙事人在小说文本中的重要作用，在他的小说中，叙述人不仅仅是故事情节的讲述人，而且借助叙述人的独特身份，全面介入小说文本之中。王小波小说中的叙述人对内联系着小说文本中的人物角色，对外又联系着作者本人，成为一个独特的小说叙述人，也使其小说成为中国当代文学史上实践独特叙事风格的叙事作品。

第三节　莫言小说的痴狂叙事

莫言获得诺贝尔文学奖终于给百年中国新文学一个说得过去的交代。尽管莫言获奖的喧嚣已经过去几年了，但各种评论分析莫言获奖原因的研究似乎才刚刚开始。莫言获得诺贝尔文学奖当然并非一个个体事件，可以代表中国新文学百年来锱铢积累、努力创新的整体成就。但仅就莫言个人来说获奖的原因也是多方面的，除了他的勤奋、创新和天赋外，就艺术本身来说，最突出的成就应该还是他小说的叙事方式。不少学者都曾注意到了莫言小说叙事的独特性，学者张清华用近乎诗意的话语描述了莫言的小说留给他的复杂感受：

> 我感到徒劳的危险。用什么样的词语和概念可以概括他的写作？任何一种企图都会因为这个作品世界的过于宽阔、巨大和生

> 气勃勃而陷于虚飘、苍白和支离破碎。我甚至找不到一个差强人意的题目，因为他太综合了，他的江河横溢和泥沙俱下，他的密密麻麻与生机盎然，他的粗粝奔放又精细入微，他的庞大理念与泛滥感性，他的来自泥土大地的根根须须原汁原味，他的横移于欧风美雨的形形色色的洋腔洋调，他的民间的丰饶野性与芜杂欲望，他的人文的大雅情趣与磅礴诗意，他的杂花生树繁缛富丽肢体横陈汪洋恣肆……①

无疑，莫言的综合性的确给评论者带来了不小的难度，但换一个角度考虑问题，莫言的丰富性是否也给评论者提供了多种解读他的可能性？一个盲人摸象固然是片面的，综合不同的盲人摸到的象，或许就可以还原大象本来的面目。因此，尽管意识到了徒劳，笔者仍然想以盲人摸象般的片面概括出所理解的莫言小说艺术成就的一个侧面。

评价任何文学作品的艺术成就都需要从内容和形式两个不同的侧面来考察，而如果想要找一个指标可以同时考察内容和形式两方面，那么“叙事”是最为简洁和有效的一个方法。从叙事的视角来考察莫言的小说必须首先厘清叙事所包含的内容。借用结构主义的叙事理论来说：

> 每一个叙事都有两个组成部分：一是故事（story，*histoire*），即内容或事件（行动、事故）的链条，外加所谓实存（人物、背景的各组件）；二是话语（discourse，*discours*），也就是表达，是内容被传达所经由的方式。通俗地说，故事即被描述的叙事中的是什么（what），而话语是其中的如何（how）。②

① 张清华：《叙述的极限——论莫言》，《文学的减法》，吉林出版集团有限责任公司2009年版，第50页。

② ［美］西摩·查特曼：《故事与话语：小说和电影的叙事结构》，徐强译，中国人民大学出版社2013年版，第5—6页。

如果用叙事来考察莫言的小说，笔者认为莫言的小说存在一种独特的叙事方式，即痴狂叙事。所谓痴狂叙事是指一种超常规、非理性、怪诞、变形的叙事方式，它有时候表现在故事内容上，有时候也表现的讲故事的方式上。莫言的小说则是全方位地贯彻使用了痴狂叙事，他的小说总是以一种疯癫、痴傻、怪诞的方式来讲述故事。有时是讲述故事的叙述人处于一种弱智、痴傻、疯癫的非理性状态；有时是故事背景设置是一种疯狂的、狂欢的状态；有时是叙述行为是一种类似疯癫的杂语化的现象。因此，可以说莫言的小说在故事和话语两个层面都表现出痴狂叙事的特点，或者换句话说，莫言的小说在内容和形式两个方面都表现出痴狂叙事的特色。就内容来说，他的痴狂叙事最鲜明的表现是他笔下一个个看似痴傻癫狂，而实则独具叙事功能的痴狂者，这些痴狂者有时候表现为叙述人，有时候则表现为被叙述人。另一个是小说叙事背景的狂欢化艺术氛围，莫言笔下的狂欢化氛围既是一种对现实的艺术性夸张和提炼又是一种人为搭建的狂欢化、戏剧化的场面；而就形式来说，汪洋恣肆、泥沙俱下的叙述话语则是莫言小说痴狂叙事在话语上最突出的表现。

一　各类不同的痴狂叙述者

莫言笔下的痴狂者主要表现为三种形态：一是缺乏常人智慧、懵懂无知的痴傻儿；二是失去理智、追求心灵极致的癫狂者；三是外形看似非人界，实则仍有人的思维的鬼魂、动物、精灵等。这些人物或者动物经常表现出非同常人的痴傻和疯癫状态。

（一）痴傻儿

痴傻儿形象不仅是莫言小说最引人注目的形象系列之一，也是世界文坛和当代中期文坛常见的一类形象。评论家早就指出这一现象：“相对于俗世庸众短视的功利主义，文学常常对于傻瓜表现出悲悯情怀乃至

异乎寻常的敬意。”① 但莫言小说中的痴傻儿并非完全是以弱智的“傻瓜”形象呈现的，他们分别承载着作者不同的叙事意象和叙事目的。莫言笔下的痴傻儿形象有不少是懵懂的少年，他们以尚未成熟的孩童心智观察着这个吊诡的世界，有时也表现出他们意识领域内最大限度的对这个世界的理解。

最早出现在莫言的笔下的痴傻儿是让他在文坛崭露头角的《透明的红萝卜》中的黑孩。与其说黑孩是个痴傻儿不如说他是一个怪异的男孩，尽管他终日沉默似一个痴呆的哑巴，但他更引人注目的地方表现在他怪异的举止，除了不畏惧寒冷和火炉里烧红的钢钻外，使他显得格格不入的是他无法融入人群的沉默和孤僻，更为不同寻常的是他看似怪诞神奇，而实际上颇为令人费解的视觉功能。《透明的红萝卜》最神奇的地方，也是全文的高潮部分即是黑孩看到的那个神奇的“红萝卜”：

> 他看到了一幅奇特美丽的图画：光滑的铁子，泛着青幽幽蓝幽幽的光。泛着青蓝幽幽光的铁子上，有一个金色的红萝卜。红萝卜的形状和大小都像一个大个的莱阳梨，还拖着一条长尾巴，尾巴上的根根须须像金色的羊毛。红萝卜晶莹透明，玲珑剔透。透明的、金色的外壳里包孕着活泼的银色液体。红萝卜的线条流畅优美，从美丽的弧线上泛出一圈金色的光芒。②

黑孩眼里这个莱阳梨一样的透明的红萝卜其实是一个少年的性幻想，一个白日的性梦。莫言曾把余华的《十八岁出门远行》解读为一个梦，而他的《透明的红萝卜》也源于他自己的一个梦，莫言对非理性世界的叙事就是从书写梦境开始的。显然，黑孩虽然是十一二岁的懵懂的孩童，但他所表现出的精神焦虑和不安，以及对周围人和事的一种

① 南帆：《论当代小说中的“傻瓜”形象》，《中国现代文学研究丛刊》2014 年第 8 期。
② 莫言：《透明的红萝卜·欢乐》，《莫言文集》，作家出版社 2012 年版，第 35 页。

莫名的畏惧和排斥体现了他心灵的封闭和孤独，他显然是承载了更多的成人心理意识，黑孩可以作为80年代中期广泛在中国传播的西方现代意识，尤其是弗洛伊德的性意识和潜意识对当代作家的启示在文学上的表现。在性禁忌开放不久的中国，要书写一个十一二岁少年朦胧的“牛犊恋”是一件相当冒险的事情，莫言借助黑孩这一看似痴傻的孩童触及这一独特的文学叙事领域，以痴狂叙事这一隐蔽的叙事策略很好地完成了他本人的文学转型。

在《透明的红萝卜》中尽管有不少是通过黑孩的视角来叙事，但整体上来看，全文的叙述视角依然是把黑孩置入他者的视野，这是一个别人眼里沉默而怪僻的孩子。除了这种别人眼里的痴傻的孩子外，莫言笔下更多的一类儿童视角的叙事是以孩子自己的视角来叙事的，“炮孩子”就是这类儿童叙事中的叙事主体。所谓“炮孩子”，按照莫言小说中的说法是“把喜欢吹牛撒谎的孩子叫作‘炮孩子’”。莫言曾经说自己小时候就是一个他所谓的“炮孩子”，在一次访谈中，他这样描述自己：“我在童年时期、少年时期，非常能说话，非常愿意说话，非常喜欢热闹，非常喜欢凑热闹，哪里热闹我就往哪里钻，哪里有热闹就会出现我这么一个小孩子。”① 类似莫言童年的孩子就是所谓的“炮孩子”，因此，莫言小说中的“炮孩子”掺杂了不少个人的童年记忆。

在小说《四十一炮》中莫言就塑造了一个真实的“炮孩子”。莫言在一次访谈中表达了他塑造“炮孩子”的生活缘由：“我想，这样的小说反映的都是打破了平庸的非正常的奇特生活，通过这样的孩子的眼睛看来是不是更准确一点。再有，我的小说为什么要确定罗小通的炮腔炮调，就是考虑到这种生活的说服力。”②《四十一炮》中的罗小通是这个“炮孩子”的集中体现，但在《四十一炮》之前，莫言不少小说中就已

① 莫言：《与王尧长谈》，《碎语文学》，《莫言文集》，作家出版社2012年版，第222页。

② 莫言：《碎语文学》，《莫言文集》，作家出版社2012年版，第241页。

经出现了这样一个喜欢说大话、撒谎、到处惹麻烦的“炮孩子”。莫言早期的小说《牛》的叙事主人公“我”就是这样一个少年：

> 那时候我是个少年。那时候我是村里最调皮捣蛋的少年。那时候我也是村里最让人讨厌的少年。……这样的少年最令人讨厌的就是他意识不到别人对他的讨厌。他总是哪里热闹就往哪里钻。不管是什么人说什么话他都想伸过耳朵去听听；不管听懂听不懂他都有插嘴。听到了一句什么话或是看到了一件什么事他便飞跑着到处宣传。①

正是从这样一个童言无忌的孩子的视角讲述出来的一幕关于牛的悲喜剧愈加地让人唏嘘不已。村长麻叔为了吃到牛肉处心积虑地导演了一出通过阉割的方式弄死生产队里的一头牛，其他人则有意无意地充当了演员，工于心计的村长、穷愁潦倒的村民、懵懂无知的孩子、苦难深重的牛，一幕70年代中国民间乡村的活幕剧就在一个天真懵懂又自以为是的“炮孩子”的叙述里展现出来。戏剧的结果仍然功亏一篑，死牛肉被公社干部霸占，而最终却以公社干部集体中毒的喜剧而落幕。一出喜剧未免让人读后有一种悲喜交加的心情，而从这个懵懂的“炮孩子”嘴里讲述出来这个故事更让人唏嘘不已，小说中“我”在与牛的对话中所表现出来的善良和仁爱之心也洗刷尽了他身上所有讨嫌气息，让我们真正理解令人讨厌的并非孩子，而是孩子懵懂的心智永远无法真正理解的大人们的心机和那个荒诞的时代。

还有《野骡子》和《四十一炮》中的罗小通，这两篇小说中的罗小通是一个典型的“炮孩子”，只是在《四十一炮》中我们看到了长大后的那个有了心机和城府，厌倦了肉欲的感官享受和充满肮脏交易的现实社会而想要出家的罗小通。相比之下，《野骡子》中那个十岁的馋嘴

---

① 莫言：《牛·师傅越来越幽默》，《莫言文集》，作家出版社2012年版，第1页。

的罗小通则单纯得近乎痴傻，仅仅因为和父亲在一起能吃到肉，就抛弃一切道德理性，在整个叙述里完全把情感倾向倒向抛妻弃子的父亲。《野骡子》的故事结束在父亲落魄归来又被母亲赶出家门，因此，我们看到的罗小通还是那个不懂事的“炮孩子”，他因向往有肉吃的生活而充满对父亲的思念，也因母亲的吝啬而对母亲充满不满和抱怨。《野骡子》中以“我”，一个十岁的孩子的视角，讲述了父母选择的两种不一样的生活方式，一个是“我”的母亲杨玉珍在被“我”的父亲抛弃后在几近绝望的境遇中艰苦奋斗、省吃俭用终于发家致富的生活方式；另一个是“我”父亲罗通选择的今朝有酒今朝醉的浪子败家的生活方式，而故事结束于穷困潦倒的“我”父亲带着私生女回家后又被母亲赶出家门。这个从道德层面的价值判断看起来一目了然的故事，却因叙述人是一个热衷于吃肉的感官刺激的孩子而变得模糊而复杂。还不具备道德判断的孩童的视角模糊了小说的道德价值判断而加强了叙事的审美效果。作家因站在一个宏阔而开放的民间价值立场上使其叙事立场呈现出复调式，一方面从故事的表层叙事中褒扬了母亲杨玉珍坚忍顽强艰苦创业的不屈精神；另一方面又从更深刻的审美意义和民间立场上诠释了一个反传统的追求肉体享受和个人价值的精神浪子的故事。由于叙事者作为儿子和孩童的暧昧态度，使得故事包含了更加丰富的生活信息量和更加朦胧的审美复杂性。

莫言的痴傻儿叙事并非仅仅集中于儿童视角，成人的痴傻者在他的作品中亦时有展现，从早期作品《白狗秋千架》中鲁莽而实在的哑巴到后期著名的《檀香刑》中的痴傻的屠户赵小甲。比较而言，赵小甲更具经典性的痴傻儿。

赵小甲是在《檀香刑》只能算一个配角，在《檀香刑》这个角色丰富靓丽、人物性格鲜明的戏剧化小说中颇受忽视。的确，作为《檀香刑》中一个配角，赵小甲没有他父亲赵甲的威严，掌握独门高超的酷刑技术；也没有他老婆孙眉娘的风流，敢跟知县钱丁颠鸾倒凤；也没

有他岳父孙丙的豪气，敢杀德国人又大气凛然地承受酷刑的折磨；他也没有钱丁的智慧，认清了大清朝的气数和必然灭亡的结局，赵小甲只是一个半痴傻的屠户，虽然已经成年，但在小说开始时心智仍然是不谙世事的孩子，甚至对老婆跟别人偷情的事都不能明了，却笃信母亲讲述的关于虎须的故事，一心想得到一根神奇的虎须好看清每个人的本相。那么这样一个近乎痴傻的赵小甲在《檀香刑》里存在的意义何在呢？假如我们把赵小甲推到主角的位置，那么“檀香刑”之于赵小甲的意义又是什么呢？如果说《檀香刑》是对民间文化的皈依，那么赵小甲就是这样一个典型，他是民间文化中“傻女婿”和“痴小子”两个形象的合体。莫言在《檀香刑》后记中这样说：“我在这部小说里写的其实是声音。小说的凤头部和豹尾部每章的标题，都是叙事主人公说话的方式，如‘赵甲狂言’、‘钱丁恨声’、‘孙丙说戏’等等。”① 虽然莫言没有提及赵小甲的声音，但可以肯定赵小甲的声音也是作者要着力表现的声音之一。那么作者要表现赵小甲怎样的声音呢？小说在凤头和豹尾都是模拟人物的声音，总共涉及五个人，分别是孙眉娘、赵甲、赵小甲、钱丁、孙丙五个人，这五人中只有孙丙一人的声音在凤头部是没有的，其他四人的声音在凤头部和豹尾部各有一次。比较四个人前后两次不同的声音，笔者发现其中赵小甲的声音变化最大，做一个简单的对比就一目了然。我们先看凤头部的赵小甲的声音：

俺姓赵，名小甲，清早起来笑哈哈。（这傻瓜）夜里做了一个梦，梦到了白虎到俺家。白虎身穿小红袄，腚上翘着一根大尾巴。（哈哈哈）大尾巴大尾巴大尾巴。白虎与俺对面坐，张嘴龇出大白牙。大白牙大白牙大白牙……②

① 莫言：《檀香刑·后记》，《莫言文集》，作家出版社2012年版，第511页。
② 莫言：《檀香刑》，《莫言文集》，作家出版社2012年版，第71页。

这段唱词的词牌名叫“娃娃腔”，完全是模拟一个不懂事的孩子的声音在说话，这部分赵小甲的独白也称为“小甲傻话”。尽管赵小甲被人欺骗从老婆那里讨来的是一根阴毛而非什么虎须，但赵小甲似乎同样拥有了传说中虎须的神奇力量，他看到了身边每个人的动物本相，他的老婆是一条大白蛇，父亲是一只老黑豹，知县钱丁是一只大白虎，衙役是灰狼……赵小甲想要一根能看清人的本相的虎须完全是为了好玩，这种把传说当真事，一切为了好玩的心态也是孩童的标志性心态，因此在凤头部赵小甲的傻话完全是从一个儿童的视角在观察。赵小甲此时扮演的是民间传说中“傻女婿”的形象，这是一类经常被捉弄被调侃的角色。但“傻女婿”的叙事模式并非一味被嘲弄，它通常有一个大反转，最终证明看似痴傻的“傻女婿”是运气最好的一个，会得到别人梦寐以求的东西，而捉弄和嘲笑他的人则会受到惩罚。在《檀香刑》中，赵小甲不仅扮演了“傻女婿”的角色，同时亦扮演着一个成长中的“傻小子”角色。赵小甲的成长过程就是跟随他父亲执行檀香刑的过程。尽管赵甲是个杀人不眨眼的刽子手，但他自从告老返乡确是履行了一个合格父亲的角色，把一个虽已成年但仍然痴傻的儿子迅速调教成为一个技术娴熟，能独当一面的“助理刽子手”。我们不应该忽视的是：在《檀香刑》中，正是赵小甲实施了檀香刑，他的父亲赵甲只是一个指导者的角色，假如我们抛开檀香刑是一种酷刑而仅仅把其作为一门手艺，那么赵小甲正是在这次行刑中成长起来的，成长为一个真正的男子汉，而非小说一开始时那个虽然成年却还像一个痴傻懵懂的小男孩。我们看他在豹尾部的唱词：

檀木橛子早煮好，在肥猪身上练过了，爹爹把着俺手教，爹的手艺高。就等着孙丙到，往他的腚上钉木橛，钉木橛呀钉木橛钉木橛～～咪呜咪呜咪呜～～那边厢吵吵嚷嚷游街了。又是那通灵虎须显了灵，俺眼前的景物全变了。一个人种也没有了，校场上，全是

> 些猪狗马牛，狼虫虎豹，还有一个大鳖乘坐着八人轿。他就是袁世凯那个老杂毛。……①

这段唱词虽然仍有稚拙的成分，但很明显已经不同于凤头部的呆痴和憨傻，可见，经过赵甲的调理教导，赵小甲已经慢慢成长起来。虽然赵甲是个冷血残忍的刽子手，但他确是一个合格的父亲，小说表现他柔情的地方非常少，只有对他儿子赵小甲表现了出来，他曾经用独白的方式表达内心对儿子的感情："咱家的儿子与街上的人差不多一样糊涂，但咱家的儿子糊涂得可爱……咱家千方百计地告老还乡就是因为咱家思念儿子。咱家要把他培养成大清朝最优秀的刽子手。"② 正是他对儿子的言传身教让赵小甲迅速成长起来。

因此，从家族传承的意义来说，赵甲是把最拿手的技艺传给了儿子，从民间传统的意义来说，这是一个子承父业的故事。《檀香刑》中赵小甲的意义就是一个"痴小子"最终学成手艺，完成一项伟大事业的故事，在他完成这项大的挑战后也同时一雪前耻，既实现了对不忠的老婆的报复，又实现"傻女婿"成为伟丈夫的华丽转身，这是莫言在赵小甲身上对民间文化皈依的表现。但作为现代知识分子莫言不可能完全模仿民间传说中的"傻女婿"和"痴小子"的叙事模式，既把赵小甲设计成一个不谙男女之事的弱智儿，又让他因生理上这一缺陷，为孙眉娘跟钱丁的偷情预留下人性与人道的理由，即便赵小甲在父亲的帮助下完成了檀香刑，通过对岳父实施酷刑而惩罚了老婆，但他此时并不占据道义的优势，因此，他最后的结局不是子承父业后的功成名就，而是挡住了钱丁刺向孙丙的那一刀，不论他挡的这一刀是为谁，都说明他已经不再是个"半傻子"，脱离了民间叙事中的痴傻者的形象，他作为民间叙事痴傻儿的角色也到此结束，而成为有一定人文意识的知识分子叙事中的一个

① 莫言：《檀香刑》，《莫言文集》，作家出版社 2012 年版，第 435 页。

② 同上书，第 355 页。

形象。在孙丙的大戏演完之前，配角赵小甲的痴傻儿的小戏也演完了。

莫言小说中痴傻儿形象是莫言小说人物塑造的一大特色，一方面，在这类形象中莫言既借鉴了民间文化中对痴傻儿的同情和怜悯，把他们塑造得单纯而善良；另一方面，他又不忘自己作为一个现代知识分子的身份，往往又会在他们身上灌注一个启蒙者和人文者的期盼，使得莫言小说中的这类痴傻儿既充满了现代文化的叙事张力又充满了民间文化的审美魅力。

（二）癫狂者

癫狂者是莫言小说的又一个典型形象。从文学渊源来考察，莫言小说中有两类癫狂者，一类是极力摆脱伦理、制度、文化等一切外在束缚的僭越者；另一类是竭力退缩到自己内心深处的体验深奥而玄妙心理的敏感者。

文明的开始也是规则的开始，文明越发达规训和制度越发达，但任何规训和制度从建立那天开始就不断有僭越者，挑战规则，践踏制度是深藏于每个人内心的渴望和欲求。《红高粱家族》中的“我爷爷”和“我奶奶”是莫言小说中最经典的一对制度的僭越者，他们秉承自己内心对生命欲望的渴求，上演了一出既杀人越货又精忠报国的英勇悲壮的舞剧。“我爷爷”和“我奶奶”无视父母之命、媒妁之言的婚姻制度，以两性相悦的原始欲望野合在高密东北乡的高粱地里，这既是对制度的僭越，更意味着生命力的张扬，正是在张扬生命的意义上超越了伦理学上的“善”“恶”标准。“红高粱世界中的民间道德的核心，是自然世界的法则，生命的强力是这里唯一的领舞者。”① 尼采所谓的酒神精神就是对生命的张扬和迷狂，在这之下的一切理性、道德、制度、规矩等功利化的价值判断都显得那么渺小而卑俗。“我奶奶”临死前大段的告白展示着这种近乎痴狂的对生命力的张扬：

---

① 张清华：《叙述的极限——论莫言》，《文学的减法》，吉林出版集团有限责任公司2009年版，第55页。

> 天，什么叫贞节？什么叫正道？什么是善良？什么是邪恶？你一直没有告诉过我，我只有按着我自己的想法去办，我爱幸福，我爱力量，我爱美，我的身体是我的，我自己做主，我不怕罪，不怕罚，不怕进你的十八层地狱。我该做的都做了，该干的都干了，我什么都不怕。但我不想死，我要活，我要多看几眼这个世界，我的天哪！①

这一告白正是对一切理性和规则的反叛和蔑视，是隐藏于人性深处的癫狂，是对一切制度和文明的无视和僭越。

另一个带有痴狂素质的人物是《丰乳肥臀》中的上官金童，上官金童经常被看作20世纪中国知识分子的化身，他身上有中、西两种文化的血脉，他的私生子的出身带有某种象征意义，他的母亲来自土生土长的中国民间文化，而父亲则是西方基督文化的传教士，他的私生子的身份则表明他是中、西两种文化非法交媾的产物，他懦弱的性格又标志着他的先天不足和后天失调，他坎坷的命运也正如20世纪中国知识分子所遭受的磨难。从文学的渊源上看，他身上既有西方文学经典哈姆雷特式的犹疑和佯疯，又有中国古典文学典型贾宝玉式的对女人的依恋和尊崇，他的“恋乳癖”让他类似一个现代文化的“精神分裂症”患者，这是他拒绝长大的痴傻幼童倾向，也暗示着他对成人政治的逃避。他来自西方基督教文化的“非法”父亲在赋予他体面外表的同时也预示着他在中国土地上永远会“水土不服”，这一点正是20世纪中国知识分子面临的困境，对西方现代文化的吸收和渴慕与对本民族文化的依恋和浸润形成了他的“文化精神分裂症”。上官金童注定是一个悲剧性的痴癫者，他所经历的一切屈辱、误解和摧残都非常形象地阐释着一个世纪里中国知识分子的心灵痛史，他的懦弱和平庸跟《红高粱家族》中余占鳌的强势和豪放形成鲜明的对比，一个向外张扬着生命力的辉煌和璀

---

① 莫言：《红高粱家族》，《莫言文集》，作家出版社2012年版，第64—65页。

璨，一个向内感悟着高贵灵魂的细腻和敏感。

（三）动物与鬼怪精灵

莫言的各类文章中都有关于动物的文字，小说中的动物叙事是他区别于当代其他作家的一大特色。莫言童年长于山东农村，长期跟各种动物，尤其是跟各种家畜朝夕相处，他几乎对所有的动物都感情至深，这一特色在他的各类文章中均有表现。比如他有一篇散文《我和羊》有这样一段文字：

> 春天一到，一望无际的绿草地上，开着繁多的花朵，好像一块大地毯。在这里，我和羊找到了乐园。它们忘掉了愁苦，吃饱了嫩草，就在草地上追逐跳跃。我也高兴地在草地上打滚，不时有在草地上结巢的云雀被我们惊起，箭一般射到天上去。①

下文又提道："谢廖沙和瓦莉娅（两只羊的名字）渐渐长大了，并且很肥。我却还是那样矮，还是那样瘦。家里人都省饭给我吃，可我总感到吃不饱。每当我看到羊儿的嘴巴灵巧而敏捷地采吃嫩草时，总是油然而生羡慕之情。有时候，我也学着羊儿，啃一些草儿吃，但我毕竟不是羊，那些看起来鲜嫩的绿草，苦涩难以下咽。"②

这段写人与羊真实情感的文章让人感受到人与动物的浑然一体，这种混淆了人与羊的感受，人渴望像羊一样靠吃草来生存的心情很难说是一种真实还是虚构。莫言小说中写动物遭受的苦难丝毫不亚于人类，《牛》中那个被阉割的牛，如此温顺的生命却被压迫被虐待，承受了如此深重的痛苦，像极了中国农村最底层的农民。但莫言小说中所有的动物似乎通了灵性，其聪明、勇敢、仁慈不亚于善人，其凶残、霸道、恶毒亦不逊于恶人。

---

① 莫言：《我的羊·会唱歌的墙》，《莫言文集》，作家出版社2012年版，第2页。

② 同上书，第2—3页。

莫言小说中最早通人性的动物是《白狗秋千架》中的白狗，这白狗在跟主人分别十年后仍然认得主人：

> 那条黑爪子白狗走到桥头，停住脚，回头望望土路，又抬起下巴望望我，用那两只浑浊的狗眼。狗眼里的神色遥远荒凉，含有一种模糊的暗示，这遥远荒凉的暗示唤起内心深处一种迷蒙的感受。①

正是这只像阅尽沧桑的老人一般的狗读懂了女主人公的心意，把心有愧疚的“我”领到想要一个健康的孩子的暖姑面前。而真正通了人性，甚至比人还精明的是《狗道》中的狗。《狗道》属于《红高粱家族》中的一篇，因此，《狗道》中的狗带有“红高粱家族”的家族气息，充满了野性的力量。这些失去了人豢养的野狗，为了生存，食死人肉，为了生存，彼此撕咬攻击、弱肉强食，同样为了生存，跟原来的主人反目成仇，展开了你死我活的拼杀。这些狗似乎又重新“退化”为或者说“进化”成了狼。小说写“我”父亲和他的小伙伴们与野狗之间殊死战斗的过程，这里的狗不再是一种人所豢养的动物，它们变成了和人类处于同等地位的另一个物种，在与人类争夺生存空间的斗争中展现着自己的才智与勇气：

> 现在它们都对人——这种直立行走的动物——充满了刻骨的仇恨。在吞吃他们的肉体时，它们不仅仅是在满足着饥肠。更重要的是，在这个过程中，它们隐隐约约地感觉到，它们是在向人的世界挑战，是对奴役了它们漫长岁月的统治者进行疯狂报复。②

---

① 莫言：《白狗秋千架》，《莫言文集》，作家出版社 2012 年版，第 219 页。

② 同上书，第 196 页。

作者在这里展现的已经不仅仅是一种人类学的视野，当我们从物种和宇宙的意义上来看待这一段描述时，反而见出人类的狭隘和自负，所以，当四十六年后的一个雷电劈开埋葬着共产党人、国民党人、普通百姓、日本军人、皇协军和狗的“千人坟”时，狗的待遇和人一样，歆享了后代子孙的三个恭恭敬敬的头。

> 我发现人的头骨与狗的头骨几乎没有区别，坟坑里只有一片短浅的模糊白光。像暗语一样，向我传达着某种惊心动魄的信息。光荣的人的历史里掺杂了那么多狗的传说和狗的记忆、狗的历史和人的历史交织在一起。①

狗，这一独特的物种，它的祖先曾经是人的敌人，它在人类的文明历史中长期扮演了人类朋友的角色，但人类又何曾真正把它们作为朋友看待，这一次它们终于获得了和人类平等的待遇。

动物叙事在《生死疲劳》中达到极致，在这里动物已经不再是书中的一个配角，而成为跟随各自的主人共同经历艰难时世的主要角色，它们成为整部小说的叙事主人公。《生死疲劳》借用佛教的生死轮回的说法，以驴折腾、牛犟劲、猪撒欢、狗精神为叙事框架搭建起中国半个世纪的血雨腥风的历程，承担叙事的分别是土改时被打死的西门闹转世的驴、牛、猪、狗等动物，它们和各自的主人共同经历了土改、大跃进、“文革”、分田到户、改革开放等一系列发生在中国的大事，每一种动物都有人的思维和动物的本性，它们和它们的主人共同经历着人世的浮华和堕落，也共同体验着人生的坎坷和欢欣。

莫言小说中的动物、植物的灵性源自何处？莫言自己曾经就此做过解释，他把此归于自己童年的孤独。莫言少年时从十一岁到十五岁曾经辍学在家，这四五年里他所做的主要事情就是一个人在野外放牛，在这

---

① 莫言：《白狗秋千架》，《莫言文集》，作家出版社 2012 年版，第 186 页。

个最需要和人类群体交流的人生成长阶段，他的交流对象只有田野的牛、天上的鸟、草里的蚂蚱、树木、花朵、青草等动植物，莫言曾经在一次访谈中提及自己在这几年的心理感受：

> 这三五年真的是太孤独了，想说话又没有说话的对象，有时候在田野里大喊大叫，更多的时候是躺在草地上，看天上缓缓飘过的白云，看天上鸣叫的小鸟，胡思乱想。①

或许正是这个时期培养了莫言的万物有灵论的思想，让他在日后的小说中赋予所有的动植物以灵性。

莫言的痴狂叙事中还有一类比较独特，那就是鬼怪精灵，莫言最早的鬼怪精灵描写出现在《红高粱家族》中的最后一篇《奇死》。莫言曾多次提到民间的说唱文学和口头文学对他的影响非常大，他把民间文学分为两大类：一类是关于鬼怪的故事；另一类是历史人物英雄传奇。《红高粱家族》把这两类民间文学都写到了，余占鳌演绎的是民间英雄的传奇故事，而“我”二奶奶的死亡过程则是借鉴了民间的鬼怪故事，这类被动物或者他人的灵魂“附体”的现象长久以来几乎流传于山东各地，被莫言以痴狂的笔法活灵活现地讲述了出来：

> 二奶奶忽然睁大了眼睛，眼珠不转，眼皮却像密集的雨点一样眨动起来。她腮上的肌肉也紧张地抽搐着，两片厚嘴唇一扭一扭又一扭，三扭之后，一声比猫叫春还难听的声音，从她的嘴里冲出来。……二奶奶僵死的脸上又绽开迷人的笑容。她的脖子像打鸣的公鸡一样死劲抻着，皮肤都抻得透亮，随着几声尖叫，一股混浊的水从她的嘴里喷出来。水柱直上直下，到二尺多高时，突然散开，

① 莫言：《碎语文学》，《莫言文集》，作家出版社2012年版，第235页。

水点像菊花的瓣儿一样，跌落在她的崭新的送老衣裳上。①

很难想象这是在写一个将死或者已死的人，尽管儒家文化忌讳谈死，但民间文化中却从来不缺乏关于死亡的描述，活人被鬼“附体”、冤魂化作厉鬼一类的故事并非从蒲松龄的《聊斋志异》时才开始流传的，莫言曾经说：

《聊斋志异》里的很多故事在写之前就已经在民间流行了。反过来，《聊斋志异》被很多乡村知识分子看后再回到民间变成口头流传的东西。历史人物、英雄传奇，这就是我的《红高粱家族》的源头。②

而李山人驱魔伏妖的描写则更带有神话传说的因子，小说中这样写道：

山人从包袱里拿出几包药，倒在盆里，然后用桃木剑快速搅动，一边搅动一边念咒语，盆里的水渐渐发红，最后变得像血一样红。山人油汗淫淫，在地上狂跳几下，仰天摔倒，口吐白沫，昏了过去。③

莫言小说中这些书写鬼怪精灵的叙述完全超越了现实的藩篱，也抛开了启蒙的功利束缚，在民间文化审美精神的烛照下绽放着艺术的魅力和活力。

在莫言的小说中，有时还会出现一些更加奇怪的生物，他们既非人

---

① 莫言：《红高粱家族》，《莫言文集》，作家出版社 2012 年版，第 347 页。
② 莫言：《碎语文学》，《莫言文集》，作家出版社 2012 年版，第 184 页。
③ 莫言：《红高粱家族》，《莫言文集》，作家出版社 2012 年版，第 348 页。

类也非动物，却又综合了人与动物的特点，既有人的情感，又有动物的特性，类似中国古代神话传说中的妖精。最典型的是《酒国》中出现的一个小妖精。《酒国》中写酒国市的人以男孩为食，父母为了金钱可以卖掉自己家的男孩，这一情节从文学渊源上显然可以追溯到鲁迅的《狂人日记》和《药》，但作者却把这一近乎疯狂叙事放置到20世纪的90年代，更加感受到文本叙事的疯癫，而在此疯狂的叙事中，这个综合了善良、残暴、反叛性格的小妖精更显得难以理喻的疯癫和张狂，他一出现就让人感觉到一股妖气：

> 又过了很久，门轻轻地开了。一个赤脚赤膊只穿一条蓝布裤身上生着鱼鳞状皮肤、十四岁左右的男孩闪身进来。他的动作轻捷，无声无息，像一只猫。……他嘴里叼着一柄柳叶状的小刀，像黑猫叼着一尾柳叶状的小鱼。①

这个亦正亦邪的小妖精领导了一场解放“肉孩”的革命，他杀死了看管“肉孩”的人——孩子们眼里的老鹰，带领将要被食用的“肉孩”们逃出了肉孩饲养基地。这样一个叛逆的、暴虐的、古灵精怪的少年显然并非完全来自民间对妖精的想象和叙述，而是加入了更多的来自现代知识分子批判视野的精神素质，但不可否认的是其根底仍然来自遥远的民间文化，这个小妖精的暴虐和反叛很容易让我们联想到那个抽龙筋、逆父母的闹海哪吒，其根源还在民间。正如莫言所总结的那样：

> 民间生活其实是包罗万象的，不仅包含了民间的物质生活，也包含了民间的精神生活，不仅包含了民间的物质生产，也包含了民间的文化生产，包括民间文化中的神话传说。②

① 莫言：《酒国》，《莫言文集》，作家出版社2012年版，第95页。

② 莫言：《上海大学演讲·用耳朵阅读》，《莫言文集》，作家出版社2012年版，第169页。

由此可见，在莫言笔下的痴狂叙事者主要来自三个方面，一是西方文学中的非理性因子，再有一个是中国文学传统中的知识分子的精神病态，还有一个是中国民间文学中的神灵精怪，莫言正是综合了这三方面的源流形成自己文学叙事中的痴狂叙事素质。

二　搭建狂欢节的舞台

莫言小说还具有狂欢化叙事的特点，主要体现在莫言在他的小说中营造了一种狂欢节般的氛围。狂欢化叙事源自巴赫金的狂欢节文艺理论，巴赫金这样解释狂欢节的由来：

> 狂欢节不是艺术的戏剧演出形式，而可以说是现实的（但也是暂时的）生活本身的形式，人们不是表演这种形式，而是几乎在这种形式中真实生活。也可以换一种说法：在狂欢节上，生活本身在演出，这里在没有舞台，没有演员、没有观众的条件下演出，也就是没有任何戏剧艺术特点的演出——一种展示自己实际存在的自由的（任意的）形式，这是自己在更好的原则上的再生和更新。在这里，现实的生活形式同时就是它的再生和理想的形式。[①]

巴赫金在阐释拉伯雷的小说《巨人传》时，提出了狂欢节文化的理论，狂欢化理论借用欧洲狂欢节的开放性、诙谐性和包容性，认为文学创作也应该打破雅俗文学的界限，引进民间文化素质，扩大文学内容和形式的开放性，寻求小说、戏剧、诗歌等各种形式的文学类型的融合，把方言、俚语、口语等语言表达方式引进高雅的文学殿堂，建构一个包罗万象、开放创新的文学世界。

---

① ［俄］M. 巴赫金：《巴赫金文论选》，佟景韩译，中国社会科学出版社 1996 年版，第 103 页。

莫言的小说极善于营造狂欢节般的氛围，最典型的例子是《丰乳肥臀》的开头，几乎就是一幕现实的中国乡村版的狂欢节：上官家的黑驴和上官鲁氏同时临产，而且都是难产，上官家的人关心女人生孩子也并不比关心驴子生产更多些，而此时，日本鬼子就要进村了，司马库在让家人逃离后还在大喊大叫着让村民撤离，与此同时，上官家的七个女儿亲眼看见了沙月亮在蛟龙河堤伏击鬼子的惨烈场面……如果说《丰乳肥臀》开头这一幕仅仅只是狂欢节上的一个特写镜头，那么整部《丰乳肥臀》小说也可以看作一幕上演在20世纪的中国大地官方与民间交叠的狂欢节。在这部狂欢节表演中我们看到司马库和鲁立人的角逐，不是司马库赶走了鲁立人，就是鲁立人俘虏了司马库，或者是司马库作为还乡团杀了回来，或者是鲁立人又代表人民政府枪毙了司马库，这真是“你方唱罢我登场”的一出狂欢剧。而就单个角色来看，最具戏剧性的就是改革开放后的上官金童了，他一会儿从服刑归来的囚徒变成老金的宠物，转眼又被作为废物踢出家门，一会儿又成了鹦鹉韩夫妇的座上宾，不久又流落街头不名一文；一会儿因外甥司马粮的巨富扬眉吐气，转瞬间又因为破产而无立锥之地……

之所以说《丰乳肥臀》具有狂欢化叙事的特点一个更深层的原因是莫言在其中展现的民间立场，《丰乳肥臀》的故事虽然发生在中国民主革命的根据地之一的胶东地区，但却没有把母亲上官鲁氏塑造成“红嫂”式的革命母亲，尽管母亲也曾帮助过成为共产党干部的二女儿夫妇，但由于她众多的女儿和女婿分散到共产党、国民党、土匪、还乡团等不同的派别中，母亲并没有刻意倾向于某个子女，她只是以一个母亲的天性保护着自己的众多子辈和孙辈免受外来的、人为的、各种各样的伤害，她并不关注她保护的对象属于哪个派别，她以地母般博大的胸怀承受着来自各方的攫取和践踏，却不计成本地回报以自己的血泪和乳汁，这是一个伟大的民间母亲的形象。

莫言小说以戏剧性狂欢化的形式表现得最鲜明的当然是《檀香

刑》，表面看来，《檀香刑》并非一个典型的狂欢化叙事文本，巴赫金的狂欢化诗学的理论缘起于解读拉伯雷的《巨人传》，是为了阐释民间诙谐文学开创的一个理论，很明显，尽管《檀香刑》里有诙谐的因素，但整体格局上《檀香刑》并非一个具备诙谐风格的文本，那么应该从什么地方来理解狂欢化诗学跟《檀香刑》的内在关系呢？在这里我们首先要弄清楚巴赫金狂欢化诗学的意义何在。事实上研究诙谐文学并非巴赫金提出狂欢化文学的根本目的，对狂欢化诗学的研究更根本的意义在于它提出了一个理念，这个理念就是应该抬高一切民间诙谐性的语言作品，包括各种形式和体裁的不拘形式的口语、俚语、俗语、赌咒、发誓、顺口溜等广场言语，以此来反对传统诗学理论的重视“高雅”文学、轻视“低俗”文学的美学立场，平等对待一切文学体裁，尤其是长期流传于民间的传统文学形式，因此，如果从狂欢化叙事对民间文学形式的重视来考察，《檀香刑》在形式上的意义远远大于其在内容上的意义。形式上，《檀香刑》模仿了高密的地方戏种“茂腔”，把口语、俚语、方言等“高雅”文学一度舍弃的声音重又恢复起来，只有从这个意义上，才能真正理解莫言写《檀香刑》的意义，他曾经这样解释他家乡的民间戏曲“茂腔”和他的小说《檀香刑》之间的关系：

> “茂腔”是高密东北乡人民开放的学校，是民间的狂欢节，也是感情宣泄的渠道。民间戏曲通俗晓畅，充满了浓郁生活气息的戏文，有可能使已经贵族化的小说语言获得一种新质，我新近完成的长篇小说《檀香刑》就是借助于“猫腔”的戏文对小说语言的一次变革尝试。①

另外《檀香刑》对民间艺术的模仿也彻底打破了逻各斯中心主义，

① 莫言：《用耳朵阅读》，《莫言文集》，作家出版社2012年版，第58页。

以狂欢化的思维方式来颠覆理性化思维结构，如果从现代理性的视角来考虑，《檀香刑》中几乎所有的主要角色都是保守、愚昧、狂妄的，但他们却共同上演了一幕感人肺腑的茂腔大戏，显然，在这里作者的逻辑理性判断是不明显的，甚至是被完全隐藏起来的，这一点恰恰是狂欢化叙事所要求的。归根结底，《檀香刑》在最本质的意义上暗合了巴赫金的狂欢节文艺理论，这一理论的最终目的就是：

> 取消一切等级、特权、规范和禁令，这是真正的时间节日，不断生成、更替和更新的节日。它同一切永恒化、一切完成和终结相敌对。它是面向永远无限的未来的。①

三 杂语化的叙述语言

叙述语言的痴狂不同于叙事的痴狂，痴狂叙事背后我们知道有一个清醒的作者，而一旦叙述语言也趋于痴狂，背后便不再是一个作者，而是幻化为不同的作者。巴赫金关于小说话语的理论可以作为我们的理论基础，他说：

> 长篇小说作为一个整体，是一个多语体、杂语类和多声部的现象。……长篇小说这一体裁的修辞特点，恰恰在于组合了这些从属的但相对独立的统一体（有时甚至是不同民族语言的统一体），使它们构成一个高度统一的整体；小说的风格，在于不同风格的结合；小说的语言，是不同的“语言”组合的体系。②

---

① ［俄］M. 巴赫金：《巴赫金文论选》，佟景韩译，中国社会科学出版社1996年版，第105页。

② ［俄］M. 巴赫金：《长篇小说的话语》，《巴赫金全集·第三卷》，河北教育出版社2009年版，第38页。

巴赫金列举了长篇小说常用的几种话语类型：一是作者直接的文学叙述（包括所有各种各样的类型）；二是对各种日常口语叙述的模拟（故事体）；三是对各种半规范性日常叙述（书信、日记等）的模拟；四是各种规范的但非艺术性的作者言语（道德的和哲理的话语、科学论述、演讲申说、民俗描写、简要通知等）；五是主人公带有修辞个性的言语。很少有长篇小说能够把这五种话语形式统一到一篇作品里，但就长篇小说的杂语化来讲，莫言的《酒国》和《蛙》是较为典型地体现了长篇小说的杂语化现象。

《酒国》设置了三条叙事线索，一是省检察院的特级侦查员丁钩儿被派到酒国市调查一个有人食用男婴孩的举报；二是酒国市酿造学院勾兑专业的一名叫李一斗的博士研究生跟一名叫莫言的知名作家的书信往来；三是借李一斗之名而写的一系列习作。这里我们看到三类不同的叙述话语，在写丁钩儿调查酒国食人案子时使用的是作者直接的文学叙述，以常见的第三人称间接叙事讲述丁钩儿在酒国怎样一步步被拉下水，最终失足淹死在茅坑里的过程。李一斗和莫言之间的通信是一种半规范的日常用语，而李一斗的习作则使用了带有修辞性的变化了不同风格的语言，比如其中的习作之一《酒精》中充满了戏谑的、荒诞的话语调侃；而习作《肉孩》则模仿了鲁迅的小说，比如开头的景物描写对《药》的模仿，尤其是小说中深秋景色的描写，很有《药》结尾部分悲凉、肃杀的气氛。

> 秋天的后半夜，月亮已经出来，挂在西半天上，边缘模糊，好像一块融化了半边的圆冰。凉森森的光芒照耀着沉睡的酒香村，谁家的鸡在窝里叫起来，叫声闷闷的，好像从地窖子里发出来的。①

---

① 莫言：《酒国》，《莫言文集》，作家出版社 2012 年版，第 64 页。

后面的《神童》《驴街》《一尺英豪》等不同章节也各有自己的特色。莫言自己也说："写着写着，《酒国》就变成了语言的狂欢节，进行了各种文体实验，有'文革'大字报那种文体，也有当时流行的所谓新写实小说，也有对鲁迅早期小说的模仿。"① 莫言似乎热衷于在自己的同一部作品杂糅进各种不同的话语体系，在这方面，小说《蛙》延续了《酒国》的杂语化特色，《蛙》也同样综合了三个不同的文本，实践了三种完全不同的叙述话语。一个是笔名叫蝌蚪的人给一个叫杉谷义人的日本人讲述关于自己姑姑的故事，另一个是蝌蚪写给杉谷义人的几封信，还有一个是蝌蚪写的题目为《蛙》的戏剧。这两篇小说都从形式上打破了小说单一话语的格局，把书信、风格各异的短文、戏剧等不同的文体形式纳入小说的叙述语言，从这三个文本的形式就可以得知这三个文本的叙述话语是各有差别的，实现了小说话语的杂语化。

莫言的小说之所以具备杂语化的素质主要还是源于他从民间话语中汲取了丰富的养分，民间现实生活语言的丰富多彩和丰厚多汁滋养了莫言的语汇，形成了莫言小说世界的杂语化的语言基础，莫言曾经这样描述他语言的形成：

> 真正写到那种泥沙俱下的时候，是一种下意识。所有的词汇都不是想出来的，是它自己涌出来的。再有就是你对笔下写的东西的认知深度。……我的语言的形成，主要还是和童年的关系，和原野乡村文化有关系。当然后来的学习丰富了我的语言。②

在另外一次访谈中，莫言又一次强调大自然的声音对他的影响："除了聆听从人的嘴巴里发出的声音，我还聆听大自然的声音，譬如洪水泛滥的声音，植物生长的声音，动物鸣叫的声音……在动物鸣叫的声

① 莫言：《碎语文学》，《莫言文集》，作家出版社 2012 年版，第 140 页。
② 莫言：《用耳朵阅读》，《莫言文集》，作家出版社 2012 年版，第 163 页。

音里，最让我难忘的是成千上万只青蛙聚集在一起鸣叫的声音，那是真正的大合唱，声音洪亮，震耳欲聋，青蛙绿色的脊背和腮边时收时鼓的气囊，把水面都遮没了。那情景让人不寒而栗，浮想联翩。……我们用耳朵阅读了大自然的声音，我们听到鸟儿叫，听到牛的叫声，听到了两条狗咬架时发出的声音，我们听到了春天的猫在恋爱时候发出的声音，我们听到了河里洪水滔滔流去的声音，我们还听到了植物生长的声音。”①

可以看出，莫言的小说语言之所以能够实现杂语化，归根结底是源于真实生活的五彩缤纷和真实声音的丰富多彩。莫言语言的丰富性和语调的多样性形成了他小说的杂语化素质，这种杂语化现象是莫言的小说从话语形式方面进行的一次变革。尽管莫言在这两个文本中实践的话语形式方面的变革并非非常完美，但我们从莫言的小说中看到了其中不拘一格的形式创新，莫言像一个玩弄川剧变脸的表演艺术家，尽情地在他的小说话语形式上变换不同的角色，带给读者艺术感官的享受。

费尽心机地把莫言的小说在叙事上的特色总结为这三个方面其实终不免有画地为牢之嫌，莫言小说的丰富与博大或许使这一任务不可能在短时间里完成，但无论如何这种盲人摸象的笨方法可以给予莫言获得诺贝尔文学奖一个解释的理由，尽管笔者自己也清楚地知道这个解释难免有方方面面的不足和断章取义的片面。

---

① 莫言：《用耳朵阅读》，《莫言文集》，作家出版社 2012 年版，第 117 页。

结　论

要给“痴狂叙事与现代中国小说”这一论题做一个结论需要回答三个方面的问题：一是这一论题的创新点是什么？二是痴狂叙事的理论意义和实用价值表现在哪些方面？三是痴狂叙事研究存在的问题和今后的研究方向是什么？

一　痴狂叙事的创新性意义

曾经有这样一个故事，当一名著名登山者被问及为什么登山时，他的回答是“因为山就在那儿”。这个答案之所以让人印象深刻就因为它道出了一个显而易见却又经常被忽略的事实：山的存在。的确，山就在那里，山始终存在着，山的存在本身对登山者就是一个诱惑。其实，每个领域都存在着各自的“山”和“登山者”。痴狂叙事就像山一样早就在那里了，作为一种叙事手段它其实早就存在了，且不说《唐吉·诃德》的主人公怎样地疯癫痴傻，《巨人传》中卡冈都亚、庞大固埃夸张的饭量和戏谑的言辞，单就《山海经》中的以乳为目以脐为口的刑天和《荷马史诗》中奥德赛千奇百怪的历险遭遇，就足以说明无论是中国文学还是西方文学在其源头中就已经存在痴狂叙事的影子，用一句宿命的话来说，人类天性中自以为是的狂妄之心和精骛八极的想象力命定

了痴狂叙事的存在，因为折射人类精神世界的文学（尤其是小说）必然会以一种最贴近人类本性的方式来表达情感，但恰恰因为痴狂叙事存在时间的久远和存在方式的多样反而被人们所忽视。如果说文学家们是痴狂叙事的登山者，那么笔者在此扮演的就是那个研究痴狂叙事的登山者，如果有人问为什么要研究痴狂叙事，笔者也想借用那个登山者的答案来回答："因为痴狂叙事就在那里!"这个答案也许简单，但希望会给读者留下一个印象：痴狂叙事是存在。但论证痴狂叙事的存在并不是笔者的终极目标，笔者更希望论证一下痴狂叙事对百岁之龄的中国现代文学尤其是现代中国小说的意义是什么。

在笔者看来，论题"痴狂叙事与现代中国小说"最终实现了两个方面的突破：第一个突破就是"痴狂叙事"这一概念的提出。尽管痴狂叙事这一现象已经存在很久但始终没有人从专业的角度加以指出并做出系统性的研究，就像前面提到的那个登山者的故事，即便是山一直以来都存在着，但也需要有人指出来，人们才能意识到山存在的价值。因此，痴狂叙事概念的提出就是本论文的一大创新和突破。痴狂叙事这一概念综合了当今叙事学发展的前沿理论，把经典叙事学的文本研究和后经典叙事学的文化和语境研究结合在一起，既能关注到文本内部的细节分析，又试图把文本放到宏观视野中加以考察，目的是对文本产生的语境和社会价值做一综合研究。痴狂叙事研究从对疯癫现象的叙述到对疯癫状态的模拟，再到对痴狂背景平台的搭建，利用叙事学理论全方位阐释这一文学概念和现象。因此，痴狂叙事这一概念既是一种艺术手法，又是一种内容表达，这一概念的提出尽管尚有不够严谨之处，但其把痴狂和叙事学相结合来研究中国现当代文学的理论视角无疑具有一定的创新性和突破性。

第二个方面的突破是把痴狂叙事这一概念置于20世纪中国文学的整体框架之下来审视现代小说在一个世纪里的发展变化，并且从叙事学的视角来系统论证现代小说在某一方面的成熟。从痴狂叙事的视角重新观照20世纪的中国小说，就会发现中国小说的现代化是伴随着痴狂叙事源起的，也是伴随着痴狂叙事而发展的，因此，痴狂叙事是中国小说现代化的标志之一。

小说的现代化表现在内容和形式两方面的现代化。早在“五四”时期周作人曾经指出：“新小说与旧小说的区别，思想固然重要，形式也甚重要。”① 尽管小说的研究可以从不同视角着手，但就小说这种偏重叙事的艺术类型来说，从叙事学的视角把内容和形式结合起来的研究方法是最恰当的，小说的叙事其实质既是一种“有意味的形式”，也是一种“形式化了的内容”。那么，什么样的叙事方式可以称为现代中国小说成熟的叙事模式呢？当然，对这个问题无法做出面面俱到的回答，不同的研究者只能选择某一种叙事方式来论证现代中国小说叙事模式的成熟性。在笔者看来，痴狂叙事就是这样一种标志着中国小说走向现代化的成熟的叙事模式。

对叙事行为的关注，目的在于揭示故事得以讲述的意义，“叙事远非仅仅是可以塞入不同内容（无论这种内容是实在的还是虚构的）的话语形式，实际上，内容在言谈中被现实化之前，叙事已经具有了某种内容。”② 因此，有必要追问一下现代中国文人为什么会选择痴狂叙事作为小说叙事模式之一种。一种叙事模式的选择需要具备两个方面的条件：一是它必须能够折射出当时社会的某种状态；二是它必须符合叙述者（这里的叙述者指作者，而非文本内的叙述人）进行叙事行为的某种心态。用这两个条件来衡量，痴狂叙事的选择既基于20世纪波谲动荡的中国现实，又在某种程度上折射出了现代中国文人的某种精神素质，是致力于中国文学现代化的作家们基于小说的内容表现和艺术形式变革做出的策略性选择，这种选择背后既有着深厚的文化背景和现实处

---

① 周作人：《日本近三十年小说之发达》，《新青年》1918年第5卷第1号。

② ［美］海登·怀特：《形式的内容：叙事话语与历史再现》，董力河译，文津出版社2005年版，第3页。

境，又夹杂着现代文人某种怀疑与坚信、释然与无奈、希望与失望等相互矛盾又相互统一的复杂心态。

二　理论价值和实际应用

痴狂叙事作为一种叙事手法或许并不新鲜，细究起来不仅整个20世纪的中国文学，甚至古今中外的不少作家都曾经践行过这一叙事艺术，但把痴狂叙事作为一个概念提出来却在某种程度上丰富了叙事学理论，增加了考察现代中国小说的一个视角，从这个角度来说，痴狂叙事与现代中国小说这一论题的提出具有理论上的开创性价值。引入痴狂叙事这一概念，并且从一个全新的视角来重新观测和考量20世纪的中国文学，指出20世纪中国文学叙事中的非理性因素，考察到这一素质背后隐藏着的20世纪中国文人作为叙事主体的心理波动，体会他们从一个对社会制度不满的批判者到一个内心欲望膨胀扩张的思索者，从一个传统文化根脉的发掘者到一个家族历史追溯者，从一个叙述故事的客体到一个故事叙述的主体，等等。总之，痴狂叙事的理论价值将在现代中国文学的梳理中不断彰显和体现。

任何理论的提出都寄希望于能有实际的应用，提出痴狂叙事这一理论也必然期望能把它应该到对文学作品的分析评价之中，利用痴狂叙事理论来重新解读现代中国小说中的经典篇章是本论题的最终目的，也是本书可预见的实际应用价值。笔者在前文中也试图利用这一理论对现代文学中的不同篇章进行解读。从1918年鲁迅发表现代文学史上第一篇白话短篇小说《狂人日记》，给现代文学贡献了第一个狂人的形象，到寻根文学的重要代表作《爸爸爸》中那个至今都被评论者众说纷纭的痴呆儿丙崽，再到2012年莫言以“将魔幻现实主义与民间故事、历史与当代社会融合在一起”为理由获得诺贝尔文学奖，众多文学作品的内容表达和艺术表现都可以用痴狂叙事这一概念来涵盖和归纳，可以这样说，一个世纪以来中国小说取得的长足发展和大幅进步，并最终成为中国现代文学史上一种成熟的文学类型，细究起来，痴狂叙事几乎伴随了现代小说发生、发展、成熟的每一个重要历史时期，换句话说，每一个重要的历史时期都有作家在文学创作中进行痴狂叙事的实践。

“五四”文学是现代文学的初创期，也是痴狂叙事在现代文学实践的开始。就作家而言，除了鲁迅的《狂人日记》《长明灯》《故事新编》等小说在痴狂叙事领域的开创性几乎涵盖了痴狂叙事的三种经典类型；另外，郁达夫的小说中那个病态的、痴迷的叙事主人公穿梭于他的浪漫抒情之作《沉沦》《银灰色的死》《微雪的早晨》等作品之中，为痴狂叙事中的痴狂者叙述也提供了几个恰当的文本；再者，冰心的《疯人笔记》中的叙事主人公虽没有郁达夫小说中的“他”那么病态，但很显然也属于思维混乱的痴狂者之列；再有，部分青年作家的乡土小说，比如，许钦文的《疯妇》、台静农的《新坟》等乡土小说，描写被外界各种势力压迫致疯的下层人群，多是模拟鲁迅的书写社会和病态人生的作品，这些都属于痴狂叙事中叙述痴狂者的作品。……总之，“五四”时期既是一个现代文学的开创期，也是一个痴狂叙事的开创期，这一时期作家们别具一格的创新理念和不拘一格文体实践为其后的作者提供了丰富而多样的痴狂叙事样本。

另一个值得关注的时期是30年代的海派文学的一支——新感觉派小说。30年代的殖民上海相对于普遍的、广袤的、落后的乡村中国可谓是一个既开放又封闭的小宇宙，殖民背景下发展起来的畸形繁荣的经济文化为不同诉求的文学创作都提供了充足的养分和资源，更为依托西方现代派艺术发展起来的新感觉派小说提供了广阔的施展空间，在此基础上，以刘呐欧、穆时英、施蛰存为代表的新感觉派小说是海派文学中践行痴狂叙事的代表性文本。尤其是施蛰存的《鸠摩罗什》《将军底头》《石秀》等小说，用精神分析的手法重新观照古人，写出了古人隐秘的性心理，可谓施蛰存版的“故事新编”。

新时期文学以来，最早进行小说艺术手法革新的意识流小说也是借用痴狂叙事来实现的，宗璞的《我是谁?》就是利用受了丈夫自杀的刺激而崩溃发疯的韦弥的叙事视角来书写“伤痕文学”的主题。尤其是80年代中期以后文学更关注形式艺术的变革，痴狂叙事的文学实践广泛深入到众多的作家作品之中。从寻根小说中的痴呆儿丙崽和棋呆子王一生到新历史主义小说中的傻子演义和混迹于野狗中的幺叔，再到《尘埃落定》中麦其土司家的傻子二少爷，以及《秦腔》中的弱智的狗尿苔，及至《生死疲劳》中不断轮回在驴、马、牛、猪、狗之间的西门闹……新时期文学中的痴狂叙事不仅仅表现为被叙述的痴狂者的形象，更经常以第一人称叙述人身份参与到文本构建中。对比“五四”时期，新时期文学中的痴狂者形象有一个颇为耐人寻味的现象，“五四”时期的叙述人多是疯癫者，而新时期文学中的叙述人多是痴呆者，经过半个多世纪的岁月，似乎被世纪初的激情冲击得神经错乱的疯子到世纪末已退化为失去理智的傻呆儿，这一叙述主体身份的转变折射出两个时代的中国知识分子性格心理和文化素质的巨大差异。“五四”时期敢为天下先的责任意识让“五四”作家更愿意自己笔下的形象成为知其不可为而为之的“疯癫者”，而世纪末的商品经济的冲击和文学日益边缘化窘况让进退维谷的作家们更愿意，把他们小说中的人物设定为因懵懂、怯弱而退缩到心灵一隅的“痴傻儿”，“五四”文学里“疯癫”的一代变形为新时期文学 中“痴傻”的一代。但无论如何他们都准确地把握住了自己所处时代的脉搏，并借助痴狂叙事的艺术方式准确地表达出来，正是这两代作家成为20世纪的痴狂叙事得以实现的主力军。

在实际应用中，选择哪些篇章来解读需要结合作家和思潮综合考量，既要把作品放到作家的整体创作中加以衡量，又要把作品放到一定历史时期中加以考察。在这样多重的选择标准下，在实际应用中对作家作品的选择就需要综合考量。比如同样是“类日记”的模拟痴狂者第一人称叙事，选择鲁迅的《狂人日记》要比冰心的《疯人笔记》更合理，因为《狂人日记》把痴狂者置于反家族制度的背景下来考察，要比《疯人笔记》以疯癫的话语质疑母爱具有更深邃的内涵和更现实的基础，因此选择《狂人日记》来做精细解读就成为必然。而鲁迅作为现代文学的奠基者，在笔者看来，其小说之所以具备成熟的现代性，一个不容忽视的原因是其对痴狂叙事艺术手法的选择。除了《狂人日记》这一痴狂叙事的经典文本之外，《长明灯》和《白光》等也开创了叙述痴狂者的痴狂叙事文本。这两个文本一个是众人眼里被禁闭的“疯子”形象，一个是自我心灵幽闭起来的精神分裂症患者形象，他们的出现意味着那个时代是造成众多疯癫者的主要原因。鲁迅为痴狂叙事所做的更为独特的贡献是《故事新编》，《故事新编》搭建了一个狂欢化平台，以痴狂叙事的手法完成了一种新的历史小说类型的建构。另外，对新感觉派小说的解读侧重点在施蛰存，因为在笔者看来，施蛰存的小说中对痴狂叙事的表现最为鲜明也最为成熟。他以传统文化和文学为基础来写精神分析小说，可以说开了中国小说现代派的先河，他笔下无论是城市背景下走入魔道的现代文人（《魔道》），还是因杂念陷入疯癫的历史名人鸠摩罗什（《鸠摩罗什》），抑或是被欲望缠绕的虚构角色石秀（《石秀》），都属于痴狂叙事的文学应用之一种。

新时期文学以来，选择痴狂叙事的小说更是比比皆是，因此，不得不时而结合文学思潮来对部分作品做出适当的选择，在综合分析时重点提及《爸爸爸》《棋王》《尘埃落定》《罂粟之家》等不同的小说文本来做应用分析，而有时候则直接对某个具体作家创作中表现出来的痴狂叙事来做更为详细的解读，比如残雪的梦魇状态的痴狂叙事，莫言的中国版“魔幻现实主义”的痴狂叙事，以及王小波等人的狂欢化的痴狂叙事。当然，以这种浮光掠影方式来绘制现代中国小说的痴狂叙事史难免会以偏概全、百密一疏，造成一定疏漏，尤其是 21 世纪以来，尝试使用痴狂叙事的作家作品越来越多，有些是笔者没有关注到的，这也为今后这一理论对具体作家作品的解读与分析预留下了足够的应用空间。

三　存在的问题和潜在的研究空间

涉足一个新的概念或新的研究领域必然会存在不够广泛和深入的问题，笔者对痴狂叙事这一新概念的研究也存在类似的缺陷。比如对具体作家的研究很不充分，尤其是涉及当代作家的研究方面，事实上，除了上文提到的作家还可以轻而易举地列出一大串值得从痴狂叙事视角进行研究的作家作品，比如：格非的《傻瓜的诗篇》、北村的《施洗的河》、阎连科的《受活》《坚硬如水》、贾平凹的《秦腔》、李洱的《花腔》等，这些作家要么个别作品实践某类痴狂叙事的类型，要么其作品几乎开创痴狂叙事的新空间，凡此种种受篇幅所限，都没有进行系统的考察和研究。事实上，在研究痴狂叙事这一课题过程中，笔者有时会对自己的研究产生疑惑，怀疑对痴狂叙事进行理性化的分类、归纳、梳理本身就是误入歧途，因为痴狂叙事本质上来说是一种感验式艺术创作，几乎可以说每一个作家都在进行自己独特的痴狂叙事；但另一方面，笔者又确信只有把痴狂叙事的实践进行综合、分析、总结才能看到中国小说现代化进程的某一侧面，这也许是进行痴狂叙事与现代中国小说这一课题研究过程中不得不面对的一个悖论。

任何一种艺术创新的产生都有其历史和社会的原因，都会随着文学史的发展而不断创新变化，痴狂叙事亦不例外，作为一种涵盖甚广的叙事艺术，痴狂叙事在新的历史时期还会有怎样的发展变化尚不明确，但可以确定的是它必然会随着历史的发展和作者的不断尝试而变得更加丰富起来，这表明，痴狂叙事与现代中国小说这一论题还存在较大的潜在研究空间，比如：部分作家的研究尚有待深入；痴狂叙事有哪些方面的变异？如何看待痴狂叙事与传统叙事的关系？这些潜在的研究空间吸引着笔者将继续进行相关课题的研究。

参考文献

一　专著类

[1] 冯友兰：《中国哲学简史》，北京大学出版社 1996 年版。

[2] 陈平原：《中国小说叙事模式的转变》，北京大学出版社 2003 年版。

[3] 梁漱溟：《中国文化的命运》，中信出版社 2010 年版。

[4] 李泽厚：《中国近代思想史论》，人民出版社 1979 年版。

[5] 李泽厚：《中国现代思想史论》，东方出版社 1987 年版。

[6] 孟悦、戴锦华：《浮出历史地表》，中国人民大学出版社 2004 年版。

[7] 杨义：《杨义文存第 2 卷：中国现代小说史》，人民出版社 1998 年版。

[8] 杨义：《杨义文存第 4 卷：中国现代文学流派》，人民出版社 1998 年版。

[9] 杨义：《杨义文存第 1 卷：中国叙事学》，人民出版社 1998 年版。

[10] 杨义：《杨义文存第 5 卷：鲁迅作品综论》，人民出版社 1998 年版。

[11] 杨义：《杨义文存第 3 卷：中国新文学图志》，人民出版社 1998 年版。

[12] 杨义：《杨义文存第 6 卷：中国古典小说史论》，人民出版社 1998 年版。

[13] 许志英、丁帆：《中国新时期小说主潮》（上、下），人民文学出版社 2002 年版。

[14] 朱栋霖、丁帆、朱晓进主编：《中国现代文学史 1917—1997》（上、下），高等教育出版社 1999 年版。

[15] 姜振昌：《经典作家与中国新文学》，中国戏剧出版社 2003 年版。

[16] [美] 苏珊·S. 兰瑟：《虚构的权威：女性作家与叙述声音》，黄必康译，北京大学出版社 2002 年版。

[17] [俄] M. 巴赫金：《巴赫金文论选》，佟景韩译，中国社会科学出版社 1996 年版。

[18] [俄] M. 巴赫金：《小说理论》，白春仁译，河北教育出版社 1998 年版。

[19] 饶芃子：《中西小说比较》，安徽教育出版社 1994 年版。

[20] 王万森主编：《新时期文学》，高等教育出版社 2001 年版。

[21] 严家炎：《中国现代小说流派史》，长江文艺出版社 2009 年版。

[22] 张清华：《中国当代先锋文学思潮论》，江苏文艺出版社 1997 年版。

[23] 张清华：《中国当代文学中的历史叙事》，北京大学出版社 2012 年版。

[24] 张清华：《文学的减法》，吉林出版集团有限责任公司 2009 年版。

[25] [法] 米歇尔·福柯：《疯癫与文明》，刘北成、杨远婴译，生活·读书·新知三联书店 2012 年版。

[26] [法] 米歇尔·福柯：《规训与惩罚》，刘北成、杨远婴译，生活·读书·新知三联书店 2012 年版。

[27] [瑞士] 菲利普·萨拉森：《福柯》，李红艳译，中国人民大学出版社 2010 年版。

[28] [法] 米歇尔·福柯：《知识考古学》，谢强、马月译，生活·读书·新知三联书店 2007 年版。

[29] 杨义：《二十世纪中国小说与文化》，上海三联书店 2007 年版。

[30] 王岳川:《后殖民主义与新历史主义文论》,山东教育出版社 1999 年版。

[31] 张志忠:《莫言论》,中国社会科学出版社 1998 年版。

[32] 陈顺馨:《中国当代文学的叙事与性别》,北京大学出版社 1995 年版。

[33] 刘慧英:《走出男权传统的藩篱——文学中男权意识的批判》,生活·读书·新知三联书店 1996 年版。

[34] 严家炎:《论鲁迅的复调小说》,北京大学出版社 2011 年版。

[35] 汪晖:《反抗绝望——鲁迅及其文学世界》,河北教育出版社 2000 年版。

[36] 刘小枫:《拯救与逍遥》,上海人民出版社 1988 年版。

[37] [美] 爱德华·W. 萨义德:《文化与帝国主义》,李琨译,生活·读书·新知三联书店 2003 年版。

[38] 朱立元:《当代西方文艺理论》,华东师范大学出版社 2005 年版。

[39] 许子东:《为了忘却的集体记忆——解读 50 篇“文革”小说》,生活·读书·新知三联书店 2000 年版。

[40] 肖宁:《华文文学中的文革话语研究——从传统到现代,单一到多元》,复旦大学出版社 2006 年版。

[41] 鲁迅:《中国小说史略》,齐鲁书社 1997 年版。

[42] [奥] 弗洛伊德:《梦的解析》,高申春译,中华书局 2013 年版。

[43] [英] 戴维·洛奇:《小说的艺术》,王峻岩译,作家出版社 1998 年版。

[44] 周作人:《中国新文学的源流》,江苏文艺出版社 2007 年版。

[45] [德] 尼采:《查拉图斯特拉如是说》,黄明嘉译,漓江出版社 2000 年版。

[46] [英] 理查·霍加特:《当代文化研》,唐宪等译,北京大学出版社 1988 年版。

[47] [美] W. C. 布斯：《小说修辞学》，华明、胡晓苏、周宪译，北京大学出版社 1987 年版。
[48] 乐黛云、张辉主编：《文化传递与文学形象》，人民出版社 1999 年版。
[49] 王光东：《20 世纪中国文学与民间文化》，复旦大学出版社 2007 年版。
[50] 程文超：《欲望的重新叙述——20 世纪中国的文学叙事与文艺精神》，广西师范大学出版社 2005 年版。
[51] 李欧梵：《未完成的现代性》，北京大学出版社 2005 年版。
[52] 贺红梅：《“新启蒙”知识档案》，北京大学出版社 2010 年版。
[53] [英] 约翰·汤姆林森：《全球化与文化》，郭英剑译，南京大学出版社 2002 年版。
[54] 赵园：《想象与叙述》，人民文学出版社 2009 年版。
[55] 赵园：《地之子》，北京大学出版社 2007 年版。
[56] [法] 茨韦塔·托多洛夫：《巴赫金：对话理论及其他》，蒋子华、张萍译，百花文艺出版社 2001 年版。
[57] 张颐武：《在边缘处追索》，时代文艺出版社 1995 年版。
[58] [美] 艾凯：《世界范围内的反现代化思潮——论文化收成主义》，贵州人民出版社 1991 年版。
[59] [美] 浦安迪：《中国叙事学》，北京大学出版社 1996 年版。
[60] 南帆：《后革命的转移》，北京大学出版社 2009 年版。
[61] 张末民：《文明与爱欲的冲突批评笔记》，吉林人民出版社 2002 年版。
[62] 周宪主编：《中国现当代文学研究导引》，南京大学出版社 2006 年版。
[63] [美] 阿里夫·德里克：《后革命氛围》，王宁等译，中国社会科学出版社 1999 年版。
[64] 程文超、郭冰茹：《中国当代小说叙事演变史》，中国社会科学出

版社 2006 年版。

[65] [英] 迈克·克朗：《文化地理学》，杨淑华、宋慧敏译，南京大学出版社 2005 年版。

[67] [日] 大江健三郎：《小说的方法》，王成、王志庚译，河北教育出版社 2001 年版。

[68] [美] 爱德华·W. 苏贾：《后现代地理学》，王文斌译，商务印书馆 2007 年版。

[69] 高鸿：《跨文化的中国叙事——以赛珍珠、林语堂、汤亭亭为中心的讨论》，上海三联书店 2005 年版。

[70] [美] 戴卫·赫尔曼：《新叙事学》，马海良译，北京大学出版社 2002 年版。

[71] [法] 莫里斯·布朗肖：《文学空间》，顾嘉琛译，商务印书馆 2007 年版。

[72] 格非：《小说叙事研究》，清华大学出版社 2002 年版。

[73] 金汉：《中国当代小说艺术演变史》，浙江大学出版社 2000 年版。

[74] 李欧梵：《中西文学的回响》，江苏教育出版社 2005 年版。

[75] 刘忠：《二十世纪中国文学主题研究》，社会科学文献出版社 2006 年版。

[76] 栾梅健：《二十世纪中国文学发生论》，广西师范大学出版社 2006 年版。

[77] 南帆主编：《二十世纪中国文学批评 99 个词》，浙江文艺出版社 2003 年版。

[78] 严家炎：《严家炎论小说》，江西高校出版社 2002 年版。

[79] [英] 乔治·奥威尔：《我为什么要写作》，董乐山译，上海译文出版社 2007 年版。

[80] [英] 杰拉德·德兰蒂：《现代性与后现代性：知识，权力与自我》，李瑞华译，商务印书馆 2012 年版。

［81］王治河主编：《后现代主义辞典》，中央编译出版社 2005 年版。
［82］孙希：《文学是精神矛盾的结构》，东方企业有限公司 2002 年版。
［83］王笠耘：《小说创作十戒》，人民文学出版社 2001 年版。
［84］［美］福克马、波斯顿编：《走向后现代主义》，王宁等译，北京大学出版社 1991 年版。
［85］［法］西蒙娜·波伏娃：《第二性》，桑竹、南珊译，湖南文艺出版社 1986 年版。
［86］［美］詹姆斯·费伦：《作为修辞的叙事》，陈永国译，北京大学出版社 2002 年版。
［87］［美］J. 希利斯·米勒：《解读叙事》，申丹译，北京大学出版社 2002 年版。
［88］孟繁华：《众神狂欢——世纪之交的中国文化现象》，中央编译出版社 2003 年版。
［89］张汝伦：《现代西方哲学十五讲》，北京大学出版社 2003 年版。
［90］杨守森、贺立华主编：《莫言研究三十年》，山东大学出版社 2013 年版。
［91］张京媛：《当代女性主义文学批评》，北京大学出版社 1992 年版。
［92］［美］凯特·米丽特：《性政治》，宋文伟译，江苏人民出版社 2000 年版。
［93］张清华：《存在之镜与智慧之灯——中国当代小说叙事及美学研究》，福建教育出版社 2010 年版。
［94］陈思和：《中国新文学整体观》，上海文艺出版社 1987 年版。
［95］鲁迅：《鲁迅全集》，人民文学出版社 2005 年版。
［96］莫言：《莫言文集》，作家出版社 2012 年版。
［97］［荷］伊拉斯谟：《愚人颂》，刘曙光译，北京图书馆出版社 2000 年版。
［98］刘小枫：《沉重的肉身》，华夏出版社 2012 年版。

[99]［德］尼采：《悲剧的诞生》，周国平等译，青海人民出版社 1995 年版。

[100] 陈思和：《中国现当代文学名篇十五讲》，北京大学出版社 2003 年版。

[101] 张清华：《存在之镜与智慧之灯——中国当代小说叙事与美学研究》，福建教育出版社 2010 年版。

二 论文类

[1] 姜振昌：《〈呐喊〉〈彷徨〉：中国小说叙事方式的深层嬗变》，《文学评论》2006 年第 5 期。

[2] 姜振昌：《〈故事新编〉与中国新历史小说》，《中国社会科学》2001 年第 3 期。

[3] 姜振昌、邢光：《中国文学现代转型的内趋力和基本趋向》，《理论学刊》2002 年第 5 期。

[4] 张清华：《"混乱的美学"：新世纪中国文学的狂欢化趋向》，《长城》2009 年第 3 期。

[5] 张清华：《二十世纪中国文学的知识分子谱系》，《粤海风》2007 年第 5 期。

[6] 张清华：《春梦，政治，什么样的叙事圈套——马原的〈虚构〉重读》，《文艺争鸣》2009 年第 12 期。

[7] 姜智芹：《生命的叩问：我是谁——宗璞的〈我是谁〉与卡夫卡的〈变形记〉之比较》，《青岛海洋大学学报》2001 年第 1 期。

[8] 张清华：《虚构与元虚构——当代小说诗学关键词之二》，《文坛纵横》2012 年第 2 期。

[9] 张清华：《新时期文学的文化境遇与策略》，《文史哲》1995 年第 2 期。

[10] 黄子平、陈平原、钱理群：《论“二十世纪中国文学”》，《文学评论》1985 年第 5 期。

[11] 南帆：《双重的解读——八九十年代中国文学的一种描述》，《文学评论》1998 年第 5 期。

[12] 刘呐：《辛亥革命时期至“五四”时期我国文学的变革》，《文学评论》1986 年第 3 期。

[13] 李怡：《重估“现代性”思潮与中国现代文学传统的再认识》，《文学评论》2002 年第 4 期。

[14] 陈晓明：《“历史终结”之后——九十年代文学虚构的危机》，《文学评论》1999 年第 5 期。

[15] 南志刚：《叙述的狂欢与审美的变异叙事学与中国当代先锋小说》，博士学位论文，苏州大学，2005 年。

[16] 王东：《传奇叙事与中国现代小说》，博士学位论文，东北师范大学，2007 年。

[17] 陈佳翼：《中国文学动物叙事的生发和建构——以新时期文学（1978—2008）为重点》，博士学位论文，上海大学，2011 年。

[18] 谢有顺：《中国小说叙事伦理的现代转向》，博士学位论文，复旦大学，2010 年。

[19] 常慧林：《中国现当代小说中的反智叙事研究》，博士学位论文，兰州大学，2013 年。

[20] 王黎君：《二十世纪中国文学中的儿童视角研究》，博士学位论文，华东师范大学，2007 年。

[21] 黄河：《论新时期小说中的“文革”叙事》，博士学位论文，苏州大学，2007 年。

[22] 徐彦利：《先锋叙事新探》，博士学位论文，山东大学，2005 年。

[23] 陈黎明：《魔幻现实主义与 20 世纪后期中国小说——以加西亚·马尔克斯与“寻根”小说之关系为中心》，博士学位论文，苏州

大学，2005 年。

[24] 施战军：《中国小说的现代嬗变与类型生成研究》，博士学位论文，山东大学，2007 年。

[25] 翟永明：《生命的表达与存在的追问——李锐小说论》，博士学位论文，山东大学，2005 年。

[26] 张文东：《传奇叙事与中国当代小说》，博士学位论文，东北师范大学，2013 年。

[27] 胡俊飞：《中国 20 世纪 90 年代长篇小说疯癫叙事历史意识探讨》，硕士学位论文，华中师范大学，2007 年。

[28] 叶虎：《20 世纪后期中国文学思潮分析》，博士学位论文，南京师范大学，2003 年。

[29] 方奕：《本土化视野下的新世纪中国长篇小说》，博士学位论文，山东师范大学，2010 年。

[30] 王源：《后现代主义思潮与中国新时期小说》，博士学位论文，山东师范大学，2012 年。

[31] 刘雨：《乌托邦叙事的意义——格非〈人面桃花〉阅读笔记》，《东北师范大学学报》2008 年第 6 期。

[32] 陈丽娟：《人物形象的虚构与叙事——贾宝玉与麦其土司二少爷之比较》，《红楼梦学刊》2009 年第 1 期。

[33] 范家进：《底层叙事：文学界的一场话语自救运动》，《海南师范大学学报》2009 年第 6 期。

[34] 王美云：《城市与乡村：新世纪的另一幅面孔——新世纪城市文学的底层叙事研究》，《兰州学刊》2011 年第 6 期。

[35] 颜湘茹：《论王安忆小说的“四不”叙事追求》，《中山大学学报》2013 年第 1 期。

[36] 徐颖果：《后现代主义文学的叙事理念》，《天津外国语学院学报》2004 年第 3 期。

[37] 程德培：《折磨着残雪的梦》，《上海文学》1987 年第 6 期。

[38] 博梅：《现代化时空下早期沪上文化市场与“时尚叙事”的流行色》，《江西财经大学学报》2004 年第 6 期。

[39] 罗帆：《个体可能性生存境遇的呈现——残雪小说叙事意识探析》，《中国文学研究》2005 年第 4 期。

[40] 李曙豪：《论中国新时期小说的黑色幽默叙事》，《苏州科技学院学报》2011 年第 3 期。

[41] 魏稼轩：《与时间的游戏——〈冈底斯的诱惑〉的叙事学分析》，《文学界》（理论版）2013 年第 1 期。

[42] 徐仲佳：《论〈马桥词典〉的“思想”与叙事之裂痕》，《中国现代文学丛刊》2012 年第 6 期。

[43] 祝亚峰：《王安忆小说的叙事伦理》，《海南师范大学学报》2007 年第 3 期。

[44] 毛丽丽：《先锋实验下的叙事狂欢——苏童〈一九三四年的逃亡〉的再解读》，《肇庆师范学院学报》2008 年第 1 期。

[45] 黄卫星、李彬：《现代性与当代文学史叙事——兼谈〈中国当代文学史新稿〉》，《解放军艺术学院学报》2012 年第 10 期。

[46] 汤梨、李跃平：《历史与小说的互文——基于新历史主义立场的历史编撰元小说》，《四川师范大学学报》（社会科学版）2014 年第 1 期。

[47] 刘杨：《焦虑感的美与美学的化解——论郁达夫小说美学范式的转变》，《商丘师范学院学报》2014 年第 2 期。

[48] 余中华：《循环论开启的叙述学——论近三十年小说中的两种特殊时间结构》，《湖北科技学院学报》2013 年第 10 期。

[49] 陈佳冀：《中国“动物叙事”神话原型意象的当代衍生与类型梳理》，《中南民族大学学报》2014 年第 1 期。

[50] 周建华：《余华早期小说叙事特色论》，《赣南师范学院学报》2014 年第 1 期。

[51] 郭群:《论莫言乡土小说狂欢化的话语策略》,《长春理工大学学报》2014 年第 1 期。

[52] 卢俊兴、周敏:《感觉的奇异与复活——浅析莫言〈红高粱〉陌生化手法》,《名作欣赏》2014 年第 2 期。

[53] 李家富、陈莉:《王安忆〈叔叔的故事〉的叙事再确认》,《文学教育》(下)2014 年第 2 期。

[54] 龚自强:《纷乱现实与兄弟至情——论余华兄弟》,《中华文化论坛》2014 年第 2 期。

[55] 刘霞云:《虚构的纪实——多重视阈下的〈温故一九四二〉及〈一九四二〉》,《淮北师范大学学报》2013 年第 5 期。

[56] 张慧玲:《论 20 世纪中国荒诞文学的发生因缘与历史进路》,《求索》2013 年第 11 期。

[57] 桂春雷:《不周山崩塌之后——〈故事新编〉中的历史观问题》,《枣庄学院学报》2013 年第 6 期。

[58] 罗潘:《原始性冲动的方式——残雪小说叙事特色解析》,《湖南师范大学社会科学学报》2005 年第 4 期。

[59] 逄增玉:《论中国现代文学中的质疑现代性主题与叙事》,《江汉论坛》2002 年第 2 期。

[60] 彭刚:《叙事、虚构与历史——海登·怀特与当代西方历史哲学的转型》,《历史研究》2006 年第 3 期。

[61] 姜春:《莫言小说叙事的三种策略》,《求索》2013 年第 9 期。

[62] 李庆西:《他在寻找什么——关于韩少功的论文提纲》,《小说评论》1987 年第 1 期。

[63] 洪子诚:《丙崽生长记——韩少功〈爸爸爸〉的阅读和修改》,《中国现当代文学研究丛刊》2012 年第 12 期。

[64] 陈晓明:《个人记忆与历史布景——关于韩少功和寻根的断想》,《文艺争鸣》1994 年第 5 期。

[65] 季红真：《文明与愚昧的冲突——论新时期小说的基本主题》，《中国社会科学》1985 年第 3 期。

[66] 王东明：《若无新变，不能代雄》，《当代作家评论》1985 年第 5 期。

[67] 吴亮：《马原的叙述圈套》，《文学评论》1987 年第 3 期。

[68] 刘呐：《新文学何以为“新”——兼谈新文学的开端》，《中国现代文学丛刊》2012 年第 5 期。

[69] 高玉：《论残雪小说的“读不懂”与文学阅读的“反懂”》，《中国现代文学研究论丛》2012 年第 6 期。

[70] 裴争：《从启蒙到民间——论〈故事新编〉的内在发展线索》，《鲁迅研究月刊》2010 年第 6 期。

[71] 南帆：《双重的解读——八九十年代中国文学的一种描述》，《文学评论》1998 年第 5 期。

[72] 钱理群：《试论“五四”时期“人的觉醒”》，《文学评论》1989 年第 3 期。

[73] 吴福辉：《老中国土地上的新兴神话——海派小说都市主题研究》，《文学评论》1994 年第 1 期。

[74] 黄子平：《关于“伪现代派”及其批评》，《北京文学》1988 年第 2 期。

[75] 陈晓明：《最后的仪式——“先锋派”的历史及其评估》，《文学评论》1991 年第 5 期。

[76] [新西兰] 王一燕：《上海流连——施蛰存短篇小说中的都市漫游者》，《中国现代文学研究丛刊》2012 年第 8 期。

[77] 钱理群：《十年沉默的鲁迅》，《浙江社会科学》2003 年第 1 期。

[78] 陈思和：《现代知识分子觉醒期的呐喊：〈狂人日记〉》，《杭州师范学院学报》2003 年第 4 期。

附录　攻读博士期间发表的部分论文

“余文本”的叙事功能与结构意义

——《狂人日记》的文言段落解读

摘要：《狂人日记》作为一个统一的小说文本，其中的文言段落不应被称为“序文”，笔者称其为“余文本”，它是全文不可分割的有机组成部分，从叙事功能上看，“余”是狂人的发现者、讲述者和支持者，“余文本”暗示狂人不是去“候补”，而是“走”了。《狂人日记》讲述了两个启蒙的故事，这两个故事在结构上既彼此平行又互相交融，共同隐喻着鲁迅漂泊不定又抗争不止的灵魂。

关键词：叙事；文本；狂人；启蒙

一

自《狂人日记》发表以来的近一个世纪里，因“表现的深切和格式的特别”[①] 评论界对其关注从未停止过，就“格式的特别”来看，最显著地表现在全文由两个看似完全割裂的文本组成：一个是第一段的由

---

① 鲁迅：《中国新文学大系·小说二集序》，《鲁迅全集》第6卷，人民文学出版社1981年版，第238页。

叙述人“余”讲述的文言部分，另一个是由13个小节组成的叙述人“我”讲述的白话部分。一直以来，无论评论者还是读者都把关注的重点放在白话部分，因为白话部分不仅从篇幅和字数上占优势，而且为我们塑造了一个现代文学史上颇具经典意义的狂人形象，且以“中国新文学史上第一篇现代型短篇白话小说”[①]代表了“五四文学革命”的重要成就。但这些不应成为我们忽视文言部分的理由，必须追问的是：向来惜墨如金的鲁迅何以要在一篇仅六七千字的现代白话文中设置这样一个文言文的段落呢？笔者在此将把关注的重心放在这段文字，来考察一下这不到三百字的一小节在《狂人日记》甚至在鲁迅的小说创作中的重要意义。

首先必须面对的问题是如何称谓《狂人日记》中这段文言部分，“名不正则言不顺”，我的探讨将从正名开始。评论界对这一文言段落最常见的称谓有“小序”“序文”“序言”“引文”等，但我认为这种称谓极不合理，甚至不符合基本的文学常识。汉语词典通常是这样解释序文的：“一般写在著作正文之前的文章。有作者自己写的，多说明写书宗旨和经过。也有别人写的，多介绍或评论本书内容。”[②]无论从哪个方面来理解《狂人日记》的第一段都不符合这个解释。首先，原文并没有标识出这段文字是“序文”“引言”之类；其次，按照序文的定义，我们很难想象这一段可以由别人来代写；再次，通常情况下序文和正文既可以分开刊发，也可以分开阅读，并不影响正文的意义和序文的价值，但对《狂人日记》来说，把文言部分和白话部分分开刊发是不可想象的，假如没有第一段的文言部分，《狂人日记》将不再是原来的《狂人日记》。归根到底，这一段文字不能被称为“序文”，称其为“序文”其实是对其在全文中存在的价值估计不足，甚至会导致它跟全文

---

① 朱栋霖、丁帆、朱晓进主编：《中国现代文学史1917—1997》上册，高等教育出版社1999年版，第34页。

② 中国社会科学院语言研究所词典编辑室编：《现代汉语词典》第5版，商务印书馆2005年版，第1539页。

的断裂。这段文字并非《狂人日记》的序文，它是《狂人日记》不可分割的有机组成部分，在整篇文章中具有重要的叙事性功能和结构性意义。至于如何称谓这一段，笔者借鉴结构主义的经典术语：文本，从叙述人的视角将这段的文言部分称为“余文本”，相应地，将13小节的白话部分称为“我文本”。

归纳起来，在《狂人日记》阐释史中，对待“余文本”的态度不外乎以下三类：其一，不涉及，不提及，关注点集中在“我文本”的狂人身上，完全忽略“余文本”和“余”的存在，认为这段文字存在与否对全文的阐释没有影响。其二，虽然提及“余文本”某些重要信息，但认为其存在不会影响整篇文章的中心，只是起到交代日记来历的辅助作用，比如严家炎先生认为：“文言‘小序’的作用，仅在于交代日记的来历，告诉读者它由一个‘迫害狂’患者所记，以增强作品的真实感和可信性，并无其他更玄奥的含义。我们不必穿凿附会，求之过深。”① 其三，认为“余文本”的存在很关键，“余文本”的存在使小说形成对立的两极。这类观点以90年代以来流行的叙事学理论为基础，重新看待“余文本”的存在价值，在学界较为流行。例如，温儒敏、旷新年认为：“‘小序’是日记的明显断裂和猛烈颠覆。‘小序’具有自己的叙述动机和叙述力量，对日记形成强大压力和否定，具有扭转和消解日记的叙述的作用，所以，《狂人日记》不是完整，而是分裂。”② 在笔者看来，无视和忽视“余文本”的存在固然是对《狂人日记》的误读，然而把“余文本”和“我文本”完全对立起来，认为《狂人日记》是一个分裂的文本也是值得商榷的。笔者认为，“余文本”和“我文本”之间不仅不是完全对立、相互否定的关系，二者之间还存在着必然的联系，《狂人日记》作为一篇结构精巧、叙事独特的小说，“余文

① 严家炎：《论鲁迅的复调小说》（增订版），北京大学出版社2011年版，第62页。

② 温儒敏、旷新年：《〈狂人日记〉：反讽的迷宫——对该小说“序”在全篇中结构意义的探讨》，《鲁迅研究月刊》1990年第8期。

本”既不是其序文，也不是可有可无的篇章，而是全文必不可少的组成部分，对全文的立意起着重要的结构性意义，“余文本”的存在让我们多了一个阅读《狂人日记》的视角。

二

从叙事学来考察，《狂人日记》全文是一个复合叙述文本。所谓复合叙述是指：“当一个叙事中有两个以上叙述者时，就有可能在他们之间建立起一个等级顺序，最终介绍全部叙事（包括作为其组成部分的所有最小叙事）的那一个是主要叙述者。其他的是第二叙述者，或第三叙述者，等等。”① 根据这一理论，《狂人日记》中出现了三个叙述人，第一叙述人就是“余文本”中的“余”，他讲述的是自己患病的昔日朋友的故事；第二叙述人是多数人容易忽视的两兄弟中的大哥，他讲述了自己曾经患病的弟弟的现状，尽管内容不多，但却异常重要；“我”是第三叙述人，以日记的形式记叙了自己患病当日的情形。由此看来，是“余”的叙事引出了“我”的叙事，尽管“余”叙述的部分要远少于“我”的叙述，但其重要性却不容忽视，“叙事的真正主题，是特定事件的表现而不是事件本身；真正的主人公是叙述者，而不是他的任何一个人物。”② 从这个意义上说，《狂人日记》中至少存在两个主人公，一个是“余”，一个是“我”，从叙事角度来看，这两个主人公的价值是对等的，他们既互相渗透又互相间离。

我们来细致分析一下“余文本”中的“狂人日记”到底是怎么来的。首先，在“余文本”中存在两个“狂人日记”文本，第一个存在于“余”的讲述中，“余”在返乡途中去拜访得病的昔日校友，但没有

① ［美］杰拉德·普林斯：《叙事学：叙事的形式与功能》，徐强译，中国人民大学出版社2013年版，第17页。

② 同上书，第14页。

见到这个人，却得到了此人在病中写的两册日记，“余”通过阅读这两册日记得知其朋友患病的事实。尽管“余”用这种讲述来证明这两册日记是真实存在的，但我们并没有看到这两本日记的真实文本，虽然在“余”的叙述中它似乎是真实存在的，但它仍然只是存在于叙述人“余”讲述中的虚拟文本，这是第一个“狂人日记”文本；第二个“狂人日记”文本是“余”对得病朋友的二册日记做了整理后——“撮录”得到的另一个“狂人日记”文本，它是由13个小节组成的白话文形式的言语实体，也即上文所谓“我文本”，这个经过整理的“狂人日记”是小说《狂人日记》的主体部分，虽然是一个自称“狂人”的人所写，但却是经过“余”编辑整理过的，这样，我们就很难说这个“狂人日记”的书写人只是狂人，只能说它是“余”和狂人共同加工完成的一个文本。实事上还存在第三个《狂人日记》，也即真实作者鲁迅所写的载入中国现代文学史的具有开创意义的小说《狂人日记》，这是一个已经成型的文本，是一个可供阅读的言语实体，由“余文本”和“我文本”两部分组成。无论在“余”的讲述中还是在“我”的讲述中都不存在这个《狂人日记》，因为“余”和“我”都是其中的人物，是《狂人日记》或者说《狂人日记》的作者创造了“余”和“我”，而“余”不可能讲述《狂人日记》的来历。厘清不同的“狂人日记”文本，是深入理解《狂人日记》的基础。

相对于不同的“狂人日记”文本，“余”的身份是复杂多面的，对于真实的《狂人日记》文本，他是一个叙述者——人物，“无论叙述者是否被称为‘我’，他总是或多或少地具有介入性，也就是说，他作为一个叙述的自我（narrating self）或多或少地被性格化。”[①] 实际上，“余”不仅仅是《狂人日记》的叙述者，还是其中一个重要的人物，正是他发现了狂人的二册日记，并据此整理出了另一个版本的“狂人日记

① ［美］杰拉德·普林斯：《叙事学：叙事的形式与功能》，徐强译，中国人民大学出版社2013年版，第10页。

记”。他所讲述的“狂人日记”的来历是指“我文本”的“狂人日记”，也即他通过狂人的两册日记整理后的“狂人日记”，因此，如果把他作为在讲述《狂人日记》的来历，就是混淆了小说中的叙述人和作者的关系，也就会忽略作为小说人物的“余”在《狂人日记》中的作用。对于整理后的“狂人日记”，“余”是个编撰者和参与者，是幕后英雄，这本新“狂人日记”中的一切思想都是经过“余”的“撮录”并认可的。尽管在“余”的叙事中和他这个昔日良友并没有见面，但他们通过“狂人日记”形成交流对话，对于“狂人日记”这个书名，更是两人共同认可的。因此，从叙事功能上来看，“余”是狂人的发现者，狂人的故事是“余”讲述出来的，“我文本”的“狂人日记”是“余”和狂人共同改编的。

“余”的价值并不止于叙述人，作为“余文本”的叙事主人公，如果我们细读“余文本”就能够从其叙述中了解到更多关于他个人的信息。首先，“余”是接受过新式教育的新型知识分子，因为他曾经跟文中提及的兄弟二人在同一所中学校里读书，在那个新式学校尚不普及的时期，进中学而不是在私塾读书表明了其属于时代的先行者；其次，“余”接受过专业的西方医学知识教育，他能从狂人的两册日记中看出他得的是“迫害狂”病，说明他接受过更长久也更专业的新式教育，像“迫害狂”这类颇具专业性质的精神疾病在中医中是不存在的，由此可推知他接受的是西医的专业教育；最后，也是最重要的，他没有对昔日同窗患“迫害狂”病持旁观或嘲讽态度，他整理狂人的日记，希望能引起更多的人，尤其是医学专门人士的关注。此时，对《狂人日记》文本所持的阅读期待将影响我们对“余”更进一步的看法。如果我们认为《狂人日记》是一个纯写实的文本，“我文本”中的“我”真的患有现代医学中称为“被迫害狂”的精神疾病，那么，“余”就是一个关心朋友、热心现代医学知识传播的具有较新观念的专业人士；如果认为《狂人日记》是一篇具有象征性意味的现代小说，“我”所代表的

狂人其实是个反封建的战士，那么“余”所发现和讲述的就不仅仅是一个患有精神病朋友的故事，而是一个反抗传统伦理、质疑现存制度的思想界战士，而我们对“余”所言的“供医家研究”之类的叙述也应该顺理成章地理解为他期望把狂人这样一个战士的形象介绍给更多的有识之士，从而起到疗救社会痼疾的目的。而由于“余”不仅是“狂人日记”的发现者，更是“我文本”的参与编撰者，对于狂人的反封建思想斗争，“余”就不再仅仅是一个旁观者，而是个参与者和呐喊助威者。这样看来，“余”与“我”的关系不仅不是彼此对立、互相颠覆的，而且是相互支持、彼此渗透的，他们二人不是两个世界的陌路人，更像是一个战壕里的战友。

三

“余文本”中除了关于“余”个人的信息，最重要的要数对狂人现状的介绍了，尤其是其中对狂人的“赴某地候补”的叙述，历来观点不一，争议较大。这其中最为激进的观点则认为：“最可悲的是‘狂人’狂病愈后，就范做官去了，彻底背弃了自己曾经全力为之奋斗的自由，躬行自己先前反对过的一切，将自己的良知与灵魂交给了封建宗法制度及其文化体系，永远堕入了失败与悔恨的黑暗深渊，从此变成一具行尸一块走肉，这是何等深切的悲剧啊！”① 另外一种稍微平和点的观点是：“‘被关’和‘候补’同是作者对狂人，也可以说是先觉者命运的两种预言或者总结。”② 这两种观点虽然语气中谴责的程度不同，但表达的意思都是狂人的启蒙是失败的，狂人又回到了“吃人”的行列，也即旧的营垒。笔者的看法与前述观点都不同，“被关”和“候补”或许是部分先觉者的命运，但就狂人来说，他似乎并没有走“候

① 李靖国：《〈狂人日记〉重探》，《文学评论》2002 年第 4 期。

② 李今：《文本·历史与主题：狂人日记再细读》，《文学评论》2008 年第 3 期。

补”的道路，我得出这个结论源于对“余文本”的细读。关于“候补”的信息在“余文本”中是这样传达的：“言病者其弟也。劳君远道来视，然已早愈，赴某地候补矣。”① 在这里，“言”的主语是两兄弟中的大哥，按照我上文提到的复合叙述理论，大哥其实是“余文本”中的第二叙述人，关于狂人的现状都是他讲述的，只是因为他的叙述包含在“余”的叙述中，容易被忽视，而且容易被误解为是“余”的叙述，其实，“余”只是把他的叙述复述一遍而已。如果这句话是大哥叙述的，那么其真伪是值得推敲的。

可以通过一个简单的推理得知大哥的叙述是虚假。首先，可以确定的是“余文本”记叙的故事发生在“我文本”之后，因为它明显是一个回顾叙述。其次，“我文本”使用的白话不是中国古典小说常用的口语式白话，而是一种“欧式白话”，这种欧式白话的使用说明“我文本”的故事只能发生在文人大批量留学西方的 20 世纪以降，这样“余”文本结尾的“七年四月二日识”就应该是指民国七年四月二日。既然已经是民国时期，怎么还会有“候补”一职？这一漏洞也就说明大哥的叙述是不真实的。

另外，还可以根据叙事学理论证明大哥叙述的不真实。在此，需要先引进小说理论家韦恩·布斯创造的两个概念：隐含作者和可靠/不可靠叙述者。韦恩认为，隐含作者不完全等同于真实作者，他是真实作者在不同文本中的化身，“在他写作时，他不是创造一个理想的、非个性的‘一般人’，而是一个‘他自己’的替身，不同于我们在其他人的作品中遇到的那些隐含的作者。”② 不同的隐含作者的观念结合起来组成真实作者的思想，反过来，真实作者的思想也可以部分地代表隐含作者的意图。根据隐含作者的概念可以进一步确立可靠/不可靠叙述者的概

① 鲁迅：《呐喊·狂人日记》，《鲁迅全集》第 6 卷，人民文学出版社 1981 年版，第 422 页。

② ［美］W. C. 布斯：《小说修辞学》，华明、胡晓苏、周宪译，北京大学出版社 1987 年版，第 80 页。

念，韦恩·布斯是这样解释的："当叙述者为作品的思想规范（亦即隐含的作者的思想规范）辩护或接近这一准则行动时，我把这样的叙述者称之为可信的，反之，我称之为不可信的。"[①] 对于《狂人日记》的创作意图，鲁迅后来曾明确表示过"意在暴露家族制度和礼教的弊端"[②]，虽然这个思想并不能完全表达《狂人日记》复杂的思想内涵，但"我文本"中却有足够的叙述是支持这一思想的。因此，作为叙述者的"我"是可靠的。而在"我文本"中大哥和"我"的激烈冲突则间接证明大哥作为叙述人是不可靠的。既然大哥是站在"我"对立面的叙述人，而且他关于狂人现状的叙述又有明显的漏洞，那么他所说狂人"赴某地候补"就很可能是一句假话，没有必要当真。而"余"故意保留了大哥的这一明显的"口误"，正是为了表明他跟大哥的态度是不一致的。这样，《狂人日记》中的三个叙述人跟隐含作者观念的异同就比较明了了："余"和"我"跟隐含作者的观念是一致的，而"大哥"的观点则属于对立的一派。这样，昔日的三个同窗好友就分成了两派："余"和"我"属于改革派，大哥则属于保守派。尽管"余"使用文言文来叙述，但他并不保守，他是狂人潜在的支持者，只是他没有狂人的激进和疯狂，他更理性，同时也更具韧性，这反而使他的斗争更有力也更有效。

既然狂人没有去"候补"，那么他到底去哪里了呢？我认为，狂人"走"了。"走"跟"候补"不同，如果说"候补"是被动回归旧营垒，那么"走"首先就是拒绝回归旧营垒，虽然"走"也有被"驱逐"的成分，但是并不排除有主动选择追求别样人生的可能性，对狂人来说，"走"是"被关"与"候补"以外第三条可供选择的路。狂人的这一选择让我们可以推知"余"曾经走过的道路，"余"时隔多年才回归

---

① ［美］W. C. 布斯：《小说修辞学》，华明、胡晓苏、周宪译，北京大学出版社 1987 年版，第 178 页。

② 鲁迅：《鲁迅全集 6·且介亭杂文二集·〈中国新文学大系小说二集〉序》，人民文学出版社 1981 年版，第 239 页。

故乡，说明他多年前的背井离乡也源于一个惨痛的经历。考虑到他曾经接受新式教育，他离乡的原因很可能也跟狂人一样，是为了追寻另一种人生，而他追寻新思想新道路的结果是再次回归故乡时能以跟多数人不同的态度来对待跟他当初一样被驱逐"走"的狂人，因此，他才能不像大哥那样把狂人只是简单地看作"疯子"，而是认可狂人自称为"狂人"，这里所谓的"狂人"更多是狷介狂傲者面对传统渴望改革现状的自况。而"余"与"我"对"狂人"一词的认可则表明他们在接受新思想后很可能走了同一条路，那就是"走"——继续学习新的知识，追寻新的人生。

由此看来，《狂人日记》其实就讲述了两个启蒙的故事，如果说"我"是被禁闭的狂人，那么"余"就是被驱逐的启蒙者。一个是"余"讲述的启蒙故事，一个是"我"讲述的启蒙故事，一个是在理性的状态下用文言文讲述的，一个是在疯癫的状态下用白话文讲述的。"余文本"作为一个独立的启蒙故事，主人公"余"操持着一口流利的文言，用传统的叙事手法，讲述的是一个曾经发生过的启蒙故事；而"我"则用不太流畅的欧式白话，用痴狂叙事手法，讲述一个正在进行的启蒙故事。如果说白话文的使用和痴狂叙事手法在那时被认为是一种激进"革命"的表现，那么，从"余"使用的语言和传统的叙事方式可以推知他以一种不太激进的方式参与"革命"，同时，也表明他对狂人的启蒙结果是持怀疑态度的。但尽管如此，"余"仍然对新的启蒙者不遗余力地支持，编辑整理"狂人日记"，希望能够引起更多的人关注支持启蒙。也就是说"余"个人曾经的启蒙失败并没有阻碍他继续相信新的启蒙，并成为新启蒙有力的支持者和参与者。可见，"余"和"我"的确有着割舍不断的联系，就像一人分饰二角，这二者隐含着人性中的理性与疯狂的并存，行动中隐含着理智与激情的并存。

四

对“余”的分析至此，我们发现他的思想、他对狂人的态度、他编辑“狂人日记”的初衷，甚至他曾经学习西医的经历都越来越接近《狂人日记》的真实作者——鲁迅，更确切地说是创作《狂人日记》时的鲁迅，也即《狂人日记》的隐含作者。只有认真分析《狂人日记》的隐含作者，我们才能还原一个《狂人日记》的真实来历，也才能理解鲁迅设置“余文本”的深层原因。

对于以启蒙为宗旨的“五四”新文化运动，鲁迅的态度是复杂的，他在写作《狂人日记》前并没有积极参与到新文化运动中去，不仅如此，他那时甚至对新文化运动持怀疑和观望的态度，“然而我那时对于文学革命，其实并没有怎样的热情。见过辛亥革命，见过二次革命，见过袁世凯称帝，张勋复辟，看来看去，就看得怀疑起来，于是失望，颓唐得很了。”[①] 他既以一个现代知识分子的身份对封建礼教，以及延续四千年的中国文明持批判态度，但又对取自西方文化的现代文明持怀疑态度。通过《狂人日记》的叙事结构可以看出他对启蒙态度也是复杂：他既支持启蒙又对启蒙能否成功深表怀疑。所以，在《狂人日记》中，他一面让“余”支持“我”以近乎疯狂的决绝的态度来践行启蒙精神，一面又在“余文本”中埋伏下一条“余”曾经失败的启蒙故事。对照鲁迅后来回忆创作《狂人日记》的缘由可以印证这一点：“我虽然自有我的确信，然而说到希望，却是不能抹杀的，因为希望在于将来，决不能以我之必无的证明，来折服他之所谓可有，于是我终于答应他也做文章了，这便是最初一篇《狂人日记》。”[②] 鲁迅曾经有过太多失败的记

---

① 鲁迅：《鲁迅全集 4 南腔北调集·〈自选集〉自序》，人民文学出版社 1981 年版，第 468 页。

② 鲁迅：《鲁迅全集 1 呐喊·〈呐喊〉自序》，人民文学出版社 1981 年版，第 419 页。

忆，“走异路，逃异地，去寻求别样的人们”[①] 的救亡之梦，以及期望以文艺改变人的精神面貌的文艺梦，这些梦最终都归于破灭，屡次的失败让他曾经陷入巨大的虚无与绝望之中，但对绝望的怀疑又让他最终还是走上行动之路。汪晖称鲁迅的文学为“反抗绝望的文学”，我认为是非常准确的，他说：“鲁迅并不是从绝望出发，而是从反抗绝望出发的。”[②] 对鲁迅来说重要的是行动，因为只有行动才是连接人的意愿与外部世界的唯一环节，所以他在《狂人日记》中设置了第一叙述人“余”，让他发现、编撰、发表“狂人日记”就是最好的反抗绝望的实践。但无论如何写作《狂人日记》时的鲁迅并不是坚决的“革命派”，因此“余文本”才会用文言来书写，并使用传统小说的线性叙事手法来暗示一个曾经失败的启蒙的故事。

由此可见，在叙述人“余”身上体现着较多隐含作者的思想观念，而这个隐含作者是真实作者鲁迅不可分割的一部分，我们从“余”身上看到的对狂人的关注与支持反映出鲁迅起初对“文学革命”的怀疑与最终对“文学革命”不遗余力的支持，而这一点恰恰表现了鲁迅不轻信任何宣传，只看重行动的特点，正是这一点反而使鲁迅的创作真正成为“文学革命的实绩”。而我们在以后的鲁迅小说中仍能发现“余”的身影，《孤独者》和《在酒楼上》的叙述人“我”都是“余”的化身，其中的叙述人“我”一方面曾经跟魏连殳、吕韦甫等主人公站在一起反抗旧传统，另一方面，“我”却又比魏连殳、吕韦甫们更具理性和现实斗争的韧性。无论是《狂人日记》中的“余”或者狂人，包括《孤独者》和《在酒楼上》的“我”，都代表着鲁迅的不同侧面：一个现代中国知识分子漂泊不定而又抗争不止的灵魂，一个时刻在“走”着的行动者。

（本文发表于《枣庄学院学报》2017 年第 1 期）

① 鲁迅：《鲁迅全集 1 呐喊·〈呐喊〉自序》，人民文学出版社 1981 年版，第 415 页。
② 汪晖：《鲁迅文学的诞生——读〈呐喊〉自序》，《现代中文学刊》2012 年第 6 期。

《沉沦》诗词叙事的文化心理空间探析

摘要：《沉沦》中存在借用田园诗意境、引述翻译外文诗和自作旧体诗等三种诗词叙事形式，展示了叙述人处于传统文化、西方文化和现代文化等不同文化心理空间的复杂状态，也使作品成为兼具小说和诗歌双方面特征的、在体裁上具有创新性的现代小说，这一形式上的变革从侧面反映了处于时代夹缝中的“五四”一代文人的现代转型。

关键词：诗词；叙事；现代小说；文本；文化空间

1921年10月，小说《沉沦》随着小说集《沉沦》的出版首次发表时郁达夫已经是个成熟的青年人，但此时无论是郁达夫的小说创作还是文体意义上的中国现代小说都处于成长的“青春期”，因此，《沉沦》[①]中留下了不少青涩的印记，一个鲜明标志便是其中有大量的诗词叙事，具体表现在：借用田园诗意境、引述翻译外文诗和自作旧体诗。这些“青涩”的印记记录下郁达夫最初走上现代小说创作的心路历程和中国现代小说的抒情特色。别林斯基曾经说过：“艺术越接近它的某一界限，就会渐次地失掉它的一些本质，而获得界限那边的东西的本质，因此，代替界限，却出现了一片融合双方面的领域。”[②] 对于早期的现代小说来说，评论界对其关注主要集中于小说的一面，而忽略了其诗的一面。其实，没有哪个个别作品是某种文类——小说、戏剧、诗歌，或者其他——的完美标本，所有作品在文体特征上都或多或少地是混合型的。郁达夫的《沉沦》便是这样一篇兼具小说和诗歌双方面特征的、带有体裁上的不成熟性和创新性的小说。这一形式变革同时也折射出“五四”文人从传统的田园隐逸诗人向具有责任意识的现代文人转型的

① 下文中如不做特殊说明，《沉沦》均指单篇小说《沉沦》，而非小说集《沉沦》。

② ［苏］别林斯基：《别林斯基选集》第二卷，上海译文出版社1980年版，第44页。

过程。

现代叙事学理论要求严格区分作者和叙述人，但郁达夫是“文学作品，都是作家的自叙传”这一文艺理论的忠实信徒，因此他作品中的叙事主人公有更多作者的影子，《沉沦》中“他”的家庭背景、求学经历、生活轨迹等有很多是和作者郁达夫重合的，但尽管如此，依然不应该把《沉沦》中的“他”完全等同于作者。写作《沉沦》时郁达夫已经26岁，而《沉沦》中的“他”是21岁，即使以自叙传的笔法，26岁的郁达夫在书写21岁的郁达夫时也已经有了不一样的心境，这一点在《沉沦》的诗词叙事中表现鲜明，现结合小说文本来细致梳理一下这一表现所内蕴的不同文化心理空间。

一　借用田园诗意境

《沉沦》开篇不久就是一大段外景描写，把读者带入一幅看似恬淡的自然风光之中：

> 晴天一碧，万里无云，终古常新的皎日，依旧在她的轨道上，一程一程的在那里行走。从南方吹来的微风，同醒酒的琼浆一般，带着一种香气，一阵阵的拂上面来。在苍黄未熟的稻田中间，在弯曲同白线似的乡间官道上面，他一个人手里捧了一本六寸长的Wordsworth的诗集，尽在那里缓缓的独步。在这大平原内，四面并无人影；不知从何处飞来的一声两声的远吠声。悠悠扬扬的传到他耳膜上来。他眼睛离开了书，同做梦似的向有犬吠声的地方看去，但看见了一丛杂树，几处人家，同鱼鳞似的瓦屋上，有一层薄薄的蜃气楼，同轻纱似的在那里飘荡。①

---

① 郁达夫：《沉沦·郁达夫小说全集》，哈尔滨出版社2013年版，第14页。

这段风景描写虽然以散文的笔法写成但却有着诗的意境，稍有中国传统文学修养的人很容易就能从中联想到陶渊明《归田园居》中的诗句“暧暧远人村，依依墟里烟。狗吠深巷中，鸡鸣桑树颠”。这样叙事人“他”就以一个热衷山水田园诗的中国传统文人的面目出现。但细读这段田园风景描写又会发现其中不太协调的一点，从类似陶渊明田园诗般风景中走来的“他”手持的却是华兹华斯的诗集，这是一种穿越时空的文化空间错乱。在无形的文化空间中，把陶渊明和华兹华斯并置在一起，把公元5世纪的中国田园诗人和19世纪的英国湖畔诗人并置到一起，其实是把中国传统文化跟西方近现代思想并置在一起。陶渊明的山水田园诗和华兹华斯的浪漫主义诗歌虽然都擅长描写大自然，但其抒情主人公的内在思想却有很大的差别，陶渊明的诗产生于挂冠归隐后，诗歌的中心意境是隐逸和逃避，而华兹华斯的诗歌则源于对专制保守的批判，主题是强调个性解放和浪漫精神，整体意象是昂扬进取的。这二者一个内敛，一个外张，正是东西方文化内在素质的不同表现。而当“他”对这二者都热爱拥抱时，则表明其内心深处的矛盾心理，既被热情激进的浪漫主义所吸引，又无力摆脱成熟老迈的传统文化的束缚。在这里，传统农业国的田园风光被移植到新兴工业国的城市近郊，外在风景的恬淡悠远跟下文中“他”内心的焦灼不安和对性的极度追求形成强烈对比，由此形成一种非典型环境中的典型人物，这种环境与人物的不协调源于叙事的张力，决定了《沉沦》内在的狂乱叙事与不和谐的审美风格，形成对中国传统的静穆圆润、协调完美的美学风格的挑战。

之所以形成这种错乱的文化空间皆源于叙事人所处的真实空间和由此造成的错乱的心理空间。此时叙事人“他”身处的是19世纪后期因师法西方工业文明刚刚崛起的军事帝国——日本。这个偏置一隅的东方岛国曾经在近千年的时间里心悦诚服地拜倒在历代中华帝国面前，但经历明治维新强大后，却在十几年前打败了她曾经的师长之邦——大清帝国。而为了国家民族的复兴，大批中国知识分子却又不得不到这个岛国

上来学习，虽然必须面对这种残酷的现实，中国知识分子在内心深处却无法接受这种师生关系的逆转。这种巨大的心理落差在置身岛国的生理、心理和文化观念都处在发育期的年轻郁达夫感受起来更是刻骨铭心的，以至于在二十年后他回忆起来这段经历，仍是充满了情绪化：“‘支那’或‘支那人’的这一个名词，在东邻的日本民族，尤其是妙年少女的口里被说出的时候，听取者的脑里心里，会起怎么样的一种被侮辱，绝望，悲愤，隐痛的混合作用，是没有到过日本的中国同胞，绝对地想象不出来的。”[①] 因此，作为郁达夫代言人的“他”的文化心理空间就呈现出一种错乱的状态，身处的真实空间是明治维新后的日本军法制形成的强权意识，理想中追求的却是西方的浪漫主义思想，而潜意识中根深蒂固的则是中国传统文人的隐逸之风，这一错乱的文化空间投射到一个敏感脆弱的“他”身上，便形成一种自卑又自恋，自渎又自傲的错综情感，而在行为上的表现就是对所有人的仇视与怀疑。《沉沦》全文有五处写到复仇，而“他”仇恨的对象则从普通的日本人到日本女人，又从中国同学到自己的亲人，直至最后发展到对祖国的怨怼：“我何苦要到日本来，我何苦要求学问。既然到了日本，那自然不得不被他们日本人轻侮。中国呀中国！你怎么不富强起来，我不能再隐忍过去了！”[②] 正是由于师生关系的倒错导致心理时空的错乱和文化空间的错乱，这种错乱也表明处于20世纪之交的时代夹缝中的现代中国文人的心理失衡，而这种失衡的心态反映在小说文本上则是山水田园诗的意境中徜徉着的是患有青年忧郁病的现代知识分子。

二　引述翻译外文诗

在《沉沦》中有两处引述翻译外文诗，第一处是在文章的第一节，

---

① 郁达夫：《雪夜——日本国情的记述自传之一章》，《宇宙风》1936年第11期。

② 郁达夫：《沉沦·郁达夫小说全集》，哈尔滨出版社2013年版，第14页。

先是引述了华兹华斯的两段英文诗，然后又借叙述人“他”之手把这两段诗歌翻译成汉语。第二处是在第四节，同样是借叙述人“他”引述并翻译了海涅的一首德语短诗。在一篇小说里引用了大段的外文诗歌，然后又借主人公之口来翻译成中文，这种小说和诗歌、中文和西文的嫁接不仅在此前的中国小说中是没有的，甚至在以后的中国现代小说中也是极其罕见的。那么，这样的叙写折射出作者怎样的叙事逻辑和心理状态呢？如果仅从文本内的逻辑发展线索可以这样解释，“他”所摘录的这篇华兹华斯的诗歌题目现在翻译为《孤独的割麦女》，在《沉沦》中被“他”翻译成《孤寂的高原刈稻女》，诗歌中一个孤独的女子在旷野中边割麦边唱歌的意象恰与叙述人“他”此时的心情相似，因此，用华兹华斯诗中的意象来代替对“他”心情的描述也符合叙述逻辑。另一方面，华兹华斯是19世纪欧洲重要的浪漫主义诗人，他诗歌中张扬的个性和浪漫抒情的素质对于一个在闭塞的中国江南小镇生活了近20年的年轻人具有欲罢不能的独特魅力，郁达夫既然被其深深吸引就不可避免地让其笔下的主人公“他”也热爱华兹华斯。但这两个解释无法说明为什么要把诗歌再翻译一遍，翻译的工作完全可以留给读者或者评论者来完成。这个翻译是否有画蛇添足之嫌呢？翻译诗歌的理由除了考虑到当时的读者普遍不掌握外文，在阅读过程中如果再通过其他途径先翻译成汉语诗将会影响全文的阅读进程，我认为另一个更为重要的原因是：作者希望告诉读者这样一个事实，“他”是一个具有相当高的外语水平的有才能和天分的青年，由于《沉沦》的自叙传小说特性，这个“他”跟作者太过接近，某种程度上叙述人“他”精通外语，实际上也是在表明郁达夫本人精通外语且水平甚高。这个解释并非批评郁达夫的虚荣和自负，而是想要考察包括郁达夫在内的那一代知识分子的真实心态。

众所周知，郁达夫有着相当高的语言天赋，除了汉语外，郁达夫还掌握英语、日语和德语等语言。在这篇小说里，细心的读者会发现作者先后把自己所掌握四种语言才能都展示了出来。这种近乎炫耀的写法恰

恰反映了郁达夫内心自卑又自负的心理，其深层原因是对自己无力担负起“匹夫之责”的自责。郁达夫在写这篇小说的两年前曾经回国参加外交官和高等文官考试，但都未被录取，这更加重了他的自卑心理。但在20世纪初，能掌握三门外语的人才是非常罕见，这又使他内心有一种怀才不遇的自负感。这一代知识分子把救亡图存的责任天然地扛在自己肩上，他们也相当清醒地认识到中国传统知识分子热衷的经史子集、诗词歌赋是不能切实担负起救国之责的，学习更加实用、速效的理工科知识是他们走出国门的主要原因。因此，有过海外留学经历的新文学的早期倡导者，大都走过理改文的道路。不必说鲁迅的弃医从文已成为现代文学人尽皆知的轶事，创造社最初的几个同人留学时期没有一个首选文科的，郁达夫、郭沫若最初选择的是医科、成仿吾选择的是造兵科，田汉选择的是师范科，张资平选择的是经济科。在报考预科的时候，郁达夫本来选的是文科，但在兄长的强烈要求下，改为医科。尽管是兄长的建议，但郁达夫最终改变初衷，也必定与留学生界重理工医、轻文史哲有很大的关系。这种“理性”的选择不是根据个人的爱好特长而是基于一种空泛的国家观念，因此，实际学习起来是无法做到真正理性的。从郁达夫个人的传记中可以看出，郁达夫从小便爱好诗文，九岁时就能填词赋诗，被乡亲们看作“神童”。但诗词方面的天赋并不能帮助他学好医学，对于西医科，郁达夫本人大概和《沉沦》中的“他”的看法是一样的：“他觉得学校里的教科书，真同嚼蜡一般，毫无半点生趣。”① 当个人爱好的情感需求和实用主义的社会认同相冲突时，郁达夫选择了后者，但却沉浸于因前者得不到满足的矛盾之中，一旦有机会展示自己在语言方面的天赋，他便不遗余力地去展示，因此，《沉沦》中才有大段的外文原文及翻译。虽然这种汉语中夹杂外语、小说中夹杂诗歌的叙事方式让《沉沦》在体裁上变得不伦不类，但却能间接证明作者个人的才华和能力，也从另一个侧面表明那一代知识分子空有一腔

① 郁达夫：《沉沦·郁达夫小说全集》，哈尔滨出版社2013年版，第14页。

热血，却报国无门的无奈。

三　自作旧体诗

《沉沦》有两首借主人公“他”之手自作的旧体诗，在小说中夹杂旧体诗是现代小说中少有的现象。中国古典小说常在章节的开头或者结尾用一首诗歌作为引言或者锲子，用来交代本章节的主题或者叙述人的感喟。而在《沉沦》中，这两首诗不是放在小说的开头或者结尾，而是嵌入小说当中，我们以第一首诗为例来考察一下自作旧体诗在《沉沦》中所起的作用。第一首诗出现在文中的第四节，叙述人“他”回忆自己离开东京前往名古屋读书的情景，在一个冬日的夜晚万家灯火时刻，“他”一人坐火车离开熟悉的城市前往陌生的地方求学，产生了感伤的情绪，于是，便作了一首七言律诗来表达离别之情：“峨眉月上柳梢初，又向天涯别故居。四壁旗亭争赌酒，六街灯火远随车。乱离年少无多泪，行李家贫只旧书，夜后芦根秋水长，凭君南浦觅双鱼。”① 离别的伤感本是最寻常的情感，也是中国古体诗最常见的题材，但这首看似普通的离别诗却暗含着作者的另一种心态。为了厘清作者的复杂心态，需要还原一下郁达夫在名古屋求学时的心路历程。

1915 年 9 月至 1919 年 7 月这段时期，郁达夫在名古屋第八高等学校读书，这是郁达夫求学经历中最重要的一个阶段，也是他的生理、心理、价值观等走向成熟的一个时期。生理的成熟是个自然的过程，然而心理和价值观的成熟却是经历了一段时期的心灵炼狱和痛苦蜕变后才逐渐走上人生正途的。1916 年前后，郁达夫学了短短不到一年的医学专业，却是他求学经历中最为失败的一个时期，“到 1916 年春天，他得了严重的神经衰弱，以至于期末考试时，七门功课只考了三门。”② 这一年的 9 月，

① 郁达夫：《沉沦·郁达夫小说全集》，哈尔滨出版社 2013 年版，第 14 页。

② 方忠：《郁达夫传》，复旦大学出版社 2012 年版，第 13 页。

郁达夫就由医学改为法学，重读了一年级。至于为什么改变学科，在小说和传记中存在两种不同的说法。按照《沉沦》的说法，因为“他”跟兄长产生了龃龉，“他因为想复他兄长的仇，所以就把所学的医科丢弃了，改入文科里去，他的意思，以为医科是他长兄要他改的，仍然改回文科，就是对他长兄宣战的一种明示。”① 而另外一种说法是：“9 月，因医科费用太大，自己又爱好文科，故又改读文科，专攻法学部政治学科，重读一年级。”② 然而在我看来，这两种原因都不过是改科的借口，深层的原因则是郁达夫的个性价值与社会现实产生了矛盾冲突。郁达夫虽然在诗词方面有极高的天赋，但在理工医科方面却并不擅长，现代医学确认了人的大脑是有分工的，理性思维和感性思维分属大脑的不同区域，一种功能发达，另一种功能则会相对迟钝。郁达夫虽然并不了解大脑分工的专业知识，但他自己清楚地知道如果继续学医他将无法真正实现个人价值。在个性价值越来越受到重视的“五四”时代，如果无法按照个人的意愿实现个人价值那就是作为个人的最大失败，而抛弃自我用自己所学的专业知识报效国家又是郁达夫那一代知识分子最大的理想愿望。个人和民族的矛盾、理想和现实的矛盾时刻折磨着郁达夫，而《沉沦》中这种矛盾表现为“他”心理的自卑情结和生理的性亢奋的矛盾，叙述人“他”是一个二十出头的青年，心理和生理都不太成熟，有一种病态的自卑感，当“他”迎面碰见两个日本女学生后不仅呼吸紧张，手足无措，一句话不敢说，而且回到自己的寓所还在自嘲自骂地说：“你这卑怯者！”“你既然怕羞，何以又要后悔？”“既要后悔，何以当时你又没有那样的胆量？不同她们去讲一句话。”③ 而当“他”回忆起两个女学生眼睛里暗含的惊喜的意思时，更是懊恼自己作为一个中国人地位的卑下：“呆人呆人！她们虽有意思，与你有什么相干？她们所

① 郁达夫：《沉沦·郁达夫小说全集》，哈尔滨出版社 2013 年版，第 14—40 页。

② 王自立、陈子善：《郁达夫研究资料》，中国社会科学院文学研究所总纂，知识产权出版社 2010 年版，第 571 页。

③ 郁达夫：《沉沦·郁达夫小说全集》，哈尔滨出版社 2013 年版，第 14—40 页。

送的秋波，不是单送给那三个日本人的么？唉！唉！她们已经知道了，已经知道我是支那人了，否则她们何以不来看我一眼呢！”① 可见，当时的“他”对自我价值产生了怀疑，自我认知出现了严重的问题。这种矛盾冲突最终发展为“他”的忧郁病发作。当其忧郁病发作时，除了生理和心理上的不适，也让“他”的理智变得不健全，跟情感爱好、生理和性爱都发生了矛盾。理智上“他”知道自己应该学习更实用的医学，而情感爱好上则更热衷于文学；理智上“他”知道自己应该自尊自爱，而在生理上则又控制不住地自渎；理智上“他”知道自己不应该对敌国的女性产生爱恋，而面对充满诱惑的日本少女“他”又难抑制地产生性爱。

而《沉沦》写作的1920年前后又是另外一种情形。当时作者已经26岁，在这四五年间，郁达夫不仅已经完成了高等学校的学业，而且已经在中日文坛都小有名气，给他带来名气的既不是他现在学的政治学科，更不是曾经让他头疼不已的医学，而是他所擅长的传统古典诗词。在名古屋学习期间，郁达夫就发表了大量的古体诗，成为日本汉诗界小有名气的诗人，颇受当时日本的汉文学家服部担风的推崇，服部担风因为对他极为赏识，在和他交往中甚至错乱了长幼秩序，表现出有违长幼伦常的尊重。服部担风当时五十岁，而郁达夫只是一名21岁的高等专科学校一年级的学生。有一次，服部担风为郁达夫送行，“他固执地一直把达夫送到车站。在那条五六百米长的土路上，担风拄杖步行，仰着头，和高坐在人力车上的达夫热烈谈话。达夫端坐在车上，脸上充满了惶恐、歉疚的神色。他坚持要下车，与担风一起步行。担风笑眯眯地拒绝了。担风平时送客一般都不出大门，通常只是走出书斋到庭院的走廊尽头便止步了。而初会达夫，他却不但送出门，还特意一直送到车站。”② 这种被欣赏被尊重跟小说中“他”所叙被日本女子

① 郁达夫：《沉沦·郁达夫小说全集》，哈尔滨出版社2013年版，第14—40页。

② 方忠：《郁达夫传》，复旦大学出版社2012年版，第14页。

蔑视形成鲜明的对比，真实的情形与小说中叙述的“他”的感受差别如此之大，而给郁达夫带来尊敬的恰是传统文化的诗词歌赋而非现代社会需要的理工医科。当现在的郁达夫化身为“他”回忆当时的郁达夫时，他既要回到现场来描述21岁的“他”在日本女子面前怎样的自卑自贱，又想展示26岁的他有着怎样深厚的古诗词功底，因为这给作者郁达夫带来了人格的尊重和自我价值的实现。因此，他要在现代小说文本中加上古体诗，以此来证明个人的能力和价值。

作为隐含叙述人的郁达夫是一个既羡慕传统文人的隐逸，又追求西方文人的浪漫，但更无法逃避现代文人的焦虑的书写者。《沉沦》的整个文本叙事就是一个理性的处于传统文化和现代文化夹缝中的成熟的“五四”文人借一个感性的心理尚不健全的患有青春期抑郁症的现代青年之口所做的情感抒发。这样，《沉沦》就成为一个散文和诗文、中文和西文的混合文本，一篇夹杂着不同时空的诗词叙事的、“不伦不类”的现代小说。但正因此，《沉沦》开创了中国现代小说的浪漫抒情的一支，而这浪漫抒情的现代小说既离不开西方浪漫主义诗歌的因子，也离不开中国传统诗歌的抒情土壤和隐逸风气。但就技巧层面来看，《沉沦》中的这三类诗词叙事在艺术上并不完美，除了借用田园诗意境的叙事比较流畅外，无论是翻译外文诗词叙事还是自作古体诗叙事都有较明显的斧凿之痕，但也正是这一点让我们看到传统文人从“诗言志”转向“小说书写人生”的艰涩，尽管艰难，郁达夫却从未停步，及至他最后一篇小说《迟桂花》，我们看到了郁达夫在诗词叙事方面实现了别林斯基所谓的“融合双方面的领域”所取得的艺术成就，《迟桂花》被打造成一篇真正的抒情诗般的小说，完成了诗歌与小说的真正融合，郁达夫也借此完成了传统文人向现代文人的转型。

［本文发表于《名作欣赏》2016 年第 5 期（中旬）］

从忏悔到自救

——鲁迅《风筝》的心灵叙事

一

鲁迅的散文诗集《野草》是直面灵魂深处的独语，被认为是“鲁迅心灵炼狱熔铸的诗”①。这个结论在评论界早已成为共识。但鲁迅的不同凡响之处恰在于他经常会在具体作品中给我们留下深入探索的空间，《野草》中的《风筝》便是这样一篇让人在疑惑和思索后才能更深体悟到其中真谛的文章，它在《野草》集中长期默默无闻，但却是《野草》中的极具“野草精神”的一朵“奇葩”。

如果说“风格即人”这句话是正确的，那么，鲁迅的作品中最像他本人的就是《野草》。从某种程度上说，《野草》就代表了鲁迅，就像鲁迅的挚友许寿裳所说，《野草》“可说是鲁迅的哲学”②。《野草》被认为是“最充分地显示了鲁迅式的思维方式，鲁迅式的心理特质，鲁迅式的情感方式，以及鲁迅式的美学风格”。③ 由于鲁迅哲学和心灵的深邃和复杂，因此代表他本人的《野草》几乎成为鲁迅作品中最难理解的作品集，其中的大部分篇章，不仅创造了独特的意象（比如死去了的火焰、告别人的影子、会说话的死尸、擅长驳诘的狗、走向坟墓无法止步的过客等），甚至语言文字上也颇为独到，佶屈聱牙又诗意朦胧，形象生动又充满哲理意蕴。鲁迅本人对《野草》的态度也颇为复杂，他一面说《野草》里的篇章“大半是废弛的地狱边沿的惨白色小

① 钱理群：《心灵的探寻》，北京大学出版社 1999 年版，第 11 页。
② 许寿裳：《鲁迅的精神 · 我所认识的鲁迅》，人民文学出版社 1978 年版，第 76 页。
③ 钱理群：《心灵的探寻》，北京大学出版社 1999 年版，第 11 页。

花，当然不会美丽”①，但另一方面又对其艺术成就颇为自信，表示“我的那本《野草》，技术不算坏，但心情太颓唐了，因为那是我碰了许多钉子之后写出来的”②，所有这些都显示了《野草》的不同寻常。但比起《野草》中大多数篇章的晦涩难懂，《风筝》却是因其看似简单易懂反而显得与众不同。

《风筝》在《野草》中显得另类主要表现在三个方面：首先，《风筝》似乎是《野草》中最没有“野草”味的一篇。它既没有《雪》的绚丽明朗和《死火》的奇幻警拔；也没有《过客》的萧索荒凉和《求乞者》的冷漠衰败；更没有《死后》的怪诞离奇和《墓碣文》的阴森恐怖……它似乎缺少《野草》所独具的“独语体”的散文风格。其次，比起《野草》中其他篇章较多哲理意境的书写，《风筝》是一篇偏重叙事的文章。《野草》中的其他篇章都不以叙事见长，即便有些篇章如《过客》《复仇》《颓败线的颤动》等有叙事的成分，但其叙事也偏于写意，整篇文章仍是倾向于展现心理哲思。《风筝》却不同，文章讲述了一件发生在作者现实生活中的看似普通的小事：少年的“我”曾因一己的喜好，毫无道理的毁坏了小弟煞费苦心制作的风筝，成年后念及此事深感愧疚，终于鼓起勇气向小弟道歉时，小弟却说全然忘记了此事。更为奇怪的是《风筝》中所讲述的这件事鲁迅曾在自己的另外一篇文章中提起过，此文最初发表于1919年的《国民公报》“新文艺”栏，总题为《自言自语》，小题目为《我的兄弟》③，这篇文章虽然比《风筝》短小，但就讲述“风筝事件”的完整性上来看，两篇文章并无二致。那么，鲁迅为什么要在时隔五六年后在《风筝》中把同样一件事

---

① 鲁迅：《二心集·〈野草〉英文译本序》，《鲁迅全集》第4卷，人民文学出版社1981年版，第356页。

② 鲁迅：《书信·341009致萧军》，《鲁迅全集》第12卷，人民文学出版社1981年版，第548页。

③ 鲁迅：《集外集拾遗补编·自言自语·我的兄弟》，《鲁迅全集》第8卷，人民文学出版社1981年版，第95页。

再来讲述一遍呢？最后，作为一篇回忆往事的叙事性散文，无论从哪个方面来看，《风筝》似乎都更适合放入《朝花夕拾》而非《野草》中。因为，《朝花夕拾》是鲁迅回忆自己从童年到青壮年部分人生经历的散文集，“是从记忆中抄出来的”[①]，而《风筝》表面看来也是回忆自己少年时经历的一件小事，正适合《朝花夕拾》的题材，但是鲁迅为什么却把它选入《野草》中呢？只有解决了这些问题，才算真正读懂了《风筝》，并能因此深入理解整部《野草》。

从表面来看，有两个理由可以用来解释为什么把《风筝》放在《野草》集而非《朝花夕拾》集中。其一，从时间上来看，众所周知，鲁迅为自己的文章结集，常以时间为界限，《野草》中的文章集中发表于 1924 年 12 月至 1926 年 4 月之间；而《朝花夕拾》中的文章则发表于 1926 年 3 月至 1927 年 8 月之间，这其中虽然存在一个月的交叉时间，但大体的阶段性还是比较明显的。其二，从发表的地点来看，《野草》中的文章最初全都发表在《语丝》上，而《朝花夕拾》中的文章则无一例外地发表于《莽原》中。《语丝》杂志多发表针砭时弊的杂感小品文，偏重社会批判和文化批评，号称“语丝体”，“语丝体”虽然跟所谓的“独语体”不尽相同，但二者有较大的契合度，都偏重写个人的杂感哲思和心灵火花；而《莽原》所发表的文章较为驳杂随意，叙事性较强，鲁迅把发表于《语丝》和《莽原》中的文章分别结集也体现了他在现代散文文体上的自觉。但这两方面的解释虽然是事实，却颇为牵强，缺乏足够的说服力，因为鲁迅并非教条之人，如果他认为有必要，完全有可能把一个集子里收录的文章抽出来放到另一个集子中，就像他曾经把《不周山》从《呐喊》中抽出来改名为《补天》放到《故事新编》中一样，但他始终把《风筝》放在《野草》中没有做任何改动，说明他认为《风筝》在体例上是符合《野草》的，但《风筝》明明是一篇怀旧的文章，他怎么会没有注意到呢？况且，《野草》和

① 鲁迅：《朝花夕拾·小引》，《鲁迅全集》第 2 卷，人民文学出版社 1981 年版，第 229 页。

《朝花夕拾》编订成集的时间仅仅相隔两天，“前天，已将《野草》编定了；这回便轮到陆续载在《莽原》上的《旧事重提》，我还替他改了一个名称《朝花夕拾》。”① 如果鲁迅写《风筝》的意图仅仅是为了回忆自己少年时的一件往事，他不会忽略这正是一篇典型的“旧事重提”的文章，何不把它也归入《朝花夕拾》集中呢？然而，鲁迅始终没有这样做，那么就只能有一个合理的解释，即《风筝》虽然表面上叙述了一件旧事，但其真正的写作意图并非在“叙旧”，而是为了“记心”，是为了记叙自己内心不易为人察觉的灵魂波动。这也同样能够解释鲁迅为什么要把同样一件事来写两遍，因为《我的兄弟》是写给作者的小兄弟的，是为了体现小兄弟心灵的单纯善良，对伤害过自己的人不计前嫌；而《风筝》则是写给自己的，是为了书写自己灵魂深处的不易被人察觉的感觉、心理、情绪、意识及潜意识，作者是在借用对“风筝事件”的表层叙事来完成对心灵的深层探秘，虽然文章表面的叙事情节容易掩盖作者的真实意图，但拨开表层叙事的迷雾，我们依然能够清晰地看到鲁迅要把自己的灵魂放置到手术台上的真相，让我们真切地感受到一个受伤的灵魂在手术台上的挣扎和震颤。从这个角度来看，《风筝》仍然是一篇“独白体”的散文，是理应放在作为“心灵史”的《野草》集中。

二

这篇文章的题目虽然叫《风筝》，但在这里“风筝”只是一个“导火索”，作者只是借用它来引爆自己心灵深处的一系列“意念爆炸”，让我们回到作品本身，来看一下鲁迅是如何借用一件发生在少年时的小事来实现对自我灵魂的剖析。

《风筝》对心灵的深层探寻可以分为三个阶段。

① 鲁迅：《朝花夕拾·小引》，《鲁迅全集》第2卷，人民文学出版社1981年版，第230页。

第一阶段是自剖阶段。《风筝》中所有的情感心理活动皆源于鲁迅对自我灵魂的解剖。自省、自察、自审是现代知识分子区别于传统文人的主要特色，作为现代知识分子的代表，鲁迅更是擅长从不同侧面揭示自己身上的病态和缺陷以此实现对自我的剖析。他曾多次表示："我的确时时解剖别人，然而更多的是无情地解剖自己。"① "我知道我自己，我解剖自己并不比解剖别人留情面。"② 鲁迅不仅是这样说的，也是这样做的。事实上，《野草》中几乎每篇都有对自我灵魂的剖析。鲁迅的自我解剖不是无关痛痒地做一下样子，而是残酷地挖出真实的、血淋淋的疮痛呈示给大家，丝毫不顾及这样做对自己是多么痛苦，的确是"……抉心自食，欲知本味。创痛酷烈，本味何能知？……"③ 《风筝》也是从解剖自己的灵魂开始的，在某种程度上甚至可以说，鲁迅在《风筝》中对自我灵魂的解剖比《野草》中的其他篇章都更为切实、更为彻底，原因就在于《风筝》是通过一件真实发生在自己身上的事件来实现自我灵魂的剖析。

鲁迅通过《风筝》所做的自剖一个重大的发现就是真切地看到自己灵魂深处潜伏已久的封建礼教的"病菌"。这一"病菌"潜伏得如此隐秘，以至于经历了十余年的启蒙之光的照射，才终于被发现。鲁迅之所以会感染上封建礼教的"病菌"有着遗传学的病理原因。鲁迅曾经说过，他是"从旧垒中来，情形看得较为分明，反戈一击，易制强敌的死命。"④ 作为封建阶级的逆子贰臣，从旧垒中来的鲁迅固然是反击敌人的一个优势，但同时也是一个劣势，因为从旧营垒中来，难免会感染上其中的"病菌"，而且，因为是从小耳濡目染，一旦感染上旧营垒中的"病菌"，必然会留下顽固的病根，且难以治愈。鲁迅一直认为自

---

① 鲁迅：《坟·写在坟后面》，《鲁迅全集》第1卷，人民文学出版社1981年版，第284页。

② 鲁迅：《而已集·答有恒先生》，《鲁迅全集》第3卷，人民文学出版社1981年版，第457页。

③ 鲁迅：《野草·墓碣文》，《鲁迅全集》第2卷，人民文学出版社1981年版，第202页。

④ 鲁迅：《坟·写在坟后面》，《鲁迅全集》第1卷，人民文学出版社1981年版，第286页。

已具有较强的封建礼教的“免疫力”，他曾经说：“孔孟的书我读得最早最熟，然而倒似乎和我不相干。”[①] 但他显然低估了封建礼教潜移默化的力量，尽管鲁迅为避免感染封建伦理思想也做出了很大的努力，曾经系统学习过西方的人文思想和科学理论知识，但依然无法摆脱先天的“血缘”关系带给他的“痼疾”。当他以长兄的姿态武断地认为小弟对风筝的喜爱“是笑柄，是可鄙的”时，长幼尊卑的封建伦理观念显然已经在发生作用了。鲁迅也曾以形象化的笔法对自己这一代知识分子感染封建礼教的“病菌”有过的预测，早在1918年，就在他的第一篇白话小说中写道：“四千年来时时吃人的地方，今天才明白，我也在其中混了多年……有了四千年吃人履历的我，当初虽然不知道，现在明白，难见真的人。”[②] 如果说小说的虚构成分还只是对自己有可能感染封建“病菌”的一种推测，那么《风筝》中的对“风筝事件”的叙述就是鲁迅真实地展示自己身上已经感染了封建“病菌”。文中形象地描述作为大哥的“我”如何毫无道理地欺凌弱小无助的弟弟：“我即刻伸手折断了蝴蝶的一支翅骨，又将风轮掷在地上，踏扁了。论长幼，论力气，他是都敌不过我的，我当然得到了完全的胜利，于是傲然走出，留他绝望地站在小屋里。”[③] 表面看来，这段文字是在叙述“我”利用大哥的身份和强势对小弟的欺凌，但另一方面，我们应该看到：鲁迅在叙述此情景时内心正在承受着曾经对小弟造成精神虐杀的煎熬，他内心愧疚和自责情绪是强烈的“而我的心也仿佛同时变了铅块，很重很重的堕下去了”。[④] 这种沉重的心情正是鲁迅自省、自剖的真实表现。尽管鲁迅对自己可能感染上封建礼教的“病菌”有着充分的思想准备，但当他意识到自己身上的封建“病菌”的确虐杀了小弟幼小的心灵时，他那份震惊和绝望是可想而知的，这毕竟是一个真实版的自己也曾经“吃人”的事实。

---

① 鲁迅：《坟·写在坟后面》，《鲁迅全集》第1卷，人民文学出版社1981年版，第284页。
② 同上书，第432页。
③ 鲁迅：《野草·风筝》，《鲁迅全集》第2卷，人民文学出版社1981年版，第182页。
④ 同上书，第184页。

第二阶段是自虐阶段。西方科学教育的理念惊醒了鲁迅，让他认识到游戏是儿童的天性，玩具是儿童的天使，这个觉醒使他的灵魂时时处于炼狱般的煎熬中不得安生，却又无计可施，只得以自虐的方式来承受这种惩罚。意识到自己曾经给小弟带来的巨大的精神伤害后，鲁迅陷入深深的自责和愧疚中，这种负罪感是如此强烈，甚至达到了一种自虐的程度。有一点可以显示鲁迅的自责和自虐的程度之强烈，《风筝》这篇文章写于 1925 年 1 月 24 日，而这一天恰好是中国农历的春节，是家人团圆喜庆的时刻，但鲁迅却在这样一个独特的日子里写下自己对亲人深深的愧疚，用这种方式来鞭挞自己的灵魂，期望能剔除自己灵魂深处的封建毒素，或许正是因为这是个怀乡思亲的日子才会让鲁迅想到自己曾经对亲人犯下的不可饶恕的罪过，也使他对自己灵魂的拷问愈加严厉，不让它有丝毫的安逸和清闲，以此来加大对自我的惩罚。但是，对于鲁迅来说，最大的惩罚还不是因少年时犯下的过错而承受心灵的煎熬，而是他终于意识到自己之所以犯下这样的罪过，是因为自己血脉中与生俱来的、摆脱不掉的封建毒瘤，这种毒瘤像基因一样深深地根植于他的生命之中，完全无法靠后天的努力摆脱掉。事实上，鲁迅内心深处始终有一种原罪情结，当这种原罪情结和自省精神结合在一起时，带给鲁迅的负疚感是双重的。作为一个反封建的战士、新文化的运动的旗手，没有什么比意识到自己竟跟与之战斗了多年的封建阵营有着千丝万缕割不断的“血亲”关系更让人难以接受的了，想到这一点鲁迅往往就会陷入深深的沮丧和绝望之中，这大概也是他自我定位为“历史中间物”的心理根源。鲁迅此时就如同是他在《〈呐喊〉自序》中所描述的那间万难破毁的“铁屋子”中被惊醒的少数人之一，他的自虐就是他作为“不幸的少数人来受无可挽回的临终的苦楚”①，而这份“苦楚”是鲁迅主动承受的，原因是他认为自己也曾经参与了“铁屋子”的建造，理

① 鲁迅：《呐喊·〈呐喊〉自序》，《鲁迅全集》第 1 卷，人民文学出版社 1981 年版，第 419 页。

应因此受到惩罚。

第三个阶段是自救阶段。尽管对自己所犯的罪愆深感沮丧和绝望，但鲁迅并没有完全放弃自救的希望："心又不竟堕下去而至于断绝，他只是很重很重地堕着，堕着。"① 这一方面源于他的"反抗绝望"的哲学，因为"绝望的反抗中流溢着对生命的珍惜和紧迫感，这就要求着人对自己的每一行动负责"②。即使内心深处已经处于绝望的边缘，也要在切实的行动中去努力实现心理的平衡。而此时，对绝望的反抗就是就是暂时抛弃内心的绝望，以切实的行动来实现自救；另一方面，自救是人的生存本能，坚强如鲁迅者也不堪忍受时时在愧疚自责的炼狱中煎熬，想要寻求一条自救之路。摆在他面前的自救之路有两条，一是送给小弟一个风筝；二是忏悔并求得宽恕。时间的流逝已使第一条路变得毫无意义；忏悔以求宽恕似乎已成为最后的自救之路，但这条路又存在东西两个岔路，向西是向上帝忏悔求得上帝的宽恕，正如基督徒一般，不论犯下何种罪过都可以通过这种方式求得上帝的赦免，不必再为自己所犯下的罪过耿耿于怀，同时求得灵魂的拯救和解脱。但鲁迅不是基督徒，他似乎从没考虑过通过这个简捷的方式来实现灵魂的自救，作为一个典型中国知识分子，他只能向东寻求唯一可行的自救方法，那就是向被他伤害过的人——他的小弟忏悔，请求他的宽恕。

鲁迅走上了这唯一的自救之路，"有一回，我们会面的时候，是脸上都已添刻了许多生的辛苦的条纹，而我的心很沉重。我们渐渐谈起儿时的旧事来，我便叙述到这一节，自说少年时代的胡涂。"③ 此时，鲁迅最希望听到那句他渴望已久的话"我可是毫不怪你呵。"有了这句话他便可以放下所有的自责、自虐、负疚、悔愧……一切让他多年来灵魂不安的重压都可以放下了，他的自救也就成功了。然而，他得到的却是

① 鲁迅：《野草·风筝》，《鲁迅全集》第2卷，人民文学出版社1981年版，第183页。

② 汪晖：《反抗绝望——鲁迅及其文学世界》，河北教育出版社2000年版，第173页。

③ 鲁迅：《野草·风筝》，《鲁迅全集》第2卷，人民文学出版社1981年版，第184页。

这样的回答："'有过这样的事么？'他惊异地笑着说，就像旁听着别人的故事一样。"[①] 这样的回答不仅使鲁迅所有的自责、自虐都失去存在的意义，而且，让他自救的希望陷入新一轮的绝望之中，就像自己抡起重锤却砸到了虚空里，又因用力过猛狠狠地砸到了自己身上，这一记重锤对鲁迅心理的伤害几乎是致命的，他开始怀疑是否有开口言说的必要，因为他看到这一次的坦言不仅毫无价值，而且消解了言说的意义，还能干什么呢？只有沉默了，这正应和了《野草·题辞》中的第一句话："当我沉默着的时候，我觉得充实；我将开口，同时感到空虚。"[②] 由此看来，《野草》中看似最没有"野草"味的文章却在更深层此上应和着作为心灵史诗的《野草》。

三

牵引"风筝"的一丝微风却最终掀起了鲁迅灵魂深处的滔天巨浪，尽管《风筝》一文看似仅仅叙述了一件少年时经历的小事，但它真正的目的却是记录了鲁迅灵魂波动的历程，从看到风筝想起自己年少时对小弟人格尊严的武断践踏和精神虐杀，从而引起内心深深的自责，这种自责与愧疚经过不自觉的强化达到一种自虐的程度，时时鞭挞拷问着鲁迅的灵魂。为摆脱心灵的负罪感带来的巨大的精神痛苦，也为补偿自己所犯下的罪过，鲁迅曾经尝试通过忏悔来求得宽恕，然而忏悔的结局竟是一场虚空，小弟对此事的忘却让鲁迅再也找不到能够承受他忏悔的对象，想要通过自救来让灵魂得以解脱的努力终以失败告终，鲁迅不得不最终放弃对灵魂的自我救赎，从而走向虚无并承担了虚无。

《风筝》不同于《野草》中其他篇章的主要地方就在于《野草》中的大部分篇章都是直接书写作者灵魂的波动对思想的撞击，而《风筝》

① 鲁迅：《野草·风筝》，《鲁迅全集》第 2 卷，人民文学出版社 1981 年版，第 184 页。
② 同上书，第 159 页。

则以一件真实的故事为基础来实现对自我灵魂的剖析，它的主旨是写一个自认为有罪的灵魂挣扎沉浮的过程，记录了鲁迅从想到“风筝事件”之始所经历的从灵魂的自剖、自虐到自救失败的一次痛苦的轮回。开始于“一种惊异和悲哀”，结束时，也还是“一并带着无可把握的悲哀”，他虽曾反思、挣扎、奋起，并企图自救，但是终于没有成功，失败让他感到新的绝望和虚空，感到“四面又明明是严冬，正给我非常的寒威和冷气”。[①] 但尽管如此，面对虚无的世界，鲁迅直面人生的勇气、反抗绝望的精神和承担痛苦的能力，依然体现出个体生存最根本的道德原则和最坚强的意志。鲁迅把《风筝》置于《野草》中就是因为《风筝》最直接地体现了《野草》中不断提及的一句话“绝望之为虚妄，正与希望相同”。[②] 对于鲁迅来说承担虚无、回应绝望就是最好的拒绝虚无、反抗绝望。

（本文发表于《鲁迅研究月刊》2016 年第 10 期）

① 鲁迅：《野草·风筝》，《鲁迅全集》第 2 卷，人民文学出版社 1981 年版，第 184 页。
② 鲁迅：《野草·希望》，《鲁迅全集》第 2 卷，人民文学出版社 1981 年版，第 178 页。

从《黄金时代》看许鞍华的艺术追求与妥协

摘要：许鞍华期望通过《黄金时代》实现自己对电影艺术的深层追求，但由于受到当今中国电影过分商业化的干扰，她在用空间理论搭建起关于萧红的爱情、文学、人生的艺术空间的同时，却又用商业的手段把刚刚搭建起来的艺术空间一一拆解，从而，使电影《黄金时代》形成叙事的悖论和艺术的张力，也从另一侧面反映出当今中国大众文化和精英文化之间存在的矛盾纠结。

关键词：《黄金时代》；空间；理想；叙事；悖论

一

在香港的电影导演中，许鞍华算得上是少有的多面手，她从类型片入手，又始终不忘赋予电影艺术更深广的内涵，她用镜头关注小人物，尤其是普通女性的平凡人生，因此，她的电影既取得了较好的商业票房成绩，又屡屡在华语电影各大奖项中获奖，在市场和艺术两个领域都取得了骄人的成绩。但这并不能满足许鞍华对电影艺术的深层追求。作为一个文学硕士毕业生，许鞍华内心始终有一个不灭的文学梦，她期望有朝一日能用电影的方式来实现这个梦，而萧红恰恰是她通向这个文学梦的捷径。同为女性，同样怀着一个文学梦，加之萧红传奇般的经历，使得拍一部关于萧红的题材的电影成为许鞍华多年的夙愿。

尽管萧红身上有不少传奇因素足以支撑拍一部以她为素材的影片，但在当今中国以商业片为主的电影市场，要拍这样一部文艺片仍然相当冒险，原因是，作为普通观众，萧红生活中的那些人和事距离他们已经很遥远，而对于文艺界，尤其是文学界的专业人士来，不会也不可能希望通过一部电影来认识和了解萧红。这样看来这部影片很有可能在大众

和精英两个层面都不讨好，深谙电影市场的导演许鞍华对此应该是有一定了解的，因此，她从一开始就对电影票房没有抱太大期望，而只是把影片的拍摄仅仅当作实现自己埋藏心底多年的一个理想来完成。尽管如此，许鞍华依然不可避免地受到当今中国电影愈益市场化的影响，她是个有理想的人，但并不是一个纯粹的理想主义者，她清楚地知道要拍一部文艺片所面临的市场现实，因此她不得不在实现理想的途路中备足“干粮”，随时准备向商业化低头。这就导致《黄金时代》建构的文艺理想不可避免地遭遇大众文化的拆解，《黄金时代》恰恰就在这建构和拆解的悖论中展现了更大的艺术张力。

二

作为一门综合艺术形式，电影最大的优势就是它的空间感，能否充分发挥电影的这一大优势，是评价一个电影导演专业与否的重要标志。“在电影中，时间与空间的连接不是线性的，不同地点发生的事件可以相互交切，从而创造出在实际生活中‘不可能’的视觉角度。……电影帮助我们打破了单一展现一个地方的生活方式，它将不同空间合在一起展现现代生活的新格局。可以说，电影喻示了以前那种时间和空间中的生存方式的打破。”① 许鞍华在《黄金时代》这部影片中，最大的突破就在于打破传统的单一电影空间，借鉴后现代文化中的空间理论，设置了不同层面的多维空间。利用这些空间，她一方面展现一个富有文学天才的女作家充满矛盾纠结的一生，另一方面也展现自己对电影艺术的深度追求，实现一个电影人的艺术理想。

（一）爱情空间的建构和拆解

《黄金时代》首先预设了一个“五四”新文化的时空背景。在“五

---

① ［英］麦克·克朗：《文化地理学》，杨淑华、宋慧敏译，南京大学出版社2005年版，第83页。

四”个性解放思潮影响下萧红走上了背叛家庭，追求自由恋爱的道路，萧红的感情生活复杂多变，表面看似混乱的两性生活，其实不外乎在“生的痛苦”和“灵的痛苦”之间做出的选择。萧红早期的情感经历很像鲁迅的小说《伤逝》中子君与涓生爱情故事的“萧红”版，起于追求婚姻自由的个性解放思想，以子君似的“我是我自己的，他们谁也没有干涉我的权利!”[①] 的绝决的态度逃离封建家庭，跟随自己选择的恋人——表哥陆哲舜出走。这是基于“灵的痛苦”做出的选择，她要追求婚姻爱情的自由，是受到“五四”新文化影响的女性经常做出的时代选择。而当表哥迫于家庭的压力将她抛下时，她为了生存又不得不求助于家里给订下的未婚夫汪恩甲。这是基于“生的痛苦”的选择，鲁迅在《伤逝》中有一句话极其简略而又深刻的概括：“人必生活着，爱才有所附丽”[②]（萧红投靠汪恩甲是基于“生存”这个最基本的人生需求。后来，她在萧军和端木蕻良之间的选择则又是基于“灵的痛苦”，萧军的屡次出轨和大男子主义让萧红承受了巨大的精神痛苦，萧军时刻以救世主和启蒙者自居的态度也让她体会不到真正平等的爱情，为摆脱这种精神折磨，更为了寻找她理想中真正平等自由的爱情，她又离开萧军而走向端木蕻良。尽管她很快意识到端木也不是她理想中的男人。

萧红受“五四”个性解放的影响，为追求自由恋爱而走上叛逆、逃离男权统治下的封建家庭的道路，却又为生存所迫不得不回归，甚至依附于某个男人。但是由于受“五四”新文化的影响，她又极力想得到自由、平等的爱情，逃避这种仅仅做男人传宗接代工具的平凡女人的生活，所以，萧红一生都在这种两难中痛苦挣扎，为追求自由恋爱逃离家庭，为生存，找到原来的未婚夫；为了平等的爱情又离开萧军，嫁给端木蕻良，重病期间又为了活下来，接受骆宾基的帮助。萧红的每一次

---

① 鲁迅：《彷徨・伤逝》，《鲁迅全集》第 2 卷，人民文学出版社 1981 年版，第 112 页。

② 同上。

选择都是基于时代和个人的合力，我们在她的选择中既看到了她的追求和挣扎，又看到了那个时代给予女性的不公和限制。许鞍华想要在影片中构建的二十世纪二三十年代既是个激情燃烧的年代，同时也是个扼杀激情的年代，时代唤醒了青年人体内的爱情种子，却又不对这个种子浇水、施肥，最终让这粒种子枯萎在酷烈的环境中。导演就在《黄金时代》中构筑了这样一个“五四”时期最为常见的爱情空间。这是对“五四”时期众多宣扬爱情自由的文学作品的一个跨时代的“临摹”。

但是，许鞍华期望用“五四”新文学个性解放的常识来阐释的这个故事，却在21世纪的今天遭遇到大众文化的曲解。萧红在面临“生的痛苦”和“灵的痛苦”时做出的无奈选择却不期然跟大众猎奇的欣赏口味不谋而合，她所有选择都失去了追求的意义而成为大众咀嚼欣赏噱头。许鞍华在选择萧红作为拍摄对象时，肯定也考虑到她身上的传奇因素正是大众所喜好的，因为萧红跟汪恩甲、萧军、端木蕻良、骆宾基之间的关系类似于当今媒体所热衷的女明星周旋于不同男人之间的绯闻，而影片中汪恩甲为了萧红被兄长当众打骂、萧红萧军的“激情戏”，以及萧军与端木蕻良为了萧红大打出手等片段，也着实满足了普通观众的“窥探癖”，但这样处理又无形中削弱了导演原本要在影片中展现的宏大的主题——一个时代的局限和个人限于时代局限所做出的无奈的选择：萧红受“五四”新文化影响而逃离大家庭，为生存所迫又不得不回来；不愿依附于男权社会，却又不得不臣服于男权，这本是一个严肃的命题，但当导演不得不借助“三角恋”“激情戏”等低俗方式来演绎真正激情的年代时，许鞍华精心构建的“五四”新文学传统以及对女性主义文化的张扬，就在电影院里被不明就里的观众看作一个时尚女人的罗曼史，甚至萧红作为一个母亲最伤痛的事也被世人所指摘，因为她在爱上一个男人的时候总是怀着另外一个男人的孩子。于是，许鞍华刚刚建构起来的爱情空间瞬间就被拆解了。

（二）文学空间的建构和拆解

《黄金时代》是对普通观众的一次文学启蒙，萧红的一生也结缘于

文学，只是相对于普通观众，她走得更远一些，从一个被启蒙者最终成为一个启蒙者。文学让萧红的生命得以延续，无论是在她的人生历程还是文学史的意义上，这句话都说得通。在她人生的最低谷，是文学让她得以脱离困境，结缘爱人，进而结缘文学，从此走上人生的正轨，并最终绽放出绚烂的生命之花。

影片构筑了萧红的两个不同的文学空间。一个为世人所熟知，一个不为世人所熟知。萧红走上文学道路的原因跟现代文学史上大部分作家并不一样，大部分作家是先解决了“吃饭问题”，而后才开始搞文学创作，而萧红是因为文学创作才解决了“吃饭问题”，换句话说，萧红的写作一开始就是一种职业化行为，写作曾是萧红谋生的唯一手段，同时，她也希望通过文学的方式被认可，被男人、被文学组织、被社会认可和接纳。她的第一篇小说《弃儿》的写作就是为了向萧军证明她的才分，随后她和萧军一起成为东北作家群的一员，为了表明东北作家群的身份，她写了沦陷区人民生死挣扎的《生死场》，以此为契机接触到鲁迅，进入“文学圈”并成为30年代知名的女作家，萧红因此把文学创作作为自己安身立命的根本。

但同时，影片又暗暗地架构了萧红的另一个文学空间。她在进入所谓的“文学圈”的同时，却始终在避免成为某个“文学圈”的人，原因是她对文学的认识不同于任何“文学圈”，甚至不同于她所崇拜的鲁迅。她的确是为了得到萧军的欣赏才开始走上创作的道路，萧军也时时以她的领路人自居，但她的文章风格一开始就跟萧军有很大的差异，就像胡风说的，萧军是靠刻苦和努力在写作，而萧红是靠天赋在写作；她也的确以东北作家群的身份在创作，但她的《生死场》又不仅仅是写沦陷区人民的苦难，更是写那个时代整个中国下层民众生命的卑贱；她虽然继承了鲁迅的启蒙文学的衣钵，但她更是一个文学启蒙者，她作品中女性主义文学的成分是那个年代少有的；她的散文化小说《呼兰河传》可以跟现代文学大师沈从文的小说《边城》相媲美；而她以传记

形式书写故乡的创意更是现代文学史上独一无二的。在萧红的这个文学空间里，写作不仅仅是一种职业，更是萧红生命之花的绽放，这或许可以解释为什么萧红的文章里有那么多触及生命真谛东西。影片中大段引用并用影像展现最能体现萧红创作才华的《呼兰河传》，这从一个侧面说明了许鞍华是深刻理解萧红的文学成就的，认识到萧红在现代文学史上的独特价值和创新意义，可以说，在某种意义上，导演是通过《黄金时代》对现代文学取得的成就做了一次肯定和宣传。

然而，恰恰是这种通过影像方式对现代文学成就的肯定让我们看到了现代文学在当今社会面临的困境。像萧红这样具有独特贡献且在文学史上有一定地位的女作家，如果不是借助现代传媒工具——电影的宣传，又有几人能知道她？当电影用看起来美轮美奂的画面来演绎萧红的作品时，她作品中文字所蕴含的意境又所剩几何？用电影的方式来普及文学常识，进行文学的启蒙，是否跟萧红本人所做的文学启蒙背道而驰？这终究是一个文化的悖论，用大众的传媒方式来传播精英文化的精神，让本是启蒙者的萧红沦为大众娱乐和媒体炒作的对象，这本身就是个启蒙的悖论。于是，许鞍华刚刚建立起来的文学空间，一个艺术的象牙塔，也在观众走出电影院后很快融入扑面而来的车流和广告中。

（三）完美人生的建构与拆解

《黄金时代》最为普通观众所困惑和质疑的大概就是其叙事方式了，但也恰恰是其叙事方式显示出许鞍华对空间理论和叙事艺术的深层把握。电影一开始萧红就面对观众讲述自己的出生和死亡时间地点，这是一个违反常规的自传式叙事，因为活着的人不会知道自己死于何时何地，而死了的人则没有机会讲述自己的死亡。这种叙事方式其实是在提醒观众：你正在观赏一部文艺片，在看一部戏，同时也是在提醒观众，这是一个虚构的故事。然而，我们随后又看到在电影中不断有人站出来面对观众来讲述关于萧红的事，而讲述人都是曾经出现在萧红生命中的不同时期的人，这些人由于接触过萧红得以有机会面对观众讲述自己所

了解的萧红，由于他们是当事人，观众很容易相信他们所讲的都是事实，这似乎又在提醒观众：你在看一部纪实片，这里所讲的关于萧红的事都是真实的。观众应该相信哪个声音呢？导演许鞍华正是借助这种叙事的效果，给我们塑造了两个萧红，两个生活在不同的空间的萧红，一个是剧中的萧红，一个是真实的萧红。

作为"剧中人"，萧红的一生充满了传奇色彩，爱上自己的表哥、随表哥逃婚到异地、跟侠肝义胆的救命恩人相恋、为文坛泰斗鲁迅所赏识、跟两个甚至三个作家"恋爱"、写出传世名著，等等，但这些戏剧性的因素同时伴随着更多的现实的无奈，表哥的退缩、为生活所迫跟未婚夫同居又被抛弃、恋人的背叛、婚姻的有名无实、客死异乡，等等。尽管导演没有刻意回避这些现实，但要突出"剧中人"萧红就要淡化这些缺少戏剧性的现实，同时增强她的传奇色彩，萧红的英年早逝成就了作为"剧中人"的萧红，让她的这些经历更具传奇色彩，让她更像一个"戏"里的角色。巴赫金在研究古希腊的小说叙事时，曾注意到这样一个细节："主人公们是在适于婚嫁的年岁在小说开头邂逅的；他们又同样是在这个适于婚嫁的年岁，依然是那么年轻漂亮，在小说结尾结成了夫妻。他们经过难以数计的奇遇的这一段时间，在小说里是没有计算的。"① 他把这种时间的修辞法叫作"传奇时间"。虽然萧红的情形跟巴赫金所研究的希腊小说有诸多不同，但有一点是相似的，影片结尾时她依然年轻，她的英年早逝正应和了这个"传奇时间"，成就了她的传奇。现在我们可以理解为什么影片开始让萧红来叙述自己的生死，因为导演把她看作"剧中人"，一个角色，同时也是一个全知的讲述人，她可以预知自己的生死。在《黄金时代》中，作为"戏"里主角的萧红，扮演的是一个一代才女的角色，才华横溢却又红颜薄命，当她历尽苦难，最终完成代表作《呼兰河传》尽显才华后，生命便戛然而止，就像《红楼梦》中的林黛玉、《长恨歌》中的杨玉环一样，在年轻时就

① 巴赫金：《小说理论》，河北教育出版社 1998 年版，第 280 页。

走完了自己悲剧的一生，香消玉殒，给观众留下一片唏嘘和惋惜，对于美丽的才女，这大概是最好的结局。对比一下曾经跟萧红一样是传奇才女的丁玲，她活到八十多，在人生的后半段虽然经历了更大的不幸和痛苦，却无缘成为“戏”里的主角，因为她的后半生消解了她的传奇和才华。如果用“人生如戏”来衡量萧红和丁玲的一生，反而是英年早逝的萧红更幸运一些，因为她留下了传奇的、完美的人生。

另一方面，由于电影是一种现代传媒手段，观众以年轻人居多，萧红的英年早逝还为导演提供了一个更好吸引年轻观众的契机。由于萧红去世时还年轻，她生前接触过的人以年轻人居多，因此不论是主角还是配角，也是年轻人居多，因此，在选择演员方面，导演就有更大的空间使用更多的青春偶像派演员，这样整部影片就像一个偶像派影星云集的大 party，吸引更多的年轻“粉丝”前去观看，有些观众去看电影可能不是冲着电影本身，而是冲着自己的偶像去的，这对票房无疑是一个贡献，尽管《黄金时代》以文艺片冠名，但主创人员不可能清高到完全忽视票房，否则，也不会选择“国庆黄金周”来公映这部影片了。

不论“戏”里的萧红如何完美地谢幕，都无法回避真实的萧红一生的坎坷和苦难。影片中，真实的萧红一生都过着漂泊不定的日子，从她逃婚离开呼兰县就踏上了一条不归路，她的人生轨迹从此变为以一个个城市为驿站的匆匆过客。从呼兰县逃婚到北京，辗转回到哈尔滨，在哈尔滨被困被救，为躲避追捕到青岛，又从青岛到上海，因情感危机到日本，再回到上海，为躲避战火先到武汉，然后去山西临汾、西安、再到武汉，在武汉结婚后辗转于汉口、重庆、江津、香港，最后客死于香港。从 1931 年离家出走到 1941 年客死香港，萧红在十年时间里辗转漂泊于大半个中国，她的生命历程就这样开始于北国的小县城，终结于南方的大都市。

电影中为了让我们切实感悟到萧红一生的坎坷和不幸，不断让跟她一起经历的人脱离剧情面对观众来说话，这一方面增强了萧红不幸的真

实性和可信度，另一方面也因见证人的幸存更加重了萧红的不幸，但导演这样处理恐怕还有一个更重要的原因，许鞍华想要在《黄金时代》展现的不仅仅是萧红一个人的苦难，而是整整一代人的苦难。萧红的看似个案的生命轨迹如果被放置到20世纪中国知识分子身上却是一个常态，我们看到萧红的每个生命轨迹总有跟她同时代的同人陪伴做证，这说明她的经历，也曾是她的同人的经历。影片中有一个镜头别具意味，一列闷罐子火车行驶在广袤的北方大地上，车里装着的是一群那个时代颇具代表性的各类知识分子，其中一人透过窄小的窗口看着荒凉的贫瘠的大地，由衷地感慨：北方是悲哀的！这个镜头颇具象征意义，象征着那个时代每一个中国的知识分子都行走在荒凉贫瘠的中国大地上，每一个知识分子的命运都是悲哀的。事实上，那个时代的中国知识分子几乎都走了一条跟萧红相似的道路：为追寻理想逃离故乡，失去家园，成为漂泊在各个城市孤独的灵魂，生活中从此失去了故乡的恬静、温馨、和谐、安宁，而代之以城市动荡、波折、喧嚣和纷争。影片中每每展现萧红笔下记忆中的故乡时，总是一幅阳光明媚、温情脉脉的景象，色调多以翠绿、明黄为主；而现实中城市的颜色则多是灰褐和暗黄的。许鞍华试图通过《黄金时代》寻找一份家园的安宁，但她又清醒地意识到在当今城市化、市场化的现实中，这种寻找是徒劳的。萧红的一生历经磨难和坎坷，是不完美的一生，然而却又是不断追求的一生。这也暗合了现代女性必将面临的矛盾和挑战，是认可命运的安排，以性和生殖的原始本能来默默无闻终了一生，还是逃离命运的安排，进入更大的竞技场？面对绝望，以萧红为代表的现代知识女性选择“走”，选择离开家乡，因为“反抗绝望”正是以鲁迅为代表的现代知识分子最重要的践行。

导演借助不同的叙事空间为我们构筑了两个不一样的萧红，一个萧红一生坎坷不幸，但这是一个真实的萧红；另一个萧红的一生传奇而完美，但这是“戏”里的萧红。导演当然希望观众能够从真实的萧红身

上看到更多的东西，认识到更多东西，但她又不敢肯定年轻的观众是否能够理解真实的萧红，为了满足这部分观众的娱乐心理，她又煞费苦心地营造了一个虚构的萧红，青春版的萧红，这样，我们就在《黄金时代》中看到两个彼此消解的萧红，这两个萧红也同时消解了许鞍华对电影艺术的理想追求。

三

作为一个有理想有追求的女导演，许鞍华不希望电影仅仅作为大众娱乐的工具，就像萧红不希望小说仅仅作为革命文学的宣传工具一样，许鞍华用自己的方式想要赋予电影更多艺术的哲学的功能，她借助电影的空间理论建构了一个多维的空间，以期实现自己的电影理想，但在当今这样一个浮躁的消费的时代，要用大众传媒的手段来实现精英知识分子的理想几乎是一个不可能完成的使命，且不说观众是否能够理解她的良苦用心，仅仅是为了把观众吸引来看她的电影，就不得不借助明星效应、“三角恋”题材、构筑传奇的“戏中人”等大众所喜好的方式来实现，这也是许鞍华对电影的艺术追求和中国电影市场商业化的现实不一致带来的悖论，其实也是当今这个浮躁的时代面临文化普及与提高所不得不面对的一个悖论。

（本文发表于《电影文学》2015 年第 1 期）

穿越历史的传奇之旅

——评纪录片《台北故宫》的人文叙事

摘要： 纪录片《台北故宫》选取了以人为本的叙事视角，通过展现人在历史中的作用和文物中人的创造精神及人文精神来构筑独特的视觉艺术影像，使这一电视纪录片成为独具感染力的新型文献纪录片，为当代中国纪录片的发展做出了新的艺术尝试。

“溪的美，鱼知道，那流泪倾述的依赖，难分离。风的柔，山知道，那留在千年的故事，难忘记。想到梦里都会笑，期待看见你的好，感谢天都知道我心里的想要，看似漫长的等待却是永恒的未来，你的出现将是我幸福开始的骄傲。Here I'm，To be tegether，伸出手，我就想拥抱，Here I'm，To be tegether，秋去冬梅开雪地，春后夏夜望月星，爱，延续。”① 优美动人的旋律、缠绵悱恻的歌词、意境深远的画面，《台北故宫》的序曲给人的第一印象并不像一部纪录片的序曲，而更像是一部旷古未有的爱情传奇序曲。这部以讲述流失于台北的故宫文物为主旨的文献纪录片虽然播出已经五六年了，但现在依然为海峡两岸的传媒学者所津津乐道。是什么让一部电视纪录片拥有如此持久的艺术魅力？时间的积淀反而让我们看得更清楚：如果说首次看《台北故宫》是抱着欣赏文物的好奇心来看的话，那么时隔五六年后再来看这部纪录片，更多感动我们的则是片中深蕴的人文精神，正是这种人文叙事的艺术视角让《台北故宫》没有囿于单纯地介绍文物器物，而是有着丰厚的人文文化内涵：它是一部讲述中华民族发展变化的历史剧，也是一部展现中华民族美好记忆的传奇剧，更是一部描述民族情感历程的爱情剧。可以说《台北故宫》以其独特的制作方式和新颖的艺术视角开创了当代纪录片

① （台湾）小虫：《爱延续》，《台北故宫》片头曲，2009 年。

人文叙事的先河。

一　个人史、家族史与民族史

“实在不应该把视角看成细枝末节，它的功能在于可以展开一种独特的视境，包括展示新的人生层面，新的对世界的感觉，以及新的审美趣味、描写色彩和文体形态。也就是说，成功的视角革新，可能引起叙事文体的革新。”① 这一叙事学理论虽然多是针对文学作品来说的，但我认为也同样适用于视觉艺术。独特的叙事视角操作，既蕴含着新的历史哲学，也可以进行比较深刻的社会人生反省。《台北故宫》之所以能感动人，就因为它一改以往文献纪录片以物为叙事视角的方式，整个片子侧重以人为叙事视角，使附着在文物上的人文力量起到了感动人、震撼人、催人泪下的艺术效果。

《台北故宫》开篇的解说词是这样说的：“是谁创造了历史，又是谁在历史中薪火相传着我们的文明。”这看似简单的问题却无法给出一个确切的答案，但这又是一个无须答案的问题，历史还在不断地被创造，文明还在不断传承。无疑，一部关于文物的纪录片是应该从历史说起，需要解决的只是选择一个合适的历史时空。《台北故宫》没有从民族历史的大视野来叙述，而是选择了更容易为观众所接受的个人史和家族史来讲述民族历史。从某种程度来讲，任何一个民族的历史都可以写成一部家族史和个人史，民族历史是由家族历史和个人历史组成的，当然也不可避免地影响到家族史和个人史。“社会文化现象是其历史决定的，历史的每一特定时期都具有自己的独特性，这种特定文化语境塑造了自身独特的诗学话语。”② 每一段历史的讲述都不可避免地带有当代文化氛围，《台北故宫》选择以个人史和家族史为叙述起点正是当今文

① 杨义：《中国叙事学》，人民出版社1997年版，第195页。

② 朱立元：《当代西方文艺理论》，华东师范大学出版社2005年版，第412页。

化对人文个性精神愈加关注的表现。

《台北故宫》的第一个着眼点选择了1948年12月21日的南京下关码头，这是一个对大多数人来说没有什么特殊意义的历史时空点，但对于某个人来说，这却是一个非同寻常，且足以让其在民族历史中留下些许痕迹的历史时空点。杭立武便因其客观的身份和主观选择被铭记在1948年12月21日的历史刻度上。杭立武时任国民党教育部政务次长兼故宫博物院理事会秘书，他参与策划并全权负责把因战乱迁出故宫博物院的国宝运往台湾。为了能让国宝安全顺利地离开已处在战争混乱状态下的南京，就在1948年12月21日这一天，杭立武动用了国民党海军的中鼎号运输舰，并在混乱局面下不得不请当时国民党海军总司令桂永清来帮忙，劝说已经抢先登上中鼎号的国民党海军家属下船，为的是腾出地方装载文物，最终这七百多箱文物被安全运到台湾。随后，他又用不同的方式组织了第二批和第三批数量各不相同的国宝运台，从1948年12月21日到1949年2月22日，两个月的时间，在杭立武的负责下，总共运出五千五百多箱顶级国宝。1949年12月，当他本人搭乘飞机离开大陆时，为了能腾出空间装载张大千临摹的敦煌壁画，他卸下了三箱自己的行李，这是他毕生积蓄的全部家当，条件是适当的时候张大千要把这些临摹壁画捐献给国家，张大千最终实践了自己的诺言。六十年后的今天，已经没有人有兴趣去讨论杭立武当时在为哪个政府服务，相对于保存一个民族几千年来传承下来的文物，朝代的更迭和意识形态的差异已经变得无足轻重，从这个角度来看，尽管当时的故宫博物院的院长马衡和杭立武几乎做出了完全相反的人生道路的选择，但他们的目的却是一样的，都是保存好文物，保存文物就是保存我们民族的记忆。

如果说杭立武跟这批文物的关系还是短暂的、个人性的，那么有一部分人跟这批文物的关系则是长期的、家族式的。象庄严、李济、那志良、梁廷伟等人，他们的家族跟这批文物都结下了不解之缘。庄严是原

北平故宫博物院的工作人员，从1933年起全家人就跟随迁出故宫博物院的文物辗转中国各地，庄严的小儿子庄灵就出生在文物迁徙的贵州一站。1948年12月21日他们全家又跟随第一批迁台文物来到台湾，在台中的一个叫作北沟的小山村待了整整16年，直到1965年又跟随文物搬到台北。多年来，文物迁到哪里，庄家就安在哪里，儿子庄灵是伴随着这些文物长大的，父亲庄严是伴随着这些文物老去的。庄灵从小爱好摄影，曾经为父亲拍下不少照片，其中就有父亲模仿王羲之的“曲水流觞”办的文人雅集的照片。当看到第三集“青铜记忆”中关于“子父辛爵”“门祖丁簋”等青铜器都是用来纪念祖先的时候，我突然想到庄灵为父亲庄严拍下的这些照片，对于一个家族的历史来说，这些照片的价值一点也不亚于“子父辛爵”“门祖丁簋”等青铜器，都是后人对先辈的纪念，只是青铜器由于其独具的艺术形态已经成为中华民族所有后人对自己先祖的纪念。

相对于其他跟随国宝迁徙的人家，庄家还算幸运的，因为他们一家六口最终在台湾团聚，同样长年跟随国宝迁徙的李济一家就没有那么幸运了。李家也是从1933年起就开始随国宝迁徙，从北京出发时的七口人到达台湾时只剩下三口。到台湾后不久，儿子李光谟又因求学告别父母回到上海，不承想这一别也终成永别。如果李光谟当时知道那一次分离将是跟父母的永别，他大概不会离开父母的，然而，没有人能够预知未来，他们早已经习惯了跟随国宝漂流生活，这一次到台湾后，几乎所有人都以为台湾也只是他们短暂停留的一站，没有人会想到两岸的人和物会隔绝这么久。同样迁台的那志良到台湾后曾经劝说大家不要买木质家具，以免回大陆时扔了可惜，庄严直到去世前还在惦念没能把这些文物送回它们北京的老家。梁廷伟一家三代都为故宫服务，只是祖父在台北故宫，父亲和儿子在北京故宫，但父子、祖孙却在1949年分别后再也没有见过面。相对于已经存在了千百年的文物来说，几十年的等待并不算久，时间的流逝只会增加它们价值，两岸的分离也不会改变它们的

意义，但相对于守护这些文物的人来说，几十年的隔绝已经太久了。李光谟最终只能通过整理父亲的遗稿来跟父亲交流了，“这对相隔近半个世纪的父子终于在另一个时空里完成心灵对话”①。民族的灾难又一次不可避免地影响到每个家族、每一个人，但个人的历史也在悄悄地改变着民族的历史，当横跨一个甲子再次讲述这些饱含沧桑的个人史和家族史，我们更多感受到的却是民族文化中坚韧而无私的力量。

二　宋徽宗与乾隆帝

他是个画家，他的山水画和花鸟人物画在中国绘画史上占有重要位置；他是个书法家，他的瘦金体至今被书法界所推崇；他是个诗人，留下了为数不少的脍炙人口的诗词；他还是个喜欢做梦的人，异想天开地让工匠们把自己梦中的颜色留在瓷器上。假使没有那个显赫的身份让他的名号留在中国政治史上，他的名字依然会理所当然地留在中国艺术史上，他是个不折不扣的艺术家，在自己所从事的几乎每一个艺术领域都是佼佼者，而他显赫的出身并没有给他带来好的名声，他是中国历史上少数几个亡国被俘并命丧异国他乡的皇帝。他名字是赵佶，历史上更习惯称他的名号：宋徽宗，北宋最后一个皇帝，一个亡国之君，但却是历史上的“天下一人”、独一无二的艺术家皇帝。《台北故宫》中向我们展示了宋徽宗的《听琴图》《文会图》《溪山秋色图》《腊梅山禽图》等画作以及他独特的“瘦金体”书法。看着这些美轮美奂的书画作品很容易让人们对这个亡国之君产生复杂矛盾的情感，一方面会因他过人的才气而由衷地佩服他，另一方面又因他不务正业荒唐地误国误己而谴责他。然而，如果不是命运错误地选择了他，如果他始终只是一个名叫赵佶的艺术家，我们是否会对他多一点同情，少一点谴责呢？从个人的角度来看，他只是一个有着自己独特精神追求和个性特征的文人，他的

① 周兵、李果、戴晓莲：《台北故宫》第三集《青铜记忆》解说词，2009 年。

“瘦金体”是如此地遒劲锐利，锋芒毕露，代表了中国文化中少有的热情张扬的力量之美，宋徽宗本人以及他所领导下的北宋艺术界几乎达到了中国传统文化的审美巅峰。但这种艺术上所能达到的完美却跟已经过度成熟的社会制度是脱节的，这个制度所要求的是一个圆滑世故、文韬武略、心狠手辣的帝王，他理应收敛起自己的艺术锋芒和自由天性，为一个帝国的生存而左右逢源，但这是作为艺术家的赵佶所不具备的，他没有管理一个帝国的能力，他有的只是艺术家的天赋，当历史错误地把他推到一个完全不适合他的位置时，他的遭遇只能成为那个时代和制度对一个艺术家滥用和摧残的典型例子，赵佶的悲剧代表了一个艺术家生不逢时的个人悲剧，也代表专制历史摧残人性的时代悲剧。

除了宋徽宗，《台北故宫》中提及较多的是乾隆皇帝，这是一个直到现在还被史学家和媒体津津乐道的皇帝。相对于宋徽宗，乾隆皇帝似乎称得上一个完美的皇帝，他不仅在政治上达到中国封建帝王建功立业的巅峰，平安统治一个大帝国长达六十多年，在文化上他似乎也颇有建树，他在位期间，不仅组织编纂了《四库全书》，还收集了大量的文物，目前北京故宫和台北故宫里的大多数文物都曾经归他个人所有。然而，当我们换一个角度，把他仅仅看作一个名叫弘历的普通人时，在这看似完美的功绩背后却隐藏着一些并不完美，甚至是略显无知和霸道的事实。《台北故宫》给我们展现了乾隆皇帝作为个人的另一面，作为紫禁城里曾经的主人，故宫里的很多文物都留下了他的印迹。他喜欢在瓷器上刻字题诗，被他题诗的瓷器中，就有根据宋徽宗梦见到的颜色烧制出来的天青色汝窑瓷器。这种瓷器现在全世界仅存六十多件，台北故宫存有 21 件，其中被乾隆题字的就有 13 件。汝窑瓷器在宋朝时就已经是难得的瓷器精品了，这个常识乾隆不可能不了解，虽然作为皇帝他有权力这样做，但作为个人他这种做法却显示了一个人的狂妄自负。他当然不会明白，这些原本只是帝王日常用具的瓷器，在历经了千百年的岁月

最终成为一个民族永久记忆的时候，任何一个个人都已经无权占有它了，帝王也仅仅是它面前的一个过客而已。他的那些题字只能证明他的浅薄，尤其是他把宋徽宗用来养花的汝窑椭圆无纹水仙盆当作猫食盆来题字，让后人忍俊不禁的同时也看到了他在精神追求上跟宋徽宗的差异，这也算给文物增添了一点戏谑的价值吧。当然，乾隆本人也并非只会在别人制造的文物上题字，他也制造过文物，《四库全书》是他组织编纂的世界上最大的一部书。这部书现存仅四部，台北故宫保存的是最完整的文渊阁《四库全书》。但这个经常被史学家津津乐道的乾隆制造的最大文献却存在着一个不小的瑕疵。这部大书在编纂的过程中对原著进行了粗暴的删改，使它失去了作为一部书集原典的意义，文献价值大打折扣。不仅如此，为了编这部书，乾隆还把大量从民间收集来的书销毁，当然，短期来看，这种做法有利于统一思想，巩固清朝的统治，但长期来看，这种做法的危害是巨大的，它禁锢了人们的思想，堵塞了思想创新的道路，更给整个中国的文化典籍造成了难以估量的损失。应该说作为个体的人，弘历对历史文化并没有什么实质性的贡献，甚至可以说有一定的破坏性。

一个是在历史上创造了“康乾盛世”的完美皇帝，一个是客死异乡的亡国之君，作为帝王，他们的功绩和声誉相差如此之大。但如果去掉罩在他们头上的王权光环，仅从个人的人文素质和对历史文化的贡献来看，他们相差依然很大，只是位置跟做皇帝时要颠倒一下。

三　玉器与瓷器

用最概括的话来总结《台北故宫》的主题，讲的就是关于物和人的故事，尽管片中涉及各个阶层不同类的人，但我们从《台北故宫》对器物的介绍中会发现，在历史中他们做的其实是同样的工作，那就是赋予物以人的意义。这其中，有两类器物最具有代表性，那就是最能代

表中国文化特色的玉器和瓷器。

中国人对玉器情有独钟，几千年来，佩玉是中国人始终没有改变的装饰方式，但普通中国人在赏玩佩戴这些精美的玉器时大概很少会想它们原本只是一块块石头，“石之美者为玉”，正是由于人的力量，才使这些美丽的石头成为中华文化的宠儿。中国人在对玉器的改造中有两个不可缺少的环节，一是在精神上赋予它们美好的品质；二是在形制上赋予他们优美的外形。台北故宫中馆藏的最古老的玉器——“玉鸟”是红山文化的代表，有五千五百年的历史。鸟曾经是我们祖先的一种图腾，被赋予了神奇的力量。为了能把这种神奇的力量保留下来，工匠们通过技艺把玉石打磨成神鸟的形状，于是，一块普通的石头便成为神圣的礼器，具有某种文化内涵。随着历史的发展，玉器被越来越多地赋予了人的品质，仁、义、智、勇、洁、信、忠等，并作为人的楷模——君子的象征，所有这些意义能得以保存并被世代中国人继承下来，原因是我们保存了一块块玉器，它们是有形的历史。在我们理所当然地继承了这一历史文化遗产的过程中却很少会想到制作他们的工匠，由于形制的限制，制作玉器的工匠很少有机会在成品上留下自己的姓名，即便是像“翠玉白菜”这样的传世玉石精品，也从没有提及它的制作者是谁。但看着一件件精美的玉器我们能够想象得出它们的制作者所花费的心思和精力。玉器工匠是一个特殊的群体，他们的手艺被长久地留在历史上，他们的名字却永远淹没于历史之中。称他们工匠是对他们劳动成果的贬损，他们应该有一个更高尚的称谓——艺术家。

瓷器跟玉器一样，也是最能代表中国文化的器物，在英文中瓷器和中国使用同一个单词就足够说明这一点。我们可以想象西方人在第一次见到中国瓷器时的惊讶与艳羡，它们是那样地完美，不仅有各式各样的形状，还有绚丽多彩的颜色，以至于很少有人会想到它们的原材料居然会是毫不起眼的泥土。瓷器不仅在历史中代表了中华文明的高度，在现实中它也有着不可替代的地位。今天，瓷器依然是普通中国家庭最常用的日常器皿，但在博物馆里，它又是价值连城的极品文物。把这看似矛盾的品质集中体现到瓷器上的仍然是人的力量。让灰黄的泥土拥有天空的颜色或许是只有皇帝才敢拥有的梦想，但让这样的梦想变为现实的人才称得上是真正的天才，虽然我们无法确切知道是谁让这个梦想成真，但正是汝窑的天青色让后人把这个五彩斑斓的梦做下去，直到现在瓷器上不仅有了颜色，而且有花，有鸟，有树木，有河流，有山川，有人物……大自然拥有的一切都被展现在瓷器上，大自然没有的境界也在瓷器上创造了出来，它不仅承载了一个民族的梦想，更是一个民族灿烂文明的最好见证，从这个角度来看，那些曾经被当作花瓶、花盆、杯碗、茶具、酒具的寻常器物拥有天价也就不足为奇了。创造了瓷器奇迹的工匠们虽然很少在历史上留下个人的姓名，但他们却让一个民族的名字永远地留在了人类的艺术创新历史上。

四　书法与绘画

相比瓷器玉器承载了民族的梦想，书画则更多记录了文人的情感历程。公元 353 年农历三月初三的绍兴兰亭，煦暖的春光里，清澈的溪水旁，一群文人雅士席地而坐，蜿蜒的溪水里飘荡着一杯杯的绍兴黄酒，酒杯不时地在溪水里打转、停留，酒杯停在谁的身旁谁就要作诗助兴，作不出来就要罚酒，这是一个多么富有诗意的创意啊！这次聚会让汉语的词汇中多了一个“曲水流觞”的词语，当然更重要的是中国书法界从此有了《兰亭集序》。千年前的这些文人雅士们大概不会想到这次聚会竟会给中国的文化历史留下如此难以磨灭的痕迹，从那以后的千百年来文人们总是选择相同的日期，以相同的方式来聚会，虽然人们再也看不到那次聚会的组织者王羲之留下的天下第一行书《兰亭集序》的真迹，但《兰亭集序》依然是一幅印刻在中国文人血液里的神圣的字帖。

不了解这次兰亭雅集就不会理解为什么《兰亭集序》会在中国书法史上拥有如此崇高的地位，它记录的不仅仅是一次文人的聚会，更是一种文人的情绪，是千百年来中国文人向往的诗意生活，显示了中国骚人墨客精神追求的新高度。“人充满劳绩，但还诗意的栖居在这片大地上”荷尔德林的这句诗恰到好处地概括了千百年来中国文人对生命意识的诗性追求。

然而，中国书法记录的绝不仅仅只是《兰亭集序》般优雅、安闲、诗意的生活，更有困顿、伤痛和绝望的情绪。这其中颜真卿的《祭侄稿》是个很好的例子。初学书法的人很难理解为什么这篇有着诸多涂改痕迹的凌乱的字帖被称为天下第二行书？然而，当岁月让我们理解了一位老人收到自己亲人头颅时的悲痛，当时间让我们体会到失去亲人的绝望时，或许我们就能理解《祭侄稿》的意义绝不仅仅只是一副字帖，它还是一篇饱经战乱的民族战争史，也是一部炎黄子孙曾经离乱的心灵史，联想到这幅字帖之所以会保存于台北故宫也是基于战乱的原因，我们就更能理解《祭侄稿》所表现的就不仅仅是颜真卿个人的痛苦，也是整个中华民族的痛苦。从这个意义上来说，《祭侄稿》的境界似乎要高于记录个人失意和沦落的苏轼的《寒食帖》，当然，《寒食帖》也不仅仅是苏轼个人的情绪表达，它是王权对文人打击和陷害的记录，也是文人面对强权的挣扎、困惑和无奈。

汉语是世界上一种较独特的语言，对汉语的书写在表意的同时还能表达出书写者的情感，由这一特性发展而来的中国书法艺术在记录中国人情感历程方面发挥了独具的作用，也为中国文物大家庭中增添了书法这一独特成员。

尽管绘画不是中国所独具的艺术表现方式，但中国绘画有自己独特的叙述语言却是确定不疑的。代表中国古代绘画最高水平的基本都是水墨山水画，像《溪山行旅图》《早春图》《万壑松风图》等。“矗立在画幅正中央的是一座高大的山峰，细线般的瀑布在高山深壑间飞泻

而下，隐没在云烟缥缈的深渊中，一队商旅行进在摩天巨岩与深邃林莽间。”① 这是《台北故宫》对范宽的《溪山行旅图》画面的介绍，即使我们不看画幅，仅听这段描述也能够感受到画面的意境和画家所要表达的深意。不同于西方绘画中长于对人物纤毫毕现的描摹，中国古代绘画多描摹大自然的高山河湖、树木花草，而画中的人通常都是写意的，常隐没于山水中的。这一绘画习惯当然跟中国的隐士文化有密不可分的关系，而其更深的渊源则是传统文化中天人合一的观念。在古人看来，人是自然的产物，人与自然是合二为一的，人没有权力凌驾于自然之上，相反，人应该遵循自然规律，以贴近自然的方式生存。这就是中国传统的人文观。这一观念并非不重视人，它强调的是人与自然的和谐统一而非对立，这跟西方 17 世纪以来所提倡的“人是宇宙之精华，万物之灵长”的人文观有较大差别。近几个世纪以来，由于西方的人文观成为主流，造成了人类对自然的肆意改造以致破坏，这种不尊重自然的行为也让我们看到了大自然对人类的惩罚，环境污染和生态危机时刻威胁着人类的生存。今天，人们终于意识到人类不可能凌驾于大自然之上，开始倡导保护自然、保护环境的理念，而这一理念恰跟中国古典绘画的天人合一意境不谋而合。

纪录片《台北故宫》选取了人文叙事的视角，通过展现人在历史中的作用和文物中人的创造精神来构筑独特的视觉艺术影像，让观众看到更多人性的力量和个人的价值，使这一剧作成为独具艺术感染力的新型文献纪录片，为当代中国电视纪录片的发展做出了新的尝试。在这个愈益物质化的时代，这一叙事模式的更新也让观众在观赏时时刻感受人间的温情。

（本文发表于《百家评论》2016 年第 1 期）

① 于渐慧、刘宁宁：《台北故宫》第十集《云山深处》解说词，2009 年。

鲁迅自序文的文体功能

鲁迅生前出版的文集在初版时大多配有他本人所写的题记、自序、前记、序言之类的序文，也就是鲁迅为自己所写的自序文。作为鲁迅创作中的独特存在，鲁迅的自序文除了具备一般序文的价值外，还具有一般序文并不具备的其他功能和价值。简言之，鲁迅自序文一是具有作者自叙传的功能，能够从中解读到鲁迅大体的生活经历、心理波动和思想发展的历程，在某种程度上填补了鲁迅自传的匮乏，开拓了鲁迅自序文新的艺术价值。这一独特功能的获得只需将鲁迅自序文进行重新编排整理，换一个视角进行阅读即可。

一　鲁迅自序文的独特性

虽然鲁迅早在 1907 年前后就在日本写下《人之历史》等七篇论文，但他真正走上持续的文学创作道路却是以 1918 年写作并发表第一篇白话小说《狂人日记》为标志，这以后，鲁迅的写作是一个持续而连贯的过程，这一过程直至 1936 年 10 月 17 日逝世前两天以未完成的《因太炎先生想起的二三事》而被迫终止。由于鲁迅的勤奋和多产，伴随着他的创作在各个期刊上的发表，其文集也持续不断地出版。从 1923 年北京新潮社出版《呐喊》第一版到 1937 年上海三闲书屋首次出版《且介亭杂文二集》，（此文集是鲁迅编集整理的自己的最后一本文集，《且介亭杂文末编》鲁迅生前虽已开始编集，但未能定稿便去世，所以没有写自序文。）也几乎是一个持续不断的过程。除去译本和选集，这期间鲁迅总共出版 19 部作品集，几乎每部文集首版时鲁迅都会附上一篇自序文（只有《彷徨》首次出版时没有专门写自序文，而是引用了屈原《离骚》中的两句诗作为题辞），这样，伴随着文集的出

版，鲁迅总共写了18篇自序文，它们分别是为两部小说集所写的序文《呐喊·自序》和《故事新编·序言》；为两部散文集所写的《野草·题辞》和《朝花夕拾·小引》；以及为十四本杂文集分别作的14篇自序文。由此看来，鲁迅为自己的文集写自序文是一个持续的、系统性的创作过程，因此对鲁迅自序文做一个整体的、全面性的研究是很有必要的。

现代汉语词典通常这样定义序文："一般写在著作正文之前的文章。有作者自己写的，多说明写书宗旨和经过。也有别人写的，多为介绍或评论本书内容。"[①] 长期以来我们对鲁迅的自序文的理解也是按照这个序文的定义来进行的，因此，最常见的阅读鲁迅自序文的方法是读文集的同时才读序文。目前，学界最为流行的人民文学出版社出版的《鲁迅全集》[②] 就是在这样的理念下编辑放置鲁迅自序文的，无论是1981年版还是2005年版的《鲁迅全集》都把序文放在文集的前面，使序文能跟其所从属的文集一起阅读，这种阅读方法最大的优势是能够比较全面而深刻地领悟文集本身内涵和旨意，基本实现了一般序文的写作目的和作用。但这种阅读方法没有考虑到序文本身，尤其是鲁迅自序文的独特性，在无意中丢弃了一部分鲁迅自序文所独具的功能和价值。为什么说鲁迅的自序文是一个独特的存在？传统的阅读方法又为什么不完全适合鲁迅的自序文呢？首先，鲁迅的自序文是一个系统性的存在，如上文所言，除《彷徨》外，鲁迅在世时几乎为自己的每一本文集的出版都配有自序文，如此切实而细致地做这项工作，使我们相信除了对文集的介绍和说明，鲁迅的自序文还会有其他值得我们挖掘的东西；其次，鲁迅在书写这些序文时具有一定的时间性和阶段性，为自己的每一本文集写序文，鲁迅坚持了近二十年，几乎涵盖其文学创作生涯的每一

① 中国社会科学院语言研究所词典编辑室编：《现代汉语词典》第5版，商务印书馆2005年版，第1539页。

② 下文涉及《鲁迅全集》均指2005年版人民文学出版社出版的《鲁迅全集》。

个重要阶段，我们有理由相信在其序文中能够显示出阶段性的意义；再次，鲁迅的自序文在数量上足够多，此处涉及18篇之多，以鲁迅文字的凝练性和丰富性，如此数量的文章足够编写一本统一体例的文集了，就鲁迅的创作而言，开启了现代历史小说新的创作模式的《故事新编》也不过区区八篇文章而已，18篇自序文所蕴含的艺术价值自不待言。基于鲁迅自序文所具有的这些独特性，如果我们仍然沿用惯常的视角和方法来阅读它，忽视其所具有的时间上的连贯性和性质上的相关性，势必会无形中割裂了它们本身的系统性和独立性，从而不能全面领悟鲁迅自序文的丰富内涵和价值。

二　重新编排后的鲁迅自序文

那么，新的阅读鲁迅自序文的方法应该是什么呢？假如真的编辑一部鲁迅自序文的文集，何种体例才是最适宜、最能体现出鲁迅自序文精髓的呢？正如鲁迅所说："分类有益于揣摩文章，编年有利于明白时事，倘要知人论世，是非看编年的文集不可的"[①]，我认为要编辑鲁迅的自序文，编年体无疑是最适合的一种方式，从中不仅能够看到时事的变迁对鲁迅自序文的影响，更能看到着岁月的更迭给鲁迅的心灵和思想留下的印迹。当我们以编年体重新排列和阅读鲁迅的自序文时，会发现鲁迅自序文在系统内显示出1+1>2的新的素质和意义。

下面是按照写作时间的先后顺序重新排列的鲁迅的自序文，为了方便对比，同时也在每篇序文后注明其在《鲁迅全集》中的卷本。

1922年12月3日作《呐喊·自序》，卷1

1925年11月3日作《热风·题记》，卷1

1925年12月31日作《华盖集·题记》，卷3

1926年10月14日作《华盖集续编·小引》，卷3

---

① 鲁迅：《且介亭杂文·序言》，《鲁迅全集》第6卷，第3页。

1926 年 10 月 14 日作《而已集·题辞》，卷 3

1926 年 10 月 30 日作《坟·题记》，卷 1

1927 年 4 月 26 日作《野草·题辞》，卷 2

1927 年 5 月 1 日作《朝花夕拾·小引》，卷 2

1932 年 4 月 24 日作《三闲集·序言》，卷 4

1932 年 4 月 30 日作《二心集·序言》，卷 4

1933 年 7 月 19 日作《伪自由书·前记》，卷 5

1933 年 12 月 31 日作《南腔北调集·题记》，卷 4

1934 年 3 月 10 日作《准风月谈·前记》，卷 5

1934 年 12 月 20 日作《集外集·序言》，卷 7

1935 年 12 月 26 日作《故事新编·序言》，卷 2

1935 年 12 月 29 日作《花边文学·序言》，卷 5

1935 年 12 月 30 日作《且介亭杂文·序言》，卷 6

1935 年 12 月 31 日作《且介亭杂文二集·序言》，卷 6

这个按编年体重新排列的鲁迅自序文目录打破了几个基于惯常阅读方式形成的思维定式：第一，编年体排列的鲁迅自序文完全打乱了《鲁迅全集》中的自序文排列方式，对于阅读鲁迅文章不喜欢看写作时间的读者会发现鲁迅所写的第一篇自序文不是放在《鲁迅全集》中的第一篇《坟·题记》而是《呐喊·自序》；放在第 7 卷的《集外集·序言》其写作时间是 1934 年，不仅要早于放在第 5 卷的《花边文学·序言》和第 6 卷的《且介亭杂文·序言》，甚至也早于放在第 2 卷的《故事新编·序言》一年多。第二，鲁迅写作自序文的时间并非匀速连贯的，其间既有中断数年的时候，又有连续书写的爆发期，比如，1922 年到 1925 年中断三年，1927 年到 1932 年又中断大概五年；自序文写作的爆发期也有两个，一个是 1926 年 10 月 14 日到 30 日，半个月的时间写了三篇序文；另一个爆发期发生在 1935 年 12 月的最后几天，从 26 日到 31 日，短短的五六天的时间，鲁迅就写了四

篇自序文。第三，鲁迅并没有刻意遵循编完文集后才去专门写序文，有的序文甚至是写在文集之前的，比如《而已集·题辞》写于1926年10月14日，而《而已集》中的文章都作于1927年。系统考察这个按照写作时间的先后重新排列的鲁迅自序文，我们会发现：鲁迅自序文的写作不是伴随着文集中文章的发表不间断地、连续地、匀速地进行的，而是一个时有中断的阶段性写作过程。这一过程大体可以分为四个阶段：第一阶段是1922年，也即写作《呐喊·自序》之时；第二阶段集中在1925年、1926年、1927年三年间，这三年是鲁迅写自序文比较多的时期，总共写了《热风·题记》等7篇序文；第三阶段是1932年、1933年、1934年三年间，这三年中鲁迅总共写了《三闲集·序言》等6篇自序文。第四阶段集中在1935年12月底，也就是我上文提到的鲁迅自序文写作的爆发期，共写了包括《故事新编·序言》在内的4篇序文。

那么，对鲁迅的自序文按时间顺序重新排列并且分成四个阶段究竟有什么意义呢？

三 作为“鲁迅自叙传”的鲁迅自序文

作为一种介于文艺性和应用性之间的散文文体，序文的基本功能“说明写书宗旨和经过”是必备的，鲁迅的自序文首先实现了序文的这一基本功能。鲁迅对序文这一应用功能的实现是通过介绍文集名称的来历艺术地完成的。通常情况下为文集命名会有两种方式，一种是借用文集中某一篇关键文章的名字作为整部文集的名字；另一种是重新为文集命名，但需要说明文集名称的来历。鲁迅文集基本都使用了第二种方法来命名，而且命名方式常常跟作品的创作宗旨有着千丝万缕的联系，在序文中介绍文集名称来历的时候侧面地实现了对创作宗旨和写作经过的介绍。比如《呐喊·自序》说由于“也还未能忘怀于当日自己的寂寞

的悲哀罢，所以有时候仍不免呐喊几声，聊以慰藉那在寂寞里奔驰的猛士，使他不惮于前驱”。① 鲁迅多次强调自己写小说的目的是实现思想启蒙，以思想启蒙的方式为社会变革呐喊助威。因此，第一本小说集取名《呐喊》实在是贴切地表现了创作宗旨。而及至杂文集的题目则更多含有对时事或者某种社会现象的讽刺和调侃，但在讽喻和戏谑间客观地完成了对创作宗旨的交代。比如《准风月谈·前记》这样讲文集名称的来历：“自从中华民国建国二十有二年五月二十五日《自由谈》的编者刊出了‘吁请海内文豪，从兹多谈风月’的启事以来，很使老牌风月文豪摇头晃脑的高兴了一大阵，讲冷话的也有，说俏皮话的也有，连只会做‘文探’的叭儿们也翘起了它尊贵的尾巴。但有趣的是谈风云的人，风月也谈得，谈风月就谈风月罢，虽然仍旧不能正如尊意。”② 把文集题目定为“准风月谈”既是对国民党政府文网严密的抨击，也是对不关心时事，真正只谈风月之事的文人的讽刺。……总之，鲁迅习惯在自序文中解释文集名称的来历，而文集的名称又总是联系着文集的写作宗旨，因此，仅从鲁迅自序文名称的命名上就已基本符合序文文体的基本要求。

但鲁迅的自序文绝不仅仅只是实现了最基本的序文功能，由于鲁迅自序文写作的系统性和阶段性，它的另一个更重要的功能是可以作为另一种形式的鲁迅传记来阅读。由于鲁迅自序文写作的连续性和阶段性既对应着鲁迅创作的阶段性，又对应着生活经历和思想发展的阶段性，把这些自序文连缀起来阅读几乎能够还原鲁迅波折奋斗的一生。因此，鲁迅的自序文客观上起到了自叙传的功能。由于鲁迅生平只写过不到一千字的《鲁迅自传》，因此，这一另类的“鲁迅传记”对研究鲁迅及鲁迅创作都具有十分重要意义，而这一重要资料的获得只需要我们改变一下阅读习惯和视角即可实现。

---

① 鲁迅：《呐喊·自序》，《鲁迅全集》第1卷，第441页。

② 鲁迅：《准风月谈·前记》，《鲁迅全集》第5卷，第199页。

当我们把鲁迅的自序文看作另一种形式的鲁迅传记时，这时，按照创作时间顺序排在第一位的《呐喊·自序》的重要性就凸显了出来。《呐喊·自序》可以说是鲁迅文学生涯的一篇至关重要的文章，它不仅仅是《呐喊》这部小说集的序文，也是鲁迅所有小说的序文，在某种程度上甚至可以说是鲁迅整个文学创作生涯的序文。《呐喊·自序》的重要性在于它总结了鲁迅的前半生，点明了他走上文学创作道路的两个心理动因，一个是家庭败落造成的寄人篱下的屈辱感；另一个是把个人的人生道路和民族的振兴道路结合在一起的使命感。从中我们看到鲁迅两次从文抉择背后不一样的心态，第一次弃医从文是为了拯救愚弱国民的麻木灵魂，自觉背负起救国救民的神圣使命，是一种期望挽狂澜于既倒的个人英雄主义心理，从中我们既看到青年鲁迅的激情和活力，又看到其缺乏社会经验的幼稚和冲动；第二次走上文学创作的道路则是为了反抗自己内心绝望的情绪，汪晖称鲁迅的文学为“反抗绝望”的文学，他说：“所谓反抗绝望，也就是对绝望的否定，但这否定并不直接表述为希望，而是在困顿的处境中保存希望，因此，鲁迅并不是从绝望出发，而是从反抗绝望出发的。”①《呐喊·自序》就是一次反抗绝望的宣言，它让我们看到鲁迅从希望到绝望再到反抗绝望的痛苦的思想轮回，是鲁迅人生的一次再出发，也预示着鲁迅走出青葱的青春岁月，步入成熟的人生阶段。鲁迅不同于“五四”时期大多数作家是从青年时期就走上文学创作道路，他是在经历了诸多人生挫折后才走上文学之路，这也从另一个侧面解释了为什么他的作品一开始就能够站在思想和艺术的至高点，显得厚重而沉郁，这与他已是不惑之年的人生经历有着密不可分的关系。因此，鲁迅在这一阶段虽然只有一篇序文却是其自序文创作的重要阶段，这篇自序文能够折射出其思想和人生的全面转向。

鲁迅第二阶段写的七篇自序文时间跨度从1925年11月到1927年4月，虽然仅仅两年半的时间，却是鲁迅人生出现重大转折的时期。这一

① 汪晖：《鲁迅文学的诞生——读〈呐喊〉自序》，《现代中文学刊》2012年第6期。

系列急剧的变化在鲁迅的自序文中都得到了很好的体现。在这两年半的时间里，鲁迅辗转了三个空间，这七篇序文也分别是在三个不同的城市完成的。1925 年写《热风·题记》和《华盖集·题记》的时候鲁迅还在北京的西三条胡同寓所；到 1926 年写《华盖集续编·小引》《而已集·题辞》和《坟·题记》时已经是在厦门大学了；及至 1927 年写《野草·题辞》和《朝花夕拾·小引》时则住在广州的白云楼。空间的转移在某种程度上折射出鲁迅生活的变迁和由此带来的心灵波动。《热风·题记》和《华盖集·题记》中我们看到鲁迅心理暗暗地转变，一方面，人到中年的索寞和无奈也渐渐拥了上来；另一方面，鲁迅面对各种敌意和打击所表现出来的韧劲和顽强也越来越鲜明。因此，无论是希望以“热风”来温暖一下自己周围寒冽的空气，还是面对“华盖运”的调侃和无奈，这两本杂文集都是鲁迅在北京文学生涯充满了纷争、不安、无奈和抗争的体现。序文中鲁迅把自己的这种真实的心态毫无保留地展示了出来。1925 年的最后一天，他在《华盖集·题记》中这样写道：“现在是一年的尽头的深夜，深得这夜将尽了，我的生命，至少是一部分的生命，已经耗费在写这些无聊的东西中，而我所获得的，乃是我自己的灵魂的荒凉和粗糙。但是我并不惧惮这些，也不想遮盖这些，而且实在有些爱他们了，因为这是我转辗而生活于风沙中的瘢痕。”①这是鲁迅在北京写下的最后一篇自序文，也是鲁迅在北京文艺生活的一个印记和总结。

《坟·题记》是《鲁迅全集》中的第一篇文章，也是整部《鲁迅全集》中排在最前面的一篇序文。打开《鲁迅全集》，看到被置于十八卷本《鲁迅全集》最前列的《坟·题记》，总有一种突兀的感觉，这篇序文虽然被置于整部文集的首位，但全文并没有开启一个新时代的表述，反倒有一大段文字来批判无耻文人为反动军阀的滥杀无辜做帮凶，文中说：“我就要指斥那些自称无枪阶级而其实是拿着软刀子的妖魔。即如

① 鲁迅：《华盖集·题记》，《鲁迅全集》第 3 卷，第 4—5 页。

上面所引的君子之徒的话，也就是一把软刀子。假如遭了笔祸了，你以为他就尊你为烈士了么？不，那时另有一番风凉话。倘不信，可看他们怎样评论那死于三一八惨杀的青年。”① 在此，鲁迅几乎是在点名道姓地批判“三一八”惨案中造谣生事的文人陈西滢之流。鲁迅始终对反动文人的助纣为虐行为深恶痛绝，曾在不少场合予以批判，但作为整部文集的开篇，《坟·题记》中花费大段笔墨来说此事仍然让人感觉有点莫名其妙。“三一八”惨案发生于1926年3月，而《坟》里的文章都是1925年以前作的，在此提及“三一八”惨案似乎有点文不对题。其实，这一矛盾只要看一下这篇序文的写作时间就迎刃而解了，虽然，《坟》里的文章写于1907—1925年，但《坟·题记》却是写于1926年10月的厦门，此时距离“三一八”惨案才过去半年，而且鲁迅离开北京到厦门很大一部分原因就是因为“三一八”惨案，此时，身在厦门的鲁迅编辑着在北京期间所写的杂感，顺理成章地在《坟·题记》中继续揭露和批判反动文人的无耻行径。由此可见，鲁迅在写序文时不失时机地加入了杂文的笔法。对《坟·题记》的误读也侧面体现出常规阅读方式并不完全适用于鲁迅的自序文。

另外，《华盖集续编·小引》和《而已集·题辞》其实是写于同一天的，均写于1926年10月14日这一天，但《而已集》里的文章却是写于1927年，也就是说鲁迅写下这篇序文时，文集中的文章还没有写，这就改变了序文通常写于文集内文章的后面的惯例。更有意味的是鲁迅校对这个文集时已经是1928年的10月，也就是说鲁迅在1928年10《而已集》即将出版的时候选择了自己1926年10月写的题辞作为1927年的所写文章的序文。由此可见，鲁迅并没有囿于自序文的体裁，而是根据个人的心理和文集的需要来选择序文，在此《而已集》无论是题目和题辞的选择都表明此时社会的局势和鲁迅的心情跟编辑《华盖集续编》时并没有两样，鲁迅面对许多血和泪以及用钢刀和软刀的屠夫

① 鲁迅：《坟·题记》，《鲁迅全集》第1卷，第4页。

们的逍遥，他的“只有杂感而已”是一种有声的愤怒与谴责。这三篇自序文都异于寻常的序文，改变了序文的规则，挑战了序文的体裁，但对鲁迅来说，他从来不会因为体裁而放弃对艺术的选择，对阅读他文章的读者他也这样告诫：“倘有读者只执滞于体裁，只求没有破绽，那就以看新闻记事为宜，对于文艺，活该幻灭。”①

《野草·题辞》和《朝花夕拾·小引》也是可以放在一起阅读的序文，因为这两篇序文均写于广州的白云楼，写作时间也仅仅相隔5天，更为重要的是这两篇序文跟其文集一样，都是写给自己的，《野草·题辞》是对自己的心灵的整理，《朝花夕拾·小引》是对自己记忆的整理。《朝花夕拾小引》中鲁迅侧面记录了自己一年来的波折：“前几天我离开中山大学的时候，便想起四个月以前的离开厦门大学；听到飞机在头上鸣叫，竟记得了一年前在北京城上日日旋绕的飞机。”② 在这篇不长的序文中鲁迅还告诉我们这十篇文章分别写于三个不同的地方，也让我们也切实感受到鲁迅在这一年里所经历的颠沛流离和辗转迁徙，这也再一次印证了鲁迅的自序文在某种程度上可以作为传记来阅读的事实。

第三阶段鲁迅总共写了六篇序文，时间跨度是三年，地点均在上海。此时距离上一篇序文写作时间已经过去了五年之久，鲁迅已从广州辗转来到上海，经历了一番跟不同群体的文人论战后，鲁迅变得愈加地坚韧，文笔也愈加地老辣，《三闲集·序言》中提起几年前的创造社和太阳社对他的围攻时，已经能用平和而幽默的语气来表示“感谢”了，这“谢意”背后显示了鲁迅对无产阶级文艺理论既主动又被动的学习。此后的自序文一个重要的变化是鲁迅很少再写自己心灵的变迁，却更多关注自己思想上的波动，因此，从这一时期鲁迅的自序文中能够找到其思想渐趋成熟的轨迹，《三闲集·序言》和《二心集·序言》就是一个

① 鲁迅：《三闲集·怎么写》，《鲁迅全集》第4卷，第23页。
② 鲁迅：《且介亭杂文末编·死》，《鲁迅全集》第6卷，第633页。

明显的例子。这两篇序文几乎写在同时，相隔不到一周的时间。记录了鲁迅原本的信仰在事实面前的失败，“我一向是相信进化论的，总以为将来必胜于过去，青年必胜于老人，……然而后来我明白我倒是错了。这并非唯物史观的理论或革命文艺的作品蛊惑我的，我在广东，就目睹了同是青年，而分成两个阵营，或则投书告密，或则帮助官捕人的事实！我的思路因此轰毁。”[①]《二心集·序言》则表明鲁迅对新的信仰的坚定，“只是原先是憎恶这熟识的本阶级，毫不可惜它的溃灭，后来又由于事实的教训，以为惟新兴的无产者才有将来，却是的确的。”[②] 至此鲁迅已从封建阶级的逆子贰臣变为无产阶级的战士，这一思想转变的过程在两篇自序文中是有迹可循的。

最后一个阶段的自序文写作是最为独特的一个阶段，相比前几个阶段，这个阶段持续的时间最短，从1935年12月26日至31日，仅仅五六天的时间，写作密度却最大，写了4篇自序文，更为重要的是此时距离鲁迅去世已经不到一年的时间了。其实，这一时期鲁迅一直在生病，持续发烧，“一月，他的病情已经很深重了，肩与胸一直在剧痛。”[③] 但我们从这四篇序文中任何一篇中都看不出鲁迅有丝毫沮丧和感伤的情绪，有的只是愈益从容的气度和更加顽强的战斗精神。还应该注意到的是这4篇自序文都写于1935年的12月底，事实上，鲁迅喜欢在12月，也就是一年快要终结的时候来写自序文，在他这18篇自序文中有8篇写于12月，而写于12月31日即一年中的最后一天的序文就有3篇，由此我们也可以推知，鲁迅是习惯于用自序文的方式来为自己做年终总结的，这样我们才更有理由相信系统考察鲁迅的自序文能够得出他后半生的生活及思想轨迹的。虽然这最后的4篇自序文是鲁迅最后一次为自己做总结，但仔细阅读这4篇自序文，除了《故事新编·序言》对写

---

① 鲁迅:《三闲集·序言》,《鲁迅全集》第4卷，第5页。

② 鲁迅:《二心集·序言》《鲁迅全集》第4卷，第195页。

③ 曹聚仁:《鲁迅年谱》（校注本），生活·读书·新知三联书店2011年版，第114页。

了13年的小说集做了一个总结外，鲁迅并没有刻意在另外3篇序文中对自己的人生做总结。即便是在去世前的一个多月，被外国医生诊断"如果是欧洲人五年前就已经死亡"的时期，鲁迅仍然没有刻意去总结自己的一生，他更关注的是当下。鲁迅在类似遗书的《死》一文中这样写道："从去年起，每当病后休养，躺在藤躺椅上，每不免想到体力恢复后应该动手的事情：做什么文章，翻译或印行什么书籍。想定之后，就结束道：就是这样罢——但要赶快做。这'要赶快做'的想头，是为先前所没有的，就因为在不知不觉中，记得了自己的年龄。却从来没有直接的想到'死'。"[①] 此时已经是在1936年9月5日，距离鲁迅去世已经只剩40天了。由此看来，鲁迅似乎不太会在自序文中对自己的人生做最后的评价，他也不在意死后别人对他的评价，他关注的是"要赶快做"。尽管不是刻意为之，鲁迅仍然在最后一篇自序文对自己的言论做了一个总评，但却是个不折不扣的"差评"："我有时决不想在言论界求得胜利，因为我的言论是枭鸣，报告着大不吉利的事，我的言中，是大家会有不幸的。"[②] 但实际上失去了鲁迅枭鸣般的言论才是我们民族真正的大不幸。如果以序文的形式总结鲁迅的一生，这最后一篇序文充分说明了鲁迅的一生是以枭鸣般的言论战斗不止的一生。

鲁迅的自序文之所以具备超出一般序文的价值和意义一方面源于其开阔的艺术胸襟和创新的艺术思维，另一方面也是他把个人的生命和热情无条件地投入到文学创作实践道路的丰硕成果。鲁迅离开我们已经八十多年了，重新阅读鲁迅的自序文，听取其心声、探寻其艺术创新的道路应该是我们纪念先生的最好方式吧！

（本文发表于《鲁迅研究月刊》2018年第2期）

---

① 鲁迅：《且介亭杂文末编·死》，《鲁迅全集》第6卷，第633页。

② 鲁迅：《且介亭杂文二集·序言》，《鲁迅全集》第6卷，第225页。

后　记

重新整理完这本以博士论文为底稿的专著时，攻读博士的艰难岁月重又浮现在我的脑海，让我心潮起伏，夜不能寐。

有个词叫“笨鸟先飞”，是给不太聪明的人指引一条可行之路。作为一个有自知之明的人，我始终知道自己不是一个聪明人，但我并没有依照前人总结的这条经验去做一只先飞的“笨鸟”，相反，我是一只习惯了后飞的“笨鸟”，多数时候我做事总比别人慢半拍，这一点在我的专业学习方面表现得尤为突出。

我进入中国现当代文学专业的学习比一般人要晚得多，因为我在大学所学的专业并非中文，读硕士时才正式接触中国现当代文学专业。同时，我又并非在大学一毕业就选择考研，而是在经历了就业、跳槽、下岗、失业等一系列人生波折后才选择考研的，因此，我读硕士的时候已经过了而立之年，不可谓不晚；硕士毕业后我又没有立刻去读博士，而是在高校里教了近十年书，过了不惑之年才决定去读博士，在这个年龄，才识高远者都已经做到了博导，我却刚刚走上艰难的读博之路，由此可见，我的专业求学之路真可谓晚得离谱了。好在我的心态调整得比较好，从来不去羡慕那些展翅翱翔的青年才俊，而是习惯于把“飞翔”当作一种乐趣，把学习当成一种生活方式，身体力行“活到老，学到老”的名言。尽管如此，我依然清楚地知道，在这样一个充满竞争的时代里，如我这般既不聪明又不占先机的人能走到今天，全仰仗那些在背后默默支持和鼓励我的人，正是他们伴随我走过了最艰难的岁月，我对他们充满了感激之情，在此表达一下我由衷的谢意和感激。

首先，我最为感激的是我的授业恩师姜振昌先生。姜老师是把我领进现当代文学专业的领路人。当初，我仅凭着对文学的一腔热爱，在毫无专业背景的情况下报考了姜老师的研究生，姜老师并没有嫌弃我基础差起步晚，而是以他自己严谨的治学态度和刻苦的钻研精神教导我。至今我仍记得读硕士期间困惑于不会写论文，想找一些快捷的小窍门，便去请教姜老师，姜老师非常严肃地说："写论文这件事没有一点窍门，就是踏踏实实地积累，认认真真地学习，得下苦功夫，要有坐十年冷板凳的思想准备才能写出好论文。"他还经常以我们上届的一个师兄曾经在大热天坚持坐在宿舍里汗流浃背地修改论文的例子来激励我们刻苦学习。我万分庆幸跟随姜老师养成了耐下性子做学问的习惯，这是我有勇气在不惑之年还敢去读博士的原因，也是我毫不犹豫地选择继续投在姜老师门下深造的原因。姜老师一贯以治学严谨踏实而著称，他不仅自己这样做，同时也严格要求他的学生做学问要一丝不苟，不能敷衍了事。姜老师的严格要求也让我吃了不少苦头，学术方面如果他不满意是绝对不会轻易放过的，我的博士论文选题就先后选过五个题目均被姜老师否决掉了，这让我再次认识到跟着姜老师读博士绝不是一件能够轻松搞定的事。但经过姜老师这几年的打磨和锤炼，我切实感觉到学业上又上了一个新台阶，这份成就感和喜悦之情是姜老师送给我的一份特殊的人生礼物，让我受益终生，也让我感激终生。

其次，我想要表达谢意的是我曾经的中学老师，他叫刘汝平，现在是山东滕州二中一名普通的中学教师，但刘老师又绝非一名普通的中学老师。刘老师并非文科出身，多年来却热衷于哲学研究，这让他成为一个视野开阔、思路清晰的人，其学术水平绝非一般中学老师可以比拟。虽然他跟我的父母是老同事，又曾是我的中学老师，但多年来他已经成

为我可以随时请教学问的亦师亦友。每当我写论文思路不畅时，跟他交流总能让我有所收获，他总能从不同侧面给我以点拨，让我茅塞顿开、思路清晰。刘老师还是个多面手，精通文字处理等各种小技能，当初，我的博士论文的排版整合，多亏有他的指导，节省了不少时间，在此一并向他表示感谢。

尽管我内心排斥，但其实心里早就清楚地知道自己已经是一个不折不扣的中年女人了。中年，对于一个能干的男人来说也是异常辛劳的多事之秋，更何况我这样一个不太聪明的女人。选择在这样一个年龄去攻读年轻人读起来也感觉吃力的博士学位只能再次证明我的不明智。但失之东隅，收之桑榆，任何事情都有正、反两面，在艰辛的读博期间，收获学问的同时我也收获了友情，结识了更多志同道合的朋友。在此，我想专门提及一下跟我同一届的师妹曹丙艳。我们都来自齐鲁大地，在这个浮躁的时代共同选择了攻读博士这样一个不合时宜的道路，共同的目标和追求不仅让我们不期而遇而且还一见如故，几次搭伴往返山东和吉林之间，一路畅所欲言让我们丝毫没有感觉到旅途的枯燥和无聊，而在艰苦的求学岁月里互通信息、彼此帮助也让我们感觉到友情的可贵。我知道丙艳比我更辛苦也更刻苦，因为她的孩子小杂事多，但我除了在求学路上给她做伴以外却丝毫帮不上她的忙，只能在这里祝福她一切顺利，万事安好。

最后，献上对家人的感激之情和肺腑之言。其实，如果从付出的多少来衡量，这份感谢是应该最先表达的，但基于大多数中国人不善于向亲人表达谢意的特点，我也是很少向家人表达过感激之情，无论是口头的还是书面的。在这里我要郑重向他们表达我的谢意，感谢我八十多岁的老母亲，在我晚上熬夜早上起不来床时，她默默地为我把早饭准备好；感谢我已经大学毕业的儿子，他没有因为我的疏于照料而埋怨我；感谢我的爱人，为了让我写论文几乎承包了所有的家务；感谢我的姐弟，分担了我那一份照顾老人的义务，还有其他始终关心我的亲人们，尽管我知道他们关心我的身体甚于关心我的学业，但我的学业里有他们的一份功劳和关爱。

在此，也向所有关心帮助过我的同学、同事和朋友一并表达我的谢意，是他们的理解和支持让我这只“后飞的笨鸟”体会到飞翔的快乐。

艰辛也罢，快乐也罢，攻读博士的岁月已经流逝在岁月的长河里了，只有这区区几十多万的文字作为记忆的碎片永远地保存下来，我要把它作为礼物献给所有帮助过我的人。

裴　争

2019 年仲夏于滕州墨乡圣府